世紀文庫
文學 021

絲路之歌

葉明媚　著

給卓佛理：與你共享的人生如江河，日以繼夜奔流不息……

天空沒有翅膀的痕跡，而我已飛過。

——印度詩人泰戈爾（一八六一—一九四一）

那時的我，是一個美麗的女人，
我知道，我笑，
便如春花，
必能感動人的——任他是誰。

——臺灣作家三毛（一九四三—一九九一）

給讀者的話

親愛的讀者，

雖然原本的計畫並非如此，但我發現自己挺喜歡寫那些勇敢女性以非傳統方式生活的故事，縱然那並不總是出於她們自身的選擇。

這本書的完成，要歸功於一位勇敢且獨特的作家，以及一個夢。

臺灣女作家三毛是我最愛的作家之一。她極受中文讀者的青睞，但可惜的是她的作品從未出版過英譯本。

在七〇年代，她筆下所描繪和她丈夫一起在撒哈拉沙漠冒險的經歷，擄獲了許多讀者的心，其中也包括我在內。本書中有部分情節——內容我先不透露——就參考了曾發生在她和她先生身上的事。

受到她的啟發，我一直以來都想寫一個有關年輕女子在沙漠冒險的故事。本想以三毛的一生作為我這本沙漠小說的藍本，但後來卻發現自己的想像力將小說帶往了一個完全不同的方向。長久以來我都深深著迷於絲路的浪漫歷史，而幾年前我和丈夫到那兒的一遊，更加深了我這樣的感受。

後來我做了一個夢。

在夢裡，年輕女子收到一封信，寄信者是一個她從不知道仍活著的阿姨。姪女被告知，必須到中國展開一段漫長的旅程，去走她阿姨曾走過的路、見一些人，做一些她阿姨曾做過的事，如果她能完成任務，而且在完成後還能活著，她將得到一大筆財富。

我是不寫日記的人，所以不記得那是何時做的夢。那年輕女子也不是我，但她的性格堅毅，而且我知道她會希望我為她發聲。其結果，便是這個冒險愛情故事——絲路之歌。

致謝

能夠完成這本小說，首先要歸功於我的丈夫卓佛理・雷蒙 (Geoffrey Redmond)，身為內分泌專科醫師的他也研究中國古代文化，尤專注於《易經》。他的最新著作包括《荷爾蒙與女性健康》(*It's Your Hormones*) 和《科學與亞洲的靈性傳統》(*Science and Asian Spiritual Traditions*)。卓佛理的愛和支持就像沙漠中的綠洲，在生命的無盡奧祕之中滋養我、保護我，因為有他，我的生命才能達到陰陽平衡的和諧境界。

接著要感謝我的經紀人蘇珊・郭佛 (Susan Crawford) 以及肯辛頓出版社 (Kensington Books) 的工作團隊：我的編輯奧德莉・拉斐 (Audrey LaFehr)，還有凱倫・奧巴赫 (Karen Auerbach)、莫琳・柯帝 (Maureen Cuddy) 和馬丁・畢羅 (Martin Biro)。

寫作之道就如太極拳中的抽絲勁，來回反覆從不間斷地編織修潤——一路走來有太多人需要感謝：

我的好友兼太極拳教練泰瑞爾・查佳 (Teryle Ciaccia)，我倆相識多年，她示範「運勁如抽絲」時的優雅姿勢依舊令我著迷並給予我無限靈感。

丘愛恩 (Eugenia Oi Yan Yau) 和其夫荷西・桑多斯 (Jose Santos) 在我需要幫助的時候總是不吝伸出援手。

路易斯・福穆克 (Lewis Frumkes)，感謝他慷慨地邀請我出席多場藝文盛會，讓我有機會認識幾位當代的偉大作家。

同屬肯辛頓出版社旗下的作家凱特・道格拉斯 (Kate Douglas)，謝謝她在撰寫暢銷小說之餘抽空教我如何克服寫作時所遭遇的實務上的挑戰。

雪倫・卡森 (Sharon Cousins)，謝謝她支持太陽能料理並告訴我她很愛看我寫的書。

國際婦女寫作協會 (The International Women's Writing Guild) 的漢娜蘿・韓恩 (Hannelore Hahn) 和伊麗莎白・茱莉亞・斯托曼 (Elizabeth Julia Stoumen)，謝謝她們長期支持女性作家。

最後也要感謝我的父母親，謝謝他們讓我的想像自由發揮，並由始至終相信我的夢想。

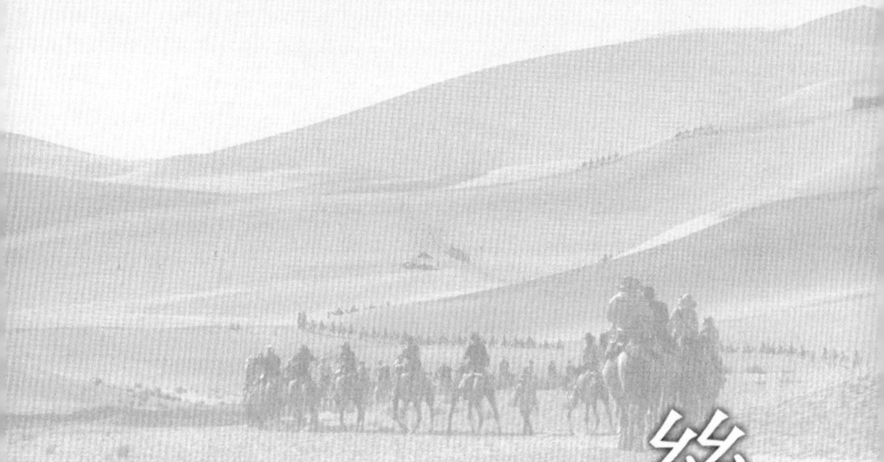

絲路之歌

目次

第一部

第四部

第一部

1 百萬旅程

古諺有云：「禍兮福所倚，福兮禍所伏。」

也許古人說對了，爸媽在我二十八歲那年過世，拋下身無分文的我獨自在詭譎的萬丈紅塵裡載浮載沉。

當時我是這麼以為的。

誰知一年後我收到曼哈頓米爾斯暨曼氏 (Mills and Man) 法律事務所寄來的信，信裡告知有人將贈我一筆錢，更精確地說是一筆鉅款。

三百萬美金。

可是誰會這麼做？又為什麼要這麼做？父母親過世時我用盡信用卡的額度才勉強備妥薄棺，還得看著辛苦賺來的錢跟著他們的遺體一起化為灰燼。

三百萬耶！我必須極力克制不讓自己歇斯底里地狂笑起來，才能繼續冷靜地往下讀。

贈與人是某位叫做明蒂·梅迪森 (Mindi Madison) 的女士，應該算是我的阿姨，可是爸媽生前從來沒提過有這個阿姨，過世後也不曾托夢告訴我。

那麼這位明蒂・梅迪森女士究竟是哪裡冒出來的？

而且梅迪森這個姓跟媽媽的娘家或我們家都沒什麼關係，媽媽姓蔡，而我姓林。

我忽然靈光一閃，天底下哪裡會有這麼便宜的事？太可疑了吧？根本就像廉價小說裡的老掉牙情節。

雖然心有不甘，但我不再胡思亂想，只是把信塞到書桌上還沒完成的小說初稿下面，試著將這一切拋到九霄雲外。

不過，俗話也說：「財運來了，擋也擋不住。」

我平常在曼哈頓中城一間價格特別昂貴的中國餐館順利園端盤子，收到信之後又過了兩天，我下班回到家後注意到答錄機的紅燈在漆黑的公寓裡兀自閃爍。我按下電話按鍵，留言中和悅的男音在室內漂蕩：「哈囉，這裡是米爾斯暨曼氏法律事務所，我是曼大衛，這次來電是與明蒂・梅迪森女士贈與她的外甥女林麗小姐的大筆款項有關。請林小姐儘快和我們聯絡，以便及時安排後續事宜，希望很快能與林小姐會面，謝謝。」

隔天我到了曼哈頓最昂貴的地段之一。我走進裝潢簡約摩登的法律事務所，侷促不安地坐在兩名穿著打扮無懈可擊的律師對面，進行一場有生以來最不可思議，比奇幻小說情節更為怪誕的談話。

「是的，林小姐，這整件事都是真的，妳不是在做夢，真的有人要贈與妳三百萬美金。」曼大衛大約三十幾歲，金髮的他個子瘦高，他用一口標準的律師腔流利地向我保證。這間辦公室堆滿成列磚塊般的厚書和稜角分明的深褐色家具，只有他那雙閃閃發光的眼睛是這裡唯一的亮點。

「不過不只是這樣，不要以為這筆錢會這麼輕易手到擒來，」長得極像前英國首相瑪格麗特・柴契爾夫人（Margaret Thatcher）的合夥人瑪格麗特・米爾斯（Margaret Mills）提醒我。「妳的阿姨肯定很熱愛冒險，她特別指明要妳到中國沿著絲路來一趟長途旅行，而且規定妳必須走她走過的路線並且做她做過的事。等妳完成之後，三百萬元就會在銀行戶頭裡等妳了。」她停下來望著直挺挺躺在書桌上像死屍的文件皺眉，然後用不以為然的口吻補上一句：「不過妳可以預支五萬元當做行前籌備的費用。」

仍處於驚嚇狀態的我機械般地開口問：「這趟旅行要去多久？」

曼大衛的語氣甜得像是剛從蜂蜜罐裡流出來：「文件裡特別指示大概會在六到八個月之間。」

我快速心算了一下：五萬美金在中國待六或八個月夠嗎？當然夠，大部分中國人一輩子也沒有辦法賺到這麼多錢呢！

眼前的兩個人好像陰陽兩極，一個壯健嚴肅、一個高瘦浮滑，我看著他們一搭一唱解釋細節：米爾斯暨曼氏法律事務所只是居中代理，一切事務主要由北京的一間法律事務所全權處理，所以我如果接下這個不可思議的任務，還需要到北京和一位羅先生見面。他們還講了其他細節，不過我聽不太懂，等到他們以律師的平板口吻發表完漫長的演說後，坐在那裡的我已經聽傻了。

曼大衛咧嘴一笑，露出一排經過精心維護的整齊白牙，他那雙藍眼閃爍如同藍寶石。「那麼林小姐，妳願意接受妳阿姨的條件，不辭千里到中國旅行一趟嗎？」

我應該接受這個建議嗎？我一時之間難以回答。可是，就算不考慮那些由自稱阿姨的陌生人提出的古怪要求，有人能夠抵擋七位數金額的魅力嗎？就算有也不會是還沒有出版任何作品只好兼差端盤子的無名作家。想著想著，我為這筆意外之財會心微笑。

我絕對可以先領到五萬美金，接下來……也許我可以想辦法溜之大吉，誰知道呢？

各種念頭在我腦中閃過，我完全不知道答應之後會發生什麼事，但又不想失去這筆天降的橫財，最後我還是肯定地點頭：「當然，我一直很嚮往冒險生活，而且我絕對無意放棄三百萬美金的財產。」

坐在書桌另一邊的瑪格麗特．米爾斯隨即將那份文件推過來要我簽名，我微微顫抖著的手在白如死人的紙上草草簽下「林麗」兩個字，「林」除了是森林也有豐沛的意思，而「麗」字不僅是美好，也和「利」字諧音。

米爾斯收回文件，胖瘦二人組熱情地輪流和我握手道賀：「恭喜妳，林小姐！」

原先死氣沉沉如墳墓般的辦公室現在幾乎變成陽光普照的花園，連已入中年的米爾斯看起來都稱得上標致了，我看著這位柴契爾夫人「分身」臉上過分殷勤的表情，便想到西班牙外交部長見到「本尊」時的發言：「女士，我久仰您的智慧，但沒料到您是如此美麗！」

想著英國的柴契爾夫人和眼前這位「分身」，我好不容易才忍住沒笑出來。

曼哈頓的這位柴契爾又開口了：「林小姐，我們需要時間處理這些事，請妳下週再來一趟，到時候我們會準備好要給妳的五萬美金支票。」

曼大衛接了一句：「林小姐以後就是有錢人了，如果有任何法律事務需要協助，我們樂意效勞。」

下午四點半，我站在事務所外面的街道上，想到突來的好運只覺得頭暈眼花、手足無措，耀眼暖陽下的空氣閃閃發亮，剛好配合我飛揚的心情。雖然外在的世界一如往常，路人行色匆匆、車輛龜速移動，我內心的世界卻像是沙漏突然倒轉過來，明明沒有人注意到我，我卻覺得好像四面八方都有人在埋伏窺伺。我一直在想這個自稱阿姨的古怪女士提出的古怪要求，在我過去二十九年的人生中都不曾有這個人的存在，更不可能想到會有一張寫著「五萬美金」的薄紙很快就會以難以想像的份量囂張地躺在我的錢包裡！

接下來一週我還是照樣吃、睡、到順利園端盤子，不過心思卻早已飛到絲路，想像自己在豔陽下享受日光浴，赤裸的腳趾和腳底被金沙烤得滾燙，雙眼也因蒸騰熱氣變得如夢似幻。

我想像商隊朝著神祕的東方出發，來自異國的女人用華美的絲綢遮覆住黃澄如金沙的臉和光滑的肌膚，她們和著繫在駱駝踝上的鈴鐺發出的叮噹聲響哼出奇異的曲調……

日子一天天過去，我終於能夠拖著麻痺的雙腳再次來到米爾斯暨曼氏法律事務所，以完全公事公辦的方式處理這件超現實的事，兩位律師又向我覆述一次要遵守的條件，然後才將五萬元的支票交給我。

米爾斯遞給我一個牛皮紙袋之後說：「林小姐，初步的行程和到絲路之後要進行的任務都在裡面，至於與妳阿姨的旅程有關的詳細資料就要請妳到北京找羅先生領取。」

我將牛皮紙袋緊抱在胸前，站起來正要離開時注意到曼大衛臉上掛著一抹意味深長的笑容，他說：「祝妳順利完成任務！」

我就在懸疑詭譎的氣氛中離開事務所，接著直奔在住處附近的大通銀行聯合廣場分行將支票存入戶頭，之後就在街上漫無目的地閒逛，試圖釐清腦中思緒。地鐵站附近有三個青少年正在炫耀高超的滑板技巧，朝著四面八方快速翻轉、飛躍兼後空翻，他們的滑板在地上用力擦過，發出聽起來很危險的**嘰—嘰—嘰**—聲。

「小心點啊！」我朝這群小毛頭大喊，同時很快站在一邊免得他們撞到我就跑，我在心裡提醒自己現在可是一個三百萬美金的繼承人呢。

嘰—咿！尖銳的刮地聲中有個滑板在我前面緊急煞住，是年紀最小的孩子。

他向我行個禮，咧開嘴露出令人心醉的笑容，然後大喊：「遵命，女士！」無比光滑的臉龐兩側的萊茵石耳釘彷彿朝露般閃閃發光。

我以準百萬富婆的身分朝他笑一下，然後繼續往前走。有人會想到，這個只穿白襯衫和藍牛仔褲的華裔女子從此會換上一身設計師品牌服飾、戴著純淨無瑕的三克拉鑽戒、頂著一頭三百美金的髮型，而且只在新潮時尚的頂級餐廳裡用餐嗎？嗯……還真有一個人會想到，就是剛剛幫我存入支票的年輕銀行經理，雖然他什麼都沒說，但笑容還是洩露了他的欽羨之情。如果六個月後我能從中國全身而退安全返美，我真是等不及想看到他的笑容會變成什麼樣子，也許笑得連嘴都合不攏了？

到家之後我立刻埋首研讀明蒂・梅迪森女士交付的厚厚一疊文件，我東翻翻西看看，這邊看完一個段落、那邊跳過一個段落。乍看之下我稍微鬆了口氣，因為要走的路線、要去的城市、要見的人和要做的事看起來沒那麼嚇人。不過等我細讀之後，卻發現一些詭異的要求，其中一件甚至到了變態的程度。

我必須到一個叫做塔克拉瑪干（Taklamakan Desert）的沙漠邊緣，在一個荒廢的小鎮裡挖出深埋的某件物品（沒有明說是什麼）。

我還必須到某座山上找一個盲眼算命師，但不能跟他說實話，只能對他撒謊。

還有一件很變態的事：

我必須到某座廟裡誘惑某個僧人，然後用「倒垂蓮式」和他做愛。我自認在性事上相當開放，不過以前從來沒聽過這個招式，我不會因為這樣而腦充血吧？我忍不住笑出聲，不是覺得真的好笑，只是希望笑聲可以多少抒解心裡那股不對勁的感覺。

終於讀完整疊文件，我長嘆一聲，只覺得這整件事都很詭異，非常詭異，而且有點恐怖。如果我的「阿姨」明蒂·梅迪森真的做過這些事，為什麼她要出錢讓我再做一遍？背後肯定有什麼不正當的理由，或者根本就有問題，但究竟是什麼問題我卻毫無概念。

心中那股不對勁的感覺就像重感冒症狀一樣揮之不去。

2 教授兼情人

隔天早上我打電話到順利園託詞生理不適跟老闆請了一天假，我需要整天的時間釐清思緒規畫接下來的日子。既然我的戶頭裡已經有五萬美元，六個月後還會再收到另外一大筆錢，是不是要乾脆辭職？還是先請六個月的假？要是我沒辦法完成這趟旅行呢？也許我會生病甚至死在半路？搞不好會被謀殺？會被人用絲巾勒死？被按在沙裡悶死？還是被可怕的蟲子生吞？

話又說回來，如果這些全都成真，那我應該早就變鬼了，那還需要在意嗎？

我從少女時代就夢想成為冒險家到有異國情調的神祕地方探險，最想去的就是撒哈拉沙漠，那些曲線誘人、變化萬千的金色柔軟沙丘就像是地面上搖頭擺尾的金龍，或是體態浮凸有致、擺出優雅瑜珈姿勢的女神。在我眼中，陽光下閃耀的沙丘既像猛虎般凶悍，也如處子般溫順。然而，我從沒想過往沙漠一遊的夢想會這麼快實現，雖然要去的不是撒哈拉，而是塔克拉瑪干。

絲路。這兩個字的音在我的舌尖上輕轉，我感覺到一抹微笑在臉上綻開。我想像自己高䠷健美，彩虹絲綢輕撫我蜜色的胴體，裹在絲中的我變得神祕性感令人心癢難耐。其實就華人而言五尺五寸的身高已經很標準，不過我只有一百一十八磅，想變得健美還得多長點肉。

我彷彿正裹著明亮土耳其藍的紗籠和相配的絲巾，頭頂一壺牛奶，在我隨著牛奶晃動的韻律扭動腰肢時，古銅色的修長足趾踩在金色沙粒之間。在我背後，金黃面具般的太陽正以非凡的氣勢緩緩下沉，奇異的禽鳥鼓動雙翅飛過正由橘橙轉為鮮紅的瑰麗天空……

如果沙漠是情郎，我已準備好要迎接一段熾烈的戀情了！

但是當我多讀幾遍阿姨的怪要求後，原先的興奮心情很快消散無蹤。到達旅程終點後真的可以拿到那三百萬美金嗎？或者這一切不過是個精心設計的圈套，背後其實隱藏著不為人知的動機？

可是好奇心、冒險欲和貪念終究戰勝其他考量，我決定辭掉餐廳女侍的工作前往中國，不過還是先保留這間三百平方英尺的公寓。畢竟我一直覺得自己與眾不同，好像萬綠叢中的一點亮紅，而這次的機會，就像俗世的喧囂嘈雜中傳來的一聲震地獅吼。

無論如何，這可是輪迴千世也難得碰上的機運啊。

我告訴自己，如果我沒辦法活著從絲路回來，那……就—這—樣—吧。至少我會死在一個浪漫的地方，人生劃下句點時我不會是背瘦腳麻的女侍，也不是飢腸轆轆、文思枯竭的準小說家，當然更不是幫人暖床但不負責生小孩的情婦。

我大叫起來：「我寧可當冒險犧牲的女神，也不要當苟且偷生的女侍！」

腦海中這時閃過偉大印度詩人泰戈爾的詩句：「天空沒有翅膀的痕跡，而我已飛過。」

好，我要出發了！

行前我只需要通知一個人，克里斯・亞丹仕教授，我本來是他創意寫作課的學生，後來成了他的情婦。

狄更斯在《雙城記》中說：「這是最好的時代，也是最壞的時代。」這句話用在我的「雙城」香港和紐約上再貼切不過，最壞的時候是在香港，爸媽在一年之內相繼離世，父親罹患肝癌，母親不久後也因心臟病發撒手人寰。最好的時候是在紐約，紐約大學創意寫作課的亞丹仕教授對於我的遭遇深感同情，雖然最後我那本等同碩士論文的小說沒真的寫完，他還是讓我畢業取得藝術創作碩士的學位，不只如此，他還透過和順利園老闆的私交介紹我去那裡當女侍。

這些都是一年前的事了，當時是一九九五年。

因為年薪只有兩萬五千美金，我可以在房租受管制的公寓以月租五百元租下一間小套房，總算在摯愛的「大蘋果」紐約市落腳。我覺得應該回報熱心幫忙的教授，就在某天他的妻兒出城探訪親戚的時候去了他的公寓，然後直接上了他的床。

俗話說：「牛兒不喝水，不能強按頭」，外遇這種事只有一個巴掌是拍不響的。其實我從第一堂創意寫作課就開始跟克里斯暗中調情，他會在每堂課結束之前要學生輪流朗誦《馬克白》、《失樂園》、《坎特伯里故事集》、《戰地鐘聲》等經典作品裡的片段，不過每次輪到我的時候，他挑的一定是《查泰萊夫人的情人》、《紅字》、《安娜・卡列尼娜》或《包法利夫人》這種作品，透露的訊息不言自明，意思就是我雖然不會成為他的妻子，不過終究會和他的妻子一樣善盡為他暖床的義務，而且要像課堂上教的一樣發揮創意。

總之，我覺得我終於在生命中找到一點安寧，我有碩士學位、全職工作、可棲身的住處、進行中的小說和一個兼職情人，在父母親的葬禮結束之後還可以選擇從此不回香港。

不過自從天外飛來一筆鉅款之後日子就不再平靜了。這個明蒂・梅迪森究竟是誰？她真的是我的阿姨嗎？如果是的話，為什麼她的姓是美國人的姓？為什麼媽媽從沒提過她有個姐妹？這個阿姨又為什麼現在想將財產留給我呢？她自己沒小孩嗎？為什麼她先前不曾和我聯絡？而且她怎麼會變得這麼有錢？

我將克里斯口中的「可愛黃色小屁股」移到他送我的二手沙發上，然後抓起話筒準備打到他的辦公室，我的手忽然懸在半空中，心下遲疑著：「我將會獲得一筆鉅款的事也要告訴他嗎？」

克里斯有很多地方我都喜歡——詩意的臉龐、像他心目中的英雄三島由紀夫一樣魁梧的身體、善解風情的雙手、靈巧的舌頭（你知道我的意思）……但我可以相信他嗎？這個背著妻子偷腥的男人？當這個問題還在我心裡像空水桶裡的魚一樣拼命撲騰跳躍時，我的手指已經按下號碼鍵。

「克里斯？」

「是我，小麗，我好想妳，我的中國小仙女，我今晚去妳那裡好嗎？」克里斯至少這一點不錯，他絕對不會用什麼「中國娃娃」之類的老掉牙暱稱。

「珍妮跟普雷斯頓呢？」珍妮是他太太，普雷斯頓是他兒子。

「她去參加讀書會，普雷斯頓會在朋友家過夜。」

克里斯一直覺得讀書會是浪費時間的蠢主意，不過倒很適合用來消磨時間，而且是寂寞的單身人士認識朋友的好機會，本來形單影隻的很快就能出雙入對。不過我想只有對他而言是這樣，對他太太而言卻不是，對我也不適用。

「嗯……」也許我需要時間獨處，好好想想即將獲得三百萬美金的未來。

不過克里斯渴切的聲音就像散發迷人香味的一縷輕煙：「小麗，我煮妳最愛的宮保雞丁跟糖醋里肌，再加一道新料理，怎麼樣？」

如果一個男人有雙巧手，既寫得出暢銷小說，又會煮異國料理，還能像探險家開發蠻荒般探索愛人的身軀，有哪個女人可以抗拒呢？所以我決定當天晚上要試吃一下他的新菜色，也許還能試試倒垂蓮式。

想到這個我掩住話筒輕笑一聲，然後對著話筒軟語呢喃：「好吧，七點能到嗎？」我試著讓自己聽起來像是真正的仙女，中國還是哪裡來的都行。

「沒問題，珍妮會跟她的讀書會朋友一起吃飯。待會見囉，親愛的。」

「待會見。」我迷迷糊糊地回應。

除了文學和寫作，克里斯也熱愛烹飪，他不只喜歡煮給我吃，還會買飯菜和甜點到我住的套房來。在他煮飯的晚上，我簡直就像被想出名的作家捧得高高在上的經紀人，我的教授情人堅持一切由他包辦：買菜、付錢、切菜、煮菜、布置桌面，甚至用完餐後的洗碗清理。當然囉，好戲從市場、糕點店、收銀臺到廚房一幕幕搬演，最後一幕自然是在臥房告終。我沒什麼好抱怨的，克里斯是絕佳的情人，他會先用詩人的手指在我的身上尋索，然後如餓虎一般撲向我這隻兔子，或者像遊龍潛入深淵。不過這一切都無可避免地使我感到罪疚——他畢竟是個有妻室的男人。

那天夜裡做完愛後，我們疲倦而安靜地躺在床上，我懶洋洋地撫弄他柔軟的金髮。

「克里斯，我如果離開六個月，你會寂寞嗎？」

黑暗中的空氣仍瀰漫著偷歡後的氣味，他帶著一絲訝異的聲音響起：「小麗，妳說什麼？」

「我要離開六個月。」

「為什麼？發生什麼事？」

我應該向他坦承一切嗎？

「我決定要去絲路，去看看沙漠，你也知道，這是我畢生的夢想。」我壓抑心中激動讓自己聽起來很冷靜。

「那很好，我一直想陪妳去絲路看看。」

這不是我想聽到的。「我……我覺得不太好，克里斯，你還有老婆和小孩在這裡。」

「生活上的事我可以幫他們安排好再出發。」

「克里斯，拜託，行不通的。」

「什麼？妳不想要我陪嗎？」

「我不是這個意思……只是……」

「那是什麼意思？妳知道的，我已經很久沒休假了，可以休六個月的假陪妳去一趟。」

「克里斯，我必須自己去。」

「妳**必須**是什麼意思？」

「我……」

他打斷我的話：「而且小麗，妳的工作怎麼辦？妳不能就這樣辭職，妳還需要錢付房租、買菜跟付旅費。還有，為什麼是絲路？我以為妳朝思暮想的是撒哈拉沙漠。不管怎麼說，為什麼突然要去這麼久？妳不是這麼衝動的人。」

克里斯坐起來打開燈，他焦慮的時候看起來更加性感，而且還赤著身子。

「冷靜點，克里斯，我剛申請到一張新的信用卡。」

「可是妳不會想欠債吧！為什麼突然要**現在**去？」

我有一個很棒的答案，不只是說給他聽的。「克里斯，我快三十歲了，再不去就來不及了。」

「別傻了。」他用性感的手指梳了梳頭髮，盯著牆上的毛筆字「忍」，然後轉過來盯著我，故意一字一句地問：「小麗，妳在跟別人交往嗎？有錢人？所以妳要跟他一起去絲路玩？」

我啞口無言。

「告訴我，妳是不是有別人了？」他的語調既氣憤又傷痛。

但是他怎麼會有這種反應？他就是這樣對待他老婆的！

「沒有，我只是想去絲路跟沙漠。」

「但是為什麼突然要去？為什麼要自己去？」

「克里斯，我現在不能告訴你，也許以後吧。但是我可以對著我爸媽的骨灰發誓，不是因為愛上別人。」

我們靜默許久，克里斯終於微弱地開口：「好吧，那以後再告訴我。」

我將他拉近，開始親吻他的雙眼、雙唇、他的……沒想到他卻推開我。

「克里斯！」

「不要打擾妳，這不是妳想要的嗎？」

我們再度陷入沉默，許久之後我才起身關燈。我不願意就這樣屈服，於是伸手探向他的陽具，舌頭同時也像一隻淘氣的蜥蜴溜進他的口中。這招奏效了，克里斯在逗弄之下靠近我，我可以感覺到他體內的慾火，而他抵著我大腿的下身逐漸變硬彷彿一尊小石雕像。

在長蛇入洞之前，我忍不住吐出那個悶在心裡許久的問題：「克里斯，要不要試試倒垂蓮？」

「什麼？」

「呃……你的意思是你不知道？」我以為像他這種經驗豐富的俊帥教授肯定已經試過各式各樣的性愛姿勢了。

長蛇忽地不再游動，克里斯捏起拳頭跳起來將燈再度打開，然後坐直身子望著我：「倒垂蓮是什麼意思？」

「一種……做愛的姿勢。」

他沉默半晌，然後慢慢地說：「這我當然知道。」

然後他的語調變得如冰般冷硬，盯著我看的雙眼射出利刃般的寒光：「小麗，妳是不是跟誰學了這招，現在想找我試試？」

「不是……我……我是在書上看到的。」當下我只想到這個說詞。

「書上？那妳拿書來給我看。」

這次不管我如何絞盡腦汁都沒能榨出答案，當然更沒有榨出我倆都迫切渴望的高潮。

接下來三天我跟克里斯沒說過話，我試著打去他的辦公室，甚至在他太太上班時打去他家，可是都沒人接。

好吧，那就這樣，反正我很快就要走了。

我利用克里斯失聯的這三天處理行前瑣事——採購衣服、靴子、帽子、背包、鬧鐘、瑞士刀、藥品等必備物品，去銀行提領現金、買旅行支票，查詢後訂了到絲路前要去的兩站北京跟西安的旅館，慢跑鍛練體力，還盡我所能蒐集了所有和絲路有關的旅遊書、學術書籍、地圖、文章，連影片和小說都沒放過。

等到第四天我開始打包跟清理住處的時候，克里斯打電話來了：「小麗，真的很對不起，我之前沒回妳電話，這整件事真的讓我很難接受，請妳諒解。」然後他沉默了一會兒才又開口：「我今天晚上能去妳那裡嗎？我們需要談一談。」他的語調像是在懇求。

「可是我在忙，要打掃房間準備出發。」

「妳真的要去？」

「我聽起來像是在騙你嗎？我已經跟你說過我現在還不能告訴你旅費怎麼來的。」

「好吧，那妳什麼時候出發？」

「一週之內。」

克里斯的聲音像鞭炮一樣炸開：「這麼快？那我怎麼辦？」

「你有老婆，有兒子，有你的暢銷小說，還有一群女學生搶著照顧你的『小弟弟』。」

鞭炮現在只剩下細碎的爆裂聲：「小麗，妳知道我跟珍妮合不來，我已經很久沒碰她了。」

「很好啊，如果你真的愛我，那你也可以守身六個月不碰任何女人等到我回來。」

「我求妳，小麗，不要這樣折磨我，我愛妳。」

「你也愛珍妮。」

「我……不覺得自己真的愛過她。」

「我希望你不會講到所有的前女友都這麼說。」

「妳要我跟珍妮離婚然後娶妳嗎？我明天就去辦，現在也行。」

克里斯會讀心術嗎？他會不會已經知道我快要變成富婆，現在才想娶我好瓜分那三百萬美金？一念及此，我脫口冒出：「我不要！」

「小麗，這不是妳想要的嗎？」

「噢，克里斯，對不起，我不是這個意思。」

「那妳是什麼意思？」

「我……覺得不太舒服，今天想休息，我明天再打給你。」我沒有給他機會回答就掛斷電話，然後將電話線也拔掉。

那天晚上，我打電話到最愛的「私房上海茶館」叫外燴，我點了春捲、酸辣湯、宮保雞丁、牛肉炒芥蘭、蝦餃、蔥油餅跟炸香蕉，這家中國餐廳也很高級，可以跟順利園相匹敵。一個人當然吃不了這麼多，我是想享受一下看著桌上滿滿都是菜的滿足感，只要聞到很多好吃的我就會覺得很美好——開心、溫暖、滿足、受寵，現在還要再加上**有錢**。

為了慶祝一番，我特地化妝打扮，換上一件稍露春光的黑色小洋裝。我一邊等菜送來，一邊在公寓裡踱步繞圈，看著地球上唯一可供棲身的小角落裡僅剩的幾件家當，我忽然感到無限依戀：擠在青瓷花瓶裡的幸運竹、加了框的梵谷星空畫海報，還有提供一點開闊視野讓白牆不至於乏味的莫內風景畫。幾個裝牛奶的板條箱被我塗成明亮的黃、紅和綠色，裡面塞滿了書，小說之外還有我最喜歡的書：神話、風水、能量療癒，還有一本教人梳頭一百零八次就能長壽的保健書。

父母親過世之後，我幾乎將他們不多的遺物都丟了，但我還留著照片，不過也沒幾張，因為經商的父親其實另有家庭而且很少來看我們，而母親從來不出去玩，她一生的歲月幾乎都在教堂裡度過。我也留著他們的信和父親寫的書法字「忍」，他一直要我們忍耐等到他有一天飛黃騰達；還有母親收到的結婚禮物，有絲巾、玉耳環、繡花旗袍和其他的一些小東西。僅剩的這點遺物原先包在母親的絲巾裡，陪著我遠渡一萬兩千多公里從香港來到現在被我視為家的紐約。

聽到悅耳的一聲「叮咚！」我衝過去開門，從外送員手上接過菜餚，因為心情很好，所以給了一筆豐厚的小費。我將菜擺到桌上，在桌子中央的花瓶插滿我最愛的白玫瑰和玲瓏冷水花，接著點上兩根蠟燭，放起最愛的音樂，再開一瓶紅酒幫自己斟滿一杯。我輕輕晃動杯裡的紅酒，腦中思緒紛紛，然後舉杯對著窗外的月亮，隨口吟誦起唐朝詩人李白的名句：

花間一壺酒，獨酌無相親。

舉杯邀明月，對影成三人。

……

醒時同交歡，醉後各分散。

最後這句讓我想到我和克里斯的關係，我們在醉時「交歡」，醒來之後他就回到妻兒身邊，而我繼續進行從第一天在紐約大學的創意寫作碩士班註冊後就開始做的事——寫我那本即將轟動文壇的亞裔美國小說。

「唉……」我長嘆一聲，敬了天上的明月一杯，邀請白玉盤和我共享佳餚。正當我聽著靈魂樂大師雷・查爾斯(Ray Charles)明說跳舞暗喻雲雨的名曲〈我該怎麼說呢〉，要開始快樂地大嚼宮保雞丁再呼嚕喝下酸辣湯的時候，門鈴響了，鈴聲聽起來像忽然看不到爸媽的小孩在絕望尖叫。

真要命！一定是住在樓上的管理員，他對我有意思，自從告訴他我要去旅行之後，他就一直找各種機會跟我說話。

我扔下筷子、抹了抹口紅全被雞丁沾得油膩膩的嘴唇，才快步走去開門。

沒想到不是管理員，是克里斯，我嚇了一跳。他一隻手抱了束白玫瑰和玲瓏冷水花，另一手提了一個大塑膠袋，頭髮亂糟糟的，而且跟熊貓一樣有兩個黑眼圈。這位不速之客帶著憤恨緩緩地上下打量我。

「妳不請我進去嗎？」

「怎麼會？請進。」

關上門後，我們走到餐桌旁，克里斯一眼就看見桌上的大餐，他將大袋子和花扔在靠牆的廚房流理臺上。「小麗，妳說身體不舒服，所以我帶了妳最愛的玫瑰和玲瓏冷水花來，還有妳最喜歡吃的宮保雞丁、牛肉炒芥蘭、蝦餃、蔥油餅、酸辣湯跟炸香蕉，都是在妳最愛的那間私房上海茶館買的。可是現在這束花跟這些菜是怎麼回事？」——他朝音響歪了一下頭——「還有他媽的雷・查爾斯？妳在等誰啊妳？」

「克里斯！你放尊重點！」

「那妳也給我一點尊重啊！為什麼有這麼多菜？」

「嗯……我想說你可能晚上會一時興起來看我。」

「我只會一時『性』起想來跟妳上床！怎麼樣，我今晚能跟妳上床嗎？」

這個雙關語一點都不好笑，我沒有說話。

他再度開口，語氣稍微軟化了一點：「可是我知道我的女朋友是中華民族最愛吃的美食家，所以我一定會帶吃的來，而且妳為什麼不回電話？我打來，還留了五次話，妳都沒接，然後我就慌了，以為妳可能受傷了還是發生什麼事。」

「克里斯，對不起。」

「如果有人要過來，那我現在就走。」

「求求你，克里斯，沒有人要過來。拜託你坐下來吧，跟我一起吃飯。」我吻了一下他的雙唇，但他的唇瓣像守財奴的金庫一樣封得死緊。

我們坐了下來。

「小麗，我想聽妳解釋。」

「解釋什麼？」

他指了指餐桌。「為什麼妳要吃這麼豐盛的大餐？」他又作勢指向我半露的酥胸。「還有這件洋裝，妳在慶祝什麼嗎？因為有了別人就不找我？」

「才不是呢。」我拋給他媚惑的一笑，然後將他拉進臂彎中吻他：「拜託你，克里斯，你一定又累又餓，我們先吃飯吧，吃完以後隨便你想做多久，做到死也沒關係。」

「好吧。」他說，雙眼終於微微閃出一點火花。

吃飯的時間幾乎完全靜寂無聲，只有偶爾幾下雙唇喳吧相碰、筷子叮咚相撞、喝湯時唏哩呼嚕，以及克里斯嘆氣的聲音。

酒足飯飽之後，等克里斯將碗盤清洗歸位，我就纏抱住他，將自己的身體緊緊貼著他，然後像情婦一樣擺出最魅惑人心的笑容。「甜心，我們上床吧。」

正如我所預料——他像一隻聽話的小狗尾隨我。

3 兵馬俑與貴妃浴

再隔一週的週四我就要出發前往中國，我跟克里斯在週三又吵了一架，不過我不可能為了一個已經有妻有子的男人取消行程——蠢蛋才會這麼做。

五月的一個週四早上，雖然頭悶悶地痛而且因為緊張而心跳加速，我還是拖著沉重的行李從四樓走下來，招來一輛計程車前往甘迺迪機場。我很難相信自己真的要去中國的絲路了，而且只有我一個人，等到機場終於出現在眼前，我突然感到一陣恐慌，我會從交易絲綢的古道平安歸來嗎？還是最後會在如絲絹般稀薄的空氣中化為輕煙？

在漫長的航程中，我埋首於旅遊書，書裡介紹位於絲路上的幾個遙遠異地：西安、酒泉、新疆、敦煌。我闔上雙眼想像地名的涵義。

西安：「西方的和平安寧」，西安是這個城市現在的名字，但在千年以前的唐代這個城市有個更加恢宏的名字——長安，表示「長治久安」。我會在這個古城尋得平安嗎？只希望找到的不會是生命盡頭的永遠安息。

酒泉：「酒之泉流」，是什麼樣的酒？白酒、紅酒、玫瑰紅、加州紅酒、法國酒、澳洲酒、中國酒……我會在那裡醉倒嗎？

新疆：「新闢疆土」，兩年前我從香港搬來，紐約就是我的新闢疆土，不知道這次等著我的又是什麼樣的全新疆域？

敦煌：「熾烈烽火」，我能夠信賴這簇烽火的引導嗎？

旅程的第一站是絲路的起點西安，我在腦中復習先前讀過關於這個城市的點點滴滴：西安是中國古代首先被定為國都的城市，在西元前二世紀由秦始皇建立，這個古老皇城的西門成為商隊前往印度、波斯和中亞的起點，域外的「蠻族」商賈將玻璃、金銀、香料、寶石、布帛和鴕鳥之類的奇禽異獸引入中原，再將中國所產的絲綢、茶葉、玉器、青銅器、瓷器、漆器、菊花、杏子、桃子，甚至連孔雀也帶回母國。

精緻華貴且輕軟如蟬翼的絲綢是其中最珍貴的商品，引起異國的權貴富豪爭相搶購，甚至被當成貨幣使用，價值可比黃金。在紙發明前，中國古代書吏就以極寶貴的絹帛作為書寫的材料。

西安的發展在一千多年前的唐朝達到巔峰，當時城內的居民有兩百萬之多，整個城市熱鬧鼎沸得有如各種辛香料和香草相混的美味濃湯，包括阿拉伯、波斯、中亞、印度、西藏甚至東羅馬帝國等各個種族及文化在這個大熔爐中匯聚交融。

著名《西遊記》中的唐僧就是以中國歷史上最有名的旅人之一高僧玄奘為藍本，玄奘從當時的長安出發，西行前往當時稱為天竺的印度求法，將數百部佛經帶回中土，當玄奘抵達長安城門時，沿途鼓樂喧天，焚香誦經的僧侶和信眾欣喜地灑淚恭迎……

空服員在供應午餐前發放中文報紙，我拿了一份翻看，頁面裡淨是各種各樣的塵囂俗事和沸沸揚揚的八卦消息，一則頭條突然引起我的注意。

文物走私分子遭到處決

五名背叛國家盜賣文物的藝術竊賊昨日於北京遭到處決。

這五人皆為犯罪集團成員，專門從各地博物館盜取國寶之後轉售給歐美資本主義國家的富有收藏家，公安機關相信集團幕後有黑道操縱。

政府當局傾全國之力追捕藝術竊賊，公安單位目前已掌握幾名共犯的行蹤，不日即可逮捕這些漏網之魚，將依法處置絕不寬貸……

中央政府也計畫派遣官員前往歐美追討失竊文物……

我一直都為這趟旅程感到興奮不已，不過看到中國的法律如此嚴峻，我不禁有點擔心。放下報紙後我時睡時醒，直到飛機降落前聽到歡迎旅客抵達的廣播聲才完全清醒：「空服員注意，請準備降落……」擠在狹小的機艙裡這麼久，我疲倦地揉揉眼睛，心中祈禱自己可以堅強起來面對這趟冒險之旅。

我住進北京天壇附近的一間小旅館，洗了個不太熱的熱水澡後，我便到旅館裡的餐廳大啖牛肉麵，還好麵湯總算夠熱夠辣。吃飽之後我回到房間，努力保持清醒試著重讀關於旅程第一段的指示。第一站是西安，這裡是絲路的起點，也是兩千多年來任勞任怨守護始皇陵墓的兵馬俑所在地。一想到終於可以看見耳聞許久的知名景點，我覺得興奮不已，不過我又想起在離開北京之前，我還得去羅氏與王氏聯合律師事務所取得最後一部分的行程指示。

打電話預約時間後，我就直接搭計程車前往位在王府井商圈內的事務所。事務所內部相當乾淨寬敞，我進去之後就向年輕的接待人員自報姓名，對方很快領我前往負責這件事的羅律師辦公室。羅先生大約五十幾歲，個子矮小的他拉長著臉，掛著眼鏡的臉上滿布風霜，前額和眼周的皺紋看起來像是一筆又一筆刻畫痴情苦戀和生離死別詩詞的毛筆字，乍看之下好像整個人都沉浸在悲傷之中。辦公室的牆上只掛著幾張證書和一副對聯當裝飾：

豈能盡如人意　但求無愧我心

這表示他是個有良心的律師嗎？還是他只是用這種格言來掩飾自己不良的一面呢？握手之後免不了寒暄幾句：「飛這一趟累嗎？」「還好，謝謝！」「吃過了嗎？」「剛吃過午餐，謝謝。」「希望妳在北京玩得愉快。」「一定會的。」之後總算言歸正傳。

羅先生覆述一次我在紐約米爾斯暨曼氏法律事務所就聽過的內容，之後才將阿姨留下的完整文件交給我，裡面記載了所有路線和行程中每一站應該完成的任務。

我在幾份文件上簽名，然後詢問坐在對面的苦瓜臉：「羅先生，請問什麼時候會見到我阿姨？」

他回答的聲音乾澀，答案卻令我大吃一驚：「林小姐，等妳完成這趟旅程回來領錢的時候。」

「可是我為什麼不能在出發前和她見面呢？我以前甚至不知道自己還有個阿姨。」心中的猜疑再次浮現，難道我大老遠跑來只是為了讓人詐騙嗎？但是為什麼會有人先付這麼多錢只為了要在之後騙我？更何況我根本沒什麼東西可以讓對方騙。

羅先生毫無活力的聲音再次變成律師腔：「這是妳阿姨的決定，等妳旅行回來見到她就知道為什麼了。」他推了推黑框眼鏡，然後透過厚厚的鏡片端詳我：「現在注意聽我說，這幾個信封裡分別裝有文件，裡面有關於每項任務的詳細指示，妳一定要很仔細地讀過，然後完全按照文件中的指示進行。信封上有編號，妳必須按照順序拆信閱讀，而且一定要等時間到才可以拆信。

「旅途中可以自由行動或做別的事，不過一定要在八個月之內完成整趟旅程。」這時他的小眼睛死盯著我：「記住，不要想玩什麼花樣，否則後果自行負責，聽懂我的意思嗎？」

我點點頭。沒想到這次會面比我預期的還要令人不安，我不太確定他說的「花樣」是指什麼，也不知道可能會有什麼嚴重的後果。

「還有問題嗎？」

我搖頭。

我背上裝滿文件的沉重背包離開事務所，原先興高采烈打算好好觀光的心情在聽了羅先生的警告後煙消雲散，只好打消去市內逛逛的念頭，直接回旅館用餐，吃完飯後我沖了澡就上床睡覺。

隔天下午，我搭機離開北京，兩個小時後便抵達西安機場。我拖著沉重的行李箱走出航廈，周圍是一群邊叫嚷邊推搡，或吸煙或吐痰，手裡拉行李同時嘴上罵小孩的中國人。我努力突破重圍，總算搭上計程車前往已經訂好的小旅館。車子行駛途中，我撐著惺忪睡眼試圖一覽這個城市中熙來攘往、富有異國風情的景色，後來總算看到被一片車水馬龍環繞的雄偉明代鐘樓，我幻想大鐘像六百年前恭迎皇帝時一樣響起歡迎我的來到。

旅館房間很小不過還算乾淨，看到裡面有附衛浴真是令人開心，這表示我不用去公共浴室洗澡了。公用的浴廁通常氣味難聞，更別說還得冒著讓中國偷窺狂偷看我曼妙裸體意淫的危險。

我很快沖了個澡，在旅館的餐廳吃了一碗榨菜肉絲麵就匆匆回房。我坐在狹窄的床上，將旅遊書、新買的筆記本和阿姨給的文件一字擺開，然後埋首鑽研。

在西安這一站我必須去參觀兵馬俑，然後從第十號兵俑身上刮下一小片陶土，之後要到碑林博物館找到刻有《孝經》的石碑並研讀碑上的經文。第一個任務十分古怪，而第二個任務根本就看不出有什麼意義，不過研讀碑文跟刮下兵馬俑身上的陶土比起來應該簡單一點，偷刮陶土實在太可怕了，我會不會因此被捕入獄？或者面臨更糟的下場？

在我瀏覽任務指示時，有兩行小字吸引了我的視線：

此舉絕非破壞文物，而是為了保護中國免受貪污腐敗之苦。第十號兵俑實為贗品。取得陶土之後請按照後續指示行動。

隔天早上我叫了計程車，車子行駛了好長一段路才到兵馬俑所在地，這些兵馬俑的歷史已有兩千年之久，如今在我們跨越時空的約會中現身時卻絲毫不顯老態。我在博物館開館前十五分鐘到達，希望能搶在第一批進入參觀，剛開館時遊客較少，也許館內人員看管會比較輕忽。入口處只有五個人在等候開館，包括一對上了年紀的中國夫婦、兩個在聊天的中國女孩，還有一個年輕人，頂著一叢又厚又捲的栗色頭髮。我儘量仔細觀察這幾個人，除了那個年輕外國人外，其他人應該不會對我造成妨礙。只有那個外國人，他一直看我，讓我覺得很不自在，我打開旅遊書假裝在看。

在上午的陽光下等待了一會兒之後，兩名穿制服的警衛前來打開大門讓我們進去，一個警衛看起來很年輕，另一個已入中年的嘴裡還叼著一根煙。進入龐大的陵墓後，蓄積兩千年的寒氣撲面相迎，我拉緊身上毛衣的前襟。

雖然我已經看過很多兵馬俑的圖片，但親眼見到超過千名真人大小的俑像站立在淺坑中的景象仍然感到極為震撼。他們就這樣成排佇立，俑像的表情、胸甲、頭盔和所持武器各異，但兩千多年來都保持著同樣的英武姿勢。這些英俊的年輕兵俑看起來栩栩如生但卻完全靜止不動，我感受到他們散發出的氣極為強烈，忍不住倒抽了一口氣。

這時身邊揚起一個說英文的男音：「需要我借妳外套嗎？」

我轉過頭，那個年輕的外國人正要脫下外套。

「喔，不用了，謝謝你！我很好。」我說完後就直接回頭欣賞雄偉壯觀的兵俑陣列。

過了好一會兒，同樣的聲音在冷冽的空氣中再度揚起：「妳是觀光客嗎？」

我轉頭打量這個陌生人，第一眼仍然是被那叢厚厚的栗髮吸引，讓我聯想到剛刨下的蜷曲木屑，而他的光滑臉龐和細緻五官同樣引人注目。「沒錯，你怎麼知道？」

他輕笑一聲：「因為妳看的是英文旅遊書。」

「噢。」我心下暗罵，不管再怎麼小心謹慎，還是會在意想不到的小地方曝露身分。

他問：「妳從哪裡來的？」

我遲疑不答。

兩個人尷尬地沉默了一會兒，他說：「我從紐約市來的。」

「我也是，好巧哦！」喊完之後我又開始痛恨自己幹嘛要語帶興奮。

雖然我跟這個人素不相識，但碰上同是「紐約客」的人讓我覺得一切都踏實多了。古諺曾云人生有四大樂事：

久旱逢甘霖，他鄉遇故知；洞房花燭夜，金榜題名時。

我望著他灰綠色的眼睛，眸中似乎閃動著淘氣的光芒，讓我想到「眼睛如星光閃爍」這句話。

「你是美國人？」

他點點頭。

「你一個人嗎？」我們同時開口。

我們都說聲「對」之後就笑了起來。

該死！我想到自己來這裡是要完成任務，可不是為了跟陌生人閒聊，於是我說：「很高興認識你，拜拜。」

年輕人的臉上滿溢失望之情，眸中的星光變得暗淡：「抱歉我打擾到妳了。」

「沒關係。」

「那麼希望能再見到妳。」他輕柔地說完後轉身走開。

很好。我不是來中國交朋友的，等我完成任務拿到錢後有的是時間。

我開始往前走尋找第十號兵俑，同時想起從昨晚就開始困擾我的問題：我到底要怎麼偷偷靠近「他」然後刮下一小塊陶土？終於開始接近目標，我熱切地盯著「受害者」，不過試著不要表現得太明顯，然後四處張望了一下。那個中年警衛正站在入口的地方發呆，而個子比他矮的年輕同事坐在椅子上一臉無聊的樣子。兩個女孩咯咯發笑；那對老夫婦則在遠處的一個角落仔細打量幾個兵俑，老人的手指向幾名兵俑，在冷空氣中比畫著好像在切割一尊隱形雕像，而老婦人的嘴唇快速張合，發出驚嘆之餘不忘發表意見，傳來的聲音斷斷續續；年輕的外國人正在另一個較遠的角落認真端詳一個兵俑。

第十號兵俑就在下方幾英尺的一個淺坑裡，他的四周圍有粗纜繩，我想不出來該怎麼靠近他，更別說要從他身上刮下陶土了。接著我想起克里斯在每次創意寫作課下課前最喜歡用來提醒學生的一句話：「發揮你的創意，揮灑你的想像力。」他會一邊說這句話，一邊用他性感的手指用力敲自己的腦袋。

我望著兵俑絞盡腦汁，彷彿把他當成生生世世以來唯一的愛人，我在他身上看了老半天，手插在牛仔褲口袋裡不停擺弄一把小刀和幾個硬幣。突然之間就像有什麼神祕力量推了我一把，我滑了一跤跌向我的「愛人」，而我的手就像有了意識一樣自動伸到兵俑身上刮了一小塊下來，然後又敏捷地縮進長褲口袋。

那名美國青年第一個注意到這起「意外」，他衝了過來，試圖踩進兵俑所在的溝坑，但是年輕的警衛馬上大喊要他停下來。

穿著制服的警衛用中文大喊：「待在原地別動！」然後伸手抓住我的手臂把我拉出坑外。他沒說什麼安慰我的話，反而大吼：「妳知不知道自己在幹什麼！」

「很抱歉，我跌倒了。」

這時中年警衛也趕了過來，跟在他後面的是那對老夫婦和兩個女孩。

兩名警衛瞇著眼睛掃視我全身上下，老夫婦帶著懷疑的表情從頭到腳打量我，兩個女孩則掩嘴笑個不停。

最後年輕警衛問他的同事：「現在拿她怎麼辦？叫公安來嗎？」

中年警衛的臉上綻出一抹笑：「好主意！」

我的心砰砰直跳，令我驚訝的是那個美國青年的反應，他竟然走向那兩個警衛，搭住他們的肩膀低聲說了些什麼，然後領他們走到一旁。那兩個警衛僵硬地站著，接著三個人都轉身背對現場，我看到他在警衛的長褲口袋裡塞了些東西。

三個人之後朝我們走來，中年警衛揮手要四名好事遊客離去，等他們走開後，兩個警衛朝我露出親切的笑容。

中年警衛說：「看到小姐跌倒真是過意不去，現在有好一點了嗎？」

我點頭。

「下次記得小心點。」他對他的同事眨眨眼，之後兩個人就當做什麼都沒發生似地悠閒走開。

我還來不及向那個美國人道謝，他就關切地看著我：「妳還好嗎？有沒有受傷？」

「我很好，真的很謝謝你剛剛幫我。」我又注意到他那雙灰綠色的眼眸，看起來幾乎和他的長褲同色。

「妳確定沒有受傷嗎？」

「我確定，」我回答的聲音似乎太大了點，我邊拍掉毛衣和牛仔褲上的沙土邊暗想：**拜託，別來煩我！**不過我又對自己的粗魯感到抱歉，朝他擠出最甜美的笑容，「你剛剛跟警衛說了什麼？」

他沒回答，只是盯著我看。

「好吧，謝謝你幫我解圍，真的非常感激！」

「別客氣。」他害羞地微笑，臉頰泛出迷人的粉紅色。他接著伸出手：「我是亞歷，亞歷‧路思。」

「我是林麗，很高興認識你。」

他的手又溼又冷，這個小伙子在緊張什麼？跌倒的是我，又不是他。

「我能叫妳小麗嗎？」

「當然可以。」

他的臉更紅了。「小麗，那個……我……我能邀妳共進晚餐嗎？」

我嚴肅地盯著他，這個要求很怪，他想要我請他吃一頓答謝他出手相助嗎？他看起來很年輕，可能身上沒什麼錢，也許他根本就已經花到口袋空空了。

「你確定？」我望著他。

他點點頭，堅定地回答：「確定。」

看到他露出誠摯懇求的眼神，我的心稍稍軟化了，再說這個小伙子的樣貌其實還挺俊俏迷人的。

「好，不過我請客。」

「噢，不行，拜託妳，讓我請客。」他的語氣很堅決。

真是個固執的美國小鬼。

「好吧。」我說，然後我們走向出口，這次我可以感受到兩名警衛和千名兵俑投向我的眼神幾乎要在我背上鑽出窟窿。

為了避免有佔人便宜的嫌疑，我提議去我投宿旅館旁的一間小餐館。我們進去的時候只有三四桌客人。天花板上除了幾顆光禿禿的燈泡，還掛著幾根有細小黑點的黃色條帶，當我發現那些黑點不是什麼前衛書法字而是死蒼蠅，心中不禁一沉，那個美國小伙子會不會覺得很倒胃口？我斜眼瞄了他一下，沒想到他竟然面帶微笑，我暗暗吃驚。我們朝後方角落一張桌子走去，店內的客人紛紛轉頭打量我們，我在桌邊坐下，刻意忽視一個缺牙男人帶有敵意的眼神和一個打扮得花枝招展的年輕女人投向我的豔羨目光。餐館牆上貼著寫滿書法字的粉紅色餐墊。

我示意同行的年輕人看牆上：「菜單在這裡。」

他說：「我知道。」

「你怎麼知道？」

「我在哥大唸漢學。」他指著那些字條用帶了一點外國腔的中文唸了起來：「炒苦瓜、烤鴨飯、麻婆豆腐，這些我以前吃過，好吃！」

我難以置信地看著他：「哇，真是厲害。」

這時候大約四十幾歲的豐腴女服務生過來幫我們點菜，亞歷・路思用中文點了麻婆豆腐，我點了醬油雞。

等服務生晃著她的大屁股離去後，我開口：「亞歷，恕我冒昧，可不可以問你一個問題？」

「當然可以。」他先在我的杯裡斟茶，然後才幫自己倒茶，表現十足的紳士風度。

「那好，你為什麼邀我一起吃晚飯？」沒等他回答，我接著說：「如果你只是孤單想找個伴，我不是你要找的人。而且，你幾歲了？你爸媽呢？」

他笑了：「噢，小麗，我二十一歲了，不是小孩子，而且我爸媽給我很大的自由，他們在我六歲的時候就離婚了，所以我早就習慣獨來獨往。」

「很抱歉。」

那雙彷彿會說話的雙眼望著我：「嗯……小麗，那我能問妳為什麼一個人來玩嗎？」

「不好意思，但這是我的私事。」

「抱歉，我沒有想要窺探什麼。」

我心裡覺得過意不去，拍拍他的手說：「沒關係，抱歉我說話太衝了。」女服務生將他點的麻婆豆腐啪的一聲大力放在桌上，然後瞄了我一眼，臉上彷彿寫著：「中國老色女和美國小白臉！」才拖著她的肥臀離開。

我看亞歷沒有馬上動筷子就問他：「你不先開動嗎？」

「妳的菜還沒來。」

所以他是在等我一起開動，很有禮貌的孩子，看來家教應該很好。

「你就吃吧，拜託，不然就涼掉了。」

「我等妳。」他說。

真是很固執的孩子。

然後我的菜也來了，服務生走開之後，我發現亞歷甚至等我開始夾菜之後才動筷子。這真的讓我印象很深刻，不僅因為他那麼年輕，而且這裡也不是曼哈頓的什麼高級餐廳，只是中國的一間便宜飯館。看到他吃得津津有味我也覺得很開心，我喜歡不管家常小吃或珍饈佳餚都能衷心喜愛並享用的人。我們邊吃邊聊，餐桌上除了笑語聲還有筷子相碰、嘴唇吧噠和啜飲茶水的聲音。他看起來很高興，但我卻因為心裡太多事被壓得麻木了，什麼感覺都沒有。

在我尋思要怎麼儘快擺脫他的時候，他出聲了：「小麗。」

「嗯？」我正在吸吮美味的雞骨。

「妳排了什麼行程？」

「今天去看兵馬俑，明天參觀華清池，然後去敦煌、烏魯木齊、天山、塔克拉瑪干沙漠、吐魯番，大概是這樣。」

「哇，我剛好也要去這些地方耶！」他一臉興奮，然後害羞地問我：「也許我們可以同行？」

我聽了險些吞下整根雞骨，為了保持鎮靜，我喝下一大口茶。

「咳咳咳……」熱茶燙得我直咳。

「妳還好嗎？」他的眼睛和聲音滿是關切之意。

我點點頭。

這趟旅行我最不想要的就是旅伴，更別說是一個可能需要我照顧的小鬼，二十九歲的我一點都不想當別人的老媽子。

可是他一本正經的宣言卻讓我吃了一驚：「請讓我……和妳同行，如果有什麼不尋常的我可以幫忙注意。」

我好不容易忍住笑，那個女服務生現在站在角落裡，她又瞄了我一眼，好像在說：「美國小白臉現在想討好中國老色女。」

「小麗，跟我在一起會比較安全，我學過好幾年螳螂拳。」

美國小伙子挺身對抗武功高強的中國歹徒的情景令我不禁莞爾，我擱下筷子。「亞歷，謝謝你，不過抱歉，我還是想一個人。」

「但是我很擔心妳。」

「為什麼？」這次我幾乎打翻茶杯。

「因為妳要一個人去絲路旅行。」他故意朝附近一桌正忙著把飯菜往嘴裡塞的男人抬了抬下巴：「看到那邊那些人了嗎？我敢打賭他們會偷搶拐騙甚至殺人滅口，而且這種人到處都是。」

「唔，亞歷，謝謝你的關心，還有謝謝你先前幫我一把，可是我們根本就不熟，而且我一個人去絲路不會有問題的，謝了。我想這不只是我們第一次共進晚餐，也是最後一次。」

語畢，我向女服務生揮手示意買單。

回到旅館後，我一直在想這個奇怪的小伙子，他是什麼人？到底有什麼企圖？然後我想到我的「阿姨」，她又有什麼企圖？

我掏出從兵俑身上刮下的陶土碎片，就著房裡微弱的燈光仔細觀察，這樣小小一片陶土會對什麼人有什麼特別意義嗎？即使它真的是贗品？我知道不等到旅程結束是不會得到答案的，也就用面紙將碎片包起來放進信封裡，再在信封上標註「西安」和今天的日期。雖然因為時差的關係很想窩在床上，但我還是打起精神將今天發生的事寫在日誌裡，包括遇見亞歷・路思。之後我翻閱阿姨的指示規畫行程，明天要去碑林博物館參觀遠近知名的「碑林」，那裡有很多刻著珠璣慧語的石碑。

自稱是我阿姨的明蒂．梅迪森女士去過碑林，而且對自古以來便備受尊崇的《孝經》碑特別有興趣。中國人常說：「飲水思源」，提醒子女應該時刻感激父母的親恩，感謝他們賦予我們生命、疼愛我們，供我們吃住和受教育。

為什麼阿姨會特別要我去讀這個《孝經》石碑呢？

隔天早上，因為昨天的「兵俑事故」和遇見亞歷．路思的事還是讓我覺得不太自在，所以我決定先去參觀古代皇家的華清池放鬆一下。我套上T恤、藍色牛仔褲和慢跑鞋，在旅館裡的餐廳胡亂吞了一碗粥，然後請旅館的服務生幫我叫計程車。

雖然有空氣污染，但旅館外的天空既清且藍，還點綴著幾簇在玩捉迷藏的雲朵。從旅館到華清池的車程不算短，一路上沒什麼好看的，只有腳踏車、人力車和手推車，還有無所不在的卡車在排放廢氣。我們經過幾棟老舊的磚瓦房，路邊孤伶伶地立著幾棵楊樹，還看到一棟尚未完工只有骨架的低矮建築旁停了一臺生鏽的起重機。

計程車終於停下來時，已經到了驪山山麓，著名的華清池就在這裡。我覺得全身是汗還沾滿沙塵，迫不及待想洗個澡，不管是私人浴室或公共澡堂都好。

我付了一點人民幣後便進入重新修葺過，富麗如皇宮的溫泉區，沿著荷花池畔漫步，看到錦鯉在荷葉下方的水草間懶洋洋地擺著魚尾，我很快就放鬆下來。拿出相機時，我注意到一尊立在湖中的雕像，告示牌上寫著在這個九龍湖中的是史上知名的楊貴妃，千年以前就是她曾與唐玄宗一起在無數個月夜中於華清池共浴。雖然雕像的刻工並不精細，但是貴妃和玄宗的故事依舊動人。

後宮縱然有三千名如花似玉的佳麗投懷送抱，但是玄宗皇帝只愛楊貴妃一人，宮中盛傳她有閉月羞花之姿，即使在楊貴妃身後數百年，仍有許多詩人和畫家以她為繆思女神創作無數詩畫傳世。然而玄宗對貴妃的迷戀日甚，以致逐漸荒廢國事，讓野心勃勃的將軍安祿山抓住機會起兵造反。

玄宗帶著禁衛軍和喬裝打扮後的楊貴妃向南逃亡，安祿山帶兵在後緊追不捨。玄宗手下的軍士在途中得知楊貴妃也在出逃隊伍之中，認為皇帝就是因為被貴妃的美貌所魅惑而且溺愛妃子、不理朝政才造成天下動盪不安，便要求皇帝將貴妃處死，否則不肯繼續前進。皇帝與禁軍將領爭執許久，最終痛苦地覺悟他必須退讓，於是就在曾經為兩人見證無數纏綿夜晚的月亮照耀下，下令在佛堂縊死他這輩子唯一深愛的女人。

多諷刺啊，大唐天下最有權力的男人不能保護他最心愛的女人，只能無助地看著她在自己曾最信任的軍士脅迫下赴死。在貴妃香消玉殞後，皇帝還能面對鏡中的自己嗎？他在洗手的時候兩手不會顫抖嗎？等他之後回宮與其他嬪妃燕好，聽到她們歡愉的呼喊聲時，他會不會想起貴妃被勒緊脖子時的叫喊？

詩人白居易以此為題寫了〈長恨歌〉，這段傳奇故事從此永遠為世人所傳唱。香港的高中老師曾經要求我們背這首詩，但要等到十年後的現在，我才感受到故事中蘊藏的複雜情感。

「唉……實在太淒美了……」我嘆了口氣，真希望能擁有楊貴妃那樣傾國傾城的美貌，不過我可不想像她一樣下場那麼悲慘！

然後我聽到旁邊一個年輕的中國男子低聲說：「奶子不錯，鑾圓的。」

我很想跟他說我覺得那看起來比較像做了隆乳手術，不過我只是垂下眼皮匆匆告別眼前的麗人。

我繼續往前走，四周蔥郁的樹木令人心曠神怡。湖畔的垂柳顧影自憐，聳立的柏樹伸出的樹冠彷彿呵護幼弱的有力臂膀，還有各式各樣的小型植物或由地面冒出、或優雅地於盆中休憩。花草樹木之間還有繁多景象若隱若現：涼亭展露弧線，一名女子手中的鮮紅色陽傘在蜿蜒小橋上時起時落，一塊圓石露出刻於其上的書法字。

不過我現在的目標是找個靜謐的地點泡一下有名的溫泉，這裡有四個專供觀光客泡溫泉用的池子，但是都不怎麼吸引我，我想找的是可以獨享的溫泉池，希望可以看到旅遊書裡描述的景象：「華氏一〇九度的熱水由深達一七五〇至二五〇〇公尺的地質斷層和裂縫汩汩冒出」。

我朝宮殿和吵鬧觀光客相反的方向走去，想像自己泡在書裡介紹的那種含有各種有益礦物質且具療效的泉水中，也許泡過溫泉後我就能和美人楊貴妃一樣擁有吹彈可破、透滑如凝脂的肌膚。

越過垂柳下一座長橋後我繼續往前走，眼前的蜿蜒小徑似乎無止盡地向前延伸，扶疏枝葉之間一個人影也沒有。我深吸一口新鮮空氣，終於可以一個人清靜一下，真令人開心。

我沿小徑前行，最後在厚重枝葉和高聳岩石後方發現一個位置隱密、大小和按摩浴缸差不多的池子，冒出熱氣的泉水從岩縫之間咕嚕咕嚕湧出，這個溫泉池簡直就是人間仙境。四處張望確定這裡真的只有我一個人之後，我將背包拋在地上，踢掉慢跑鞋、脫下T恤和牛仔褲，身上只穿比基尼就鑽到水裡。

我呼出一口氣，泉水很熱，有舒緩療癒的效果，還散發出迷人香味。如此浪漫的情景激發了我的想像力，我抬起一腿、微舉雙臂，再輕扭腰枝並微微彎腰，試著擺出像楊貴妃一樣嫵媚撩人的姿勢，假想自己正和寵愛我的英俊皇帝在御用溫泉池中洗鴛鴦浴，然後我開始輕聲吟詠〈長恨歌〉：

回眸一笑百媚生，六宮粉黛無顏色。
春寒賜浴華清池，溫泉水滑洗凝脂。
侍兒扶起嬌無力，始是新承恩澤時。

……

我正沉浸在自己的吟詩聲時，一個英文男聲嚇了我一跳：「噢，抱歉！」

我轉頭一看不禁大驚——是亞歷・路思。

「亞歷！」我一邊尖叫一邊往下縮進溫熱的泉水裡，將胸口以下全藏進水裡。

樹影下亞歷的瘦削身形一動也不動，他看起來實在太過驚慌，我不禁想像他的栗色頭髮以無比的青春活力朝四面八方直豎的樣子。

接著他才好像大夢初醒般嘟噥了一聲：「對不起！」然後飛快奔離我的視線。

我儘量甩乾手上的水，接著套好衣鞋、將背包甩到肩上，離開那個心目中的「私人按摩浴缸」。亞歷站在離一塊岩石大約幾英尺的地方，他的眼睛被陽光射得直眨，於是伸出手擋太陽。「嗨，我在等妳。」

我突然覺得好熱，就告訴他：「我們別站在這裡晒太陽吧。」

「我要去碑林，要跟我一起嗎？」

我點點頭，不自覺打破了先前說要獨自旅行的誓言。

4 碑林博物館與流淚的觀音

沒想到和亞歷同行感覺會這麼不一樣，我沒有像原先計畫的利用參觀碑林博物館的機會多認識一些碑帖，反而被這個二十一歲的俊俏年輕人吸引，覺得他比博物館裡典藏的精美石碑更為迷人。

和亞歷在博物館裡閒逛的時候我的心如小鹿亂撞，當然不是為了那些兩千年以來所留下刻有詩文、佛道經書、聖旨和儒學經籍的石碑，而是因為身旁有個魅力十足的發電機男孩。

為了表現出認真參觀的樣子，再加上阿姨在文件裡特別指明要我去讀刻有《孝經》的石碑，我示意亞歷跟我一起去看雄據展室中的高大碑石。

眼前的黑色花崗岩石板巨大無匹，極厚的底座上刻有神獸和奇異的植物藤蔓，我不禁暗自開心。

我一向喜歡大的東西，我愛吃大碗的飯或粥、大塊的肉或是頭大大、眼睛圓得像彈珠的大魚；我也喜歡坐在大沙發上，或是可以讓我盤腿坐在上面冥想的舒服高背椅；我喜歡在寬敞的書桌前做事，這樣我就可以在電腦旁邊擺上成列像磚頭一樣厚的書籍，攤開還未完成的小說，還可以擺出各式各樣的文具——像便當盒一樣大的筆盒裡有原子筆和鉛筆、用來裝訂好幾公分厚文件的大釘書機，還有用完前鐵定會被我搞不見的大橡皮擦。

我也喜歡像葡萄柚那麼大的書法字、貝多芬悲壯的第五號交響曲和雄偉的第九號交響曲，還有米開朗基羅在西斯汀禮拜堂的天頂畫，在那裡你必須朝四面八方轉頭才能看到完整的畫作……

這時亞歷開始用中文大聲朗讀人人耳熟能詳的《孝經》經文，打斷了我天馬行空的思緒，他的聲音聽起來很認真但是有種愉快的感覺，我半閉著眼讓他那聽起來很舒服的聲音如蜻蜓點水般一波波輕擊耳膜。

……《詩》云：「夙興夜寐，無忝爾所生」。

……謹身節用，以養父母……

他唸完後，感嘆讀經正如人世間任何事無可避免會到盡頭，我輕聲問他：「你很喜歡《孝經》？」

「對，我很喜歡，想要再讀一遍。」他探詢般看了我一眼：「妳呢？」

「我不喜歡儒家說教那一套。」看到他臉上的神采消失，我接著說：「這不表示我是不孝女，不過我爸媽已經不在人世了。」

「真的很遺憾。」

「沒關係的，亞歷。不過你為什麼對《孝經》這麼有興趣？」

「因為我希望我爸媽能以我為榮。」他紅著臉說。

這好像不是我要問的。

「你是說他們不以你為榮？」

他還是沒直接回答我的問題。「他們離婚之後各自再婚，所以我們不常見面，不過偶爾會三個人團聚一次。」

「那很好啊。」

「我想他們是因為我才離婚的。」

「怎麼說？」

「說來話長，現在不適合談這個，我請妳喝茶吧。」

我直直望向這男孩灰綠色的雙眸：「亞歷，你如果每次碰到陌生人都請客，你很快就會破產。」

像孩子一樣甜美無邪的笑靨在他的臉上綻開：「別擔心。我們去喝茶吧，拜託。」

我堅持不去茶館，高檔或普通的都不要，只要在附近找個地方坐下來聊天就好。

我們出博物館之後走了一會兒，很快就看到樹蔭下的靜謐角落有個長椅。

我們坐了下來。亞歷望著我輕輕地說：「小麗，我是被收養的。」

「噢……」沒想到會聽到這樣的話，我不知道還能說什麼。

「沒關係。」他伸出手放在我的手上，接著又說：「我爸媽結婚多年，但我媽一直沒辦法懷孕，所以他們決定領養小孩，爸爸有個朋友是婦產科醫生，他告訴爸爸說有一個產婦的男嬰要送養，他說產婦很健康，沒有生病或嗑藥，是來學戲劇的臺灣留學生。」

所以他有一半華人血統，我心想，不知道他的親生父親是哪一國人？

他看我全神貫注的樣子忍不住輕笑，他雙眼的顏色現在看起來就像遠處廟宇的屋瓦。

「亞歷，有什麼好笑的？」

「不是，只是覺得諷刺。我在急著領養小孩的夫婦眼中很搶手，但我的親媽媽卻不想要我。」

「你知道為什麼你的臺灣媽媽要把你送人嗎？」

他搖搖頭，眼睛望著遠處廟宇前陪著圓胖幼兒玩耍的年長夫婦。

「那你的親生父親呢？你知道他的事嗎？」

他轉過去背對我：「只知道他是美國人。」

所以亞歷是中美混血，他似乎兼具兩個種族的優點。

他接著說：「就算是在領養我以後，我爸媽還是想試著自己生小孩，可是一直沒能如願，後來他們開始吵架，最後就離婚了。之後他們各自和新的伴侶生了小孩，也不知道怎麼成功的。」

這個故事比我還沒完成的那本中國家族史小說還要有滋有味，不過我沒有露出笑意，只是問他：

「後來呢？」

「他們離婚後，我輪流去爸媽的新家和他們的再婚對象還有兩個算是我弟弟的孩子同住。」

「你跟他們處得來嗎？」

「我知道自己在他們家的地位。」他的聲音變得有氣無力。

我撫著他的肩，感覺到他身體的熱度後又很快縮回手。

他又高興起來，是因為剛剛的肢體接觸？輕輕一碰也能讓他開心嗎？

「你爸媽現在對你好嗎？」

亞歷低下頭沉思。在遠方清朗的天空襯托下，他的側面輪廓就像是在空中刻出的俳句——簡單、鮮明、清爽。

「好，也不好。我相信他們還是關心我，但我也覺得他們更關心自己親生的孩子，雖然他們試著不表現出來。」

「知道你的生母在哪裡嗎？」

「不知道，只知道她將我送養後就回臺灣了。」

我沉默片刻，不知道該怎麼接話。

他的臉突然一亮，「我爸媽快要來中國看我了，他們會待個幾週。」

可憐的孩子，只要能和爸媽相處幾週就這麼開心，他們之間甚至沒有血緣關係。

靜默了一會兒之後我問：「亞歷，你在中國做什麼？」

「觀光啊，不過主要是想來練習中文。」

兩個人安靜了好一會兒，他再度發問：「我們……可以一起旅行嗎？」

「不行，我沒辦法。」

「可是為什麼不行？妳不是一個人來的嗎？」

是啊，為什麼不行？梅迪森阿姨並沒有特別指明說我在旅途中不能交朋友。我還是很希望旅途中有他做伴，可是我根本不了解他，要是他發現我會繼承一大筆錢怎麼辦？

雖然我的心都快融化了，但我的語氣極為堅定：「嗯，亞歷，你似乎是個聰明的小伙子，人也很好，不過我比你還老，你這只是小男孩愛幻想，去找年紀和你一樣的女孩吧。」

「我不是小男孩，而且妳也不老。」

「我二十九歲了，你才二十一歲。亞歷，拜託，我自己的問題已經夠多了，不想再照顧小弟弟。」

我當然沒有說出我真正顧慮的事，就是那一大筆財產。我嚥了嚥口水。

「那不要緊，我喜歡妳，想和妳一起旅行。」

我脫口而出：「老天，亞歷！這真是莫名其妙，不要那麼幼稚！」

「不要說我幼稚！」他回嘴。

一對剛從博物館出來的年輕男女轉過頭盯著我們。

我們尷尬地沉默許久。

最後我說：「亞歷，我們根本不認識彼此。」

「妳是來旅行、來冒險的，我也是，所以我覺得我們很相配。」

我不耐煩地看他一眼。「但是你根本不知道我為什麼來旅行，也不知道我平常在做什麼。」

「那妳為什麼不告訴我?」

這個小鬼真的很固執，而且很煩人。

「亞歷，我真的不想要旅伴，請見諒。」

「妳是認真的嗎?」

「是!」

「妳確定?」

我點頭。

「那好吧，再見。」他倏地起身走開。

走了幾步之後，亞歷轉過頭望著我，眼神哀傷熾烈，好像在等我示意他回頭。但是我揮手道別，心腸硬如博物館裡那塊被我們拋下的千年石碑。

其實我很難過，也很愧疚，後悔自己不該像丟棄舊月曆或穿壞的慢跑鞋一樣拋下亞歷。這孩子似乎是真心誠意地關心我，想和我一起旅行，有個小伙子陪我不是很好嗎?就算不是為了借他年輕俊俏的外貌滿足我的虛榮心，至少耳邊有個好聽的聲音可以稍微減少我心裡的空虛感。但是我警告自己，雖然絲路之旅的行程表裡不用完全排除甜蜜戀情這一項，但也應該是最後上桌的甜點，我現在應該端上桌的是可以帶來滾滾財源的營養主菜——敦煌、新疆、天山、吐魯番，還有最後那個「進得去出不來」的塔克拉瑪干沙漠。

隔天一早，我先到旅館裡的簡陋餐廳很快吞掉一個大包子和一碗滾燙的稀飯，然後回到房間快速整理行李，接著到櫃臺辦理退房，出了旅館之後就跳上計程車到機場搭機前往嘉峪關。我本來想看看這個聞名遐邇的關隘、傳奇的萬里長城還有千年前留下的魏晉古墓磚畫，不過我實在等不及要去敦煌了。我一下飛機就換搭火車到「大盛之地」敦煌，再轉乘巴士到莫高窟。

雖然文件中沒指定要去敦煌，但我決定在前往天山進行艱險任務前好好放鬆，先到莫高窟參觀佛家珍寶接受一下藝術的洗禮。

資料裡提到從西元四世紀開始，學者、朝聖的信徒等人沿絲路跋涉行經這一段時會在此地停駐靜坐或翻譯經書，其中最多的是僧侶。不過一直到西元三六六年才有一名僧人因為看見寶光閃動如有千佛的奇景而在此地挖鑿出第一個洞窟，因此莫高窟也稱為千佛洞。

之後到了唐朝，有些僧侶為了避災就帶著寶物躲到此地挖洞藏寶，他們乘著裝滿數以千計寶物的騾車穿越沙漠，再親自將寶物背上山崖。

雖然這些供僧侶修行的窟室早在許久之前就已鑿建，但即使過了一千五百年，藏於其中的大部分經籍、雕塑和壁畫仍奇蹟般地完好無缺，彷彿這些僧侶的精神至今仍與窟室同在，穿梭於陰暗的廊道間，告訴現代遊客他們過去的苦痛與光榮。

當然，到了今天這些僧侶的遺體如果還在可能早就成了乾屍，而昔時供僧侶避世修行之處如今已成為觀光勝地。

和其他觀光客一起下了大巴士之後，我在撲面熱風中直奔莫高窟遊客服務中心，到櫃臺要求三小時的專人導覽服務，苗條的售票小姐聽了又驚又喜。

她一邊從頭到腳打量我一邊喊著：「歡迎來到敦煌莫高窟，這裡是東方的羅浮宮！」

也許她在揣測這個打扮普通的年輕女人怎麼付得起高昂的導覽費用，卻沒想到我早就在享受褲袋裡厚厚一大疊人民幣和美金的紙質觸感。無論如何，我想三小時的專人導覽應該夠我好好親近一下藝術之美。

解說員小張是個衣著整潔的年輕女生，我告訴她我的時間有點趕，她很有禮貌地微笑：「小姐，那我先帶妳去看第一〇八窟吧，裡面有些很特別的東西。」

我跟著她走上一條短短的走道，轉過一個轉角，莫高窟崖面的壯麗全貌就在我眼前一覽無遺。只見在青藍無垠的天空下，無數的石窟寺如同蜂窩一般密密麻麻地坐落在廣袤沙地之中，如此華美的奇景令人屏息。很難想像一千多年前的僧侶們憑著雙手和幾件原始的工具就在山壁上挖鑿，在看不到盡頭的金光中修建出這些窟寺。

「很神奇吧？整座窟寺都建在鳴沙山的山壁上。」

我還不及回答，小張就指著上方的一個洞窟。「妳覺得妳能爬到那裡嗎？」

「我試試。」

「別擔心，看起來很陡，但其實沒那麼難爬。」

我們在烈陽下專心致志地朝上走，途中安靜得有點詭異，大約十五分鐘後終於抵達洞窟入口。小張領我走進一個很像辦公區的地方，裡面有個年輕人正在木製書桌上整理紙筆、塑膠托盤、小箱子之類的雜物。

「嗨，怎麼只有一個客人？」年輕人邊問邊狐疑地打量我全身上下：「今天生意不好？」

小張的粉拳落在他的肩膀上，她嬌笑著：「你明知道今天生意很好，不用那麼累又賺得多。」

「好吧，那快去工作，待會再聊。」

小張拋給他一個媚眼，然後遞給我一支小手電筒，要我跟著她往裡面昏暗的地方走：「這裡的每個窟室都有這種通往主室的狹窄走道，是為了避免陽光照到窟室和裡頭的文物。」

她走在前面，一邊用手電筒照向壁上演奏樂器的飛天女神，一邊用導遊那種唱歌般的語調為我講解：「這個洞窟雖然已經有超過一千年的歷史，但保存得很好，妳看壁畫上這些顏色，不管是孔雀石綠、赭石或天藍色都只有些微受損，看起來還是非常鮮豔生動。」

壁上一名女神身上的土耳其藍色衣袍竟然熠熠生輝，真是太不可思議了，我的手指好像忽然間有了自己的意志般伸過去想觸碰。

小張眼明手快抓住我的手腕，她的動作突然，抓的力道又猛，我忍不住大叫一聲：「哎呀！」

「抱歉，」她說，不過她的臉上沒有露出一絲歉意，「請勿觸摸。就算只是稍微碰觸都會造成嚴重的損害。小姐，如果每個人都像妳一樣好奇，這些壁畫馬上就會灰飛煙滅！」

「很抱歉。」我說，不過我也毫無歉意。有美麗的東西卻只能看不能摸時，我就會抑鬱難平。不過等我們進入窟寺主室後，我的抑鬱之情就像泡沫一樣消散無蹤。

主室中聳立著一座雕工極為精細的巨大觀音像，菩薩垂眼看著我，面容滿溢慈悲之情，順著祂的手勢往上，可以看到坐在菩薩寶冠正面的一尊佛像，粉橘、紫褐和土耳其藍色的衣帶在祂穿著褐色袍服的身形之後飄揚，似乎隨著精心編定的曲目翩翩起舞。菩薩看起來妙法無邊無所不能，在祂面前我心裡所有的負面能量都消滅無蹤，連先前因為小張而起的恚忿之情也一掃而空。

正當我感到心靈因這尊莊嚴的觀音像而受到滌淨，小張的聲音在我耳邊響起：「這是八百年前完成的密宗觀音，稱為千手觀音，祂會伸手救助遇到船難在海中受苦的眾生，祂……」

我打斷她滔滔不絕的背書聲：「小張，可以讓我在這裡和觀音菩薩獨處一會兒嗎？」

她好奇地看我一眼，似乎想問我為什麼多付錢請了專人導覽卻想要獨處。「好吧，不過妳要保證不摸任何東西，妳的相機要交給我保管，我會在辦公室等妳。」話聲未落她就伸出瘦骨如柴的手一把抓走我的相機，一雙金蓮帶著嬌小的身軀飛快地消失在洞外。

現在只有我和觀音菩薩在一起，我靜靜地看著祂沉靜的面龐、飄動的衣袍和祂身後的光輪，原先想照相的渴求心情早已蒸散如晨露，我現在不想打擾菩薩的平靜，也不想只是用幾張光面相紙就記下祂的美麗。我凝望菩薩，試著將祂的形象烙印在我的腦海中，這樣我就能永遠留住祂的寶相直到人生盡頭。

靜思許久，我忽然發現菩薩背後的圈環不是什麼巨大光輪，而是繪有數百隻具象手臂的圓盤。

這樣的影像實在太過震撼，我忍不住倒退一步，或者我其實是被菩薩散發出的懾人之氣向後推了一下？

我深深著迷於這尊已有千年歷史的千手觀音，慢慢抬眼望向祂的眼睛，觀音除了臉上有一雙眼睛，前額也有一隻，在千隻張開的手掌上也都各有一隻。我感覺自己的身體在恍惚之中飄了起來，沉醉於祂強大卻柔和的波動所帶來的一股奇妙感受的浪潮，接著怪事就發生了。

觀音在哭泣。

淚水自祂的眼中傾洩而出，不僅是由臉上的那些眼睛，連其他的眼睛也一樣在哭。

我的心臟幾乎要跳出胸腔。

還有更奇怪、更令人難以置信的事。

菩薩的無數隻眼開始轉動，好像在掃視整個窟室，而祂的千隻手臂則像章魚的觸手一樣開始轉圈，儼然超現實世界裡的某種神祕舞蹈……

我捏了捏自己的臉頰，又揉了揉眼睛：「不可能，這不是真的，一定是幻覺！」

其實我一點都不想知道真相，只想將這次的經歷永遠鎖在心房深處。真相真的這麼重要嗎？

我衝向出口，同時感覺菩薩無數隻眨著眼的手掌正伸向我滿是汗水的後背……

我跑進辦公室，從小張手裡抓起相機，然後衝下樓，搭上最近發車的一班巴士直接回到敦煌。

5 新疆

那天晚上我住在敦煌的一間旅館。我躺在床上卻沒有睡，腦中一直浮現觀音菩薩流淚的千眼和舞動的千手，菩薩是想告訴我什麼嗎？是要我更加慈悲為懷，因為我也是這個受污染星球上受苦受難的眾生之一？還是提醒我應該對亞歷再友善一點？

雖然過了這麼多年，但是我「看得見」某些東西的能力顯然還是很強。

從小我就對來自異次元的波動特別敏感，成了大家口中「看得到東西的小女孩」。很多大人不把我的「看得見」當一回事，認為只是小孩子孤單的時候自己胡思亂想，不過也有些較年長的中國人想「借我的眼睛」看東西，他們會要我幫忙解釋神祕事件、扮演靈媒，或是去即將購入的公寓看看裡面還有沒有「不乾淨」的東西。

小時候我媽媽在教會當清潔工，有人指控她偷了教會裡的一疊鈔票，我就是在這件事發生時發現自己有特異功能的。當時沒有人可以證明錢究竟是被我媽媽或其他人偷走的，而我那時候四歲，中國人相信這個年紀的小孩眼睛純淨，可以穿透世間的污穢看到赤裸裸的真相，所以教會裡的一個玄光術大師就建議派我去找出真相。當然那時候沒人告訴我發生什麼事，他們只叫我看到什麼就說什麼。

一天，這個人就在教會信眾和牧師的簇擁下施行玄光術，他讓燈光投射在牆上，然後問我有沒有看到什麼，我告訴他們我看到一個穿著格子襯衫的禿頭男人走進一個房間，他打開抽屜拿出什麼東西放進自己的口袋，之後教會就不再指控我媽媽偷錢了。

而我從此在當地出了名，但是我很討厭大人皮笑肉不笑地湊到我面前，然後口沫橫飛地噴出那個老土問題：「小可愛，可以借用一下妳的眼睛嗎？」

有一次為了激怒一個醜得要死的煩人中年男子，我用力朝他吐了一大口口水：「可以！現在，就在我面前，我看到你、一群來找你的債主、你死掉的老婆，還有你被煮了吃掉的狗狗和貓咪！」

不幸的是，我那時的身高不到四英尺，吐出來那一大口唾沫沒有畫出一道優美弧線落在他的醜臉上，只是可悲地落在他的鞋子上。吐口水雖然失敗，還好有惡意詛咒的成效可以稍微彌補，這個男人離開的速度快得就像閻羅王正在用廣播召喚他。

看到他落荒而逃，我笑到眼淚都流出來，連幫他「看」一下就能收十元的特異視線都模糊了。

自從這次的事件後，當我看到屬於陰間的東西越界進入陽間時就不再多言，事實上我更刻意壓抑甚至忽視我的陰陽眼。

但是我現在孤身一人在這麼遙遠的異地，我覺得經過多年之後，我的異能就像被拋棄的情婦一樣又想偷偷溜回男人身邊……

隔天早上我六點就起床，準備出門搭乘十二點的火車前往新疆首府烏魯木齊，這個回教城市是位於中國極西省分的綠洲。

我決定住在比較貴的迎賓酒店，這裡就算是最便宜的房間一晚也要一百五十元人民幣，最貴的要價五百元，我希望這家國際大飯店裡的人員可以提供天山附近的住宿資訊，那是這趟絲路之旅的第二站。

在酒店裡貼滿藍色壁磚的優雅回教風格大廳，我吃了烤餅配奶茶當做遲來的午餐，吃完之後又回到櫃臺，那裡有一男兩女三位接待人員，最後我選定那個寬臉的男生，向他打聽天山附近村落的消息。

他好奇地打量我。「是有幾個村子，不過您為什麼要去村裡住呢？可以住在我們的酒店裡啊。」

「我是因為工作需要才去那裡。」

「什麼樣的工作？」

「嗯……不方便透露。」**這真的不關你的事！**

他開始露出狐疑的表情。「小姐，您是一個人來的嗎？」

「是。」**該死，我不該跟他講的！**

「那您要一個人去可能有困難，這一區大多數的村子我都熟，要不要我幫忙帶路？」

我盯著他的臉想了一下子。「要付你多少錢？」

他搔搔理得很隨便的大頭。「五百元人民幣怎麼樣？包括租車和油錢。」

「為什麼這麼貴？」

「因為可能要花上一整天才能找到您要去的村子。」

經過一番討價還價，最後以四百元成交。

他既然在國際大飯店工作，應該不會冒著丟掉工作的危險搶劫或謀殺我，不過凡事格外小心總是沒錯。「你結婚了嗎？有小孩嗎？」

他聽了之後開懷大笑：「哈哈！我兒子剛滿一歲。」然後從口袋撈出一張照片送到我眼前。

照片裡年輕女子懷中的胖嘟嘟嬰兒微笑著與我對望。

「好可愛，你太太很漂亮。」我笑著說，將有兩個寶貝的照片還給它的主人。

很好，愛家的好男人，我應該很安全。

「那還用說。」他回答，一邊將照片放回口袋。

「好吧，明天等你下班後出發怎麼樣？」

「沒問題，明天下午五點的時候再來這裡找我。」

我正要轉身離開，耳中卻傳來一個熟悉的聲音：「小麗！」

我轉過頭。

「亞歷！你在這裡做什麼？」

他聳肩，一副覺得很好玩的樣子。「旅行啊，跟妳一樣。」

「你怎麼……」

「小麗，別那麼驚訝。這裡觀光客很多，這家飯店又很受歡迎，所以總是有機會碰到旅途中認識的人啊。」

他看我沒辦法回答，就露出和煦的笑容。「我可以邀妳……」

我毫不留情地截斷他的話：「亞歷，你沒看到我在忙嗎？」

寬臉男和另一位接待人員在招呼的一對年輕夫婦轉過頭來看著我，滿臉不以為然。

我當下十分尷尬，只好放軟語調：「不然我們明天在這裡一起吃早餐吧，八點半可以嗎？」

「當然，那明天見。」亞歷說，他意味深長地看了我一眼後才消失在一群觀光客之中。

我轉過來看著寬臉男：「現在計畫有變，我們可以明早就出發嗎？六點可以嗎？」我必須在亞歷起床前就離開。

他熱情地點頭。「當然可以！」

「你明天不用工作嗎？」

「我會想辦法。」

當然囉，就算請假會被罰一點小錢，他也寧可少上一天班換得四百塊人民幣這筆不小的酬勞。

他露出惡作劇般的笑容：「那個外國人是妳男朋友？」

我不想回答這種隱私問題，所以我問他：「你叫什麼名字？」

「叫我小馮吧。」

「好吧，小馮，記得我們要一早出發，明早六點在這裡碰面，不要讓我等你。」

他又爆出一聲大笑：「哈！小姐，都有漂亮女人可以信任我跟我生個胖壯小子了，為什麼妳不能相信我會準時呢？」

我的四百塊人民幣花得很值得。小馮雖然雞婆，卻是個稱職的嚮導，他開車帶我到天山周圍和塔克拉瑪干沙漠的邊緣，我在沙漠邊緣找到一個地圖上沒有標出來但可以讓我投宿的小村子。這個小村鄰近一條水源來自天山但現在已乾涸的沙漠河道，村子附近就是庫車縣城，古時位於塔克拉瑪干沙漠北邊的西域佛教古國龜茲就將國都建於此地。離城市近一點我會覺得比較安心，而且這個小村離另一個較大的村子也很近，這個大一點的村子裡大約住了兩千人，當地還有電視臺和電話。

小馮也幫我跟當地人交涉，順利租下一間泥磚小屋，不過我最感激他的莫過於他帶我到村子裡辦了一張臨時居住證。我打算在這裡待一陣子，所以我先付給女屋主兩個月的房租，對方也是離我最近的鄰居。我選中這個小村的主要原因是住在這裡幾乎花不到什麼錢，租金比我從酒店到這裡的車資還少。我當然可以租好一點的地方，不過為了以防萬一，支出上最好還是謹慎為妙。女屋主珂庫是新疆人，圓臉的她年輕健壯，雖然我們的中文腔調不太一樣，但其實很好溝通。她說我在這裡很安全，因為沒人會大老遠跑來這裡參觀，更不可能會來偷東西。

所以這個村子肯定非常窮。

小屋裡除了一個當做床鋪的土炕、上面鋪的破爛毯子和炕邊的一盞小燈之外可說是什麼也沒有。一個小角落處鋪了四片薄瓦當做「廚房」，不過要等我買了野營爐才算數。村內有一個公用水龍頭，洗澡和煮飯用的水都要帶水桶去那裡裝回來，至於出恭則不分大小都到離小屋有一段距離的臨時公用茅廁或在屋內的桶子裡解決。

我盯著小屋內部，想到接下來都要住在這樣令人極度難受的地方不禁心中一沉。不過住這裡還是多少有些好處：可以飽覽連綿不斷的金色沙丘，偶爾可以聽到遠處傳來駱駝叫聲，悠遠得彷彿前世情人在聲聲呼喚，遠遠還可望見天山山脈的群峰在沙漠上方若隱若現宛如夢中樂土。

我決定將這棟小屋改造一下，希望在裡頭生活可以不要那麼難受，甚至變成一種享受。我多付了五十元人民幣請小馮載我去鄰村的市場購物，我買了廚具、筷子、杯盤、桌巾、罐頭食品、野營爐兼暖爐、毯子、兩個枕頭、一張小木桌和兩個凳子。

我花了整整一週才將小屋內外整理妥當，還放上用珂庫給的舊布料做成的窗簾。有一天早上我出門想看看有什麼植物，找到長有銀色鱗片的帶刺灌木，之後在路邊發現兩個廢棄輪胎，我將輪胎拖回家鋪上剩下的舊布料當做沙發。

珂庫還給了我兩本沒有用的舊月曆，我剪掉日期方格後留下圖片貼在牆上。一張圖是天女散花，滿是白雲的湛藍天空襯著天女甜美的臉龐和飛揚的花朵，令人心情為之一振；另一張是中國庭園，園裡有涼亭和朱紅拱橋，橋下的池塘中點綴著幾尾金魚。珂庫還送了我紅色頭巾、三只板條箱和一個有時正常有時罷工的錄音機以及五捲新疆民俗音樂錄音帶。有幾個三輪車小販偶爾會來村裡，我跟其中一個小販買了各種蠟燭和一張小地毯。現在到了晚上，我會在板條箱上點三根橘紅色蠟燭，燭光就像迷你版的沙漠夕陽，照得小屋中滿是金光璀璨。

一星期後，我環顧小小的棲身之處，感覺心裡像沙漠中升起的日輪一般歡欣振奮。

鄰居大部分是生活簡樸、家當極少的維吾爾族人，而我在這個小小一方異地交朋友的速度快得連我自己都嚇一跳。這裡的男子大多以耕田為生或到鄰村販賣布料、織品、塑膠用品、果乾和烤羔羊肉，而他們的妻子在照顧小孩之餘幫忙養牛養羊，晚上還縫製可供販賣的衣帽貼補家用。

一開始村裡的婦女會帶小孩到我的小屋前玩，她們會從屋外偷看我的一舉一動，然後在我發現她們的時候咯咯笑著逃跑。每個人都知道那個「村裡的陌生人」，有些村民會友善地對我行注目禮，但也有村民不管我做什麼都盯著我看，尤其是年紀大一點的人，好像我是剛失去身體的奇怪黑影，不過不管去哪裡我還是儘量保持微笑。

為了討好這些友善但過分好奇的村民，我決定送村裡的婦女一些便宜的首飾和香料，然後送老人家我從鄰村買的藥油，至於小孩子就用糖果和小玩具賄賂一下，這樣他們就會幫我拍照、跑腿傳個訊息，或是四處幫我搜尋奇形怪狀的石頭、樹枝或化石之類的稀奇玩意兒。

有一次我整理好屋子後還有點時間，就四處閒逛拍照。我最喜歡拍當地披著五顏六色圍巾、身穿民俗服裝的女人和小孩，也喜歡拍楊樹和無花果樹、村民養的牛羊、載滿各種小東西經過村裡的三輪推車和販賣塑膠用品、糖、麵粉、香料、果乾和罐頭的小店，拍照拍得累了就回到小屋寫日誌或溫習我帶來的幾本書。

雖然小屋布置好之後煥然一新令人心情愉快，但住在這裡我總覺得不太舒服。尤其是入夜後氣溫驟降，即使裹著毯子我還是覺得寒氣刺骨，有時連牙關都會打顫，窗外只要一有動靜就會讓我疑心是不是來自另一個世界的東西。然後我發現自己想起亞歷，和他同行一定很棒，再怎麼說男人不管在室內或屋外、在都市或沙漠都還是很管用的，更何況還有他的溫熱身體可以互相取暖。

夜裡最令我心煩意亂的其實不是太冷，而是其他因素。我覺得好像被什麼扼住脖子難以呼吸，可是是什麼呢？住了好幾天我才發現是**氣**，這裡的氣不是不流通，而是很有壓迫感。奇怪的是雖然小屋很小而且氣場收縮，我卻覺得自己好像深陷在無邊無際、寒徹骨髓的虛空之中。有幾個晚上我夢到洪水，醒來時呼哧呼哧直喘，千手觀音的眼淚已經從莫高窟一路氾濫到這個村子裡了嗎？祂是為誰哭泣呢？

有一天我出門散步許久，走到離小屋約八百公尺的地方，發現自己好像找到答案了。那裡有個墓園。

裡面只有五座墳，前面各立了一塊薄木牌作為標示，牌上刻字用的紅色顏料已經褪色，在我試著辨認第一座墳前的木牌上寫了什麼字的時候，突然聽到遠處傳來腳步聲，我很快躲到一塊巨石後朝外窺看。

來者是一個四十幾歲、臉被太陽晒成黑褐色的魁梧男人。

他直接走到其中一座墳前，雙膝跪地後開始懇切地祈禱，接著又在其他四座墳前也跪拜一番，臉上的哀傷之情難以言喻。看到別人一臉悲悽的時候我常常感同身受，對我而言哀傷的表情就像是通向悲劇、祕密和詩篇的窗口，這類特質令我著迷不已。而眼前這個人似乎已經悲痛到完全感受不到世間其他的事物了。

男人終於跪拜完畢，他起身輪流親吻每個墳前的木牌後才離開。我低下身子以免被他發現，不過看他眼神渙散、表情空洞，我懷疑他除了九泉下的親人外可能不會注意到身邊任何的人或事。

確定這個陌生男子遠去後，我走到男子跪拜時表現最為虔敬的兩座墳前細看。我掏出紙筆想抄下木牌上刻的字，但是其中一個牌子上的字跡太過模糊，所以最後只抄下另一個木牌上的字。

回到小屋後，我請珂庫幫我翻譯那些刻字。

林畢家愛子坦格里。生於一九八一年，卒於一九八六年。在世五年間為周圍眾人帶來無限喜樂與安寧，是外祖父母嬌寵、父母親疼惜的寶貝。願他秀美的身與靈於天堂安息。

我無法想像失去如此稚齡的孩子會是怎麼樣的打擊，當時發生了什麼事呢？

之後我問珂庫那幾座墳的事，但她只是瞪大眼睛。「沒人知道，也沒人會去那裡。」

我告訴她我在那裡看到一個滿面愁容的陌生人。「妳覺得埋在那裡的會是他兒子嗎？」

「不知道，沒問過，這很不吉利。妳最好不要再自己去那裡了。」

「妳不會對這個人和他死去的親人朋友感到好奇嗎？」

她沒回答我的問題，反而嘆了口氣：「林小姐，現在妳知道為什麼房租這麼便宜了吧？」她停頓一下，又說：「也知道為什麼沒人會來，連小偷都不光顧了？」

我打了個寒顫。真正住在這村子裡的究竟是回教徒還是幽靈？

不過我想這樣反而對我有利，也許藉由和逝者溝通可以更了解這個地區，先人的亡靈可能會告訴我活人不知道或不肯洩露的天山和沙漠祕辛。當然，我不會讓其他人知道我有這種異能，我完全不想被這群剛認識的人冠上瘋子的污名，更糟的是誤以為我是會巫術的妖女。

從少女時期墓園就對我有無比的吸引力，那裡是安靜讀書不受到一丁點干擾的最佳場所，因為死者會離得我遠遠的，而且不會想用無聊的話題引起我的注意。我和班上同學不怎麼投契，所以朋友很少，頂多就一兩個。

除了一般的鬼魂，我也會和其他死者以不同方式進行精神上的交流，特別是已逝的作家，所以學生時代我三不五時會翹課搭公車去跑馬地的墓園，在那裡朗讀《理性與感性》、《簡愛》、《咆哮山莊》、《愛麗絲夢遊仙境》、《旭日又升》……

看書看累的時候，我會在墓園閒逛瀏覽墓碑上的刻字，我覺得年幼夭折或到了很老才過世都特別有意思，因為我雖然還活著，但是既不再年幼又還未邁入老年。我也會試著對死者講話，一方面發洩青春期的怨怒不滿，另一方面幻想人鬼戀之類的浪漫情節。墓園就是讓我可以暫時逃離無聊的校園和日常生活，躲進神奇幻想世界的入口。

知道小屋附近有個墓園後，我晚上不再覺得喘不過氣，但寒冷空虛的感覺依舊徘徊不去。

幾天後的早上，我邊吃只有麵包和牛奶的簡單早餐，邊沉浸在具有異國情調的悅耳新疆音樂，突然聽到門外傳來窸窸窣窣的聲音。我走到窗邊撩起窗簾往外窺探，不料竟看到亞歷・路思在小屋門前緊張地踩來踩去。

這小鬼怎麼像餓鬼一樣死纏著我不放！

我一把拉開門然後衝著他大喊：「亞歷，你在這裡做什麼？你是不是又跟蹤我？」

但是一看到他年輕的臉龐上寫滿疲憊焦慮，我馬上就心軟了。

「小麗，妳不要生氣，我只是想確定妳沒事。」

「我很好。」看到他在烈日下汗流浹背的樣子，我的心再度融化。「要進來坐坐嗎？」

他點頭。

進屋後，我示意他坐在其中一張鋪了花布的「沙發」上，接著幫他在錫杯裡倒了些水，然後在他對面坐下。

「我才剛搬來。」

「你剛『搬來』？什麼意思？」

他指向窗外遠處，「我在那邊露營。」

「在墓園那邊？」我幾乎不敢相信我的耳朵。「老天，你瘋了嗎？」

「這樣如果發生什麼事，我才能照顧妳，小麗。」

「所以你是跟蹤我到這裡來的嗎？」

「我付錢給旅館裡那個人要他告訴我妳在哪裡，請妳原諒我的鹵莽。」他垂下頭，聲音輕軟似水，正是我在沙漠裡最需要的。

他灌了一大口水後擱下杯子，發出了輕脆的聲響。他盯著我的雙眼：「小麗，我愛上妳了。」

此刻雖然心中灼熱如沙漠，我還是試著讓自己的聲音聽起來很冷靜：「可是亞歷，我和你根本就還不熟。」

「那有什麼關係？愛就愛，不愛就不愛，愛情中沒有可是。」

「你到底想要什麼？」我問他，只覺得燥熱難耐。

「讓我愛妳、照顧妳。」

「你沒有問過我是不是也愛你。」

「妳愛我嗎？」

他的雙眸如此溫柔，我覺得我連骨頭都酥軟了。我愛他嗎？我不想問自己這個問題，可是這個大男孩堅持要照顧我，甚至……要愛我的心意打動了我。而且我必須承認，我確實喜歡看著他俊美的臉龐和瘦削的身形，就算只是為了滿足虛榮心，任何女孩找到一個這樣的男伴肯定會樂昏頭。那麼亞歷為什麼要選我這個大他許多歲的姐姐呢？難道他喜歡姐弟戀，還是……渴望母愛？

我沒回答他的問題，只是說：「我有男朋友了。」

他楞了幾秒，然後說：「那……妳會跟這個男朋友結婚嗎？」

我沒答腔。

漫長的靜默後他再度開口，這次語氣變得比較急促：「他已經結婚有小孩了，對吧？」是這個小伙子有天眼，還是我的額頭上塗了「跟有婦之夫亂搞」幾個鮮亮的大字？

「他說會娶我的。」我喃喃說著，覺得整個人好像被掏空似的。

「已婚男人都是這麼跟情婦說的，這樣她們才會乖乖待在床上。」

聽到這句刺耳卻再真實不過的評語，我的聲音忽地拔高好像青蛙猛地一跳。「亞歷，你為什麼不去找同年齡的女生，不要再來煩我？」

「我對同年齡的女生沒興趣，她們好像洋娃娃，我可不是小女孩。」

「你是因為想媽媽才想找我嗎？」

「小麗，我不在乎妳幾歲，我在乎的是妳。」

「你根本不了解我。」

「那妳為什麼不多告訴我一點妳的事？」

我脫口而出：「好。我是來尋求冒險的無名作家，在寫一本帶有自傳性質的家族史成長小說。父母雙亡，所以現在世界上只剩下我自己一個人。」

「對不起。」

「滿意了？現在告訴我，你愛我什麼？」為了掩飾心中蔓延的熾熱火焰，我刻意讓自己的語調冷若寒冰。

「妳聰明、勇敢、美麗，而且很特別。」

「我哪裡特別？」

「我從來沒碰過像妳這樣敢獨自到第三世界旅行的女人，更別說是去絲路或荒村還堅持一個人，妳的勇氣可嘉，不過也笨得令人難以置信。」

他的直率讓我退縮了一下。「你剛剛是說笨嗎？」

「對！妳難道沒想過一個漂亮女人獨自在第三世界國家旅行是自找麻煩嗎？這就是為什麼我要來這裡照顧妳。」

我還來不及回答，他又拋出另一個問題：「妳為什麼要一個人旅行？」

我不想回答這個問題，於是問他：「亞歷，你為什麼覺得自己可以照顧我？」

「相信我好嗎？」

我失去先前刻意假裝的冷靜，聲音像受傷的小貓一樣脆弱無助：「亞歷，拜託你，我真的不知道……」

他起身快步邁向我，然後我們的身體、手臂和嘴唇緊緊交纏。不過我們沒有做愛，在無限纏綿的長吻後，我硬起心腸要他離開。

「求你，亞歷，現在就走，到此為止，也不要再來找我了。我真的不希望人生變得這麼複雜。」

他專注地盯著我，長嘆一聲後朝門口走去，然後關上門留下我一個人待在小屋。

我的心一沉。

這趟旅行怎麼越來越複雜？而我才剛踏上阿姨走過的那條路！

亞歷的柔情和關心讓我既感動又惶惑，他究竟為什麼要找我呢？我應該懷疑他嗎？可是他看起來那麼年輕天真，不像曾沾染塵世的污穢黑暗，而且他不可能知道我將要繼承鉅額財產的事。無論如何，我需要專注，不能再因為俊美的臉龐或是令人神魂顛倒的纏綿溼吻而分心。

那天晚上我夢到自己和亞歷結為夫婦，我們住在被文明世界遺忘的荒僻沙漠，一起捕獵動物、上山採摘藥草、看布滿夜空的眾多星座，然後在溫暖的沙地上激情交纏。在他勇猛的衝撞之下，從我口中逸出的低吟聲與鄰近沙丘的起伏相和，被太陽晒成古銅色的赤裸嬌軀隨著連綿沙丘稜線變化的節奏起落。我的視線越過愛人的肩膀投向燦爛的太陽，我倆律動的身體在陽光中彷彿融而為一。

當我們垂垂老矣，就在一個月夜裡同赴巫山後共下九泉。十年後，一名僧人在沙漠中發現我們的遺體，由於氣候乾燥因此保存良好，甚至看得出還保持著「後庭宴」的姿勢……

6 大漠為證

隔天，為了不要再分神想亞歷，我決定打電話給克里斯。珂庫的丈夫開車送我到鄰村，在那邊的郵局可以打國際電話。

電話響到第五聲的時候接通了，真令人驚喜！

「克里斯？」

「小麗？妳為什麼不早點打來？我很擔心妳！」教授煩憂的聲音從八千英里外一股腦兒向我湧來。「妳現在在哪裡？」

我向他道歉說不該這麼晚和他聯絡，然後告訴他我現在住在沙漠邊緣一個綠洲小村裡。

「我決定在這裡住一陣子熟悉一下環境。」

「妳真的要留在絲路？那我怎麼辦？」

「克里斯，別孩子氣了，你有你的家庭，我有我的沙漠。總之，我很快就會回去。」

他又追問這次旅行有什麼目的，不過我還是跟之前一樣閃避他的問題，所以整段對話就像貓咪在追自己的尾巴一樣團團轉個不停。最後我換話題問起他的妻兒，然後告訴他我這裡沒電話，所以沒辦法給他聯絡方式。

「那如果妳碰到麻煩或是生病了怎麼辦？」

「克里斯，別擔心，我會好好照顧自己，而且我相信這裡的維吾爾人都很好心，如果有事他們一定會幫忙的。」

「好吧，那妳好好照顧自己，多打幾通電話給我。我愛妳。」

「我也愛你。」我說，可是聽在自己的耳裡都覺得毫無說服力。

出了郵局後，我走來走去試著釐清思緒並冷靜下來，然後走進一間店買了點東西，之後才僱了輛驢車回村子裡。

一回到小屋我就奮力進行大掃除，這樣才不用想克里斯和剛剛那通令人煩心的電話。沒過多久我就筋疲力竭，只好放一捲新疆音樂並將錄音機的音量調大。聽著節奏明快悅耳的民俗曲調，我慢慢放鬆心情，精神也變好了。我拿起一本書想看，但音樂的療癒效果實在太好，我舒服得閉上眼睛，任憑音樂佔據整個小屋和我的心思。

不知道在如醇酒般的音樂中沉浸了多久，門外突然傳來的急促敲門聲將我從如夢似幻的狀態中吵醒。是珂庫要來聊天嗎？還是別的鄰居想借調味料？我匆匆前去開門。

「珂庫？」

我一把拉開門，眼前是被我用力驅逐出腦海卻又花了同樣力氣思念的那張臉。

「小麗，讓我進去好嗎？」

「亞歷，你怎麼還在這裡？」

「真的很抱歉，今天晚上露宿野外實在太冷了，在我找到住的地方之前，可以讓我過來借住幾天嗎？」他一邊說一邊顫抖著雙手拉緊身上的夾克。

「當然可以。」我讓他進屋，然後關上門。

「相信我，小麗……」他將沉重的背包放在地板上：「我不會……打擾妳的。」

看著這個大男孩一本正經的樣子，我幾乎輕笑出聲，不過不論暗地裡的心思，表面上我還是維持一派冷淡。「亞歷，外面真的很冷，我不是鐵石心腸，所以你想待多久就待多久吧。」

話才說完我就後悔了，想到這麼做可能的後果，我不禁自責，我真的不該這麼快就背叛克里斯！可是我能拒絕這個有可能活活凍死在鬧鬼墓園裡的年輕人嗎？

我凝視他的臉，想像接下來很快就會發生的事，悲傷的感覺油然而生。

我抓起毯子丟給他。「坐吧，把這個裹在身上。我來泡茶。」

我將錄音機的音量調小，在壺裡注滿水後放在野營爐上，然後點火。

亞歷的聲音鑽進我耳裡。「小麗，我真的很喜歡妳的小屋，我從來沒在沙漠裡看過這麼漂亮舒適的地方。」

「多謝稱讚，原來你去過很多間沙漠裡的屋子？」我瞄了他一眼，他的臉龐看起來既開心又傷感，我的心也不禁揪了一下。

水滾後我在壺裡放了一個茶包，泡一分鐘之後才為這來自沙漠的訪客或不速之客倒了杯茶，再送上一片抹了果醬的麵包。

亞歷吃得狼吞虎嚥。可憐的孩子，他肯定餓壞了。那片麵包已經擺了兩天，不過他吃得津津有味彷彿在享用剛出爐的法國麵包。

「亞歷，你餓的話還有別的可以吃，我今天才從市場帶了些糧食回來。」

「跟我說妳有什麼，我可以幫妳煮一頓大餐。」他抬起頭，臉龐在茶杯冒出的熱氣中看起來容光煥發。

「你也會做菜？」另一個會做菜的當然是指克里斯，我想亞歷一定聽得懂，這個鬼靈精。

「當然，我十歲就開始煮飯、照顧自己。妳這裡有什麼？」

「醃肉、香腸、香料、馬鈴薯、洋蔥、魚罐頭、湯包……」

「很好了，我保證晚餐會很豐盛。」

那天的晚餐吃得賓主盡歡，之後我們第一次做愛，我覺得自己應該讓他感覺溫暖和被愛，因為他一定很久、很久沒有過這種美妙的感受了。不過事實擺在眼前，他的確充滿魅力，我開始回想在眾多古兵俑前我們眼神交會的那一刻，從此我們的命運就互相牽繫。不管我再怎麼試著對當下發生的事裝聾作啞，我也沒辦法逃過上蒼的全視之眼。

克里斯像隻充滿陽剛精力的豹，興致一來會變得非常粗暴，但亞歷不一樣，他對我很溫柔，好像我還是羞赧地用絲絹半遮住身體的處子。他舔弄的時候有些猶疑不定，而他的雙手小心翼翼地愛撫深怕將我弄疼，他雖然缺乏經驗，對我卻依舊熱情澎湃，像巨大的章魚一樣纏擁住我扭動的身軀，觸手探遍我身上每個角落。

他在到達雲端的那一刻不顧一切地嘶吼出聲，我聽得滿心愉悅。在那驚天動地的長長嘯聲中，似乎將所有的熱情、痴戀、憧憬、欲求、飢渴、青春和悲傷宣洩一空。這聲尖嘯中的情緒既純粹又豐富，卻又複雜得令我既驚愕又不禁惻然。他才二十一歲就經歷過這麼多苦痛了嗎？我想著，含淚偎近我的荒漠情人。

亞歷溫柔地撫弄我的頭髮，他的聲音像陳年醇酒一般在黑暗中汩汩流出：「小麗，以後我們的人生和靈魂就永遠綁在一起了。」

我沒有回答。當下我不知道該怎麼回應，以後也不會知道。

他又說：「從現在開始，我絕不會拋下妳獨活。」

「亞歷，你還太年輕，根本就不知道人生中真正想要的是什麼。」

「錯了，我從十歲要照顧自己開始就知道自己想要什麼。」

我嘆了口氣：「唉……亞歷，別那麼認真，我們就享受當下，至少目前就這樣吧，好嗎？我真的不知道接下來六個月會發生什麼事。」我說，想到自己和那筆離我忽遠忽近的三百萬鉅款——就像永遠跑在獵狗前面的兔子。

亞歷沉默不語，似乎沉浸在自己的思緒中。我的唇不由自主地想搜尋他的唇，他捧著我的臉，依序吻過我的額頭、眼睛、鼻子、臉頰和雙唇。「我會好好照顧妳，不惜一切保護妳、讓妳快樂。」

我沒答腔，只是望著窗外，巨大的金黃月亮就像子宮，也像我的心一般充盈欲破，周圍的天空幾點星辰散落，彷彿陳列在黑色天鵝絨布上的碎鑽。

等我回頭的時候，亞歷已經睡著了，我就著由窗外灑進的月光仔細端詳他的臉龐。雖然已經在塵世間承受了二十一年的風霜，但是他的臉依然帶著一股能讓人心神安定的靈氣。這個小伙子究竟是誰？一片寂靜中我辨認出屋裡時鐘的滴答聲，我知道等時間一到，不論對或錯、好或壞、真實或虛幻，答案終究會浮現。

亞歷動了一下，半夢半醒之間喃喃低語：「小麗，下次我們在沙漠裡做愛。」

「我們現在不就在沙漠裡嗎？亞歷，你累了，繼續睡吧。」

他輕推讓我翻過身背對他，然後全身從後方包住我。「我是說我們晚上到沙漠裡在月光下做愛。」

「那我們會被凍成兩根沙柱。」

「噓……」亞歷細長的手指蓋住我的嘴。「別說這種不吉利的話，那我們等日出前再去。」

次日早上，太陽還藏在沙丘後方但外面已經變暖，亞歷從後面抱住我，開始脫我和他自己身上的衣服。

「你在幹嘛？」

「我們到外面去。」

「那應該穿衣服啊。」

「小麗，我想和妳在沙漠裡做愛想很久了，現在外頭暖和又舒服，我們走吧。」他邊說邊把我推向門口。

我們渾身赤裸，地板上躺著兩團皺巴巴的衣褲。

「你瘋了嗎？」

「我們在自然裡，不就應該回歸自然嗎？」

他向我眨眨眼，好像在說：「別裝了，妳肯定知道我的意思。」然後打開門拉我出去。

我以前從沒想過自己會和一個小我八歲的男人在沙漠裡做這檔事。

深灰色的天空上點綴著幾塊普魯士藍和紅褐的色塊，我疑心地東張西望確定沒人這麼早就到這邊來，活像私家偵探還是緝毒犬，等到確定全世界只剩下我跟亞歷後才放鬆下來，和他手牽手衝向最高的沙丘。我們佇立在沙丘上，面對即將露出的微明曙光擁吻許久，之後就一起裸著身體躺在朝陽之下呈粉金色的沙上。

亞歷用強壯的手臂緊緊護住我，我們的身體開始翻滾。那種感覺很奇異，在我們上方有幾顆徘徊不去的星星忽隱忽現，好像一串滾動的珍珠想逗我們去追它。我們翻滾了不知多久，一直到最後我覺得筋疲力竭，完全放鬆身體。亞歷不發一語，開始親吻我的臉頰、眼睛、雙唇、脖頸、乳尖、肚臍……他的唇舌緩緩向下移動，我感覺兩腿間開始發熱，全身上下彷彿著了火。

我已經全身是沙，我的年輕愛人也一樣。亞歷使出吃奶的力氣吐出口中的沙粒，然後又用同樣的勁道試著親吻我雙腿間的谷地，這滑稽的一幕令我忍俊不禁。不過又有更多沙粒隔開他的熊熊慾火和我的隱祕深谷，他毫不退縮，吐掉口中的沙粒後再次俯身。我在溫暖的沙地上低吟扭動，指甲像小蟲般深深陷入他被初露晨光染成金褐色的光裸肩頭。

雖然沒風，沙子卻仍輕緩地移動，我看得目眩神馳。我發現此時此地除了天空在上、沙地在下，就只有我和亞歷，還有遠方地平線上天地接壤處幾枝掙扎扭曲的枝椏。

亞歷進入的時候，幾隻奇異的鳥兒撲著翅膀飛起，還淘氣地發出**嘎嘎嘎**的聲音，既像是贊同我的愛情，也像是為我驅散面對愛情時的猶豫不定。我注意到另一隻鳥拍著翅膀不耐地前後飛動，好像正努力想傳給我同樣的訊息。我覺得不只自己的雙眼在落淚，連全身上下也因喜極而哭泣，在沙漠中結合讓我體驗更深層的愛意，不只是對亞歷，也是對整個宇宙和其中與我產生深刻連結的無限能量。

就在天地之間，在輕吟的飛沙和啁啾的鳥兒環繞之下，我們唯有彼此。感謝神賜予我這個寶貴時刻，讓我能親身體會開天闢地以來男女之間至為玄妙而深刻的結合。

最後我的年輕愛人發出一聲嘶吼，我真心相信上天也能聽到他的愛，那是男人對女人的無私深情和疼惜，在滾滾黃沙中顯得如此天真單純，在文明世界中卻又如此複雜深沉。沙子也在我倆身下顫抖著回應，沙丘如同繚繞的經文頌唱，呼應著亞歷「啊……啊……啊……」的吼聲。亞歷還在我身上衝刺的時候，我按捺住滿懷情意的喊叫聲，取而代之的是一聲如母獸的嚎叫，一聲接著一聲，然後再一聲。沙丘間陰柔的凹谷似乎也藉由沙的吟唱和彷彿宇宙之舞的韻律，來認可我們的愛情。

激情之後，我們慵懶地躺在沙上安靜相擁，默默凝望天上逐漸顯現的瑰麗奇景。

我記得以前看過一張照片，裡面是一個女人赤身躺在群花盛綻的原野上。我想就算是附有黃金床柱和鋪上手工刺繡床單的床也不能與大自然中的這張「床」相比，只有綠草、鮮花和藍天才足以襯托出女人那種原始、深不可測、撩動情欲的美。如今在沙漠裡，吟唱的金沙、微紅的朝陽，再加上灰白的天空，又會造就什麼樣的我呢？

真希望現在有個專業攝影師可以幫忙拍照。

但是我和亞歷的愛有天地為證。

我轉向我的愛人，輕觸他的臉。「亞歷？」

「親愛的，怎麼了？」

「你喜歡嗎？」

「當然！老實說我很擔心從此以後我就上癮了。」

「你是認真的嗎？」

「是！」

周圍一時之間回音繚繞：「是！是！是！……」傳遍遠近，充塞此間與彼岸。

我輕斥：「噓……亞歷，你不該吵醒高山或谷地，它們也有權睡個好覺。」

他轉過來望著我，眼中閃著淘氣的光芒，就像剛剛才目睹男人與女人激情纏綿的小鳥。「噢，我覺得它們一直都醒著，一點也不害臊地在偷聽、偷看我們，而且妳知道嗎？」

「什麼？」

「剛剛才說到上癮……」

我假裝聽不懂：「什麼上癮？」

「我又想要妳了，親愛的。」

「這麼快？」

「妳不是一直提醒說我才二十一歲嗎？那二十一歲的男人就是這樣……」話聲才落他就像餓虎一般毫不留情地撲到無助的獵物身上。

從那天開始，亞歷和我就成了同居情侶。就這麼簡單，也這麼複雜。我抱著罪惡感和歉疚將克里斯拋到腦後。但，我是真的已把他拋到腦後了嗎？

我常常半夜醒來，亞歷在我身旁熟睡，在深邃漆黑如子宮內的寂靜中，我只需要也只在意他輕柔的呼吸聲、時鐘的滴答聲和遠處飛沙的呼嘯聲。

我注意到亞歷有個習慣很惹人憐愛，他在睡著時只要一翻身就會自動伸手找我，然後將我擁在懷中，溫柔地好像我是他初生的小女兒，或是找到我的手之後握住不放，這種純真可愛的舉動深深觸動了我。我覺得他真的愛我、需要我，就像肚子餓的嬰兒張開小嘴拼命搜尋母親豐肥腫脹的乳頭，他是如此需要我的滋養和愛戀，念及此卻又令我悠然神傷。他的母親在將他送走前曾這樣抱過他纖細的身體，將乳頭放進他嗷嗷待哺的小嘴裡嗎？

7 草藥醫生

亞歷已經搬來和我同住超過一週了，我們相處的日子越長，我心裡就越忐忑不安，應不應該告訴他我為什麼獨自來絲路旅行？他會不會不再愛我這個人，轉而覬覦我將繼承的財產？我從不覺得他的聰明腦袋裡或天真臉龐下會有這種貪念，但知人知面不知心，不管是二十一歲還是八十一歲，男人追求的都是同樣的東西——財富、權力、地位、高熱量美食、美女和狂野的性愛。

有一天亞歷提醒我，他的父母很快就會來中國，他會和他們一起到各地旅行，但當他說等全家度完假後要帶我去見他們，我卻吃了一驚。

我不知道該怎麼回應，看來他對我是認真的，但他的父母呢？他們會喜歡我、同意我們交往嗎？還是他們會覺得我年紀這麼大還不知羞恥地勾引他們的寶貝兒子？

到了亞歷要前往烏魯木齊和他雙親會合的那天早上，我們一起吃過早餐，然後在我幫他收拾東西時，他將我攬入懷中，以難以按捺的澎湃熱情深吻我，最後兩人雙雙躺倒在地板上激情纏綿。

等我們匆匆結束並收拾好走到門口準備出發的時候，他轉向我：「小麗，我會想妳。」

「我也會想你，亞歷。」

「注意安全。」他重重地嘆了一口氣。

「怎麼了嗎？」

「我擔心妳。不管怎麼樣，我可以……」

「別擔心了，亞歷，珂庫和她先生會幫我。」

「好吧，我很快就回來。」

已經有輛驢車在等亞歷，我陪他走到上車處，他要先坐驢車到鄉村再搭巴士去烏魯木齊。他跳上驢車，放下背包，然後傾身捧起我的臉深深吻我。

我揮手目送他離去，看著搖搖晃晃的四輪驢車上，他被風吹亂的頭髮和瘦削的身影漸漸消失。

沒有年輕愛人在身邊，什麼都變了。原先詩情畫意的美麗沙漠如今蒙上一層陰暗的面紗，鳥叫聲聽起來像是餓鬼在尋找死屍，風聲像是心碎女人的啜泣，而不停變換的沙丘則成了令人毛骨悚然的輓歌。

我幾乎每天都會見到房東兼鄰居珂庫，她是我在這個荒涼小村裡唯一的朋友。有時她會帶四歲的兒子米托來我的小屋玩，有時我會到她住的泥屋敲門，珂庫就會讓我進屋，我們會坐在窗邊的地毯上一起聊天看夕陽。米托會在我們身旁安靜地玩耍，除了塑膠玩具，他也玩沙漠裡的植物、腳下的沙子和抓來的小蟲。有時為了引起媽媽的注意，米托會去拉珂庫的裙角，因為他很常這麼做，所以珂庫的裙角老早就磨損了。

有幾次拜訪珂庫時她的其他女性朋友也在，雖然她們聽不懂珂庫和我在說什麼，但就算只是一起坐在炕上啜飲奶茶、用維吾爾語聊天、欣賞彼此五顏六色的胸衣和手織頭巾，她們也都一臉開心、欽羨地望著我。偶爾珂庫會將我們的對話翻譯給她們聽，不管好不好笑，她們都會咯咯笑到腰背拱起漂亮的弧線，同時繼續滿臉羨慕地盯著我。

我儘量多交朋友，先不說亞歷離開後我覺得寂寞、需要有人在身邊，如果想得知在這個偏遠小村裡發生的事，她們也是主要的消息來源。不過我儘量避免和男性打交道，不管是這次旅行還是這輩子，因為我已經和不少男人糾纏不清，現在我最不想要的就是流言蜚語。我很確定珂庫和其他人都知道亞歷的存在，只是不好意思或不敢開口探問。

夜裡我常因為想念亞歷而輾轉難眠，他和父母玩得愉快嗎？他會像我思念他一樣思念我嗎？

現在只有我一個人，我變得對周圍環境很敏感，也會感覺到從墓園那邊傳來的波動。我已經在白天去了好幾次，感覺其中的氣場或安靜冥想，有時我只是望著那幾座墳和薄板上殘留的紅色顏料。埋在這裡的是一家人嗎？希望不是，當年究竟發生了什麼事？

在墓園中往往會感受到無比的悲傷和遺憾，我每次都會喃喃為亡者和他們可能還在世的親人祝禱。

很快又過了幾週，有一天我決定將一切瑣事暫時擱下，為接下來的旅程做準備。根據明蒂・梅迪森女士的要求，第一件要做的事是到天山山脈最高的一座山峰上採集特殊的雪蓮，而我得先弄清楚要怎麼爬上那座山峰。

我完全不知道這趟行程會有多麼艱難或有什麼危險，我必須先找到既懂草藥也熟悉天山的人向他請教，也許可以找個草藥醫生。有一次和珂庫閒聊的時候，我問她認不認識什麼草藥醫生，她肯定的回答令我雀躍不已。

「隔壁村子有一個。」

「妳讓他看過病嗎？」

她搖頭。「沒有，從沒看過。只聽說他很厲害。」

她看我還想發問就說：「我先生阿布知道，去他店裡問他，他可以帶妳去。」

這個計畫不錯。

第二天珂庫的丈夫騎摩托車載我去鄰村，我要拜訪的那位草藥醫生叫做羅布綽爾。當阿布停車指向一間小店時，我有點驚訝，因為這間店不是在村子的中心，而是在沒什麼人會來的邊緣地帶。

我跳下摩托車，向阿布道謝，然後朝小店走去。

我踏進店內狹小的空間，出現在我眼前的是一個四十幾歲的高個子維吾爾男人，他穿著白襯衫，戴了一頂灰色穆斯林帽，站在櫃臺後面用一個小秤謹慎地秤著草藥，精巧的秤子和他健壯的身材完全不成比例，看起來頗為滑稽。

男人抬起頭，我們四目相對。

我心中一驚，這就是墓園裡那個滿面悲戚的男人！

我勉強露出微笑，用中文結結巴巴地問他：「早安，你……是草藥醫生嗎？」

「是的，我是羅布綽爾，妳是來看病的嗎？」

很好，至少如我期望會說中文。

我點頭，仍然因為剛剛的發現而震驚不已。為了讓自己平靜下來，我深吸了幾口舒緩身心的草藥芳香，然後環顧店裡，乾淨的空間馬上贏得我的好感。在羅布綽爾的後面立著一個朱漆藥櫃，櫃子裡每個抽屜都貼了標籤標示各式各樣的草藥名稱，有人蔘、紅棗、桂枝、陳皮、菊花、白芷，還有一些看起來很陌生的藥名，像是紫草根、益母草、黃精、天仙子、冬蟲夏草和黃耆。櫃子上面幾個高高的藥罐裝著看起來有點噁心的泛黃液體，裡面泡著水生動物或蟲子的屍體。另一面牆前方放了四張椅子，椅子上方掛了具有抽象回教圖樣的美麗壁毯。我發現店裡只有我們兩個人。

「小姐請坐，告訴我妳哪裡不舒服。」

我在他櫃臺的對面坐下。「噢，我沒有不舒服，我……只是需要一點可以補氣的草藥。」

他專注地看著我，應該是想看出我需要哪種草藥。高大的他矗立在我面前，我剛好把握機會端詳這個墓園中意外看見的維吾爾男人。他的顴骨很高，眼睛是淺褐色的，茶色頭髮中夾雜幾綹乳白，臉上滿布皺紋。我可以感覺到眼前這個神祕的男人活在悲傷之中，他的靈魂承受著遠超過我的經驗和所能理解的苦痛。

他坐下來，用悅耳的男低音說著：「請把手放在櫃臺上，讓我幫妳把脈。」櫃臺的玻璃面感覺很冰涼。草藥醫生敏捷而專注地併起食指、中指和無名指按在我的手腕上。他前額上的皺紋彷彿用某種冷僻語言刻出的深奧哲理，等待有人前來解讀，他的眼睛雖然充滿哀傷，但散發出很強的陽剛之氣，然而真正引起我注意的是那雙令人心疼的大手——褐色的皮膚堅韌如革，且滿布疤痕，而他的手指粗厚生繭，指甲上隱約浮現深色坑紋。這個男人究竟用這雙手做了什麼事——只是上山採藥嗎，還是他其實徒手挖出亡者居住的陰宅？

他用右手為我把脈，左手則摩弄著用皮繩繫住垂掛在頸上的一只很大的透明白色玉墜。這一幕給我一種似曾相識的感覺，我覺得雙臂開始刺痛，可以感覺到這個墜子一定是他前世曾經極為珍愛但卻失落的東西。

我在想這個玉墜是難得一見的珍品，不知道怎麼會出現在這麼荒僻的村子裡，會是家族中代代相傳的無價之寶嗎？

羅布綽爾的神祕身世如浪濤般一波波沖刷我的腦海，當我沉浸其中的時候，他轉身拉開幾個抽屜，分別取出幾撮草藥仔細地在精巧小秤上秤重。之後他在一張白紙上放上好幾種果乾和草藥，然後指著其中一種向我解釋。

「這是紅棗，可以補血安神、補中益氣。」他專心地望著我。「小姐，妳是因為精神太過緊繃才會中氣不足。」

他接著拿起一株皺巴巴的深粉紅色植物。「這是可以清熱的乾蓮藕，妳現在人在沙漠正好需要，也有開胃的功效。」他又指著長得像香菇的草藥：「銀耳可以降火，吃了對女性的皮膚和氣色也很好。」

他用疤痕累累的雙手將草藥包起。「妳回家後把這些和一塊小羊肉一起放到鍋裡，加滿水熬兩個小時，然後把湯喝了，肉也吃掉。」

最後他指著一些乾燥的黃色花朵。「這是菊花，只要加熱水泡十分鐘就能喝了，會有一點甜。沙漠的熱氣熏眼，喝了眼睛會比較舒服，妳聽懂我在說什麼嗎？」

「懂了，謝謝您，羅布綽爾先生。」

他朝我好奇一瞥。「妳是中國人？」

「是。我叫林麗。」

「林小姐」——那雙如貓頭鷹般的銳利眼睛迸出懷疑的火花——「妳為什麼大老遠到這個村子找我看病？」

「噢……我是為了寫一本關於沙漠的書才來這裡考察，我是作家。」

他沒接話，只是將藥包遞給我。「覺得不舒服或需要更多草藥的話再回來找我。」

「我一定會的，羅布綽爾先生。」接過藥包時，我的手輕擦過他的粗糙皮膚，心弦微微一震。

「妳可以叫我羅布。」

「謝謝你，羅布。」

我付了錢，再次向他道謝後才離開。

這樣的開始很令人振奮。

8 中藥

接下來兩週內我拜訪了羅布綽爾四次。我會坐在瀰漫著晒乾草藥或燉藥香味的店裡和他天南地北的閒聊，我們聊絲路、烏魯木齊的政治、沙漠中村子裡發生的事，還有中藥，這不僅是他的最愛，現在也成了我最熱衷的話題。我原先對中醫沒有特別的興趣，但沒想到羅布綽爾在這方面的淵博知識和由衷熱誠激起了我的好奇心。

當然我也很喜歡有這位莊重肅穆的男士作伴，不過我必須承認我接近他是為了一己之私，因為想從他口中挖出關於天山雪蓮的知識。儘管如此，我每次去他店裡一定會買一些草藥，而且通常是買比較貴的，一方面感謝他慷慨分享寶貴知識，更重要的是和他打好關係。

有一次我跟他買了一些非常昂貴的人蔘，他說：「真正的人蔘很難找，幾乎是天價了，絕大多數藥房賣的都是假的……」

「假的？怎麼會？」

「他們會在裡頭摻細線，這樣秤的時候就能在重量上灌水多收點錢，不過妳在這裡買保證不會白花錢。我賣的絕對是真貨，有些還是我冒著生命危險採回來的。」

他的話是真是假一點都不重要，我只在意他能不能告訴我更多關於天山上藥草的事。不過他這麼快就把我當朋友，倒是讓我又驚又喜，我真的這麼有魅力嗎？還是只是因為他很孤單？

一天早上我走進羅布的店裡，發現他沒有像往常一樣坐在櫃臺後面擺弄他的草藥和小秤。

「羅布？小麗來找你了。」我喊他，可是沒有回應。

我四處張望，然後穿過店裡走到後院，看見羅布打著赤膊，下身繫一條有束腳的功夫褲，他張開強健的雙腳跨立在裝滿水的大圓水缸狹窄的缸緣，似乎正專注地練功。

我停下來看他，儘量不出聲以免打擾他。羅布的雙手如巨浪般反覆往前推又向後收，過了大概十五分鐘，缸裡的水開始冒泡，還發出咕嚕咕嚕聲，把我嚇得目瞪口呆。水聲越來越大，泡泡也冒得越來越猛烈，這時我才發現缸裡的水竟然沒有火就沸騰了起來！

我忍不住張口大喊了一聲：「哇！」

羅布迅速跳下水缸，銳利的眼神幾乎在我身上鑽出窟窿。「林小姐，妳在這裡做什麼？」

他說得很大聲而且語氣嚴峻，我以前從來不曾見過他這樣。

「抱歉，羅布，我在店裡沒看到你所以走出來，到這裡才看到你。」

他披上薄外套，如猛虎般的雙眼仍盯著我的眼睛不放。

「對不起，」我忐忑地補充，「因為門沒有鎖。」

「一定是我忘記鎖了。下次妳要到院子來的時候，一定要馬上警告我。我不希望氣場因為有女性出現而失衡，」他邊說邊用白布巾抹去寬廣前額上斗大的汗珠。

「你可以感覺到我的氣？」

「當然，不過我不想在練習到一半的時候中斷氣的運行，是後來才被妳打斷的。我練完功了，回店裡去吧。」

我懷著敬畏和驚懼的心情，溫順地跟著可以隔空煮水的大師回到他的店裡。

我們在櫃臺邊坐下後，我問他：「羅布，為什麼你不用火就能將水煮沸？」

「因為我可以集中我的氣。」

我楞住說不出話。

他輕輕笑了一下。「其實是我從天地間借來的氣。」

「要怎麼樣才能做到？」

「要苦練多年，還需要深刻了解宇宙之間的氣是如何運行。」

他還告訴我氣功大師的一些驚人事蹟，比如他的外祖父可以將氣由指尖運出一次熄滅五根點燃的蠟燭，也能隔空將整排人推倒。

「運用氣功就能控制宇宙中的能量。」

我知道就算追問也是白問，我的思想已經西化到膚淺無知的程度，還沒準備好接受這麼玄妙深奧的東西。所以沉默一會兒之後，我將話題帶到讓我牽腸掛肚的事情上——到天山採雪蓮。

聽到我提起想去找這種特殊的藥草，中醫朋友的臉上閃過一絲警覺。

「林小姐，妳只要告訴我妳想要什麼，我會去幫妳採。那裡不是像妳這樣的年輕女性可以一個人去的地方，如果妳不認識路，途中可能會有危險。」

「但是我必須自己去一趟。」

他端詳我的樣子活像是在看外星人。「妳會講維吾爾語嗎？」

「當然不會！」

「如果在海拔三千公尺高的地方生病，妳知道該怎麼辦嗎？妳有在荒野求生的經驗嗎？」

「這恐怕沒有。」

「妳能爬上冰崖從岩縫中摘取藥草嗎？」

我搖頭，現在只覺得自己徹底失敗。

「那妳憑什麼覺得自己可以一個人去？」

我嘆了口氣：「因為我必須這麼做。」我嚥下後半句話沒說出口——才能拿到三百萬美金。

「不行，這麼做實在太不智了。」他睜大眼睛。「我去幫妳採吧。或者妳願意的話，我可以跟妳一起去。」

這個主意聽起來也不錯，可是我能信任他嗎？為什麼不呢？他是醫生，我不覺得他會傷害我或騙我，而且我相信我們之間已經建立了一定的情誼了。

「無論如何，可以的話我打算儘快到天山一趟，然後去黑龍潭探望親戚。」

「你的親戚住在黑龍潭？」

「不是，他們埋在那邊。」

「發生什麼事？」他的話讓我吃了一驚，他以前從來沒提過家人，我的心跳加快，期待聽到什麼超乎我想像的解釋。

「等到了那邊我再告訴妳。」羅布邊說邊伸手摩弄從不離胸的白玉墜。我之前就注意到這只光潔的玉墜，看來是很稀罕的寶物，還有他摸墜子的習慣也表示他似乎很眷戀這只玉墜。不過他哪天如果願意摘下墜子出讓，我倒是很樂意高價買下。

「很漂亮的墜子，是古玉嗎？」

中醫朋友沒回答我的問題，只是起身走到櫃臺旁小小的炊煮區域。「我幫妳煮一點可以補氣的當歸羊肉湯，這樣妳才有精力到天山一遊。」

雖然我受西方教育，但我曾聽過當歸，著名的粵劇《帝女花》裡長平公主就讓侍女每天煮當歸，取其應「當」回「歸」之意，祈願當歸能讓駙馬早日回到她身邊。

想到這裡我幾乎脫口批評那很荒謬，還好及時住口。

我只問他：「為什麼說女性吃當歸對身體好？」

羅布將形似人蔘的草藥和切成細條的小羊肉放進鍋裡，然後蓋上鍋蓋。煮了一陣子之後，他開始一手搧火、另一手攪拌鍋裡的藥湯。「因為當歸可以調氣補血，是最適合女性的滋補品，可入心、肝和脾的經脈調氣順經。」

「哇！聽起來好神奇。」我拿起蓋子朝鍋裡一看，肉湯已經開始散發甘中帶苦的撲鼻香味。

羅布朝湯裡灑入一些黑色草藥，同時斜瞥我一眼。「也許妳不是真的相信，不過中國的婦女幾千年來都是吃當歸補身體。」

然後他在煮滾的湯裡放了一些乾燥的塊狀物。「這是黨蔘，可以清熱補氣，促進妳的血液循環，妳的體質偏虛，正好需要這個。」

聽起來有點道理。不管怎麼樣，既然我有能看見亡魂的陰陽眼，那我的身體裡肯定陰氣充沛，不過我當然不會把陰氣這方面的事洩露給這個陽氣極重的男人，我也還不打算告訴他我知道他暗地裡到墓園去的事。可是他不是說他的家人埋在潭邊嗎？

所以我沒問羅布已逝親人的事，只是請他多聊聊養生藥材。

「屬陰的食物長在陰暗的地方，性涼滋陰，而屬陽的食物生長在陽光之下所以偏溫熱。妳的體質偏涼，應該多吃辛辣助陽的食物，像肉和燉湯就能養妳身體裡的陽氣，刺激氣血運行。不過妳現在住在乾熱的沙漠，所以也需要護住體內的陰氣。」

他邊說邊打開鍋蓋察看滾沸的中藥湯，同時規律地輕輕攪拌。

他繼續說道：「服食草藥是為了讓身體達到平衡，夏季時清熱就不會中暑，冬季時去寒就能免於受涼。中醫的精神是讓體內的氣維持平衡，所以我們的藥材主要用來預防生病，而不是患病之後用來治療。」

店內現在瀰漫著藥湯的迷人香味，羅布再攪拌了一下後才小心翼翼地用長勺將鍋裡的湯和料舀到一個大瓷碗裡。

湯和肉嚐起來無比鮮美，我不過喝了一點湯、咬了幾口肉，就覺得全身上下暖和了起來，感覺很舒服。

羅布問我：「現在覺得身體熱起來了嗎？」

我點頭，又舀了一匙湯送入嘴裡。「對，這湯真棒！多謝你，羅布。」

「妳應該可以感覺到藥湯散發著一股氣，因為我將自己的真氣注入湯裡了。」

我露出疑惑的表情。

他也擺出一副「難道妳從來沒聽過」的表情作為回應。「要修煉很久才能達到這種境界。」

我很快喝下一口深色的藥湯。為什麼這個偏遠村子裡的維吾爾人講起話來像古代書生一樣頭頭是道？

「羅布，我能問你是怎麼知道這些的嗎？」

「我外公教我的，他是草藥大夫，也是氣功師父。」他頓了一下，然後說：「因為外公的關係，雖然父親是維吾爾人，但是家裡很重視養氣延壽的功夫。」

「所以你的父母很長壽囉？」

不料羅布的表情忽然變得莫測高深，甚至有點苦澀。

但他只說：「他們本來可以的。」

「什麼意思……發生了什麼事？」

這時候一個四十幾歲的維吾爾婦女帶著一個小男孩走進店裡，她穿戴著顏色相配的彩色頭巾和衣裙，缺了牙的嘴一張，笑容在褐色的長臉綻放。

羅布立刻走向二人，領他們到櫃臺邊在我身旁坐下。

她說的話我一句也聽不懂，不過從她的表情可以看出她是為了小男孩的什麼事而煩心，男孩應該是她的兒子，因為他們長得幾乎一模一樣。

我的中醫朋友開始檢查男孩的眼睛、臉頰、舌頭和脈搏，之後他用同樣的陌生語言和男孩的母親交談。

女子提高音量，還拼命揮手好像在和羅布爭執，而羅布仍舊維持冷靜，耐心地向她解釋著什麼，我在一旁看得迷惑不已。羅布轉向男孩溫柔地對他說話，但男孩只是搖頭然後開始哭泣。出乎我意料的是，女子突然揪住孩子的耳朵，這下弄得男孩瘋狂地哭鬧起來，好像還拼命地想吐出什麼東西。

羅布試著向女子解釋，但她憤怒得臉幾乎脹成醬紫色，拉著兒子出了店門。

等他們離開後，我問羅布：「發生什麼事了？」

羅布苦笑著說：「她對我的診斷不太滿意。」

「孩子生病了嗎？」

他笑了。「沒有，他好得很，只是不肯吃肉。我告訴他媽媽就順著他，說這孩子天生吃素，可是這句話惹火她了，她說：『沒有天生吃素這回事，不然我們早就餓死了！』她說她先生努力工作賺錢買肉回家，但是孩子每次都把肉吐掉很浪費。有一次孩子甚至偷偷把肉丟到地上餵野狗，她看到兒子這麼做的時候，氣得把肉從野狗的髒嘴裡拉出來，然後強迫兒子把肉吞下去。」

我驚喊：「噢，老天，太可怕了！」

羅布又說：「我可以理解孩子的母親為什麼心裡這麼難受，她說：『他這樣好像我們有錢到隨時可以買肉回來讓他浪費！』」

我們沉默了一會兒，我問：「他剛剛為什麼邊吐邊哭？」

羅布搖搖頭。「我試著說服他雞肉很好吃，羊肉也很好吃，可是妳也看到他的反應了，他尖叫到臉都扭曲了。」

「可是為什麼？」

「他說他媽媽要用肉毒死他，他剛剛喊的是：『不！不要！不要毒死我！求妳不要毒死我！』」

「小孩可能天生吃素嗎？」

「可能，這是他的業。但是他媽媽不知道除了順其自然以外沒有別的辦法，如果他吃肉，會折他的陽壽。」

我望著羅布疏離到近乎漠然的表情，聽著他深奧的解釋，心裡暗想像他這樣有學問的人為什麼會淪落到這個偏僻的村子，這裡生意很冷清，幾乎不會有人賞識他的醫術和高深的見識，是因為運氣不好——還是他在躲避什麼？

羅布從保溫瓶裡倒出兩杯熱茶。「林小姐，喝一點蜂蜜菊花茶吧。別擔心，孩子很好，只是他媽媽心裡不好受。對了，這倒是提醒我應該摘一些專門給吃素的人的草藥。我們是不是應該定個去天山的日期？」

「羅布，請你叫我小麗就好。」

但是他聽若罔聞。「林小姐，妳那裡有行事曆嗎？」

9 天山上的藥草

出發那天的天氣出乎意料地很富藝術感，梵谷筆下的天空中浮著馬格利特的片片雲朵，悶熱的空氣中吹過一絲微風。我答應和他一起前往天山後，行事頗具禪師之風的羅布就快速果決地規畫行程並做好各項安排。

我們從他的村子搭巴士到火車站，再坐火車到烏魯木齊。羅布在火車站和坐在一輛老舊小客車裡的司機議價，要他載我們到天山山脈最高峰之一的博格達峰。車子開了好久，沿途只見景色平板單調、沙塵遍布的乾熱半沙漠區，接著駛入一條沿著湍急河流蜿蜒而上的窄路。

車子最後停在一棟現代化的木造建築前，建築上的招牌寫著：天池民宿。下車後我付了車資，對我而言只是微不足道的小錢。我們到接待櫃臺登記，吃了簡便的晚餐，然後各自回房休息。

隔天早上，我們走過一片開闊的原野，抵達一個峽谷，下方的溪流發出嘩嘩的水聲。

羅布說：「我們先到森林裡找藥草，之後再去天池。現在的高度大約海拔兩千公尺，之後要走的幾乎都是上坡，妳準備好了嗎？」

雖然不太清楚接下來會有什麼樣的挑戰，我還是點點頭，要爬再陡的坡都沒關係，只希望爬上去後可以順利找到梅迪森阿姨要求的珍貴藥草。

我哼著曲子緩和緊張的心情，完全沒注意究竟過了多久，直到靴子裡酸痛的雙腳終於踩在平坦的林地上，新鮮涼爽的空氣立刻沁入心脾。我閉上眼睛深吸一口茂密草木的怡人芬芳，同時側耳傾聽林中的鳥兒啁啾和潺潺水聲。再睜開雙眼的時候，我的感官已經戀上山裡的這片森林，愛上聳立其中的松樹和雲杉。

「林小姐。」羅布的聲音在森林裡的空氣中顯得宏亮清晰。「妳不介意的話，我想先到比較矮的山坡上採一點店裡需要的野菇、杏仁、野蘋果、人蔘和益母草，然後我們再一起爬到高一點的地方，那裡可能可以找到妳要的植物。」

我向我的山友微笑。「當然不介意，我喜歡杏仁和野蘋果。」而且它們還來自如此美麗的仙境。這裡的景色非常浪漫，不過我不會跟羅布這麼說，以免他誤會我的意思。這時我突然後悔不已，我很輕易就答應跟這個陌生的維吾爾人一起到這麼遙遠的山林來，可是之前卻一再拒絕讓亞歷與我同行，不管他和他父母現在人在哪裡，希望他們至少玩得很愉快。

我們在蓊鬱密林間走了大約一小時後，羅布說已經到了，應該可以在這裡找到他需要的植物。

我放下背包伸展手臂，羅布很滿意地看著我。「我會摘一些店裡需要的藥草，然後我們一起去找雪蓮。妳可以跟著我，也可以四處走走，自己稍微探索一下，不過別逛太遠，而且要小心野豬。看到的話不要驚慌，待在原地不要動，牠就會自己走開了。不管發生什麼事都不要擔心，我就在附近。」他說，同時已經撥開落葉和泥土開始搜尋藥草。

這時我恍然大悟，這就是為什麼他的指甲沾滿泥土而且雙手粗韌如皮革，這個男人曾忍受無數次的烈日烤炙和強風吹襲，而挖採藥草就是他的樂趣和生計。我的眼眶溼潤了，但是我強忍著不讓淚水落下。

我不敢直視羅布的手或雙眼，只是跟他說：「我先到處逛逛再來跟你會合。」說完後我馬上走開，很怕他會感應到我的情緒。而且我想獨自待在這個現代的蓬萊仙山，我需要釐清混亂的思緒，也緩和一下心情，幸運的話也許可以找到一個適合擺雙蓮坐冥想的地點，這樣就可以充分吸收山林間的豐沛靈氣。

在森林裡的感覺很舒適，但也令人心生畏懼。之前在沙漠裡待了那麼久，整天看到的除了沙子還是沙子，以及無窮無盡的褐色沙海，很高興終於有機會讓眼耳鼻舌身都浸淫在林木、藤蔓、花草和覆滿苔蘚岩石的醉人芳香中，在這裡簡直不飲自醉！

在林中漫步了十五分鐘後，我突然看到一隻又大又肥的深色動物竄過前方，我脫口喊出：「什麼東西？」然後才發現只是頭野兔。在我鎮靜下來的時候，空中傳來**嘰—嘰**—的怪聲，我抬頭往上看，發現一隻老鷹像飛機表演空中特技一樣在天上盤旋。

我繼續往前走，很快就發現幾朵星芒狀的細小白花從一塊巨岩的裂縫中探出頭來，羞答答地似乎向我展現她們的嬌美和孤單。我好奇地採下一束拿到鼻子前嗅聞，一股特殊的香氣竄入鼻孔，像是薑和檀香混在一起的味道。深吸了幾秒花香後，我在髮際插入幾朵小花，然後閉上雙眼想像自己一忽兒是希臘神話中最美麗的女神，正要引誘奧林帕斯山上最英偉的男神，一忽兒又成了中國古代想要迷惑俊俏書生的迷人仙女。

周圍半個人影也沒有，我欣喜地繼續往前走，途中看到的一切都讓我忍不住伸手撫觸：奇花異卉、粗韌如革的老樹樹皮、幼嫩如嬰兒肌膚的溼潤葉子、形如獸臉的怪石、柔軟如愛人之心的溼泥……在好奇的手指下萬物摸起來都如此輕巧細緻。不知道羅布那雙男人的粗糙大手接收到的是什麼感覺？

我在樹林中繼續閒逛半小時後，無意中看到一塊帶有紅、黃和綠色色塊的巨石，這種色彩組合很不尋常，還散發極強烈的陽剛氣息。我好奇地輕撫巨石，不料石塊的觸感極具肉感，剎那間我的腦海中閃現亞歷洋溢青春活力的精瘦身軀，甚至可以感覺到其中對於我撫觸的渴望。

淚水湧入眼眶，這次我任憑淚水滑落，此時此刻我多麼希望我的年輕愛人就在身邊，這樣我們就可以在能俯瞰湖泊的巍峨高山上、在千年古樹的扶疏枝葉掩蔽下盡情燕好。在他律動的熾熱身軀下，我只要抬頭就可以從枝葉間窺見蒼穹，心中祝禱情愛綿延直到永恆。但我很快又將亞歷的身影驅散，我真的不覺得我們之間有未來可言，我懷疑自己不過是他一時迷戀的對象罷了。而且我根本就不知道他現在人在哪裡，也許他在中國各地玩得太開心，早就已經忘記我了。

現在我再也提不起興致欣賞山林之美，只能疲憊地拖著沉重的腳步回去找羅布。走了大約二十分鐘，前方傳來悠揚悅耳的歌聲，宏亮男聲的回音在空曠幽深的樹林中迴盪，帶著穿透人心的哀悽之情。我豎起耳朵細聽，是那首耳熟能詳的新疆民謠〈在那遙遠的地方〉：

在那遙遠的地方
有位好姑娘
人們走過了她的帳房
都要回頭留戀地張望

她那粉紅的笑臉
好像紅太陽
她那活潑動人的眼睛
好像晚上明媚的月亮

我願拋棄了財產
跟她去放羊

每天看著那粉紅的笑臉
和那美麗金邊的衣裳

我願做一隻小羊
跟在她身旁
我願她拿著細細的皮鞭
不斷輕輕打在我身上

我聽得楞在原地，不是因為聲音的響亮有力，而是感受到歌曲中的柔情蜜意，唱歌的人一定曾經歷過刻骨銘心的愛情。我繼續往前走，一邊聽一邊想像一個牧羊人的愛是多麼強烈，讓他願意變成小羊任他心愛的女人鞭打。我忽然從枝葉的間隙望見羅布的背影，驚愕地發現原來是他在唱歌。

聽得入迷的我沒再往前走，以免打擾他。

等他一曲唱畢，我熱烈地鼓掌喝采。「太棒了，羅布。為什麼我以前從沒聽過你唱歌呢？」

羅布轉過身，看起來有一點嚇到，更出乎我意料的是還有點羞澀。我正尋思該怎麼開口探問歌聲背後的深刻愛情，羅布突然露出好像大白天見到鬼一樣的驚駭表情，一個箭步衝向我，手中的帽子一揮將我髮間的花朵悉數掃落。

我還來不及出聲抗議，他就大吼：「這個有毒！幸好妳的頭髮盤得夠高，花才沒碰到頭皮！」

我嚇得說不出話來。

羅布又說：「抱歉，林小姐，我真的不該讓妳單獨行動。」

「不是你的錯，我現在沒事。」我突然意會過來他剛剛那句話的意思，趕緊摸摸自己的頭髮和臉頰。「我還好嗎？」

「還好，有事的話妳的臉現在已經腫得像豬頭了。」

我笑了。「為什麼不是像拳擊手？」

「林小姐，請別開玩笑。這不是小事，幸好妳沒有中毒。」

「好吧，那我們要走了嗎？」

他點頭。「現在開始是這趟旅程最辛苦的一段，我們要爬到雪蓮一般會生長的高度，大約是海拔三千公尺，妳可以嗎？」

既然沒有其他簡單的方法可以摘到雪蓮，我只能大聲回答：「當然！」

「好吧，那穿好外套，帽子也戴上，再往上爬會很冷。」

這段山路沒有我預期的那麼難爬，天氣很宜人，雖然相當吃力，但我其實挺享受這種令人振奮的運動。尤其是土地在下相送而天空在上歡迎我的感覺很好，我真想一鼓作氣爬到天堂，將塵世間的煩惱都拋在腦後！

羅布是很好的旅伴——行事謹慎精準，平時溫和話少。我們在漫長的上坡路途中遇到一個瘦削的維吾爾青年，羅布和他用我聽不懂的維吾爾語閒聊，他們肯定是在講我，因為青年好幾次好奇地轉頭看我。我不確定他們是不是朋友，還是在這麼偏僻的地區不管遇見誰都算是碰到朋友，不過我覺得有點喘不過氣，所以沒開口問羅布那個青年的身分，也沒問他們在聊什麼。

羅布大步流星地爬上山，他雙眼發亮、臉色紅潤，看起來神采飛揚，平時悲苦的表情不見了，取而代之的是輕鬆、幾乎可說是快樂的模樣。看得出來山林就像他的家園，他在這裡如魚得水、如猴入林。至於我嘛，雖然肩上背包比羅布的輕，但還是汗如雨下，背部和雙腿都刺痛不已。為了加快腳步趕上他，我的呼吸變得短淺急促。

最後他說目的地到了，那時我已經渾身發冷，邊將外套朝身上拉緊邊拉低帽簷。眼前孤寂的藍天下，只見一望無際的碎石地。

我轉向羅布：「這裡看起來不像會長什麼植物。」

他露出不耐的表情：「林小姐，我很熟悉這塊山區的植物和它們分布的位置。」之後他的語調和表情稍微緩和：「妳呼吸還順暢嗎？」

「我有點喘不過氣，其他都還好。」

他繼續向我解釋：「雪蓮非常稀有而且難找，因為它們只生在高海拔地區的冰縫和岩縫裡。」他看我一眼，表情很嚴肅。「妳待在這裡，由我去找。跟著我行動太冒險了，妳在這裡比較安全，相信我。」

從他的語調我可以聽出這不是建議，是命令。

羅布拋下一句「自己小心，我很快回來！」就離開了，我拿出相機四處閒逛，看看有什麼有趣的可以拍照。

幾個小時過去，羅布還是沒有現身。發生什麼事了嗎？他會不會因為沒抓穩而跌落懸崖致死，或是掉下去之後卡在岩石堆中？

但是我完全不知道該怎麼找他或是去哪裡找他，這裡沒人可以求助，我也不覺得自己可以找到下山回家的路。正當我焦急得心臟都快跳出來的時候，一聲高亢尖銳的**歸—咿—**聲穿透我的耳膜，我猛地抬頭，看到一隻巨鷹正拍著如尖刃的雙翼呼嘯掃過天空。我正在想該怎麼辦的時候，牠已經朝我俯衝而來。

「啊—！」我矮身避開巨鷹的「打帶跑」攻擊，其實該說是「打帶飛」攻擊，不過牠的獵物不是我，是我的相機！

該死的臭鳥再次發出一聲**歸—咿—**表示勝利之後就消失在遠方，我的相機還被牠叼在鳥喙裡。我撿起幾顆石頭朝老鷹飛遠的方向扔去，但石頭只是徒然落在地上發出挫敗的叭達聲。

我跪在地上掩面痛哭起來，羅布死了嗎？我也會很快到九泉之下與他們全家相見嗎？

不知道過了多久，到後來我感覺有人碰我的肩膀，我抬頭一看，竟然是草藥醫生脹紅的臉，他看起來憂心忡忡。

我不由自主地抱住身材高大的他，又哭又笑：「噢，羅布……我好開心，你終於活著回來了！」

但當我發現他全身一僵、笨拙地抱住我時，我馬上鬆開手，不怎麼誠懇地囁嚅著：「對不起。」

他從背包裡拿出一個東西。我怎麼也想不到，那竟然是我的相機！

「你在哪裡找到的？」

「我回來的途中被它砸到頭。」

「你受傷了？」

「一點點。」他說，摸了摸後腦杓。

我忍不住咯咯輕笑，那隻老鷹搶走我的相機，然後把它丟在羅布的頭上，也許牠是要羅布把相機帶回來還我？在我驚惶失措，以為羅布已經摔死的時候，其實他是被摔下來的相機砸到！

「這很好笑嗎？」

我點頭，兩個人都笑了出來。

靜下來一會兒後，羅布從背包裡拿出一個包裹，將外層的宣紙打開，露出裹在裡面幾朵帶綠葉的巨大白花。「這就是妳要的那種特殊的雪蓮。」他滿懷憐愛地撫摸那些白花，「它們非常珍貴，在市場上可以賣到天價。」

「真的很謝謝你，羅布。」我說，一邊欣賞雪蓮的美。

他又說：「我外公是學識很淵博的中醫師，他去世時傳給我他的獨門祕笈，裡面寫了要怎麼料理這種雪蓮，很多人都想得到這本祕笈，但我從沒讓別人看過。」

「因為他們是壞人？」

羅布點頭。我知道他不是自私的人。

「這就是你一直在那個偏僻村子裡隱居的原因嗎？」

他沒回答我的問題，反而問我：「林小姐，我正要問妳為什麼需要這個。這種特殊的雪蓮可以醫治一些極為罕見的疾病，甚至可以延年益壽。我不希望雪蓮落在壞人手中，因為只有他們才出得起高價收購，這也是為什麼我不願意讓任何人知道關於雪蓮的事。」

「那你為什麼願意幫我找雪蓮？」

「因為我看得出來妳很善良。而且妳很健康，所以一定是為了某個對妳而言非常重要而且迫切需要雪蓮的人來的——這個人病得很重，快死了嗎？」

我聽了之後非常訝異，這個維吾爾人也會算命嗎？

「所以你是說如果這個男人是壞人，我就不該給他雪蓮，反而該讓他病死嗎？」我故意讓羅布以為這個人是男人，而不是我的那位梅迪森阿姨。

「妳的心地很善良，所以也許妳可以勸這個人向善。」

「羅布，我不覺得我有這種能力。」

「這個人會不會很快死去是由他的業來決定，不是妳的。」

我漠然地說：「其實我不認識這個人。」

「那妳為什麼要給他這麼稀有的藥草？」

「我很想告訴你原因，但是我不能說，事情太複雜了。」

「那麼妳自己千萬要小心。」

「我會的，謝謝你，羅布，你幫我的實在太多。」我還能說什麼呢？我絕不能告訴他我阿姨、絲路之旅甚至將要到手的那筆鉅款，不能告訴任何人。

為了不讓他再問其他問題，我故意岔開話題：「那我們接下來要去哪裡？」

他專注地望著我：「林小姐，妳願意陪我到黑龍潭邊走走嗎？」

他在想什麼？一股怪異的感覺竄過背脊。他想誘惑我嗎？或是要告訴我什麼令人揪心的故事？是浪漫的故事、鬼故事，還是浪漫的鬼故事？不管是哪一種我都有興趣，而且這樣我就有機會施展一下陰陽眼，已經很久沒有動用過這項異能了。

羅布的聲音打斷我的思緒。「別擔心，不會很久的。」

10 黑龍潭

我和羅布下山回到天池民宿，他認為我們該早點休息為明天的健行做好準備。我們在民宿附設的餐廳裡好好享用了豐盛的烤羔羊大餐，吃飽後喝了幾杯很香的茶解油膩，之後就各自回房休息。

次日一早我們坐上僱來的車子，司機載著我們沿坑坑洞洞的山路前進，途中高大的松樹夾道而列。到天池的時候附近還看不到什麼人，羅布帶我穿過一條石砌拱道走進深谷裡，谷中鐵鏽色的嶙峋岩塊彷彿隨時會朝人撲來。我們小心翼翼地踩過潮溼迂迴的小徑，途中不時有濺出的水花擋路，我開始覺得煩躁不耐的時候才發現已經走到終點，出口就是開闊的平地。

天池的弧線如彎月一般優雅，光可鑑人的水面平滑如絲。如果你愛上一個女人，那麼你看著天池時一定會想到她曼妙誘人的曲線；如果妳愛上一個男人，那麼妳在池邊會想到他一生一世庇護妳、為妳遮風擋雨的強健臂膀。

雖然我在到中國前曾在書上看過這個月牙形的天池，心裡卻還沒準備好一睹它的真面目。放眼望去，只見苔綠色的廣大湖面周圍盡是蔥蘢綠松、奇岩怪石和皚皚白雪覆蓋的山峰，池水的源頭是高山上的融雪，因此格外清透澄澈。幾葉小舟滑過池面，遠處一群綿羊正緩緩通過綴滿野花的草地，伴隨著由遠處傳來的奇異曲調，天池池畔宛如童話場景。

天池中，山峰、綠松和奇岩的倒影令人陶然忘我，文人郭沫若的詩句在我腦中浮現：

一池濃墨盛硯底，萬木長毫挺筆端。

我剛在心裡默默覆誦完這首詩，就聽到羅布說：「林小姐，我想讓妳看的不是天池，而是另一個池子。跟我來。」

我們在茂密林木和懸泉飛瀑間穿行，大約一小時之後才走到另一個池潭。

羅布凝視著清澈得幾乎可以望見池底的水面。「這裡是仙池。」

他的聲音這時變得低沉哀傷，他說：「但是後來被幫派分子佔據，所以現在叫做黑龍潭。」

這個無底深潭一下子變得陰森可怖，我的背脊一涼，不禁打了個寒顫。沒想到再抬起頭的時候，羅布已經朝著池面跪倒。遠處有一些觀光客轉頭看著這古怪的一幕，而我眼前的羅布雙手合十，口中激動地唸著我聽不懂的祝禱詞。他跪拜完後起身轉向我，深色眼眸中凝滿哀傷，淚水似乎將要滾落而下與大片池水融為一體。

我們的眼神交會許久，然後他指向湖心。「我的家人在那裡。」

我的心漏跳了一拍。「什麼意思？湖上根本就沒人。」

他抬起袖子抹去淚水。「他們不在湖上，在湖裡。」

我全身都起了雞皮疙瘩。「他們死了？」

「對，被害死的。」他的聲音輕軟得好像在對他自己、對小孩或是對鬼魂說話。

「什麼？為什麼？」現在我的腦袋裡好像有數百隻螞蟻在鑽咬。

「很悲慘的故事。妳真的想聽嗎？」

我點頭，於是羅布領我到一塊石頭上坐下，開始說起他的故事。

羅布六歲時父親就在爭鬥中被人殺害，凶手也是維吾爾人，但卻視羅布的父親為叛徒，因為他娶了不信回教的漢族女人。因此羅布雖然是維吾爾人，卻是在漢人家庭裡由母親和外公撫養長大，而他的外公是很有名望的草藥大夫。

羅布小時候不愛玩玩具，獨鍾花草植物。他最喜歡和外公一起到山林裡。外公辨認、採集藥草的時候，就讓羅布自由自在地穿梭於林木和岩石之間找他愛玩的——樹枝、野花、岩石、植物、昆蟲和小動物。

七歲時羅布患了罕見的皮膚病，只要喝牛奶就會全身劇痛起疹子，所以外公警告羅布的母親絕對不能讓他再碰牛奶。但是祖孫倆有一次上山的時候，羅布不小心喝下別人棄置在山裡的牛奶，怪病很快就發作，他痛苦得不停掙扎，在幾乎失控的狀況下抓起附近的一株植物就嚼了起來。不料疹子竟神奇地消下去了。

外公認為這株植物是天賜的奇蹟，所以他決定以後帶孫子到山裡時不再只是任他遊玩，而要培養他成為草藥醫生，這樣有朝一日羅布就能繼承草藥店懸壺濟世，也算是不負上蒼的恩惠。

從此之後羅布和外公的山林之旅就完全以研究植物為目標，老人不僅教導孫子如何辨認並區分不同的藥草，講解它們的療效，還有最重要的一點，如何從正確的角度以適當的力道採摘。

天資聰穎的羅布學得很快，他就像喜逢甘霖的久旱沙漠一樣盡情吸收關於草藥療法的各種知識。羅布十五歲時開始在外公的店裡當學徒，五年後就在外公允許下開始獨立診治病患，等到二十五歲時已經成為人人敬重的草藥醫生，也和一名美麗的維吾爾女子成婚，育有一個可愛的兒子。

羅布的名聲傳到了一個巫醫耳中，這個巫醫自稱可以為人治病，但他用的不是草藥而是驅魔法術。巫醫不僅嫉妒羅布，甚至要求羅布將珍貴的藥草和祕方和他分享，但是羅布拒絕了，因為他早就耳聞這個巫醫的惡行惡狀，知道巫醫曾暗中拐賣男嬰，甚至還有謠言說巫醫曾以獻祭為名殺害女嬰。之後為了不讓藥草和祕方外流並躲避這名巫醫，羅布和家人只得經常搬遷。

不幸的是巫醫終究追查到他們的行蹤，他夥同一群哈薩克盜匪闖入羅布的草藥店，不僅將草藥洗劫一空，甚至殺光羅布全家，包括羅布的母親、外公、年輕的妻子和幼子。他們的遺體從未被找到，謠傳屍體被綁上石塊，丟入了黑龍潭中，因為邪惡的巫醫非常迷信，他相信唯有將屍體沉入水中困住他們的靈魂，亡魂才沒辦法回來找他報仇。

只有羅布逃過一劫，因為他當天去天山採藥草，而店裡最珍貴的幾種藥草和祕方也因為被他裝在袋裡帶出門而保存下來。也有人說巫醫其實是故意放過羅布，因為他怕殺害一個將來可能會救自己一命的神醫會遭天譴。

羅布其實不叫羅布綽爾，失去家人後他改名換姓，避居於那個偏遠小村，在那裡沒人知道他的過去，而村人都奉他為上天派來的神醫。過去十年來過著還算平靜的日子，但卻與幸福兩字絕緣。

羅布說完他的故事後，我心中的悲悽難以言喻。看著眼前那張滿布風霜的哀傷臉孔，我幾乎忍不住要將他拉進懷中像慈母摟住病兒一樣輕搖慢哄，但我只是拍拍他的手表示同情。

他說：「我活著是因為還可以救活很多人，如果我死了，不僅愧對外公傳授給我的醫術，也有負上蒼的恩德。」

羅布以醫術救人治病，但卻沒人可以治他破碎的心，即使是最罕見的草藥也無法將他治癒。

我暗暗嘆息，終於知道我在小屋裡曾感受到的那種空虛和寒冷的感覺從何而來，如今在黑龍潭邊這種感覺更加清晰，我只覺得整個人都淹沒在羅布心裡無邊無際的悲傷和空洞之中。

羅布從背包裡拿出保溫瓶，轉開蓋子後倒了些熱茶遞給我。

我邊啜著香氣撲鼻的熱茶邊默想他的故事。「羅布，我知道不管說什麼都不能減輕你的痛苦。」

「林小姐」——他望著我的雙眼，手裡摩搓著胸前的白玉墜——「妳是上天送給我的禮物，謝謝妳願意聽我的故事，我已別無所求。」

我們靜默許久，直到熱茶冒出的溫熱水氣濡溼了我的臉頰。「羅布，你確定你的妻子和兒子都死了嗎？」

「當然死了！」他喊著，語畢又頓住想了一下。「如果他們還活著，為什麼不回來找我？」

這麼說也有道理，但是不管多麼合理，我還是感覺得到似乎有些異樣。

羅布好奇地看著我。「妳為什麼會這樣問？」

「我有陰陽眼，有時候會有感應。」

他挑起一邊眉毛，他那歷盡滄桑的臉似乎第一次露出一絲希望。「所以妳感覺他們有可能還活在某個地方？」

我點頭。「剛剛熱茶的蒸氣撲到我臉上時，我似乎感應到了一個存在。」

「妳看到了什麼，請告訴我。」

「我不是真的看到什麼。回去後我會試著讓氣更集中一點再感應看看。」

「拜託妳。」

「羅布，你先不要抱太大的期望，也有可能是我弄錯。」

他哀悽地點頭。

我真的很想問他一個問題但卻沒膽子開口：**如果他的家人都埋在潭中，那為什麼他要到我住的村子裡的墓園祭拜？**

我很怕會有另一個悲傷的故事像毒蛇一樣撲過來。羅布還有其他親人也被謀殺了嗎？

回程途中兩人都疲憊不堪，羅布幾乎沒說什麼話。隔天早上我還是很納悶為什麼他的家人都在湖底但他卻常常去村裡的墓園，於是決定問個明白。

這是我第一次看到藥草店門戶緊閉，門上貼著兩張小字條，一張上面寫著維吾爾語，另一張則是中文。中文的那張寫著：

林小姐，我去找我的妻子和兒子了，不找到他們我是不會回來的。保重。羅布綽爾。

我深深後悔告訴羅布他妻兒可能還在世的事，他竟然去找他們了！要是我弄錯了怎麼辦？

那天晚上我做了件一直以來都很畏懼的事——我在陰時去了墓園，一天當中只有陰時是亡魂敢到陽間「遊玩」的時間。以前我只會在白天去那裡，可以感覺那個地方的氣場，但又不用冒著被一堆我不想辨認的東西團團圍住的風險。可是這次不一樣，我想專注於溝通兩界，如果不能「看到」，希望至少可以感覺到來自另一個世界的什麼，也許會是羅布的某個家人。

我穿著厚外套、戴好帽子，用一條長圍巾裹住臉，帶了手電筒和一把刀子以防萬一遇到搶匪還是什麼人或東西。我試著不去想會有「什麼人或東西」，但是仍有一股涼意在背脊流竄。

我在墓園裡走來走去，用手電筒依次照亮墓碑然後仔細端詳，之後才走到角落坐下望著北方，因為中國人相信鬼魂會由這個方位現身。我身旁有一堆石塊，如果有其他人從墓園的主要入口進來，石堆剛好可以遮住我。我擺好靜坐冥想的姿勢，很快進入彷彿神遊的狀態。

我開始充分感知周圍的環境，不管是最輕微的聲響、最微弱的氣味和最細小的動靜都能察覺。但是什麼都沒出現，沒看到異象，感覺不到波動，也沒有任何像鬼魂的東西……

過了十五分鐘，耳中只傳來夜風千篇一律的呼嘯和沙子的吟唱，還有小動物窸窣跑過和遠方禽鳥偶爾鳴叫的聲音。我張開雙眼，還是看不見任何異狀。

為什麼我什麼都感覺不到？這裡明明是墓園，我的陰陽眼應該可以看見什麼……

這時我的眼角餘光瞥見有東西在晃動，我趕緊解開盤起的手腳蹲下來偷看。一連串擦刮聲傳來，我突然明白來者是人非鬼，我瞪大眼睛想看清楚，出乎意料的竟然是一個男人在挖墳！

我很快就想到這是盜墓賊。中國人有將珠玉和貴重寶物放入棺木中陪葬的習俗，讓故去的親人帶著財寶到陰間買通各方後一路好走。我曾看過報導說香港有個殯儀館員工從一個富翁的亡妻口中偷了一大塊極為昂貴的玉，後來是因為死者的兒子注意到往生者的雙頰凹陷才揭發這起竊案。

幾分鐘後，這個男人開始朝挖開的墳吐口水洩憤。「媽的！這些人啥都沒有！啥都沒有！」然後將鏟子一甩扛到肩上就匆忙離去，嘴裡還惡狠狠地咒罵。

確定他走遠後，我走到墳前打開手電筒四處張望。眼前景象令我大吃一驚，墓穴裡是空的。沒衣服，沒珠寶，連骸骨都沒有，只有沙土。

我沉思良久後才明白這不是真的墳，只是羅布藉以悼念親人的假塚，因為要到黑龍潭實在太累也太花錢了，而且更不妙的是可能會遇上與他為敵的巫醫。

想通這點後，我決定為醫生朋友做點事，我赤手搬土填滿空空的墓穴，之後為他所有仍在世或已往生、在地上或水下的親人祈禱許久。

那晚回家後，我夢見羅布懸在天堂和地獄之間的一根細絲上，他的身體在兩界之間擺盪，而他看著穿著華貴的美麗妻子牽著幼子在熱鬧的市集中走著，他大聲呼喚妻兒，他的妻子抬起頭憤怒地朝他吐了口唾沫。「走開，別再打擾我們！我們已經死了，你忘了嗎？」

雖然夢境如此，但是我可以感覺到羅布的妻兒還活在世間某處，可是在哪裡呢？他們又為什麼不回來找他呢？

我心神不寧地醒來，翻個身之後又睡著，卻又進入另一個更為擾人的夢境。

夢中我和羅布一起橫越變化無常的塔克拉瑪干沙漠，旅途中我先是中暑，之後又被毒蛇咬傷，身為草藥醫生的他很快幫我吸出腿上傷口的毒液再加以包紮，然後用他的身軀為我遮擋烈陽。雖然他的嘴唇已經乾裂，卻讓我喝下水罐中的最後幾滴水。我們在炙人的驕陽下、熾熱的黃沙中瘋狂做愛，他的強健雙臂緊緊圈住我，下身如巨大木釘鑽入纖薄木板一般全力挺進……

醒來時身上的毯子已被汗水浸溼，我的手不禁朝雙腿間的幽谷摸索。我知道再不讓自己解放，身體裡似乎有什麼即將爆炸。

11 亞歷的雙親

日子一天天過去，一直沒有任何羅布的消息，而我也因為亞歷突然回來而暫時將羅布的事拋到腦後。看到亞歷我滿心歡喜，但一聽說他的父母就住在烏魯木齊的飯店而且想和我見面，場面就嚴肅了起來。我心裡還很脆弱根本沒準備好要見他的父母，可是亞歷告訴我他們為了來看我還特地更改行程，而且一切都安排好，也已經支付所需的費用，看來我似乎無法逃避了。亞歷說等我們見面後就會跟他的父母一起回美國，聽到後我的心稍稍往下沉，但我告訴自己這其實是好消息，因為我也差不多該繼續我的冒險之旅了。

兩天後我和亞歷爬上一輛三輪驢車，坐到鄰村之後會有車子來接我們。經過夾雜強風、飛沙走石和別車司機偶爾幾句叫囂的漫長車程，我們終於風塵僕僕抵達烏魯木齊的飯店。一進房間，我們就褪下身上沾滿沙塵和汗水的衣服直奔浴室。

我沖了幾分鐘的熱水，在舒緩身心的水蒸氣和肥皂香環繞下只覺得神清氣爽。身旁的亞歷正用毛巾擦乾頭髮，晒成古銅色的瘦長身體很湊巧地在我眼前展露無遺，將我心中的一池春水攪和得氤氳蒸騰。我又偷瞧了幾眼他舉手投足時細長四肢的撩人動作，這才心不在焉地穿上薰衣草紫色的碎花洋裝和新買的米色高跟涼鞋，然後化上淡妝，希望和我的沙漠情人站在一起不會顯得太老。

亞歷身上是新疆男子常穿的那種領子和袖口有藍紅色花樣的米白色上衣，配上藍色牛仔褲，再披一件天藍色的輕薄夾克，看起來英俊瀟灑還帶點異國風情，而他的蓬亂栗色頭髮讓我聯想到勇往直前的冒險者和經驗豐富的探險家。我回頭端詳自己在鏡子裡的倒影，這時亞歷從後面抱住我，將我舉起來在空中轉圈。

「亞歷，放我下來，我頭都暈了！」

他輕輕放下我，將下巴抵住我的頭，望著鏡中儷影的眼神熠熠生輝，好像我們剛剛才駛離的漫天金沙。

「那妳就不應該這麼迷人，我的沙漠仙子。我以前從沒看妳這樣穿過，所以拜託以後不要再出現T恤和牛仔褲了——穿洋裝和高跟鞋就好。」

我故作生氣地看著鏡子裡的他：「穿洋裝和高跟鞋在沙漠裡怎麼走路？」

亞歷沒說話，他的表情變得無比溫柔。「小麗……」

「嗯？」我說，然後側過臉親了他的下巴。

「可以看到我爸媽，妳高興嗎？」

「坦白說，亞歷，我真的不覺得這是好事……你呢？」

「我很高興，因為我打算告訴他們……我要跟妳結婚。」

我立刻掙脫亞歷的懷抱，轉身正色望著他。「亞歷，你知道自己在說什麼嗎？」

他一臉驚愕。「小麗，兩個相愛的人結婚是很自然的事。」

「你只是一時衝動，我有答應要嫁給你嗎？亞歷，想想看，你還是學生，結婚的錢從哪裡來？你有問過我有沒有錢或是工作嗎？」問題彷彿子彈從殺人狂手上的槍激射而出。

「我問了，但是妳從來不回答。」

這倒是真的。

結婚、成家，就算我真的想，對於二十九歲的我而言也還是很遙遠的事，可是他才二十一歲就想要這些。

我覺得有點愧疚，再次開口時聲音微弱如一縷輕煙：「你為什麼想跟我結婚？」

「因為我愛妳。」

「你知道愛是什麼嗎？」

亞歷脹紅著臉回答：「小麗，我在沒有愛的家庭裡生活了那麼多年，至少我知道什麼不是愛！」

「對不起……」

他將我拉到懷裡。「告訴我妳在想什麼，拜託……」

「我……不行，現在還不行。」

「好吧。」他嘆氣。「那以後再告訴我吧。」他抬起我的臉吻我，然後盯著我的眼睛。「至少我知道妳是小說家……」

我搖搖頭。「亞歷，我在寫小說，可是我不能說自己是小說家，還不算是，要等到小說出版，或者真的很幸運可以靠寫作養活自己才算是真正的小說家。亞歷，我喜歡你，很喜歡。可是也許我們在沙漠共度的這段時間只是等老了以後可以讓我們回味的美麗回憶……」

這次換成他搖頭，而且他看起來又氣又傷心。「小麗，難道妳和每個男人的關係都只是速食戀情、冒險，是以後用來回味的回憶嗎？嗯？難道我們沒有靈魂伴侶之間那種真誠的愛情嗎？我不覺得妳是這麼膚淺的女人。」

我沒辦法回答。雖然他很年輕，但是他表現得比實際年齡成熟多了。這讓我很困擾，我已經不知道該怎麼和他相處了。

我沉重地長嘆一口氣。

「小麗，只有妳可以讓我的生命圓滿。要留住妳，唯一的辦法就是跟妳結婚，不然妳就會像沙漠中的幻影……」他在虛空中做了個揮掃的手勢。「呼的一聲就消失在稀薄的空氣裡！我不要妳只是幻影，或是只活在框起來做紀念的照片裡。我愛妳。」

我輕輕推開他，認真端詳他滿懷渴望的臉孔。「亞歷，我說了我真的很喜歡你，但是能不能讓我們維持現狀就好？」我沒有勇氣回答他「我也愛你」，因為我根本不知道我們以後會怎麼樣，甚至不知道我們之間有沒有未來。

「小麗，我們不應該放棄人生中真正重要的東西。」

「唉，亞歷，我現在有更重要的事要煩惱，遠比其他任何事都重要。」話才說完我就後悔了。

「我在妳的生命中也無足輕重嗎？」

「亞歷，我很抱歉，我們能不能晚一點再討論這個？現在就高高興興地去見你爸媽吧，我想他們一定在等我們了。」

他瞥了一眼手錶。「糟糕！我們已經遲到了。好吧，不過要答應我很快就會跟我討論這件事。」

我點頭，然後推他出了飯店房間。

飯店裡的餐廳高朋滿座，客群中黃面孔和白面孔各佔一半，全都忙著吃喝、抽煙或閒聊。黃橘色調的空間中，穿著黑色制服的服務生在桌間來回穿梭幫客人點菜、倒飲料、遞熱毛巾，或者送上正發出誘人香味的熱騰騰菜餚。

我的眼神掃過不同的幾桌客人，最後落在窗邊一對五十幾歲、衣著高貴時髦的白人夫婦身上。不用亞歷開口，我就知道他們是他的父母。

亞歷喊道：「他們在這邊！」然後牽起我的手將我拉到他父母面前。

「媽！爸！」亞歷和他們擁抱並親吻，然後將手放在我的肩上，「這是小麗。」

之後他向我介紹他的雙親法蘭克・路思和朵娜・艾德勒。我正想問為什麼他母親不是冠夫姓，亞歷就在我耳邊悄聲說：「他們各自再婚了，我繼父姓艾德勒。」

亞歷的父親站起來向我伸出手。「很高興見到妳，小麗，亞歷一路上都在說妳的事。一起坐吧。」

亞歷幫我拉開他母親身旁的椅子，然後自己也坐下來。我對他父母的第一印象是他們有權有勢，對於言談舉止極為講究。現在我知道為什麼我的小情人好像從來不擔心錢或成家立業的現實問題。因為他的父母很有錢。

路思先生開玩笑地拍拍亞歷的肩膀。「兒子啊，我真的很高興你能認識這麼漂亮的小姐。你有好好照顧這位年輕女士嗎？」

亞歷看起來很開心。「爸，那還用說。」

「好，不愧是我兒子。」

艾德勒太太是個瘦高如竹竿的女人，一頭金髮吹整得一絲不苟，身上的襯衫和休閒褲整潔精緻，居高臨下的笑容好像我是她的員工。「小麗，我相信我兒子一定把妳照顧的十分周到。他似乎天生就很擅長照顧別人，現在很少看到這樣的男人了。」她頓了一下，一雙藍眼冷冽得像冬日裡的天空，接著又說，「女人很難抗拒這樣的男人，尤其他還這麼年輕。」她又頓了一下，然後再度開口，一字一句地說：「又這麼英俊。」

亞歷不等我回答就抗議：「媽、爸，拜託別鬧我了。我們點菜吧，我餓死了！」

我客氣地微笑。「今天可以和您們見面是我的榮幸。」

大家沉默了一會兒，然後亞歷的父親開口了，「小麗，叫我法蘭克，叫亞歷的媽媽朵娜就可以了。我們先點菜，然後邊吃邊聊吧，我想大家一定有很多話想聊。」

他的前妻忽然轉向他細聲細氣地說：「點你們要吃的就好，我不怎麼餓。」

在他們和服務生研究要點什麼菜的時候，我趁機仔細觀察亞歷的父母，雖然沒辦法判定是喜歡還是不喜歡他們，不過有一點我可以確信——我和他們活在完全不同的世界。他們兩人全身上下散發出的除了錢味還是錢味，不知道是祖上遺產或白手起家，但錢肯定多得跟屎一樣（請原諒我講話這麼粗俗）。不知道他們是怎麼看待兒子和大他八歲的女人交往這件事。

雖然亞歷的父母都很客氣，但是我感覺不出什麼溫情或誠意，而他的母親尤其冷淡。我可以理解為什麼亞歷覺得父母對他的愛不是真的親情，比較像是帶著憐憫在盡某種義務。也許和他一起旅行，甚至和我見面，都不過是要表現出他們真的在意亞歷，即使他只是養子而且兩人現在也各有親生子女了。

晚餐很不錯——我是說食物的部分令人滿意。我們在席間的對話客氣但拘謹，亞歷的父母就像父母的樣子，兒子也就是兒子的樣子，還拍了不少場面溫馨的照片留念。

然後朵娜終於問到我最懼怕的問題，她用保養得極為完美的手輕抹一下同樣修飾得精緻無瑕的紅唇，「小麗，妳在哪裡工作？」

「我去年拿到紐約大學的創意寫作碩士學位……」

亞歷馬上出聲替我解圍。「媽，我說過啦，小麗是小說家。」

法蘭克抬起頭。「噢，真不錯。我一直都想當作家，寫幾本驚悚、懸疑還是幫派小說，就是男人愛看的那些。」

我附和地笑了幾聲，企圖掩飾自己的緊張和自卑。

「妳的小說是關於什麼呢？」朵娜像猛禽盯住獵物一樣望著我。

「是成長小說，刻畫母女關係和家庭史詩。」

這時本來在吃飯的法蘭克也停下來插話。「哪一家出版社？」

我被問得尷尬不已，餐廳裡要是有地洞，我絕對會一頭鑽進去死都不肯出來。「我……還沒去找出版社，小說還沒完稿。」

兩位長輩臉上難掩失望之情，他們互看一眼，然後法蘭克的前妻說：「那除了這個興趣，妳平常做什麼？」

我知道她故意用「興趣」這個詞來貶低我，因為有很多抱著作家夢的人一輩子都在寫寫寫，但一本書都沒出版過，可是我是認真在創作而且水準不差，這點我心知肚明。那我的作品在哪裡呢？我的小說只要一天沒出版，就永遠不會有人認真將我當成作家。我的心一沉。沒著作、沒工作、沒配偶。也許我至少該答應亞歷的求婚。

然後亞歷的父親問我：「小麗，可以請問妳在中國做什麼嗎？」

我猶豫了幾秒鐘然後脫口而出：「在為第二本小說蒐集資料。」

兩位長輩沉默了好一會兒，才勉強擠出：「嗯……不錯啊。」之後兩人繼續用餐。

我無法判斷亞歷的父母心裡對我的感覺是什麼，或者他們是不是真的有什麼感覺。他們喜歡我這個人嗎？也許有那麼一丁點好感？今天我一點都不像平常的樣子，我覺得很不自在，只能強迫自己擺出面具般的笑臉。而且我從不知道該怎麼和財大氣粗的人打交道，老實說，我對這種事深惡痛絕。我知道在他父母眼裡，我根本微不足道。

法蘭克和朵娜已經安排好晚餐後一起去看新疆民俗舞蹈表演，我對這種專給觀光客看的膚淺把戲沒什麼興趣，卻又覺得自己好像有義務要跟去，不然會讓亞歷失望或得罪他的父母。

我們要搭停在飯店外的一輛巴士去百花戲院，二十分鐘後我們坐在一群穿著輕鬆但看起來都很闊綽的歐美觀光客之間。雖然頸背上亞歷溫暖的手稍微帶來一點安慰，但我還是覺得格格不入。

他將我拉近。「今天的晚餐希望妳還喜歡。」

我勉強擠出笑容低聲回答：「當然喜歡，你爸媽很親切，菜都很好吃。」我痛恨說謊，但這次是為了亞歷。

喧嘩響亮的樂音充斥臺上和臺下的每個角落，漂亮的舞者看起來很有異國風情，身上的表演服裝鮮豔閃亮，動作輕盈魅惑得彷彿在虛空中以毛筆鉤挑撇捺。表演的曲目有敦煌的飛天樂舞，也有默劇形式的面具舞，甚至出現了應該是源自埃及和墨西哥的舞蹈。舞臺下的觀眾一邊喝飲料、吃點心，一邊熱情地鼓掌喝采，亞歷尤其投入，我可以感覺到年輕的他活力四射。

最後一曲是〈花好月圓〉，舞者宛如奧林帕斯山下凡的男神和女神，他們走下舞臺邀請所有觀眾加入舞蹈。亞歷拉著我和他的父母上了舞臺，然後和著音樂舞動他的修長手臂和身軀，我很驚訝地發現他天生具有舞蹈細胞。而他的父母，尤其是朵娜，也終於露出開心而放鬆的表情，雖然很可能是酒精在發揮效力，我還是暗暗鬆了口氣。一個年輕標致的舞者帶法蘭克跳舞，而朵娜和一個精壯男舞者共舞，健美的舞者興奮地咧嘴而笑，伴舞時幾乎將她半抬離地。

雖然和他們在一起讓我侷促不安，但在彷彿騰雲駕霧的夢幻氣氛中，我還是感覺到一種膚淺的快樂。其他美國觀光客大多已步入中老年，全都在年輕貌美的舞者臂彎中找到暫時的溫柔鄉享受片刻撫慰：一個六十幾歲、身材圓滾的男士雙手像電梯一樣在美女舞伴的細頸和翹臀時上時下，一個五十幾歲、面容乾皺的金髮女士和一個身材健美如雕像、帶有異族風情的男舞者共舞，只見她拚命撫摸男舞伴晒成古銅色的光滑臉龐。

我很高興亞歷沒放手讓我和其他表演者共舞，也沒盯著其他年輕女孩的纖纖長腿、水蛇細腰和傲人雙峰。在大家共舞同歡之際，他似乎只要獨佔我一個人就滿足了，我感激得幾乎落淚。

他馬上就注意到了。「小麗，妳還好嗎？我是不是做了什麼不得體的事？」

「不是，亞歷，你是很好的人。只是這裡的氣氛讓我想到一些事。」

我的年輕愛人攬住我的腰，輕輕低頭抵住我的額。「告訴我，妳在想什麼？我真的很想多了解妳一點，小麗。可是妳好像不願意讓我這麼做。」

我真的刻意疏遠亞歷嗎？就像朵娜對我那樣？

我輕觸他的臉。「對不起，亞歷，很抱歉讓你有這種感覺。我保證之後會把所有的事都告訴你。」

最後我們全都回到座位上，每個人看起來都興高采烈。我注意到法蘭克和朵娜從晚餐開始就一直在喝酒，現在已經稍有醉意了，沒想到他們一回座馬上又開始茅臺酒一杯又一杯地灌，這種惡名昭彰的中國烈酒在如蛇竄入你的喉嚨之前就能讓你的嘴裡如火中燒。

我不敢置信地看著法蘭克和朵娜，亞歷卻突然向雙親宣布：「爸、媽，我打算和小麗訂婚。」

我在桌下死命捏他的大腿，可他不為所動。

但是法蘭克和朵娜似乎完全沒有被突如其來的消息給嚇到，法蘭克半瞇著迷濛的雙眼拍拍亞歷的肩膀，然後在一片喧嘩聲中大嚷：「兒子，好樣的！」而朵娜只是在醉意中露出一口貝齒微笑著。

「等選好日子再告訴我們。」為人父者又說。

之後他的父母輪流擁抱亞歷和我並在我們的頰上輕吻，亞歷也將我拉進懷中吻我的雙唇。

法蘭克突然站起來，他舉起玻璃杯然後用刀子敲了起來。「肅靜。請肅靜，各位。我有很重要的事要宣布！」

整個表演廳鴉雀無聲，所有人都看向我們這一桌。

法蘭克的渾厚男音中帶著醉意，「今晚很高興可以和各位分享這個消息，我的英俊兒子很快就要和這位美麗的中國小姐結婚了。」

大廳裡爆出如雷掌聲。

法蘭克接著說：「讓我們敬未來的新郎和新娘一杯！」

酒酣耳熱的觀眾間又響起一陣掌聲，之後大家開始大口大口地乾杯。

恭喜致意的聲音在擠滿人的大廳中此起彼落，彷佛異音齊唱，喧鬧非常。

等到騷動終於平息，法蘭克坐下來問亞歷：「亞歷，你們的婚禮打算怎麼辦？」

亞歷拉起我的手吻了一下。「簡單就好，可能就在沙漠結婚。」

法蘭克說：「兒子，你也知道，想要的話也可以辦得很豪華。看你喜歡聖瑞吉還是廣場飯店，就通知我們或跟我的助理說一聲，好嗎？」

我不敢相信地看著眼前的鬧劇，然後轉頭問我的年輕愛人：「等等，亞歷，我有說要和你訂婚或結婚嗎？」

我不知道法蘭克和朵娜有沒有聽到我說的，或者他們聽到以後會不會不高興。我感覺不出來他們心裡真的在乎亞歷跟我交往了多久，我們適不適合，或我是不是真的愛他、關心他。

亞歷靠到我身邊激動地耳語，「求妳，小麗，如果妳真的愛我就答應吧。我難得見到他們，更何況他們現在心情正好，以後真的很難找機會讓他們同意了！」

我沉默了一會兒，然後在他耳邊悄聲說：「難道你看不出來他們不是心情好而是喝醉了嗎？」

他沒回應我的話，只是沉聲說：「拜託，我們明天就走了。妳不能答應就好嗎？」

但我做不到。

那天晚上亞歷悶悶不樂。他沒碰我，我們沒有交談、沒有交心，也沒有交歡。

我真正想要的是自己靜一靜，好好把事情想清楚，尤其是我的人生目標，我想要的絕對不是結婚、生子、搬到郊區，然後從此過著單調乏味的生活。我很難過我和亞歷相聚的最後一晚不僅沒好好親熱，甚至是在酸澀中畫下句點。

隔天早上我們沉默地梳洗更衣。他看起來既氣憤又傷心，而我卻不知道該說什麼來緩和氣氛。匆匆吃完早餐後，我客氣地和亞歷的父母握手道別，接著他們坐進等在一旁的轎車，亞歷臨別的表現反而讓我吃驚，他在父母銳利的眼神下將我拉進懷中和我纏綿深吻。

長長一吻後，亞歷望著我，眼眸中盛滿哀傷。「小麗，真對不起，跟妳吵架了。我真的不想讓妳留在這裡自己回去。」

「亞歷，你回去後很可能就會把我給忘了。」可是我希望他不會。

「妳為什麼這麼說？」這是他第一次對我大聲說話。

「我只是覺得……」

「我在妳眼裡這麼不重要嗎？」

「亞歷，你還年輕……」

他再次打斷我的話。「我不像妳想的那麼不成熟，而且我知道我要什麼。如果不想要我，妳就直說！」

我站在那裡無話可說，不知道是因為被他突發的怒氣嚇到，或是我真的不想要他——至少在我拿到那三百萬美金之前不想。

他向我靠近一步。「說妳愛我。」

我說不出口——即使我確實愛他。但是如果我們真的不能在一起，我也無意讓他傷心。在哀傷愛人的質問和他雙親迷惑的注視下，我像木雕泥塑般呆立在那裡。

「那在答應或拒絕我之前請妳認清自己的心意吧，我可以等。我還年輕，記得妳剛剛的話嗎？」

他默默地望著我，許久之後才轉身上車坐到他父母身邊，然後砰的一聲關上車門。車子加速離去，揚起的塵土遮蔽我已被淚水迷濛的視線。

回到小屋後，絕大部分時間我都坐在輪胎充當的沙發上盯著窗外，看太陽在萬丈金光中升起、在璀璨霞光中落下，看鳥兒飛越滾滾金沙，而我的心從未這樣痛過。沙漠中的沙丘變化無常，在我眼裡忽而化做沉思的巨人，忽而變為誦咒的誘人仙女。但是在飛沙走石的多端幻象中，風沙的呼嘯聲令我黯然神傷，尤其是到了曙光初露之刻，眼前最先浮現的是羅布哀傷的臉，然後是猶未淡忘的克里斯，最後，也最令我心痛的是亞歷的臉，時而熱切、時而氣憤、時而憂傷。

記得亞歷曾喚我「沙漠仙子」，我也希望自己的人生可以驚險刺激，不要是朝九晚五、只為了讓有錢的老闆更有錢的那種微渺虛無的存在，也不要是上流社會裡，在忙著辦宴會、去私立學校開董事會之餘，不忘進沙龍做頭髮、做指甲、做臉、洗三溫暖加按摩，還會穿梭在巴黎、倫敦和第五大道之間採購的貴婦。

我長嘆一聲。這趟沙漠之旅怎麼變得一團混亂。

第二部

12 春情易動

每個孤枕難眠的夜裡，我輾轉反側渴慕著亞歷溫暖的身體，試著想像他的手指在我的臉頰、雙乳和兩腿間梭巡徘徊。我非常想念他，但就某方面來說他的離去也讓我鬆了口氣——終於可以專心進行有三百萬獎金的特別任務了。

日子總是要過下去。

下一站就要去找那個僧侶，而我一直都對這個任務心懷恐懼，特別是那個「倒垂蓮式」。雖然我在十七歲就為了叛逆將第一次給了鄰居的書呆子，之後一直到二十九歲的人生中也曾和不少男人同床過，通常是為了愛情（主要需求）、肉體歡愉（附加好處）、填補空虛寂寥（心理渴望）或是證明自己的女性魅力（個人挑戰），但是我從來不覺得自己很隨便。我只是因為軟弱而「受害」，軟弱的不是我的身，而是我的心。我之所以會輕易愛上男人，是因為我擁有一種能穿透他們外表，直達他們神秘內心世界的特殊能力。

最早是一個高中同學點破我的，她沒欣賞過任何一個我愛上的男生，有一次她對我露出難以苟同的表情。「小麗！妳究竟看上那個廢物哪一點？妳愛他是因為覺得他可憐嗎？連他呼出來的空氣我都怕，很噁心！」

我十幾歲的時候，母親常會叫我去菜市場買魚回來晚上煮。但我從小就痛恨市場，覺得那裡吵鬧擁擠而且髒亂不堪，尤其是地上黏答答的，那股臭氣聞起來就像流浪漢的胳肢窩。為了找到母親心目中的完美紅鯛，我不僅要在討價還價的主婦堆裡努力推擠，途中甚至還得數度閉氣，忍著噁心在魚堆裡快速挑出一條我要的，也不殺價就直接付錢，這樣才能用最快的速度逃離現場。

但是有一次神奇的事發生了，在挑魚的時候，我看到一個虎背熊腰的男人單膝跪在一大塊冰旁邊，這個大塊頭舉起巨掌中的冰鑽往大冰塊上用力一敲將冰砸得粉碎。

直到現在我還是沒辦法清楚描述當時的感覺。我目不轉睛地盯著這個充滿男性荷爾蒙的龐然身軀，整個人好像和正在砸冰的粗壯臂膀與極度集中的注意力融為一體。望著男人的我如痴如狂、渾然忘我，早將市場的髒亂和母親要的紅鯛拋到九霄雲外。

敲完冰塊後，男人將一些碎冰丟進塑膠桶裡，然後站起身將桶子遞給一個女人——我猜是他太太。這時我才注意到他的身材異常高大，至少有六英尺高，身上血跡斑斑的藍色圍裙、黑色手套和橡膠靴看起來威嚴又瀟灑，比男性時尚雜誌裡擺出陽剛架勢的模特兒更有氣勢。

我一動也不動地站在自己從小就討厭的地方含情脈脈望著這個男人，好像被他的「街頭表演」迷得失了魂。

過了十五分鐘，他站起來將不知道已經第幾桶的冰遞出去，這時他的眼神投向我，我們四目交會。已經加速的心跳瞬間變快兩倍，喉嚨又乾又緊，我覺得自己就要被熱情沖暈，可能會在攤子上魚堆的睡眼下當場就倒在這男人懷裡。

我們的眼神來來去去交會了幾次，因為不知道該怎麼反應，所以我只是像被某種神祕力量擊中後變得神智不清的傻瓜一樣，站在那裡微笑。不過老天，這個渾身肌肉的大塊頭似乎完全沒注意到我的存在，他那輕蔑的眼神毫不留戀地從我身上很快轉移到他身邊的女人。他對她怒目而視：「喂，賤人！究竟要我告訴妳幾次不要讓冰掉到地上？啊？笨死了！」

就在這時傳來好大一聲**砰**──！一顆血淋淋的魚頭飛過附近砧板，當場扼殺了我正萌發的欲望。

回家的路上我手上拎著裝魚的塑膠袋，袋裡那尾魚仍不停蠕動，我突然領悟了，我會將那個男人想像成浪漫故事中的人物完全肇因於對文學的熱愛，才會誤把魚販當騎士，以為他正要邁開腳下的塑膠長靴大步衝過來拯救我於混亂的腥臭魚堆之間。真實生活中的他很可能只是個不識字的莽漢，過著悲慘發臭的生活，只能沉浸在虐妻和打小孩這兩種娛樂中。

第二天我告訴同學這件事之後，她笑到不得不抱著肚子蹲在地上，連膝蓋都打顫。

「小麗，」她邊抹眼淚邊說，「妳真是太神奇了！妳看太多小說了啦！從現在開始妳別再幻想男人有什麼迷人之處，而是要努力找出他們所有噁心的地方，這樣妳的愛火就會馬上被澆熄了！」

她的話我聽進去了，我盡最大的努力不讓自己的熱情像被醉漢追著跑的野狗一樣四處狂奔，總算沒有浪費太多感情在男人身上。直到我遇見克里斯，然後亞歷，也許還要加上羅布。

我的情路會這麼坎坷完全要怪自己，不管我多努力壓抑我的情感，我就是忍不住會愛上男人、愛上和他們墜入情網的感覺。而且和不同的男人在一起，我彷彿也化身不同的女人：對克里斯來說，我是他在充斥責任義務的無趣婚姻生活中的調劑，而且當我想到可以在生活中和被窩中為他帶來他妻子無法提供的刺激時，我甚至引以為傲；對亞歷而言，也許我就像遙遠絲路上的一道異國佳餚、陽剛沙漠中的陰柔撫慰，剛好滿足他幼年缺乏母愛的心靈，而我也樂於提供這樣的柔情；至於羅布……雖然我們之間什麼都沒發生，但如果他真的愛上我，我可能也會和他在一起，我願像沙漠中的及時雨一般沁入他的心脾，為他漆黑悲慘的人生帶來一絲光亮。

在我生命中所有的男人裡，只有一個人覺得我是個一無是處的賠錢貨，那就是我的父親。母親在香港只有我一個女兒，但父親不同，他和另一個我只見過幾次的女人生了四個男孩。

我的外祖父母在廣東的工廠裡做工，他們在母親才十五歲時就撒手人寰。母親有個幫人看門的叔叔打算在下次月圓時駕船從中國偷渡到香港，她等時間一到就拉著母親到碼頭把她送上船。姑姑在同情下收留了她，但她其實連自己的三個小孩都快養不起了。後來這個姑婆聽說家族裡一個

母親餓著肚子到香港，身無分文的她成了親戚的眼中釘，因為航程不順，詭譎多變的海浪帶走了同船的三個親戚，其他人全認為是母親帶來噩運，所以一到香港就把她丟在一家孤兒院。母親就

在那裡靠看門換取食宿，有個虐人成性的輔導員常毆打她或不給她飯吃。某天被痛打後她就逃跑了，在街上遊蕩了好幾個小時，然後看見一間教堂，疲憊的她不由自主地邁開雙腿走了進去。

接下來母親就為教堂打掃換取膳宿。當時的她已經出落成公認的美人胚子，有一張瓜子臉和苗條的身材，再加上一頭黑亮滑順宛如絲綢的及腰長髮。有個中年男人很快就注意到她，他原先是來教堂告解過去做生意不老實、當父親失職又到處玩女人的罪行。這個罪人引誘母親、讓她懷了孩子，要她當他的情婦。這個男人就是我父親，那個將出世的孩子就是我。母親說我出生的時候，父親看了一眼我的臉和下半身後大罵：「破洞！賠錢貨！」接著轉身就走，沒再多說一個字。以前中國人說女兒是「賠錢貨」，因為女兒長大後就嫁到別人家從夫姓，而破洞的意思當然就是漏財。

之後父親就很少回家，偶爾回來一趟時會先吃母親準備的飯菜，然後狠狠地在她身上發洩，好像她這輩子受的欺負還不夠似的。雖然母親會極力壓抑尖叫，父親也會用力壓住劇烈震動的床板，但聽起來還是好像他們就在我的正下方。事實上也是這樣沒錯，因為租來的公寓房間裡只夠放上下鋪的床，我睡上鋪，母親睡下鋪。

不過每次父親離開前都會在我們的餐桌兼書桌兼雜務臺兼燙衣板上留下一小疊鈔票——這也是他對這個家唯一的貢獻。

父親越來越少出現，後來就索性不來看我們了。在他忙著享受其他女人獻上的美食和胴體，滿足口腹和下半身欲望的時候，母親拼命幫人打掃跑腿賺錢養家。她不曾曠職，不曾休假，不曾要求加薪，也不曾口出怨言。雖然這聽起來可能很蠢，但是她的辛勞造下善業。因為母親無怨無悔的付出，我終於可以到紐約一圓學寫作的夢想。而教會為了答謝母親過去勤奮地將教堂維持得和童貞聖母一樣潔淨無垢，在她服務滿三十年後發給她一筆退休金。

雖然我費盡唇舌，但母親還是拒絕將存款留下來自己花用，堅持要用來支付我在美國唸書的學費和生活費。

我勸她至少該放縱一下買一件她真正想要的東西，但她的回答永遠都是：「我什麼都不需要。」

這讓我想到先前不知在哪裡讀到的一句話：「大部分的人都無法得到他們想要的，因為他們忘記自己究竟想要什麼。」

多麼哀傷的一句話。而我親愛的母親呢？她的夢想就這樣日復一日地溜過她拭亮的窗戶、擦抹的木板、洗滌的水槽和在別人大小便之後留給她沖水的馬桶。她已經完全忘記自己雖然只是清潔婦，但也曾有過夢想，可是母親從未忘記過我的夢想，這真的讓我打從心底感動。

這就是為什麼我很愛母親，但從來不覺得自己有父親，我確信這種感覺是相互牽連的。有時候我在想自己對於男人會那麼著迷，算不算是出於童年缺乏父愛的補償心理？

我沒辦法回答。

這個時候我只想繼續接下來的旅程，然後拿到那三百萬美元。

在那之後就順其自然吧，該發生的終究會發生。

13 訪僧

一個陌生人冒出來自稱是我在世上唯一的親人，而且要求我和素未謀面的男性以不正常的姿勢發生關係，更糟的是這個男人還是個出家人。

我心想，如果這個和尚既年輕又英俊，我可能不會太介意，但如果他醜得要死呢，或者他想要在發生關係之前把我綁起來，事後又想毆打我怎麼辦？但他要是真的年輕英俊，那麼他為什麼要出家做個六根清淨的人？

如果我真的和這個和尚發生關係，那算是對亞歷不忠，甚至算背叛克里斯嗎？可是他們不是已經成為前男友了？無論如何，我還是願意接下這個挑戰，目的當然是為了得到那一大筆錢，不過也是因為自己心癢難熬很想滿足一下壓抑許久的好奇心，而最重要的莫過於證明我不是膽小鬼，而是個與眾不同的女人。

總之，也許我可以想出既能完成任務又能順利脫身的方法。

於是有一天我坐驢車到鄰村，途中請車夫先載我到羅布的店——我想也許我的中醫朋友已經回來了。可是店門依舊緊閉，我只好失望地背上沉重的背包去搭前往烏魯木齊的巴士，從那裡再換乘小巴士，接著再轉搭汽車到天山山脈的另一邊，路途比前往天池更加遙遠。

抵達目的地的時候已近傍晚，不過我還得僱兩個轎夫沿一條蜿蜒的狹窄小徑抬我上山。走了大約半個小時，中年轎夫和另一個二十幾歲的年輕轎夫將轎子放下。

年長的轎夫一邊用毛巾抹去臉上斗大的汗珠，一邊招呼著：「小姐，到了。」

我下轎後付錢給他，然後注意到一座大約三百英尺高、聳入雲霄的砂岩懸崖。「這要我怎麼爬上去？」我氣得尖聲質問。

年長轎夫枯枝般的手指指向一條久經風霜的山徑。「小姐，從這裡就可以一路爬到最上面。」

「沒有比較容易的方法可以到那邊嗎？比如……」

轎夫咧嘴笑了，露出幾顆泛黃的斷牙。「妳說電梯嗎？小姐，妳從哪裡來的？」

他旁邊年輕的轎夫大笑起來。

「噢，算了。我試試看。」

年長轎夫笑了笑。「爬山是很好的運動，這就是為什麼所有山裡的和尚武功都很好。」

那個年輕的可能是想吸引我的注意，他的手在空中劈了幾下。

我現在一點開玩笑的心情都沒有，也不搭理他，自顧轉頭問年長的轎夫：「你認識上面的那些和尚？」

「小姐，我一個和尚也不認識。我是功夫片裡看來的，裡面的和尚都是會輕功的大師，所以他們上山下山用飛的就行了，哈！」

這時旁邊的小伙子用力往上一跳，口中還大喊一聲：「哈！」真讓人覺得討厭極了。

我狠狠瞪了他一眼，然後回頭問他的老闆：「他們為什麼不在這裡蓋階梯就好呢？」

他好奇地望著我，然後指指上方。「看到了嗎？以前似乎蓋過，但現在已經沒剩幾階了。」

「為什麼？」

「也許是因為那些和尚不希望有人來拜訪。」

我們各自沉默了一會兒，然後他脫下汗跡斑斑的手套遞給我。「拿著。」

「有什麼用？」

他指著山徑的殘跡。「因為妳爬的時候可能會抓不穩，戴著手套比較容易抓牢岩石，手也不會受傷。兩塊錢人民幣。」

我撈出兩張鈔票遞給他。

「小姐，四塊錢。」

「可是你剛剛說兩塊錢！」

「沒錯，一隻手套兩塊錢。妳有兩隻手沒錯吧？」

「好吧，算你贏。」我在他攤開的手掌上再摔了兩張鈔票。

「祝妳好運，小姐。」他微笑。「願佛祖保佑妳。」說完之後，兩個人就抬起轎子匆匆離去。

我戴上手套，然後在山徑上踩出第一步，腦海中突然冒出老子的名言：

千里之行，始於足下。

沒錯！

我開始計算步伐。為了激勵自己，我想像每走一步就離目標三百萬元更近一點，在終點等著我的還有海邊的夢幻小屋、歐洲的度假勝地、法國和義大利的美食、古董家具、精美油畫、絲綢或喀什米爾羊毛製成的衣服、蒂芬妮珠寶，當然還有我那本大獲好評的偉大美國小說……

光顧著做白日夢，我腳底滑了一下幾乎跌倒，還好及時穩住身體。

「小心點！這條命可是價值三百萬美金，別跌到懸崖下面去了！」我對著空氣喃喃咒罵自己。

我像一頭追逐兔子的獵犬一樣熱切而專注，順著步伐調節呼吸。偶爾我會往下探頭，從這種高度看到的景象很不真實，我想像自己懸在天界和凡世之間，周圍全是仙人居住的洞窟，裡面有滿滿的仙丹、奇花異卉和晦澀難懂的天書。

最後終於爬到平坦的地方，我頭暈目眩、幾乎喘不過氣來，就靠在一塊岩石上休息幾分鐘，同時大口呼吸山裡幾乎令人迷醉的新鮮空氣。四下張望後我的視線落在一棟年久失修的小寺廟，綠色的屋頂已經殘破不堪。我直起身子走到門口，迎接我的是一扇金屬獅首門環已經生鏽的大門，門環上的鏽暗示已經很久沒訪客敲過這扇廟門了。我會是這麼多年來的頭一個嗎？

我小心翼翼地伸手，拉住門環試探性地敲了幾下。沒人應門。我等了十秒鐘後又敲了一次，然後再敲，廟內還是沒有回應。裡面所有的和尚都變乾屍了嗎？他們是一百年前殖民時代留下來的人？還是四百年以前的明代遺民？敲門的動作未停，我突然感到一陣恐慌，胃也開始劇痛，趕緊放下背包在裡面翻找帶來的麵包。不一會兒，我覺得頭頂的天空和腳下的地面怎麼轉得越來越快……

14 浮雲

醒來後我發現自己在一個充滿沉香味的小房間裡，一個十幾歲的長臉和尚一邊將溼毛巾壓在我的額頭上，一邊在我的鼻孔下方輕搖薄荷味的藥油。

「這位居士妳好，」他輕聲說，然後轉頭興奮地大喊：「師父，她醒了！」

接著不知從哪裡冒出一個四十幾歲、渾身筋肉糾結的和尚，他半跪在床邊將厚實的手掌按在我的前額然後簡潔地詢問：「妳還好嗎？現在有沒有好一點？」

我點頭然後坐起來。「我想只是太累又沒吃東西。」

「別擔心，我已經幫妳準備好藥湯和素齋，現在能吃東西了嗎？」

「可以，勞煩您了。」

兩個僧人領我到一個比較大的房間，裡面的木桌上擺了茶、熱騰騰的湯和幾道菜。

我像風捲殘雲般掃過盤中的豆腐、香菇、蓮藕和白菜，又大口喝下熱湯和茶水。年長的僧人專注地望著我，彷彿是端詳病患的醫生或是凝視初生兒的慈母。吃飽喝足後我放下筷子，小和尚將碗盤端走。

年長的僧人這時才開口。「居士的光臨讓小廟蓬蓽生輝，不過我能否冒昧請教妳此行的目的？」

這個問題還真是直接，不過我不可能告訴他我真正的目的，也只能隨口捏造了……「我迷路了。」

「迷路？沿著很陡的山路一路爬到偏僻的山頭？」他的雙眼瞪得像貓頭鷹一樣大，眼神銳利如餓狼。

「我……在寫小說。要寫一個山上隱士的場景。」我暗自竊笑，哇塞！我怎麼這麼聰明想得出這個答案？

他好奇地望著我。「大清早就一個人爬上來，妳不害怕嗎？」

「我不是特地過來的，我迷路了。我太驚慌了，所以可能……腦袋不太清楚。」我緊張地乾笑，覺得頭昏腦脹的。「那……師父，這裡怎麼會有一間廟？」

「此地俱是避世修行的僧人，希望能夠儘量遠離塵世的俗務。」

「我也想這麼做。」我又神經質地發出笑聲，「如果可以的話。」

我環顧四周，但房裡其實沒什麼可看的——有一尊木雕的佛像，前方的香案上供奉著花果，四壁粗糙的牆面掛了幾幅佛像畫和觀音圖。

雖然這個寬額方頷的和尚很魁梧，而且說實在長得還不錯，但我對他沒什麼好感。就算有什麼情緒，他似乎也謹慎地避免流露，不過在毫無表情的面具下還是很有可能藏著熊熊的慾火。

僧人再度開口。「天已經黑了，妳現在不能沿那個陡坡下去，得在這裡過夜。」

正中下懷。「謝謝您，師父。我叫陳紫蕾，從臺灣來的。可以請教師父的法號嗎？」我暗自佩服自己改換姓名和國籍的機智。

「我的法號是浮雲。」他指向坐在角落熱切聆聽我們對話的小和尚。「這是我徒弟純智。」

我向他們微微欠身，接著純智就起身告退到隔壁房間打點床鋪。

我抓住機會向年長的僧人發問，「浮雲大師，只有您和純智住在這裡嗎？」

他點頭。

「這裡有訪客嗎？」

「很多年前來過一位。」

這時候小和尚回來報告說房間已經準備好了。

浮雲火炬般的雙眸審視著我。「陳居士，我想妳現在該休息了。」

次日一早，小和尚來敲我的門。他帶我到大廳吃早餐，我們三個人靜靜地吃稀飯配醬瓜，我感覺得出來用膳的時候最好不要開口說話。

十五分鐘後，純智開始清理桌上的碗盤，浮雲問我：「妳現在好一點了嗎？」

我捧著熱茶抬頭望向他。「是的，好多了。很感謝大師的招待。」

「如果妳今天要離開，純智可以帶妳下山。如果不急著走，歡迎妳留下，想待多久都可以，不過我們這裡恐怕沒什麼好參觀的。」

小和尚脫口而出：「師父，可是我們有圖書室跟很多藝術品啊！」

「這裡有收藏藝術品？我很想瞻仰一下，對寫書一定很有幫助。」

浮雲問我：「妳寫的是什麼書？」

他還是面無表情，我對他那顆光頭裡的腦袋在想什麼毫無頭緒。

「我寫小說，第二本要寫的是家族史詩，是手足之間為了祖上遺留的大批寶貴藝術品互相爭奪的故事。不過我對藝術了解不多，也不知道該怎麼深入研究，」我說，同時盡我所能擺出最為甜美迷人的笑容，「所以不知道我有沒有這個榮幸參觀大師的收藏品，或許可以給我一點靈感？」

浮雲審視了我好一會兒，臉上終於露出遲來的笑意，令我為之雀躍。「好吧，也許妳是註定要來的。我會讓妳看那些幾乎沒什麼人知道的收藏品，今天將是妳人生中千載難逢的一天。」

我雙手合十向他深深鞠躬。「謝謝您，浮雲大師，我絕不會忘記您的恩情。」

他舉起瓷杯，咕嚕咕嚕喝下茶之後又開口。「幸好我們是出家人，不用擔心家族親戚爭遺產。」

浮雲交代純智取來兩盞油燈，然後威嚴地望著徒弟：「你就待在這裡打坐。」然後才轉向我。「居士請隨我同去。」他伸手表示邀我同行，這時我注意到他的一隻手腕上纏著琥珀佛珠，每顆珠子都閃爍著誘人的光澤，似乎在引誘我去窺探隱藏在其中的小祕密。

我隨著浮雲轉了幾個彎，之後沿著一段很陡而且長得似乎看不見盡頭的樓梯一直往下走，最後終於到了一段狹窄的廊道。我努力跟上僧人的輕快步伐，同時心跳開始加速。他要帶我去哪裡？對人施加酷刑的密室？可是我已經走上一條不歸路，或者該說不歸梯，現在還能做什麼？也許我可以往上衝回廟裡再狂奔下山，但會不會途中就意外撞上岩石摔得腦漿如嘔吐物般迸流？

腦中飛快轉著這些念頭之際，我們走到一間小小的前廳，石壁上掛有畫作。借助油燈搖曳的火光，我可以看見威猛的門神瞪著銅鈴般的大眼，祂的鬚髮好像被電過一樣豎起，另一面牆上的門神怒顏相向，看起來更令人心生畏懼，壁上的祂彷彿正要揮動手中的巨劍斬妖除魔。

我的太陽穴搏動不已，冷汗沿著手臂下側和背脊涔涔流淌，我覺得自己好像快要恐慌症發作了。這裡根本一本書也看不到啊！這個和尚引我來這裡有什麼企圖？

這時候浮雲喃喃唸了幾個難以分辨的字詞，然後按住好像被電過那個門神的第三隻眼輕推一下。門開了，我看得目瞪口呆，眼前出現另一個房間，也許是另一個次元。

他揮手示意要我進去。

我遲疑了，但是他走進去，將一盞油燈放在桌上，纏著佛珠的手仍提著另一盞。在油燈的照耀下，我看見另一「次元」裡滿牆的木頭書架，架上擺滿經籍、手抄本和錦盒。

我就像被催眠一般，雙腳不由自主走了進去，同時不禁張口驚嘆：「哇！」年代久遠的紙張散發的微苦氣味伴隨殘留的沉香味直衝我的鼻腔。

僧人在房裡四處走動，在他手中油燈的光線照射下，書冊和箱盒似乎在用懷疑的目光回望我們。

「這裡收藏了多少書？」我問，發現這裡確實是圖書室之後心中的恐懼也略微減少。

浮雲盯著我，語氣中帶著揶揄。「重要的永遠不會是量而是質。不是我在自吹自擂，這裡收藏了幾部孤本經書。」

「您的意思是……」

「全中國，其實該說全世界，只有這裡能看到這幾部經書。」他抽出一本手抄本向我介紹：「這一本就值幾十萬。」

我伸手想摸，但浮雲立刻就抓住我的手，輕描淡寫的一握其實極為有力。我吃了疼，張口喊著：「好痛！」

浮雲的表情變得冷漠。「外來的人不能碰這裡的東西，這裡每一件都是無價之寶。我願意讓妳進來這裡，妳已經很幸運了。」

「師父，我很抱歉。」我說，同時注意到手腕上被握過的地方已經變得紅腫，浮雲肯定跟傳說中的少林寺和尚一樣擁有深厚的內功。

他將手抄本放在桌上慢慢攤開，讓我可以看得更仔細。看著手抄本上顯露的字跡，我感覺經文裡好像有什麼顫動著要滾洩而出，心中升起一股異樣的感覺。我本能地稍稍往後靠，浮雲譴責般地看著我。

泛黃受損的紙張上全是端正的楷書，書名是《金剛經》，我對這個經書的名字有一點模糊的印象，不過不知道經書和俗稱鑽石、可保永恆，據說還是女人最好朋友的金剛石有什麼關係。

我不想暴露自己的無知，就沒有問浮雲鑽石和《金剛經》有什麼關係，乾脆敷衍地讚美幾句：

「真漂亮，字體也很高雅。」

「看得出來是用什麼寫成的嗎？」僧人發問，或者該說是向我挑戰。

「墨汁。」我說。不然還會是什麼？答案也太明顯了。

「妳再看仔細一點。」

我很仔細地審視紙張，上面的字跡似乎呈現很深暗的紅褐色。「某種紅色墨汁嗎？」我問，感覺手抄本傳來另一陣詭異的波動。

「不，不是墨汁。」他刻意頓了一下製造效果。「是血。」

我突然明白那股奇異的波動是從何而來。血。一陣寒意從我的背脊下方慢慢往上流竄。我大老遠飛來中國，跑到荒山野嶺上的詭異寺廟跟一個喜歡蒐集用血寫成經書的和尚待在密室裡，究竟是在幹嘛？

我抬頭盯著浮雲，他的臉在閃爍的燈光下變得詭異莫名。「動物的血？」

浮雲大笑，「妳可能年紀太輕，沒聽過這種事。」

就是說我淺薄無知，這個說法倒是很客氣。

他愛惜地摸了摸泛黃的紙張。那是皮做的嗎，獸皮——還是人皮？又是用誰的血？那個人是被害死？還是自殺？可是我心裡太不安了，根本沒辦法去感覺那股波動是來自怨氣衝天或是已經安息的亡魂。

浮雲又說話了，一字一句清楚深沉得彷彿銘刻在石上。「將近一千年前，一位高僧刺破手指，用自己的血寫下整本《金剛經》。由於高僧為經書奉獻了自己的血，所以這本手抄本就像活菩薩的化身，具有庇護信眾甚至治癒疾病的神力。如果有必要，送到藝術市場上也能賣到很高的價格。」

聽到他的解釋之後，我身上緊繃的神經稍微放鬆了幾根。「真是神奇。」我說。

「用自己的血抄經表現的是至誠奉獻，越長的經文就需要消耗越多的血，也就越能證明修行者的虔誠，所以有時候一些僧侶甚至會搶著抄寫最長的經書。」

為了這麼神聖的事情你爭我奪？手抄本在藝術市場上可以賣高價？浮雲知道這些話聽起來有多麼不符合出家人的身分嗎？

浮雲以無比的專注和細心將經卷放回盒中，然後將盒子擺回架上，接著轉向我。「陳居士，妳說妳是因為迷路才會來到我們的小廟。不過佛家常言世間諸事皆有因果，迷路只是藉口。」

聽到他這句話，我的心漏跳了一拍。但是我很快就意會過來，他會這麼說不是因為他看穿我此行的真正意圖，而是因為佛家相信萬事皆有其因，雖然我們可能不知道因是什麼，也就是他說「藉口」的意思。

「所以我讓妳看這裡的寶藏也是天意。」浮雲說，然後取下另一個繡著金紅二色幾何花紋的錦盒。他打開盒子並將其中的絲綢層層揭開，有一尊小小的黃金佛像露了出來。

雖然我不懂藝術鑑賞，但也能看出這是件稀世珍寶。金像周身的線條細膩流暢，彷彿是雕刻的匠師花了好幾輩子的時間琢磨出來的，而薄如蛋殼的黃金應該是為了節省需要用到的純金。

浮雲就像會讀心術一般接著說：「這尊佛像的價值不在於黃金，而是在佛像裡面的東西。」

「裡面是什麼？」

他在蓮座上輕輕一推，一個極小的抽屜從金像中滑了出來，裡面裝了許多小水晶，有白色、綠色、黃色、紅色、橙色和紫色的。水晶的斑斕彩光看得我眼花撩亂，我感覺到溫藹的力量一波波朝我發散。

浮雲說：「妳很幸運。今晚會看到又大又圓的滿月，所以我想慷慨分享。這些」——他的手指憐愛地輕撫著水晶——「是佛骨，也叫做舍利。」

「可是……佛陀不是活在兩千多年以前嗎？所以這……怎麼可能？」我問，但是我確實對舍利有某種強烈的感應。

「我們的寺廟在文化大革命的時候被紅衛兵拆毀了，我的師父為了保護這些珍寶，帶著我和另一個師兄背著寶物爬到這裡藏起來。以前這裡連階梯都沒有，是兩年前純智蓋的，不過因為這裡常有強風，所以早就被吹得七零八落了。」

「階梯是幫遊客蓋的嗎？」

「不是，有一次我的腿受傷，純智就蓋了階梯讓我上山比較方便一點。」

「那你的師父是怎麼爬到這裡的？」

「我們自幼習武。聽過輕功或壁虎功嗎？」

「在香港的功夫片裡看過。」

「哈，那些是唬人的，我們練的是真功夫，不過妳親眼看到的時候會覺得超乎現實。明天我叫純智表演給妳看。」

「謝謝，我很想見識一下。」

「誰不想呢。我今天已經讓妳看到太多了，只是看一眼這裡最珍貴的兩件寶物就能讓妳積下不少功德，妳也許還能從佛光中獲得某種異能。」

浮雲將佛像重新包覆起來後放回盒中，然後萬分謹慎地擺回架上，之後他向我示意該離開了。我們一起朝佛家至寶欠身後離去，不過我戀戀不捨地拖拉著步伐，心中仍不願和佛像帶來的那股撫慰人心的強大能量分離。

經歷圖書室之行，我發現浮雲不但變得比較和藹可親，而且更有魅力，我開始喜歡這朵下巴方正的浮雲和他的密室了。

15 誘僧

我獨自坐在房間簡陋的墊子上，終於可以靜下來想想這個古怪的寺廟和更古怪的浮雲師父。他看起來很有男子氣概，要色誘他應該不難，可是我跟他認識的時間還不到二十四小時，有沒有什麼高超的美人計是無招勝有招可以誘人於無意之間的？

只希望發生關係那部分不會太痛或太變態，雖然我從十幾歲開始就跟前後幾任男朋友試過種種大膽的姿勢，不過「倒垂蓮」這種姿勢我真的從沒聽過，想到做的時候有可能要頭下腳上我就覺得很緊張。來中國之前我去紐約公共圖書館查過，在一本兩百年前的《中國春宮藝術》裡找到關於這個姿勢的描述。這種春宮圖是古代的性教育手冊，專門用來教導新婚夫婦床第之事，書中的每種姿勢都附有插畫和一首詩，而介紹「倒垂蓮式」的那首詩是這麼寫的：

乳燕雙飛春晝永，撩兩人情動。略解繡紅褌，相隨學鳥禽。
風摺羅衣翻不定，有娘行幫襯。出力久相扶，春情問有無。

這種另類的蓮花姿勢肯定和冥想時擺的蓮花坐很不一樣，為了作好準備以便到時候依樣畫葫蘆，睡著之前我都試著默記整首詩，結果整夜都沒睡好。

隔天的早餐很簡單，只有素包子、菜湯和豆漿，我在用早膳的時候告訴浮雲師徒說我覺得身體不適，希望他們能讓我再待幾天。

浮雲大口喝下碗中最後一口湯。「當然可以，想待多久都隨妳的意思。晚一點純智會去城裡買吃的，順便幫妳帶藥回來。」

我轉向年輕的純智：「不好意思，麻煩小師父了。」

「不麻煩的。」他害羞地微笑。「我喜歡去市場。」然後他的臉上飛紅，好像發現自己說了不太得體的話。

浮雲微帶譴責地瞄了徒弟一眼，然後轉向我：「純智才十九歲，還是貪玩的年紀。不過他是好孩子，做事認真，這裡上上下下的雜事都是他在打點。」

我心中暗想，那他為什麼會出家呢？但我只是咬下一大口包子，和著這個沒問出口的問題一起吞下肚。

師父認真地望著我：「吃過早餐後妳休息一下就來看我們練早課吧。」

我很想多知道一點兩個僧人的事還有他們如何修行，但是我至少得裝病一下子，於是我說：「多謝師父，我很想去看看，不過我真的全身乏力。」

這是我第一次看到浮雲的眼神變得溫和。「那當然就不用了，回去多歇會兒。如果下午覺得精神比較好，可以來看午課。」

回房之後，我坐在床上，拿出梅迪森阿姨的文件凝神細讀其中的指示：

色誘這名僧人並用「倒垂蓮式」與其交合。若他在高潮時高喊「烏瑪魯蘭」，表示他就是妳要找的人。完成後再參見後續指示。

我覺得頭好像隱隱發疼，就喝了點水，然後深呼吸讓自己保持鎮定。我試著穩住腦中轉得飛快的念頭，捫心自問究竟知不知道自己在做什麼。我真的要和一個陌生和尚在連石階都沒有的荒山破廟裡用奇怪的姿勢做愛嗎？

理智告訴我應該現在就偷溜出寺廟，讓整件事到此為止。但是，老天！我大概已經喪心病狂了，我甚至沒辦法強迫自己從床上起身！

我沉沉睡去，直到後來聽見有人輕輕敲門。是純智。

「居士，師父邀請妳和我們一起做午課打禪。」

我向小和尚道謝，然後跟他到了大廳。浮雲說要到戶外練走禪。

「有助於鎮定妳紊亂的心緒。」

他怎麼知道我的心緒紊亂？他也看得出來我想色誘他嗎？

謝天謝地，在新鮮空氣中走禪真的很舒服宜人，多少也讓我緊繃的神經有所抒緩。浮雲教我雙手合掌成蓮苞的樣子：「想像這是妳的初心，以純淨心眼觀看大千世界。」

我喜歡初心的概念，合掌成蓮苞很簡單，樣子也很高雅。不過這似乎也是暗示我對他有意思的最好時機，於是我假裝不知道怎麼擺出正確的手勢，浮雲就得在示範的時候碰觸甚至握住我的手。雖然他還是堅毅地擺出八風吹不動的平靜表情，但我可以感覺到他強壯身軀散發的熱度，也注意到他的前額開始冒出斗大的汗珠。很好，訊息已經成功傳達！

年少的純智似乎對於走禪沾染上曖昧情思的事一無所覺，也許他的小腦袋裡滿滿的全是市場裡那些誘人的邪物，像是美味肉塊配上一瓶冰啤酒剛好暢快下肚！

幾分鐘後，我們走到一塊巨石旁邊，神奇的是岩石形狀就像一尊坐佛。

浮雲說：「我師父逃到這座山的時候，第一眼看見的就是這塊巨石，他馬上知道這裡就是他和徒子徒孫的因果歸屬之地。」僧人指著山下的景致。「現在他們都在那裡了。」

「什麼意思？」

「師父他老人家幾年前圓寂了，那年他一百零三歲，比他兩個徒弟中的一個還晚走。他們的骨灰都已灑在風中。」

真的是隨風而逝。這樣的場景如詩如畫，卻又無比淒美，不過我將這個念頭埋在自己心裡。

「那另一個徒弟呢？」

「就站在妳眼前。」

「噢……」

我們靜默無語，接著浮雲領我們在坐佛石周圍繞行三次，之後就說該休息了。

我直接回房休息，還在盤算該怎麼施行美人計。我的心噗通直跳，不知是幸抑或不幸，我發現自己越來越受這朵浮雲吸引。

半小時後我回到大廳喝茶吃點心，之後就使盡渾身解數吸引浮雲的注意，不停問他有關佛教以及山中生活的問題，在談話中深深凝望他的雙眼。在我揣想他究竟有沒有接收到我的訊息時，他的手在拿起茶壺時不經意地拂過我的手。

在我想到該怎麼回應最妥當前，浮雲就開口了：「我們去院子裡，讓純智表演幾招厲害的功夫給妳看。」

下午三、四點的庭院似乎面目一新，慵懶又安靜得令人不禁發毛。往山下可以望見紫色的山嵐環繞，抬頭向上只見全知的淺灰蒼天。

慣穿寬鬆淺灰色僧袍的純智已經換上貼身的黃色功夫裝，他握著拳，表情嚴肅地先向浮雲師父彎身行禮，然後也向我鞠躬致意：「師父、尊貴的稀客，請容小僧展示粗淺的拳腳功夫。」

我微微一笑，這個年輕小伙子的客套話聽起來倒是挺順耳的，他心裡其實在說：「小心點，現在要讓你們見識我的真功夫啦！」

接著年輕的純智竟然走在垂直的牆上，似乎完全不受地心引力影響！我還來不及為他的絕技鼓掌叫好，他就已經回到原地。接著他跳到一棵高樹上，然後在枝枒之間飛來飛去，但幾秒鐘之內他的身影就消失在林間，只剩下樹葉窸窣摩擦和樹枝斷裂的聲音。

當我正想問浮雲他的徒弟跑去哪裡的時候，純智已經站在我們面前，臉上帶著驕傲的笑容。

「我真不敢相信！純智，你是怎麼辦到的？那是幻象嗎？」

現在輪到他的師父露出驕傲的笑容。「佛家說人生種種皆是幻象，但是真功夫不是幻象，是日復一日苦練來的。我從他三歲開始教他功夫，在我門下能撐過這麼嚴酷而且不人道訓練的人並不多。」

不人道？

純智的臉龐散發著粉紅色的光輝，他靦覥地說：「居士，我的功夫還遠遠不及師父。」

我轉向浮雲。「大師也願意展現多年苦練而得的精深功夫嗎？」

「沒有這個必要。」他搖了搖那顆如銅鏡般又亮又圓的光頭。

「可是……」

他打斷我的話。「好了，今天都早點休息吧。純智去買菜的時候會幫你買一點藥，他再幾分鐘就下山了，明天才回來。」

「別麻煩小師父了，我沒生病，只是覺得累。」

「他不會介意的。我知道他恨不得出了這廟就躲得遠遠的，還可以避開我，就算幾個小時也好。」

我們都笑起來。

浮雲又說：「陳居士，晚餐已經放在妳房門外了，請自行用膳。我必須恪守佛家過午不食的戒律。」

我踱著步子離開，沒想到運氣這麼好碰到純智下山，廟裡只剩下我和浮雲，這可是色誘他的最佳時機哩。接著我突然想到，該不會是浮雲故意遣開純智好製造機會引我上鉤吧？

房間外面擺了一只托盤，上面整整齊齊地擺了兩顆饅頭、一碗稀粥、一個裝茶的保溫杯和一雙筷子。吃完晚餐後我洗了臉，將鬧鐘設定在四十五分鐘之後叫我起床，然後就到床上小睡。

被鬧鐘鈴聲叫醒之後，我放下長長的三千煩惱絲慢條斯理地梳，然後化了點妝、換上洋裝，衣服不花俏但可以充分展露腿部的曲線。

光頭和尚住的廟裡自然沒有鏡子，不過我的背包裡有一個小化妝鏡，我對著鏡子仔細端詳自己的臉孔。

魔鏡，魔鏡，誰是這裡最美麗的人？

這裡沒有魔鏡，整間廟裡也沒有人可以和我爭豔鬥麗，我對自己在鏡中的容貌十分滿意。

我嘆了口氣，已經可以感覺到空氣中的情欲張力。

我找遍整間小廟，可是到處都不見浮雲的蹤影。我心裡再度恐懼起來，這兩個和尚會不會一起下山了，把我一個人留在這間荒山孤廟？

我決定去坐佛石那裡靜坐鎮定一下心神。照著浮雲所教的，我將雙手合掌如蓮苞，同時繞行巨石三周。之後我四處遊逛想找浮雲，可是傳入耳中的只有樹葉輕微的窸窣摩擦聲、昆蟲的嗡嗡叫和鳥兒的啁啾聲。

再走幾分鐘後我聽到一個不尋常的聲音，像是人類或其他動物的粗重喘息聲，我的心跳加速，思索著也許可以用陰陽眼找到發出聲音的生物，同時加快腳步想找出聲音的來源。在我四處尋覓的時候天色很快暗下來，我正擔心會不會迷路，附近再次傳來同樣的聲音，這次我聽出來了，是人聲。

是男人的粗重呼吸和喘息聲。我走來走去想找出聲音的來源，然後注意到喘氣聲是從一塊巨石後傳來的。那個人竟然是浮雲！晚上他一個人在這裡做什麼？在滿月下苦練功夫嗎？我走近後從巨石另一側偷看，只見他的寬闊背脊在昏暗山景映襯下形成的簡潔輪廓。奇怪的是他的身體似乎正劇烈地抖動，他受傷了嗎？幾秒鐘後我才意會過來，驚訝得忍不住伸手捂住嘴，後退了好幾步。

浮雲竟然在佛門聖地裡自慰！

沒想到在我感到兩腿間有一股熱流向上衝的時候，心中也對他感到深切的同情。深呼吸幾次之後，我義無反顧地直奔向他，從後面抱住他厚實的身軀。我像小孩同母親撒嬌一般，將臉緊貼著他的頸。浮雲對我的「突襲」絲毫不感到驚訝，反而抓住我的雙手將我拉得更近，接著又牽引我的手握住他溼漉漉的陽物，它此刻正如一尾毒魚張口喘著粗氣。

最後浮雲終於回頭面向我，四片唇瓣立刻緊緊吸啜。我們的舌頭和四肢糾纏對招許久之後，他褪下我的衣服扔到地上，肌肉賁張的手臂一舉就讓我坐到一棵古樹的粗壯枝椏上。他可合掌成蓮苞的雙手輕巧地揉捏我的雙乳，而那慣於誦經持咒的雙唇則飢渴地吸吮我乳上的兩點蓓蕾。我彷彿受到折磨般呻吟、低吼、尖喊，全身顫抖得宛如投身業火或浸到冰水之中。最後他終於分開我的雙腿，以純粹之力、純陽之氣，及猛烈的專注挺進。我敢說他肯定經過一番苦練才會有這麼棒的床上功夫。

驚天動地的一聲喊叫從我口中逸出，枝幹在春情洋溢的風中劇烈抖動，扶疏枝葉齊聲應和著：「哦！啊！」到達高潮之刻，浮雲以渾厚的聲音喊著：「烏瑪魯蘭！烏瑪魯蘭！噢，天啊烏瑪魯蘭！」喊聲雖然古怪，但我還是很感動。

經過一輪爆發傾洩，浮雲的那話兒滑了出來，他將頭埋入我的雙乳，雙唇輕挑乳尖，雲收雨歇後的溫存令我扭動身軀歡欣地低吟。我憐愛地撫摸著他的光頭，好像初為人母者呵護著毛髮稀疏的嬰孩。這個和尚既已避世隱居，這麼強烈的欲望究竟從何而來？肯定不是來自嚴格遵行的打坐或誦經，因為這些訓練的目的正是要抑制欲望，他的修行全白費了嗎？或者人的欲望真的無法壓抑？

暗夜的懷抱之中，我們不發一語，靜靜品味男人和女人在陰陽交融後難以言喻的溫存之樂。我很想問「烏瑪魯蘭」是什麼意思，但還是決定閉口不語以免破壞當下的氣氛。

浮雲什麼都沒說就將我從枝椏上抱下來，幫我穿上衣服之後抱我回到廟裡。

進入佛堂之後，他溫柔地放我下來。「可以在我房裡過夜。」

這是我第一次走進和尚居住的寮房，房裡空蕩蕩的，角落裡的油燈旁擺著一只火盆，床鋪對面的牆上掛著一幅寫著「死」的書法。竟然有人會把這種提醒人生難免一死的突兀警語放在每天早上一起床就看得到的地方，實在古怪。

浮雲擺弄了半天才將火盆和油燈都點著，在我脫下衣服窩進他的單人床鋪裡等他時，他只是深深望著我。接著他也褪去僧袍滑入被窩，我們的身體相觸，在厚厚的毯子下感覺十分溫暖舒適。

他伸出強壯的手臂擁著我。「告訴我，妳為什麼大老遠跑來這間廟？肯定不是為了安慰一個孤單寂寞的和尚才特地來幫他暖床吧。」他的聲音像毛毯一樣厚重，如旖旎夜色一般薰人欲醉。雖然我們曾經歡好，但他若是知道事實真相，會不會翻臉以暴力相向？我承受不起可能的後果，所以故意岔開話題。

「我來這裡你開心嗎？」

他伸手到我胸前愛撫。

「妳沒有地方可以回去了嗎？」他的手指在我逐漸硬挺的蓓蕾上靈巧地揉捻。

「我喜歡山上的寧靜，所以想待久一點。」

我轉過頭，發現他已經沉沉入睡。

我看著光禿的天花板，有千百個思緒在腦中盤旋。我們不僅發生關係，而且還用了倒垂蓮式。這個和尚有第三隻眼可以看透我的心思嗎？不然他為什麼要把我抬高到樹枝上才成其好事？

現在我得重讀一遍阿姨的指示，以確定下一步可以妥善進行。我輕輕地從浮雲懷中起身，溜下床之後回到自己的房間。我拿出文件細讀：

> 如果僧人在發生關係的過程中口誦真言「烏瑪魯蘭」，表示他就是妳要找的人。《金剛經》和金佛都在他手中，現在妳必須進入他的密室取走這兩樣寶物，然後將寶物送還吐魯番博物館，同時必須將博物館所展示的贋品帶走。
>
> 不必遲疑，這不是偷竊，只是讓寶物回到合法的持有者手上。

我重重地嘆了口氣。我究竟惹了什麼麻煩上身？我要怎麼在兩個和尚的眼皮底下拿走那些寶物？浮雲可不是白痴，他的徒弟還是輕功高手。這時我靈機一動，一邊沉吟著細節處該如何著手，雙腳已經不由自主地拖著我回到浮雲的靜室、上了他的床，然後挨近他溫暖的身體。

醒來的時候天色尚暗，窗外鳥兒的啁啾聲混著樹葉的沙沙聲，好似一場振奮人心的異音合唱。身邊的浮雲睡得仍然很沉，那個特別的體位讓他累壞了嗎？熟睡時的他呼吸緩慢深沉，身體似乎變得瘦小脆弱，先前的破戒罪垢在溫暖如母親懷抱的毛毯下消解無蹤，他又變回了天真無邪的小男孩，就像我的亞歷。

亞歷，真的很對不起，我……背叛你了。你現在在紐約做什麼呢？你還會想起我、想要我的人，

或是回味我們在沙漠中共度的歡愉時刻嗎？

哎，我的愛情究竟是怎麼一回事？我以為我真心愛著亞歷，沒想到他離開還不到兩個星期，我已經在另一個男人的懷抱裡，更沒想到還是個出家人。

我搖搖頭，看著浮雲的胸膛規律地起伏。我已經完成其中一部分任務，可是阿姨要我偷的寶物似乎遙不可及。也許此時此地我應該用毛毯悶死浮雲？當然這只是我的幻想。我既不能扼殺熟睡中的和尚，只好扼死自己過分發達的想像力另謀他法。

「啊！老天！」我突然尖聲大喊，叫聲聽在自己耳裡都覺得怪異嚇人。

浮雲猛地坐了起來，跳下床以後將我也一把拉下去，然後裸著身子護住我，動作迅速精準得像隻狐狸。

「受傷了嗎？」他心急地低聲詢問，語氣中滿是關懷。

我沒有回答，只是像中邪一般渾身顫慄。

他小心察看房內四周，然後朝窗外窺探。之後他回到我身邊抱住我，臉上的表情變得緊繃。「妳看到什麼人了？」

我又點頭又搖頭，身體仍不住發抖。

「妳留在這裡，我出去看看，馬上就回來。」

他站起來穿上僧袍的時候，我指著窗外遠處的角落。「對，就在那裡！噢，老天，她過來了！救我！救我！」

他的眼光順著我手指的方向，同時走到窗邊。「可是那裡沒有東西啊。」

「有，那裡有！」

他謹慎地檢查各個角落，之後又回來抱住我。「只是妳的想像。冷靜點，好嗎？」

「我看到了，是女的！長頭髮，紅色的舌頭伸得好長！哦，天吶！」

他抱我到床上溫言安慰。「我們來打坐，妳就不會有這些妄念了。」

我將頭埋進他寬闊的胸膛，我的眼睛直眨、雙唇顫抖，全身抖得像狂風暴雨中的一葉小舟。

「不！她要來抓我了！來抓我了！哦，求求妳，不要！不要過來！」

「噓……拜託妳……別叫，別害怕，這裡沒有鬼，只有我在這裡陪妳。」他仍舊像父親對待最心愛的孩子那樣抱著我。「放輕鬆，沒有人會來打擾妳，剛剛只是做了惡夢。」

這樣的情況又持續了幾分鐘，我才彷彿大夢初醒。

我掙開他的擁抱，抬頭細看他的臉，然後露出天真甜美的笑容。「浮雲大師，我餓了。可以吃東西嗎？」

他完全被我弄糊塗了。「妳還好嗎？」

「很好啊，怎麼了？」

「妳是說妳不知道剛剛發生什麼事？」

「不太確定耶，剛剛怎麼了？」

「妳被附身了！」

「什麼意思？」

「妳剛剛的舉動很古怪，一直走來走去，還不停胡言亂語，說有女鬼要來抓妳。」

我張大眼睛看他，一臉無辜。「我剛剛真的這樣子？」

「真的！」

我苦思許久。「嗯……也許你是對的。現在我想起來了，我真的看到了……」

「妳看到什麼了？」

我沒回答他的問題，只說：「我小時候就會這樣三不五時發作，把我媽氣得要死。我有陰陽眼，可以看到鬼。」

浮雲笑了。「我和純智在這裡每天早晚誦經超度、灑淨，所以這裡不會有什麼不乾淨的東西。」

我知道他說的「不乾淨的東西」是指鬼魂或是其他不屬於凡間的東西。

我默然不語。

「這種症狀有請醫生看過嗎？」他看著我，眼神流露關切之情。

我點頭。「可是他們看不出有什麼問題。所以我媽媽後來帶我去找一個中醫，他幫我開了藥方，還在紙上寫了符咒，我媽媽把藥草和符紙煮成藥湯逼我喝掉。」

「有用嗎？」

「有。之後過了很久我都沒再發作過，直到今天晚上才又這樣，一定是被這裡陌生的環境刺激的。哦，浮雲大師，今天晚上你不能讓我再發作了！」我撲進他溫暖的胸膛啜泣起來。

他輕撫我的頭。「妳記得以前吃的是什麼藥草嗎？」

「記得。」我說，然後在紙上寫下一長串藥草名稱，都是從我失蹤的朋友羅布那裡學到的。

浮雲一臉嚴肅地研究那些名稱，然後問我，「妳為什麼不隨身帶著這些藥呢？」

「我沒想到自己竟然會再發作。」

浮雲沉默了幾秒後才開口：「我去幫妳找這些藥草，但我不能讓妳一個人留在這裡，萬一……」

我虛弱地笑了笑。「別擔心，我一個人不會有事的。如果你願意的話，可以幫我找來這些藥草嗎？這樣就不用擔心我會再發作了。」

我指著窗外已露出魚肚白的天空。「你看，已經清晨了，孤魂野鬼應該都回到它們該去的地方了。別擔心，你只要在半夜鬼門開啟前回來就行了。」

「好吧，我快去快回，最多五、六個小時就回來。可是妳確定妳一個人可以好好待在這裡嗎？」

我肯定地點頭。「可以，相信我，我會好好的。」

浮雲穿好衣服準備離開之前告訴我：「如果純智比我先回來，就告訴他事情經過。妳自己小心，多休息一下。」

我陪他走到廟門，目送他沿著小徑下山。等他的背影消失在視線之外，我立刻飛奔回自己的房間抓起背包，然後衝下那道長長的階梯到地下室。當時我已經完全不記得浮雲是怎麼輕輕一點就打開牆上的暗門，索性使出吃奶的力氣在牆上亂踢一通。門開了。

在手電筒微弱的光線照射下，密室中泛黃的千年古籍看起來超乎現實，似乎全都無聲地注視我的一舉一動。現在只有我一個人，我感受到密室中的波動鋪天蓋地朝我襲來，經文中的一字一句似乎全都集結到我耳邊，要將古人的珠璣之語傳授予我，或是以千年之氣鎮懾我的脆弱心靈，但我這現代人卻聽若罔聞。

我深呼吸幾下讓自己鎮靜專注。已經走到這一步了，只許成功、不許失敗。如果被抓到，我會當場喪命嗎？還是會像浮雲的師父一樣隨風而逝？我逝去之後會有人想起我嗎？就算有大概也不會想太久。克里斯還是會留在他的妻兒身邊，而亞歷呢？年輕的他可能還會記得曾有個大他好幾歲的情人，也許偶爾會憶起我們的姐弟戀，也算是絲路旅程中年少輕狂的往事之一吧。

我強迫自己回神專注於眼前的任務，很快掃視過密室後我的眼睛一亮，用血寫成的《金剛經》和金佛就在那邊的兩個錦盒裡。我將兩個錦盒取下塞進背包。

我雖不是佛教徒，但還是低聲祈求佛祖能夠理解並原諒我的所作所為，最後求祂保佑我。儘管我懷疑其他教的神是否會理睬我送還異教典籍和佛像的願望，但既然急需各方庇佑，我還是一併向上帝、耶穌和聖母瑪利亞禱告一番。

雖然我很想知道這個如死亡般寂靜的禁室裡還有什麼其他的祕密，但已經沒時間用陰陽眼看看有沒有幽魂可以為我指點一二，所以最後只能無奈地再看密室最後一眼便關上暗門離開。

我很怕浮雲或純智隨時會回到廟裡，拼命爬上階梯後就往外衝，廟門門檻外便是一條漫長的下坡路。匆忙之中我滑倒了好幾次，還好抓住藤蔓或岩石才不至於跌落。轎夫的手套這下可真是買對了，要不然手上流出來的血可能會讓浮雲師徒以為我出了什麼意外而下山搜救。在那個當下，我唯一的心願就是永遠消失在他們的視線範圍，離這座廟越遠越好。

山徑中有一段比較滑溜，我正手腳並用往下爬的時候突然看到遠處有影子在動。我的心幾乎跳了出來，不管來者是和尚還是鬼，我的下場都會一樣悽慘！驚慌之中我滑了一跤跌進一個洞裡，所幸洞並不深，所以只是稍微擦破了膝蓋。從岩洞中往上窺看，只見人影邁步飛奔，等人影走近，我發現竟是純智！我恐懼不已，因為他是輕功高手，可以在牆上行走、在樹林間飛來飛去。不過他沒看到我，我大大鬆了一口氣，等了幾分鐘後我從洞裡爬出來，手忙腳亂地一路滾下山，連周身上下火辣辣的疼也顧不得了。

16 草藥醫生的命運

回到看似安全的沙漠小屋後，第一件事就是將寶物藏好。我拉開其中一個廢輪胎，將裝有金佛的錦盒塞進去，而裝《金剛經》的錦盒太長沒辦法放進另一個輪胎，只好放在墊子下面。藏在這裡實在不怎麼高明，不過已經是當下能找到最好的地方了。之後我總算放鬆下來沉沉睡去。

醒來時天色已暗，床頭鐘顯示是晚上十點半，看來我實在太累了，竟然睡了一天。我下床洗臉洗手，然後拿出兩件寶物仔細檢視。金佛在煤油燈光下閃閃發亮，似乎迫不及待要告訴我祂在滾滾紅塵中的精采冒險，我伸出手指輕輕一推，底座冒出一個小托盤，裡面盛著的無數顆水晶就是浮雲說的佛骨舍利了。

我忽然想到浮雲師徒可能追查我的行蹤，要保住寶物最萬無一失的方法就是儘快將它們送到博物館。我安慰自己他們找到我的機率幾乎等於零，畢竟他們連我的真實身分都不知道，我叫林麗根本不是什麼陳紫蕾。而且我住的小村離山上的寺廟幾乎有一百英里遠，連地圖上都沒這個村子。話雖這麼說，他們可不是普通的出家人，而是身懷絕世武功、住在沒階梯可通的荒山上的武僧。

我起身煮水泡茶，喝了幾口香味撲鼻的熱茶後總算比較放鬆。我坐直身體、打開卷軸，做好研讀《金剛經》的準備。浮雲說這是世上最具威力也最深奧的經文之一，想到這裡尊崇和敬畏之情便油然而生，我開始讀經。

> 所有一切眾生之類：若卵生、若胎生、若溼生、若化生，若有色、若無色、若有想、若無想、若非有想非無想，我皆令入無餘涅槃而滅度之。……

讀到「滅度」兩個字，我的心一沉，嘴裡不由自主地冒出一句：「羅布死了！」

我向後坐倒在床上，等著噗通亂跳的心慢慢平靜，然後將燈熄了，開始集中意念，直到進入神遊的狀態，感覺陰陽眼已經打開。我隱約可以感覺到最近有訪客曾經進入我的小屋，這位來自另一個世界的訪客明顯是男性，他在這裡盤桓許久，焦慮不安地等待我。未央長夜之中，訪客留下的能量似乎仍微微波動，而這種振動的感覺似乎來自最近才前往陰間的魂體。

我在黑暗中喃喃低語：「羅布，你在這裡嗎？」

沒有回應。當然，就算真的有鬼在說話，我想陽間的人也不可能聽到他們在說些什麼。

我持續將意志集中在第三隻眼。過了好一會兒，我覺得我看到什麼了——窗邊有影子在閃動。

「求求你，羅布，如果是你，你現在究竟在陽世還是陰間？」

仍舊沒有回應。

我覺得自己快發狂了，忍不住放聲大喊：「羅布，求你給我一點消息吧！什麼都行！求求你！」

一陣強風突然從窗外吹入，我吃了一驚。

「告訴我你是不是死了。」這次我的語氣比較和緩鎮定。

另一陣風再度吹入小屋，門窗、茶壺和茶杯被吹得匡啷作響。

「你是不是很難過？你希望我為你做什麼嗎？」

又是一陣強風，小桌上的茶杯這次被吹到砸在地上，薄瓷碎裂的聲音刺痛了我的耳朵。然後屋中一片死寂。我努力保持清醒，以免錯過羅布接下來要帶給我的其他訊息，可是小屋中靜得令人坐立難安，似乎屬於羅布的氣息如今已完全消逝在稀薄的空氣之中。而我已經精疲力竭，整個人彷彿跌入虛空……

第二天早上，我很快吞下兩個飯糰、喝了昨天剩的茶，換好衣服後就前往羅布的草藥店。到達時看到店門半開，我心中又燃起希望，也許羅布回來了，昨天晚上經歷的一切不過是我自己的想像。我輕輕顫抖著手敲了幾下門才走進去，前來招呼我的卻不是我的維吾爾朋友，而是一個五十幾歲、頗有福態的中年人，我不禁心灰意冷。對方身穿藍色襯衫，戴一頂相配的穆斯林帽，不是我認識的人。

「我是房東。羅布已經走了，這裡以後不做生意了。」

他說的是中文，我鬆了一口氣，也許他看得出來我是漢人。

「我明白，我是羅布的朋友，他幫我找過藥草。」

「妳就是美國來的那個女孩子？」他的圓臉忽然一亮。

我點頭。「是，我是林麗。」

房東馬上走到櫃臺後方拿出一封信和一個厚厚的包裹，然後走過來遞給我。「羅布留了這個包裹給妳，這裡還有一封信是他寄來要我轉交給妳的。」

「我能不能坐在這裡看信？」我瞄了一眼信封，希望上面會有寄件地址，可惜運氣不好。

「請便。我就在這裡整理東西跟打掃。」

我坐在常坐的那張椅子上，撕開信封口很快地抽出信紙，看到羅布寫得工工整整、好像學童習字般的中文：

林小姐，

　　妳的預感沒錯，我的妻子和孩子還活著。但這對我而言是壞消息，不是好消息。以前我每天晚上都因為想到他們死了而睡不著，現在我每天晚上都因為知道他們還活著而睡不著，因為他們不肯和我相認。妳在走入我人生時帶給我希望，但希望很快就被殘酷的命運粉碎。

　　在妳離去後，我夢見我的妻子和兒子在市場裡玩耍。醒來後我立刻前往那個巫醫住的村莊，即使冒著生命危險也要找到他們。我一下就看到我的妻子和兒子，他們開心地說話、吃東西，跟我夢中看到的情景完全一樣。

我衝向他們，沒想到我的妻子不但沒有高興地撲到我懷裡，反而驚恐地後退。她一點都不開心！甚至露出嫌惡的表情，我覺得自己好像受到千刀萬剮。而我的兒子一臉害怕，好像也完全認不出我的樣子，他躲在他媽媽身後，懷疑地看著我。

我的妻子抓著兒子想把他拉走，我攔住她問：「我們終於全家團聚，妳不開心嗎？」我求她跟我回家，可是她不肯。我想伸手擁抱我兒子時，她站到兒子身前擋開我的手，好像我是人口販子還是痲瘋病人。

她怒氣沖沖地要我放過他們，別再去破壞他們幸福快樂的生活。可是我以為他們和我在一起才會幸福快樂！她想要什麼我都給她，把她寵得跟公主一樣，可是她說我不了解女人。是她瘋了，還是我瘋了？

然後她告訴我她已經成了那個巫醫的妻子，而我的兒子成了他的兒子。

我聽了只覺得五雷轟頂，她竟然和殺害我家人的凶手一起過著富裕奢華的生活！我的妻子瞪著我說，她會告訴她的丈夫今天遇到我的事，如果我敢再去騷擾他們就要給我好看。我知道他們一定是被巫醫施了什麼咒語。

活著再也沒有意義了——我已經一無所有。我唯一的希望就是和我的家人團聚，我要到黑龍潭裡找我的母親和外公。

吾友，妳的心地善良，妳一開始到我店裡找我的時候，我覺得自己好像一天一天慢慢活起來了，尤其是在妳告訴我說我的妻兒可能還活著之後。

我將所有的特殊藥草和藥方都留給妳，其中包括如何熬煮雪蓮的方法，希望對妳有些幫助而不至於落在無知之徒或惡人的手裡。我將藥草裝在塑膠袋裡封好後埋在刻有「坦格里」的碑板下方，那是我以為當時已經被人殺死的兒子的名字，應該很容易就能挖出藥草。那幾個墳裡沒有遺體，如我先前所言，我的家人全都在黑龍潭裡。我在那裡立碑只是想追悼家人，讓我有個地方可以祭拜。

那個巫醫一定在我身上下了毒咒，我最近身體越來越差，吃了最好的草藥仍不見效。當妳讀到這封信時，我已追隨我的家人成為雙腳綁著大石沉在水底的亡魂。石頭會讓我永遠留在潭中，那裡是我的歸屬之地，我的家人等了我這麼多年，我們終於可以在水底團聚。

我將玉墜留給妳，我知道妳很喜歡這塊玉。

這原是我送給妻子的新婚禮物，是塊帶有靈氣的千年古玉，但她極少戴在身上，她只喜歡新的東西。在我以為她遇害之後，我就一直把它戴在身上。

希望妳往後的人生健康快樂、平安到老，願此玉能長伴妳左右，也希望妳在觸及這塊玉時可以偶爾想起我。

再見。

妳忠實的朋友
羅布綽爾絕筆

我手裡攥著玉墜和那封信，拭去淚水，然後鼓起勇氣告訴房東：「羅布不會回來了。」

「我猜到了。」

「你怎麼知道？」

「因為他從來不會耽誤工作或突然離開，他知道這裡的人需要他。他死了嗎？」

「沒有，只是去一個很遙遠的地方採藥。」

發福的中年人重重地嘆了口氣。「羅布是個很棒的醫生，這麼好的醫生這年頭難找了。我得跟他的病人說一聲。」

他當然知道我沒說實話，但是他也跟我一樣吧，我們都沒有勇氣撕開那張面具，正視真相冷酷的臉龐。

我謝過房東後離開草藥店，然後直接回家，一路上汗流浹背、雙手顫抖，心裡砰咚砰咚的好像有臺電鑽拼命在鑽。

我直接到了墓園，找到那座墳後就往下挖，取出裝藥草的袋子放進背包，然後快步離開，不想冒任何被人看到的風險。

回到小屋後，我重讀了羅布的信，這次淚水如水庫洩洪般流得滿臉。我多麼希望當他還在世時我能有勇氣摸摸他仍舊溫熱的手，那雙因為採摘藥草而留下斑斑疤痕、總是帶著植物、泥土和山地清香的粗糙褐色大手，如今卻已沉在潭底變得冰冷死白。

我盯著那條鍊墜，記得我第一次看到它的時候實在好喜歡，幾乎開口問羅布能不能將玉墜賣給我，從沒想過有一天會真的成為它的主人，但是，很遺憾的，我卻永遠失去了親愛的朋友。玉墜在我哀悽的目光中顯得益發美麗，為什麼美麗往往伴隨著憂傷呢？現在這塊玉在我眼裡好像一顆斗大淚珠的結晶，我將玉拿到鼻子前面，希望可以感受到已故好友生前殘存的氣息。

接著我打開塑膠袋，取出裡頭的數種藥草、一本記載藥方的筆記和他的日記，我將這些和鍊墜一起擺成一個圓，象徵循環不息，羅布雖然已經去了另一個世界，但我還是希望他能像四季一樣總有回返的時候。每一種藥草都用一張宣紙包住，羅布還在上面細心地貼了標籤，這些肯定是從天山上隱祕之處採集到的最珍貴藥草。我很快翻閱筆記，發現裡面有完整的說明：藥草在何處尋得、一年中最佳的採摘時機、如何煎煮，甚至記載了使用時的注意事項。

我隨手拿起其中一包藥草打開，發現裡面是一束晾乾的黃白色花朵，還帶有淺綠色的葉子，我看著覺得並不起眼，但是對羅布來說肯定極為珍貴。

我開始逐頁翻閱筆記，總算找到我要的：

名稱：天山雪蓮。

別名：上天的恩澤。相傳西王母駕臨天池沐浴時，身邊的天女將雪蓮灑入水中，從此天山生有雪蓮。

採摘地點：天山北坡及南坡，海拔四千公尺以上。生長於其他植物無法適應的極嚴寒氣候和稀薄空氣中。見於懸崖峭壁，亦見於岩縫及冰層隙縫。

特徵：種子開花需時三至五年。其根、莖及葉皆有療效。

採摘要訣：切莫用力一次拔出，會損傷根部及其生長環境。

功效：雪蓮可在特殊環境中存活，故對多種疾患皆有療效，包括風溼、支氣管炎、胃潰瘍、痔瘡、背痛、發燒、受寒和罕見癌症。亦可活血、祛溼、調經、止洩、固精、壯元陽、延年益壽。

處方：

男子：將一株雪蓮浸於稞酒十日後日飲一杯。

女子：將一株雪蓮浸於黃酒十日後日飲一杯。

警告：孕婦禁用。

放下筆記本後我嘆了一口氣，裡面的資訊真的很詳實。我也在想，有沒有什麼藥草可以治好我的腦袋？會不會有種藥草可以讓我從這次的任務全身而退？也許之後還可以讓我寫完那本小說？

羅布的筆記中詳細記載醫治各種疑難雜症的藥方，讀著讀著我很快就倦了，於是拿起他的日記——其實我一直不願打開它，害怕會有更多悲劇在我眼前上演。

我在撲通撲通的心跳聲中翻閱一英寸厚的日記本，每一頁都龍飛鳳舞般寫滿了大大的漢字，最後我停在筆跡特別凌亂的一頁。

一個人的生活孤寂而痛苦，但是我必須繼續治病救人，這樣我的外公、家人才不會白白犧牲。我還記得從前外公帶我上山採藥的美好時光，他會用放大鏡檢視葉片、伸出舌尖輕嚐味道，然後告訴我植物的名稱和特徵。

天可憐見，我可憐的孩兒再也不能繼承家業懸壺濟世。我不知道自己上輩子犯了什麼錯，這輩子要承受如此殘酷的懲罰。正因如此，我相信我必須更認真地為人醫治，希望能消抵惡果之報。

我闔上日記，任憑兩行清淚滑落臉龐，我覺得自己好像窺探了羅布的靈魂。他從未碰過我的手或吻過我的唇，甚至沒看過我光裸的肩膀，更別說是我裸體的樣子了。但他卻是唯一一個未曾親近我身體就讓我感覺如此親密的男人。

我繼續翻看日記，在某一頁瞄到自己的名字後開始細讀：

最近有個年輕的漢族女人來找我拿藥，我們成了朋友。我甚至帶她到山上只有我知道的隱密地點，還幫她找她要的藥草。這是我頭一次帶別人上山，我一定是瘋了，竟然將藥草的祕密全都洩露給一個陌生人——還是女人！

她很美、很活潑，我們常常一聊就聊好幾個小時，我以前從來不曾跟誰講過那麼多話，更別說是女人了，也只有當愛妻還在世的時候……

我想這應該是在他還認為他的妻兒已死的時候寫的。我往下繼續讀：

我每天去草藥店都希望能看到小麗，如果進來的不是她而是別的病人，我的心就直往下沉。我一定是瘋了，竟然想見她勝過見那些需要我幫助的人。她很常來，村民也許會說閒話。

我不知道她對我有沒有意思，她似乎一直在為什麼事情煩惱。在天山上她明明聽見我唱〈在那遙遠的地方〉抒發情意，卻沒有對我做出任何表示。

如果我愛上另一個女人，算是對亡妻不忠嗎？而我的兒子如果還活著，會不會喜歡這個漢族女人呢？

天啊！我知道很多可以醫治心疾的藥草，卻不知道有什麼藥草可以贏得女人的芳心。

我將日記本闔起緊緊按在胸口，想到羅布坎坷的人生、滿是皺紋的褐色臉龐還有粗糙強壯的大手，無邊無際的哀傷在我心中蔓延。我很後悔當初滿腦子只想著亞歷，完全忽視了羅布對我的愛意。是的，我也喜歡他，很喜歡，即使沒有像喜歡亞歷那樣。我怎麼會讓自己的感情變得這麼複雜？我之前從沒想過要和羅布發生關係，但現在就連可能發生的機會也隨著沙漠中的風一去不返。

我拿起他留下的鍊墜，吻了一下後繫在胸前。

「羅布，我絕不會忘記你。」我低聲告訴自己，告訴玉墜，也告訴我的好友，不論他魂歸何處。

那天晚上我做了個夢。在夢裡我、羅布和他的兒子是一家人，我們住在沁涼的月牙泉附近，靠著向觀光客兜售紀念品維生。有一晚趁著孩子熟睡，我們躡手躡腳地走到屋後，直奔波光粼粼的泉水邊、脫下衣服躍入水中，在泉水裡嬉笑玩鬧、互相潑水，笑得像小孩子一樣，然後我們激情纏綿。明月灑落的銀白光芒無所不在，罩住夜空、湖面，也罩住我們欣喜的臉龐和赤裸的身軀。

羅布親吻我，喃喃說著：「吾愛，妳是我的明月。」

雲收雨歇後羅布潛入泉中，我等著他開口要我陪他到水底再效于飛。但是天啊，他再也沒冒出水面，我尖聲大喊，但叫聲卻被淹沒在濃艷月光和閃爍星芒之中……

我尖叫著醒來，夢裡的影像如烈焰般在我腦中灼燒許久方才平息。想到這只是個夢，我一則以悲一則以喜，悲的是繾綣歡愛只是我的想像，而羅布已不在人世，喜的是亞歷仍在。想到亞歷在烏魯木齊的最後一天我又難過起來，那天我們不歡而散，他離去時想必又氣又痛。我們還會在這萬丈紅塵中相逢嗎？再度聚首時是情人？或者只是朋友？

我將胸前那塊玉墜拿到面前，用火燙的雙唇緊緊貼住玉墜冰冷的表面。想到羅布送給我的那些珍貴藥草，我既然不打算學中醫，那麼最妥善的處理方式就是將藥草轉交給用的著的人。

雖然我一點都不想忘記羅布，但是我必須繼續走自己的路。下定決心後，心裡的一塊大石也落了地。

17 吐魯番博物館

第二天我在破曉前醒來，和著隔夜茶吃下一個饅頭，然後將經書和佛像放進背包裡就出發了。雖然很想再去黑龍潭向羅布道別，但最後還是決定不要冒險，浮雲跟純智可能很快就會發現我偷了寶物，然後下山追查我的行蹤。羅布既然走了，無論我做什麼都不能讓他死而復生，我不得不悲傷地承認，逝者已經沒有未來，但生者卻必須繼續往前走。再加上隨身攜帶兩樣寶物讓我很緊張，還是儘早物歸原主比較妥當。

我先到烏魯木齊搭巴士，車子在新建的公路上駛過漫長的路程抵達吐魯番，往昔絲路繁榮昌盛時這裡曾是重要的綠洲城市。灰撲撲的客運站牌前一輛計程車也沒有，只有一輛破車經過時放慢速度，討價還價後司機願意以幾塊錢的代價載我到吐魯番民宿。我在民宿入住一個滿是灰塵的房間，先去公共浴室匆匆洗了個澡，然後坐在塌陷的床上攤開所有的文件、書籍和地圖開始計畫。

下一步並不容易，我必須在吐魯番博物館耐心等待最佳時機，才能將館內的贗品和從浮雲那裡取走的寶物對調，我草草寫下所有可能的辦法，刪去最不實際的之後只剩下這幾個選項：

一、賄賂博物館館長。

二、色誘他。

三、請他吃大餐，趁機灌醉他之後偷走鑰匙。

我馬上刪去第二條，在浮雲那件事之後我對陪男人上床一點胃口也沒有，是不是和尚都一樣。我也不喜歡自己一度想過要用這樣的方法，我也許感情豐富，但可不是人盡可夫！

想到一起吃飯喝酒可能會讓對方產生錯誤的期待，那就只剩下第一個選項了，但要是館長拒絕收賄還向警方舉發我怎麼辦？腦中的問題一個接一個的冒出來，好像猴子在搖晃不已的樹枝上跳上跳下：要如何避開警衛和遊客完成任務？展示櫃的鑰匙會在警衛、館長還是其他人身上，要怎麼偷？還有要怎麼知道哪一把鑰匙才是我要的？如果鑰匙沒偷到，我有可能在不觸動警鈴的情況下打開展示櫃嗎？

我苦惱地盤算許久，突然想到在吐魯番這麼偏遠的地方，博物館的戒備很可能並不森嚴。根據介紹絲路的書中記載，除非有外人想要，不然中國人對於國寶的態度其實相當隨便。像斯坦因與伯希和就輕輕鬆鬆地從敦煌帶走數以千計的經書和文物，當時中國人連看都沒看他們一眼。一直等到這些文物在歐洲成名了，中國才出現譴責這些探險家是盜賊的聲浪，現在任何人只要走私文物被抓到就立刻槍決。所以我的唯一希望就是吐魯番博物館的防護措施還停留在斯坦因、伯希和的時代，對寶物的看守還沒有那麼嚴格。

雖然絞盡腦汁，但我始終想不到稍微好點的計畫，更別說有什麼完美對策了，所以我決定先到博物館看看。如果管制很鬆散，我就偷溜進去想辦法打開展示櫃將展品對調，比較糟的情況是我得想辦法和館員混熟，而下下策就是美人計了。

我嘆了口氣，想到我的年輕愛人。**亞歷，對不起，在一起的最後一天還和你吵架，希望你能諒解我們人生中各自不同的使命。你想要家，而我只想要自由，其中包括愛人的自由。我不想和母親一樣，一輩子都被唯一愛上的男人禁錮。**

次日，我在炙熱陽光下鑽進一輛看起來幾乎和這個城市一樣古老的計程車，請司機送我到吐魯番博物館。他還得向另一個司機問路，這似乎是個好兆頭，表示這間博物館很可能不像大城市裡的博物館一樣每天人來人往，遊客少的話守衛也許就不會那麼森嚴。車子在沙漠中穿行，我看著窗外一望無際的藍天、褐沙和土黃峭壁，忍不住拿起相機捕捉千年風雨鬼斧神工雕琢而成的奇岩怪石。

連續按下快門時，我忽然感到有點後悔，竟然不能悠閒地在這塊奇異的土地上好好探索一番。所以當年輕的司機從後照鏡看著我發問，「從哪裡來的？」我只是聳聳肩表示不想搭話。

博物館比我想像的還小，看起來比較像是開放幾個房間展示過去幾年來私人收藏的民宅，這些展品如果搬到紐約大都會博物館，恐怕連最小的展間都放不滿。我走到服務臺，有個相貌平庸的中年女人正在櫃臺後面捧著塑膠碗狼吞虎嚥，身上的制服看起來很邋遢。

我清了清喉嚨。「早安。請問一張票多少錢？」

她頭都沒抬，邊嚼邊鼓著腮幫子回答我：「五塊。」

我遞給她一張五元人民幣。

她一手將票遞給我，連抬頭看我都省了，另一隻手牢牢抓著裝了烤羊肉飯的碗不放，好像小孩抓著最心愛的玩具。

「謝謝。」

「不能拍照，也不能用手摸。」她厭煩地看了我一下，聲音尖銳刺耳。

她說完後又埋頭專心致志地大啖碗中食物，嘴裡持續喳吧喳吧咀嚼，手中筷子毫不留情地猛敲碗裡，看起來她似乎是想趕在食物變涼前吃完，無暇他顧。我很佩服她在用餐時的專注，同時由衷感謝她的粗心。她的羊肉飯和好胃口害我也跟著饞涎欲滴，我嚥下一大口口水。

進入灰暗的博物館後，我在幾間展室中閒逛，令人訝異的是竟然只看到一個神情緊張的警衛，不過想來也沒什麼好訝異的。瘦巴巴的警衛看都不看我，只顧著一邊踱步一邊喃喃自語。

沒多久我就看到放置金佛的玻璃櫃。雖然我不是藝術史學家，不過我一眼就可以看出浮雲手中那尊才是真正的寶物，歷經久遠歲月的金像散發神祕的光華，而佛像栩栩如生的面容蘊涵著大慈悲與大智慧。我瞇起眼睛細讀展櫃中佛像下方的小字：

金佛

此純金塑像製於唐代（九世紀），佛像頂上有圓形光輪、身佩瓔珞，神態沉靜、雙眉垂俯，結跏趺坐於蓮座上。

然後我注意到玻璃櫃右下角有一個小小的匙孔。我看看四周，確定展室裡沒有別人就取出瑞士刀，將螺絲起子插入匙孔看能不能將櫃門撬開。可惜運氣不佳。接著我注意到金佛旁邊就是《金剛經》，真是個意外的驚喜。經書放在一個紅色木架上，卷軸只有展開至第二頁。

旁邊的說明寫著：

《金剛經》

《金剛經》原為梵文，係由印度傳入的佛教文獻中最為重要的經籍之一，而此經則以中文寫成（在此部手抄經本完成之前的一百多年，中國就已發明木刻雕版印刷）。

經文由十一世紀的北宋高僧賢德手抄完成，賢德法師以血為墨，避世獨居致力抄寫此經，歷時一年。相傳此經由於得到高僧鮮血、神通與虔敬禮佛之心加持，故具有趨吉辟邪的神力。

我在想博物館裡的人是否知道館中展示的金佛和《金剛經》雖然製作精良，但卻只是複製品。

我又看了一眼偽造的經書，暗想這假經上的血不知來自何處？牛、野狗，或是一隻可以供應大量血液的肥豬？

我小心翼翼地檢查展櫃的周圍，發現金佛和經書其實是放在同一個展櫃裡，這表示我只需要打開一個櫃子就能換掉兩種寶物了。

一石二鳥。

一箭雙鵰。

這下我大笑起來，但很快又收斂起笑聲。現在還不是開心的時候，等我換好寶物離開博物館再說吧。

我忽然發現有兩個六十幾歲的男人在展室裡走動，他們一邊走一邊熱切地交頭接耳。他們什麼時候進來的？我先前怎麼沒有注意到？我一定是過度沉浸於自己的思緒才疏忽了，我咬住嘴唇，以後不能再這麼大意了。

兩個男人都穿著灰色西裝和白襯衫，看起來很像學者或考古學家。看他們討論時專注而激動的樣子，話題一定和館內展品有關。我不想引起他們的注意，於是低頭匆匆離開展室。到了博物館門口時，那個女館員正邊嗑著瓜子邊看報紙，甚至沒空抬頭看我一眼。

好兆頭。

離開博物館後，我尋思接下來該怎麼做，不經意瞥見對街有一家小餐館。我直接走進店裡坐下，點了花生、饅頭、包子和茶，我一個人當然吃不了這麼多，只是想藉機坐久一點。我邊吃邊盯著博物館的大門，沒看到其他人進去參觀，也沒注意到什麼不尋常的事。幾小時後，當我正一邊喝茶一邊翻揀吃剩的食物，兩個學者模樣的人走出來了，後面跟著女館員和警衛。

我想出方法了，明天就來付諸實行。

隔天我換上T恤、藍色牛仔褲和薄外套，將長髮梳成一個髻，再戴上棒球帽，儘量讓自己看起來樸素低調。這次我在閉館前大約一小時才進去，當天人比較多，大概有八到十個旅客在館中閒逛參觀，警衛還是昨天那個男的。我在館裡四處走動想找出可以躲藏的地方，同時刻意避開警衛的視線。到了參觀時間還剩十五分鐘時，我偷偷溜進儲藏室躲在一個櫃子裡，儲藏室裡亂七八糟、到處都堆了箱子，我想躲在這裡應該不會被任何人發現。

半個小時後，四周一片安靜，我輕輕打開櫃子的門走出來。然而就在我伸展僵硬四肢的時候，忽然聽到遠處傳來腳步聲，我立刻躲回櫃子裡關上門，然後附耳在門上細聽。走進儲藏室的應該是一男一女，他們邊閒聊邊調笑，誰會在閉館後還待在博物館裡呢？他們要做什麼？我的心跳開始加速，嬉鬧聲越來越近，他們似乎就在櫃子外面。

男人的聲音響起：「看吧，這個地方最理想了，保證沒人找得到我們。」

然後空氣中傳來女人尖銳的聲音：「你真壞，壞死了。」

是那個女館員！她究竟在這裡做什麼？

男人語帶嘲弄：「妳也很壞，像小狗一樣跟著我。」

兩個人神經兮兮地笑起來，然後低聲講了些什麼，我沒辦法聽清楚。

很快我就聽到衣褲落在地上的聲音，緊接著是呻吟喘息聲。

男人熱情地低語。「哦，老天，妳這對奶子怎麼這麼大這麼軟，就跟枕頭一樣！」

接著聽到女人的笑聲和她彷彿可以直衝雲霄的尖銳叫聲。「用力點，求你，用力點！哦，就是這樣！不准停下來，不然我撕爛你的命根子！」

記得那個女館員看起來既古板又邋遢，誰想得到她私底下這麼放蕩？

聽著這對男女尋歡作樂的聲音，我想到和亞歷在一起的時候，突然感到無以言喻的哀傷。他現在在做什麼呢？會想念我嗎？

呻吟聲停止了，傳來男人急切的聲音：「快點，趁著沒事發生，我們趕快走。在這裡工作真輕鬆，看幾個蠢蛋晃來晃去就行了，我可不想丟飯碗！」

然後是女館員的聲音：「幾點了？真要命，我還得回家煮飯給我老公和兒子吃呢！」接著是穿衣服的窸窣聲，然後是逐漸遠去的匆忙腳步聲。

已婚有子的女館員上班時間閒得發慌，下班後還跟警衛在博物館髒亂的儲藏室裡偷情。我還真不敢相信！

等了十五分鐘，確定博物館裡其他地方都沒再傳來聲音，我才溜出櫃子直奔展室。

我又把瑞士刀裡的螺絲起子插進匙孔裡，這次我扭得更用力，但是門鎖不為所動。大感挫折下我本想打破玻璃，但這麼做實在不智，所以很快又打消念頭。我戴上手套用盡全力轉動起子，鎖勉強得好像假裝沒經驗的女子，不情不願地一點一點退讓了。

我很快取出仿造的金佛和《金剛經》放進背包裡，然後小心翼翼地捧出真正的寶物，無比虔誠地將它們放入展櫃。之後我關上櫃門，向復歸原位的佛像金身低聲祝禱完才離開展室。

大門當然已經上鎖了，而且這次不管我怎樣扭絞瑞士刀，大門都紋絲不動、毫不屈服。我的心跳越來越快，不同的場景在腦海中閃過：在這裡過夜然後明天再溜出去、失風被捕、在熱氣中窒息而死變成木乃伊……

忽然靈光一閃，我衝向廁所。便坑裡的排泄物滿到溢出坑緣，看起來很像熱巧克力慕斯，但聞起來可是一點都不像，我得依靠最堅強的意志才能忽略惡臭集中注意力。

我記得前一天經過廁所的時候曾看到陽光由窗戶灑落……沒錯，窗戶在這裡！我伸手推開離我最近的那扇窗，太好了，窗戶沒有鎖上。我迅速爬上窗臺然後往下跳，落在柔軟的沙地上，一切順利得好像在做夢，俗話說「水到渠成」就是這樣吧，哈！

外頭天已經黑了，附近沒有車子經過，小餐館還開著但裡面只有一個客人。我不太想在那裡吃飯，免得被老闆認出來，就算我先在那裡吃飯，之後又該怎麼離開這裡呢？

唯一的方法似乎是走五到六英里的路到最近的車站，看能不能趕上回烏魯木齊的火車，不過一天的班次好像不太可能超過一班。幸好偽造的金佛和經書都很輕，不然要不是我的脖子會被壓斷就是背會拉傷，儘管如此，我的心上好像還是壓著千斤重的巨石。

走了三小時後，我的兩條腿開始打顫，幸好火車站已經在望。

18 市集

在漫長的車程中我一路提心吊膽，好不容易回到烏魯木齊，這次住在新疆飯店。再次回到這個城市，已經熟悉的市區讓人覺得溫暖放心。經歷過去幾個月來的折騰，我覺得自己在繼續這趟旅程之前急需休息和好好放鬆。下個任務是去找一個盲眼算命師，據說這種人可以預見未來，但卻從不解釋從何得知；再之後等著我的就是塔克拉瑪干沙漠，我必須橫越沙漠尋找埋在一道牆下的寶物。假如我能完成任務全身而退，旅程的終點就是跟阿姨和她的律師羅先生見面，領取那三百萬美金。我需要休息，但又不想耽誤獲得鉅款的時間。

待在烏魯木齊的幾天裡，我只做三件事：睡、吃、散步。我不想費心找餐廳，索性都叫飯店送餐點到房裡。雖然這次不是住在迎賓酒店，但即便只是人在烏魯木齊，也會讓我想起和亞歷在一起時的甜蜜與苦澀，我忍不住胡思亂想起來：他現在還好嗎？會後悔跟我吵架嗎？他的父母會不會講我的壞話？

有一天晚上在快要睡著的時候，我腦中突然冒出一個念頭：我真正需要的是徹底的休息放鬆，我可以回紐約找亞歷，甚至可以去看看克里斯。但我隨即又開始擔心：要是亞歷已經忘了我，正在跟年紀差不多甚至比他還小的女孩約會怎麼辦？至於克里斯，我敢說只要他還沒勾搭上別的女學生，看到我他保證會很開心，至少有人免費幫他暖床。回紐約一趟的主意真的很吸引人，可以放鬆、吃些好菜、看幾場精采的電影，最後我決定先去找那位盲眼算命師，然後回紐約放個假，之後再回中國完成那些我註定要做的事。

在烏魯木齊的最後一天，我到市內知名的市場買東西、拍照，玩得很開心。這天的天氣很宜人，微風吹散了熱氣，看著晴朗的天空，我原先混亂的心境也跟著澄淨起來。市場裡一如往常人潮洶湧，擠滿了中國人、歐洲觀光客、維吾爾人、蒙古人和西藏人。我看到很多「異族人」，他們的皮膚是褐色的，個個身材魁梧、眼窩深陷、鼻樑高挺，面貌幾乎就像外國人，我看得目瞪口呆，就像為最愛男影星照片著迷不已的少女影迷。

有些男人面無表情地回望我，有些露出微笑，還有人好奇地瞥我一眼然後喃喃說著我聽不懂的話。少數民族的女子和男子一樣有著大眼高鼻和蜂蜜色的肌膚，她們大多對我不理不睬，自顧自和小販討價還價或是責罵調皮好動的兒子和哭哭啼啼的女兒。路邊有一群孩子全都身穿五顏六色的衣服，他們拿著塑膠做的車子、士兵、動物和恐龍玩具在玩自己發明的遊戲。

到處都有小販在賣工藝品和食物，真令人開心。地上陳列著顏色明亮的手工地毯和整匹的絲綢，等著顧客上門殺價選購；形狀、大小各異的陶器和瓷器好像不停在向我招手，要我摸摸它們如絲緞般光滑的釉彩、幫它們找個舒適的家；一只帶有土耳其藍色粗紋的細高深橘色花瓶，讓我聯想起深色肌膚的女人，土耳其藍天空下的她，彷彿正伸出纖細性感的手指要採摘野莓。

小販提起花瓶對我叫喚：「十塊錢，十塊錢就帶回家！」

我雖然有股衝動想接收這只花瓶，但想也知道不可能把這麼重的易碎品放進背包或行李箱裡帶回美國。

我匆匆走開，撲鼻而來的淨是食物香味，有七味湯、烤肉、沙威瑪、巨大扁平的新疆披薩——囊餅——和新鮮瓜果，纍纍成串的青色和紫色葡萄引得我佇足欣賞，它們看起來彷彿春日裡小憩片刻的錦簇花團。金屬盆裡盛滿各式各樣的果仁和乾菓——胡桃、杏仁、梅子、葡萄乾、加侖子、香蕉乾——一堆一堆高聳隆起宛如駝峰。

我漫無目的地閒逛，撞到人時就聆聽他們性感紅唇發出的奇異音節。

一個穿紅衣的小女孩拉著我的牛仔褲，用零碎的英文單字說著：「來，來，買囊餅！囊餅！」同時指向攤子上跟十二人份披薩一樣巨大的脆皮圓煎餅，攤位後面的年輕女人無疑是她媽媽。

我之前就得知囊餅對於維吾爾人而言就像白飯之於漢人，是他們的主食，更是長途旅行時不可或缺的糧食，因為這種麵餅可以保存很久。

「多少錢？」

她舉起三根髒兮兮的手指。「山。」

我跟年輕女人拿了一塊囊餅，遞給小女孩「山」塊錢。

然後我蹲下來平視小女孩。「小朋友，妳怎麼會英文？」

她咯咯笑了。「鬼，白的。」

「妳喜歡白鬼？」

清秀的她點點頭，然後伸出舌頭轉著眼珠子，應該是在扮鬼臉吧，接著她就笑得東倒西歪，邊笑邊跑去躲在年輕女人身後。

我向她們揮揮手後離開，一邊漫步一邊啃我的維吾爾「披薩」。一個面目凶惡的小販伸出粗糙黝黑的手向我推銷，幾乎將手裡的肉塊塞到我嘴裡。

我指了指手中的大塊囊餅，搖手拒絕後繼續往前走。這個小販不像那個小女孩，再怎麼想像都覺得他和可愛沾不上邊，所以他就做不成我的生意啦。

有一小群人的喧鬧聲引起我的注意，我好不容易擠到人群最前面，看到一個穿深藍色圍裙的男人正在用長度媲美萬里長城、糾結程度可比肥皂劇劇情的麵條表演特技。他竟然能像馬戲團馴獸師一樣，控制麵條在空中表演高難度的芭蕾舞，而且一滴麵湯都沒有濺到我身上，我看得瞠目結舌，但卻沒有買他的湯麵。雖然他很可愛，但這一碗麵的份量可不小，而我已經吃了一大塊「披薩」了。

我擠出人群後信步走開，身後的如雷掌聲漸漸遠去。置身於熙來攘往的市集，我想像自己穿越時空來到數百年前的古代市集。商隊載著滿車絲綢、刺繡、茶葉、玉石、金飾、瓷器、漆器、青銅和孔雀，在烈日照射下緩緩前行，商人想到即將到手的白花花銀兩不禁歡喜地直嚥唾沫。繫在駱駝足踝上的駝鈴發出清脆的叮鈴聲，打破空曠大漠中令人發毛的寂靜。而從西方衣錦還鄉的商賈盤坐在駝峰之間，喜不自勝地看著換來的玻璃、寶石、藥品、香料、美酒、地毯、芳香的木材、豐厚的布疋、鴕鳥甚至綁在駱駝隊伍後方的異域寶馬。

在狂野的想像裡，我是最富裕商人的美麗女兒，跟著父親的駱駝商隊東西往返，途中遇見無數膚色極深的高大異族男子，我不顧一切和其中一名男子墜入愛河。我終日以薄紗覆面只露出雙眼，不僅為了遮風、隔熱、擋沙，更為了避開所有陌生男子的眼神。然而面紗只發揮了一半功效，他們終究會為我的長睫毛和那雙勾魂攝魄的綠褐色大眼所傾倒，對著我的靈魂之窗毫無顧忌地眉目傳情。

「老天！」穿著高貴、舉止優雅的父親會感嘆：「即使面紗遮住了女兒的容顏，全世界還是能從她那雙會說話的眼睛得知她擁有絕世美貌啊！」

有一天，一名王子經過父親的華麗座駕，從車上銅鈴的反影瞥見我半掩在薄紗後的面容。當下他如遭雷殛般呆若木雞，銅鈴上若隱若現的容貌就像是他前世尋尋覓覓卻難以觸及的美夢。後來我們的商隊被一名大盜攔下，王子帶領手下騎兵火速前來營救。他砍下大盜的頭顱，在我掙脫瀕死大盜的懷抱時接住我，將我緊抱在他充滿陽剛氣息的懷裡。這一切都發生在一個溼熱的夜裡，呼嘯的風聲彷彿孤魂的哀嚎，馬兒的嘶鳴宛如地獄裡飽受折磨的亡魂在呼叫，被風帶起的沙粒，疾旋如同回教神祕主義者飛揚的袍角……

天馬行空的想像中突然浮現亞歷的臉孔，隨之勾起無限感傷，我伸手在眼前揮動，想將誘人卻又惱人的影像驅走，這時卻瞥見一個年輕肉販滿面笑容的看著我。他看起來才二十出頭，跟亞歷差不多大，我嘆了口氣。如果亞歷在這裡，我們就可以一起買些沒有用的小東西、一起吃沾滿灰的香噴噴烤肉、一起講笑話然後開懷大笑……

我繼續往前走，試著重拾先前白日夢中的思緒，但是故事卻毫無進展。我和王子是不是愛得轟轟烈烈、驚天動地，從此過著幸福快樂而且激情的家庭生活，膝下還圍著一群興奮尖叫的小王子和小公主？我試了又試但是什麼靈感都沒有，也就放棄了。也許我前幾世終歸不是什麼富商家的美麗女兒，也沒有什麼英俊的王子趕來英雄救美。

正當我回味著這個不可能成真的童話故事，卻瞥見幾個男人蹲在一個賣玉小販的周圍。我被玉石的晶瑩色彩和這群男人散發出的專注氣息所吸引，於是走到他們身邊跟著蹲下，我以前在美國或香港從沒這樣做過。男人紛紛轉頭對我投以好奇的眼光。

褐色皮膚的小販是個四十幾歲的維吾爾人，頭戴穆斯林帽、身穿泛灰的白襯衫，他對突然闖入的我微笑，然後用中文問我：「要買玉？送給朋友還是家人？」

我還以為自己看起來已經像是當地人，但看來我錯了——先是小女孩跟我講英文，現在是這個小販跟我講中文。

我報以微笑：「抱歉，我沒有人可以送。」

他一臉驚訝：「沒有家人？」

我搖頭。

「喔，是孤兒。」他轉頭翻譯給其他人聽。

這下子在場的人都露出憐憫的表情，一起搖頭表示惋惜。

我忽然開始擔心：他們知道我一個人在這裡，會不會趁機佔我便宜？

那個小販卻向我靠過來：「買一塊玉自己戴吧，求個福氣和平安。」他伸手將毯子上的玉擺開重排，黑褐色手指的指甲縫中沾滿污垢。我盯著那雙長久勞動的手，不由得想起羅布挖採藥草的情景，趕緊眨眨眼睛忍住淚水。

小販絲毫沒察覺我的情緒，他說：「小姐，這些是和闐玉，只有皇帝才能戴。」

我擠出一絲笑容：「那它們怎麼會淪落街頭？」

「哎，很多年以前皇帝打敗仗啦，金銀珠寶沒了，山珍海味沒了，連漂亮老婆也沒了，一個都不剩。」他大手一揮比畫出女人豐滿誘人的曲線。

在場的男人全都笑了，有一個還發出不懷好意的嘖嘖聲。

我不理他們，只顧專心在玉石堆中翻揀。其他人可能覺得我是認真想買玉，很快就一個個站起來走開。

人都走光後，小販看看四周然後悄聲低語，好像要跟我分享什麼天大的祕密：「小姐，妳如果想找特別的東西，我這裡最珍貴的一塊讓妳看看。」

他的話勾起我的好奇心。「是什麼？」

他伸手到襯衫裡掏出一個東西放在我手上。

是一只色澤彷彿白色古玉的象牙手鐲，很像羅布的白玉墜。手鐲格外寬粗，表面帶有一絲陳年紅酒或普洱茶的那種紅，古舊的銀質扣件做成交纏的龍鳳造型。

我在掌中掂了掂鐲子，感覺象牙很沉實、很有份量，沒想到在這種偏遠地方可以找到這麼稀有的古董。我用手腕摩搓光滑的手鐲表面，忽然心中一動，想到這和我掛在頸上的白玉墜十分相襯。

我抬頭望向小販：「我真的很喜歡這只鐲子，不過……我大概買不起這種寶物。」

他抓起我的手腕：「小姐，這麼小的鐲子剛好配妳這麼細的手腕，如果再大一點，就算妳喜歡也沒辦法戴，我敢說這個鐲子就是在等妳來把它買回家的。」

我想了一下：「好吧，那……多少錢？」

「一千塊。已經很便宜了，不殺價。」

這在中國可能是一個人一整年的薪水！

我摸著鐲子乳白色的晶瑩表面，光滑如絲的質地摸起來舒服得像是給人按摩。「為什麼鐲子中間有一抹紅？」

「這是墳裡挖出來的，吸了死人的血。」

這時鐲子裡的那抹紅似乎在我眼前輕輕抖動起來，雖然我不相信這真的是血，但小販的說法還是讓我大感好奇。儘管鐲子的主人搞不好幾百年前就投胎轉世了，但我說不定可以在滿月的晚上，打開陰陽眼感應看看鐲子主人前世留下的氣息。

「你怎麼會有這只鐲子？難道是……」

「不是我去墳裡挖的，如果妳要問的是這個。打擾死人會有報應，家裡世世代代都會倒楣。這是家裡人從別人那裡得來的。」

「那別人又是怎麼拿到的？」

他頓了一下，清了清喉嚨：「好吧，這是三十多年前的事了，當時政府挖了一塊地說要改建，工人在地底挖到一個墳，裡面有一具女屍，手鐲就戴在她手上。屍體被送到一間博物館，後來博物館沒錢了就開始賣收藏的東西，我爺爺很有錢，就買了這個手鐲送給我奶奶，奶奶把鐲子送給我媽媽，我媽媽又留給我。」

「那你為什麼要拿到街上賣掉？」

「我需要錢，我兒子等著做腎臟移植。」

「噢，很遺憾發生這種事。」

「那妳就買下來吧，當做救人一命。」他掏出皮夾抽出一張照片給我看。「我跟我的寶寶，他今年九歲。」

照片裡小販和一個眼睛亮晶晶的男孩子一起站在泥造小屋前面。

「可是你兒子看起來不像生病啊。」

「那是很久以前照的，他生病後我就沒再幫他拍過照了。」

「真的很遺憾，希望他能很快康復。」

「我也這麼希望。」

我將手鐲套在腕上，大小剛剛好。我還是問小販：「把別人的血戴在身上不會帶來噩運嗎？」

他望著我笑瞇了眼：「不會，剛好相反，會帶來好運。」

「為什麼？」

「妳真的不知道？因為血會讓妳的血氣也跟著活絡！」

他的話讓我想到以前母親很喜歡用豬腦燉湯給我喝，老一輩的華人幾乎都相信「以形補形」這一套，認為吃什麼就可以補什麼，所以吃雞腳可以讓手指更靈活，吃動物骨頭可以補骨頭，對更年期的婦女尤其有效，吃豬腰子可以補腎，吃雞心可以強心云云。

小時候我對這種白稠黏膩的豬腦湯深惡痛絕，可是母親不准我浪費，老是強迫我喝得一滴不剩。不知道她有沒有擔心過吃豬腦會不會把小孩的腦也變成豬腦？

我問：「那怎麼不把鐲子留給你兒子呢？」

「太小了，他戴不下。而且鐲子一定要直接接觸皮膚才有效。」

「好吧，我買了。」雖然我覺得他說的活絡血氣云云是在胡扯，不過聽起來還是滿令人心動的。

於是我拿出錢包抽了十張鈔票遞給小販，然後將鐲子褪下來還給他，他把鐲子放進一個絲囊裡。

「太感謝妳了。」他看起來很開心，不過語氣中帶著一絲責備：「小姐，財不露白啊。我是老實人，其他人可不一定。要是有人看到妳這個觀光客身上帶了那麼多現金，我保證他們一定興奮到腦充血。」

我輕笑起來：「謝謝你提醒我。」

「好吧，妳保重。」他拉起毯子的四角打了個厚實的結，然後將毯包甩到肩上，沒等我說聲「你也保重」就匆忙離去。

我站起來要走，心中卻沉沉地像被鉛塊壓住。我那少少的一千塊錢真的能救一個孩子的命嗎？我忍不住從絲囊中取出手鐲又看了一眼，鐲子裡的一抹紅讓我想起大漠中的落日、戰場上王子受傷後流下的血跡，還有羅布最珍愛的一種藥草……

19 引鬼上身

隔天我先搭火車再轉乘驢車回到小村，到家後便立刻將兩個仿造的寶物藏到廢輪胎裡，然後到公用水龍頭接了一桶水回家洗澡。之後才神清氣爽地拿出手鐲欣賞，象牙的質地讓我愛不釋手，鐲子裡的那抹紅令我嘖嘖稱奇，而古舊銀質扣件的精緻做工也令人讚嘆。把玩著新來的寶物，先前的疲憊和恐懼似乎一掃而空。

我將鐲子套在右手腕上，輕輕甩手感覺它沉甸甸的份量和光滑的質地，然後抱著愉悅的心情泡好茶，之後就舒適地窩在輪胎沙發裡啜飲冒著熱氣的琥珀色茶湯，同時看著地圖規畫接下來去拜訪算命師的行程。

不過幾分鐘後，我的頭開始微微地疼，讓我不能專心。我又喝了點茶、按摩太陽穴、深呼吸幾下，然後繼續看地圖，可是我還是無法集中注意力。紙上的字全糊在一起，彷彿浮在油鍋裡的死螞蟻。我的頭痛加劇，像是恐慌症發作的前兆，可是這次感覺很真實，不像在浮雲的廟裡那般虛幻。

「哈啾—！」我打了個大噴嚏，接著眼淚鼻涕齊流，然後就「哈啾—！哈啾—！」一聲接著一聲像是一段不停重複的音樂旋律。

我想到床上去，但是一站起來只覺得肚子劇痛，不得不倒回沙發上。更糟的是我也開始猛烈咳嗽，兩邊太陽穴瘋狂地鼓鼓跳動，好像有鬼魂在狂敲冥府大門想重回陽世。不到十分鐘，我已經成了一灘爛泥！難以言喻的恐懼席捲而來：我是不是在去市場的時候感染了什麼可怕的傳染病？

「拜託，我不想死，我在人間的事還沒了啊！」我的聲音在沙漠中的空氣裡迴盪，聽起來絕望無比，但四周卻毫無回應。

雖然全身極為難受，我還是努力在背包裡翻找，終於找到一小瓶藥油。將薄荷味的強效藥油抹在太陽穴之後，感覺似乎好了一點。我決定向珂庫求救。

珂庫看到我的時候，她的表情不像是見到我，倒比較像是看到我離體的魂魄。

她領我進屋，喊著：「噢，老天，發生了什麼事？妳剛剛去見了閻羅王嗎？」

我覺得頭暈目眩，聲音虛弱得好像快要斷氣。「我不知道，就是覺得不舒服。我看起來這麼糟嗎？」

「很糟，妳的臉白得跟鬼一樣！」

珂庫有三個朋友這時也都圍在我身邊，她們用有力的手指搓揉我的額頭和臉頰，還捏了眉間第三隻眼的地方，其中一個將手指伸到我的鼻下，探看我是還在呼吸，還是已經往生斷氣？突然接收到這麼多女性的氣息，我再也無法維持平衡，雙腿一軟就倒在地上。身邊的女人像發狂的蜜蜂一樣亂竄，尖叫和騷動聲此起彼落。朦朧之間我感覺自己被抬上床，之後有人遞了藥油跟熱毛巾過來幫我敷上，有人將熱茶灌進我嘴裡，厚毯子也落在我不停打顫的身上。倉促之間組成的搶救大隊竟然意外地合作無間。

她們在我身邊進進出出像是守著死屍的禿鷹，珂庫的尖叫聲突然在房中爆開：「哦，天吶，不會吧！」接下來其他女人也跟著她驚呼連連。

我試著坐起來，但是立刻就被八隻強壯的手臂按住。一個人在我的人中和眉間抹上氣味極為刺鼻的東西，另一個人在我的身體上下按摩搓揉，還有一個人一邊狂亂地比手畫腳、一邊喃喃唸著我聽不懂的字句。

「為什麼……？」我開口正想詢問，但是一句話還沒完，我就昏睡過去。

醒來的時候已經入夜了，屋裡靜得甚是詭異，只聽到鍋子和壺罐輕微的碰撞聲。珂庫一定正忙著張羅晚餐，她的兒子米托坐在我身旁的椅子上，用天真的褐色眼睛死死地盯著我看。

盡忠職守的小男孩一看到外地來的漢族朋友起死回生，就扯起嗓子大喊：「媽媽！媽媽！」我不禁疑惑，這麼小的身軀怎能發出這麼尖銳高亢的聲音？

角落處有什麼東西掉下來，發出鏗的一聲，然後珂庫的臉出現在我面前，她厚實的手掌覆上我的額頭，另一手豎起指頭抵著嘴唇：「噓……」

過了一會兒，她小心翼翼地問我：「妳現在還好嗎？」

我點頭。

「謝天謝地，那個鬼終於放過妳了！是惡鬼！」

我環顧小屋，除了珂庫和她兒子之外就沒有別人了。「什麼鬼？妳在說什麼？」

「那些髒東西。呼——走了！」

「珂庫，能不能告訴我發生了什麼事？」

她沒有回答，只是跟米托說了些話，小男孩突然伸直手臂用他胖胖的手指大力捏我的臉！

我嚇了一跳，大喊一聲「哎呀！」我轉頭看向我的女房東。「珂庫，妳怎麼可以讓四歲的小孩這樣欺負我？」

沒想到珂庫不但沒罵她兒子，反而憐愛地摸了摸他的頭。「米托好棒。」然後轉向我：「林小姐，米托幫了妳一個大忙！」

「妳在跟我說笑嗎？什麼意思？」

「妳有反應，所以沒事了。」她笑了。「哈哈，我們要確定妳還活著，小孩子的氣最乾淨，可以感覺到妳的氣。」

我還來不及答腔，她就問：「妳真的覺得比較好了嗎？」

我試著聚集體內散亂的氣，同時回想先前的不適。「是啊，我覺得現在幾乎完全恢復正常了。」

「妳確定？」

我肯定地點頭：「頭不痛，肚子不痛，眼淚和鼻水也不流了。嗯，我真的沒事了，謝謝妳還有妳的朋友。」

她指了指上方：「別謝我，謝謝老天吧。」

「髒東西在哪裡？」我幾乎笑了出來。

她指著我的手腕。

我舉起手，發現我的象牙手鐲不翼而飛！我衝著珂庫大喊：「哦，老天，我的手鐲呢？那可是我花了一千塊人民幣買的！」話才出口我就後悔了，因為我不希望讓她們覺得我很有錢——就她們的標準而言。

但是來不及了。珂庫的眼睛圓得像兩只燈籠：「妳剛剛說一千塊？」

我沒有回答。

她得意地大笑：「所以我剛剛丟掉的是一千塊錢。哈！真不敢相信……」

「什麼？妳怎麼可以這麼做？為什麼不先問我同不同意？是一千塊，不是一百塊，妳知道嗎？」

「我當然知道一百塊跟一千塊不一樣。」她突然狂笑起來，好像被颶風捲起來的醉鬼。「哈哈，哈哈，一千塊！林小姐」——她扳起手指頭算了起來——「一千塊可以買三隻羊、十二隻雞、一臺新腳踏車給米托、一個新炒菜鍋給我、一個新——」

我打斷她的話：「妳為什麼把我的手鐲丟掉？」

「為了救妳！」

我試著坐起來：「妳把鐲子丟到哪了？我要去撿回來。」

珂庫對著米托說了些話，然後母子倆合力把我壓回床上，力氣大到讓我覺得自己好像在大象腿下蠕動求生的小老鼠。

我尖叫起來，狠狠地瞪著他們：「不要攔我，讓我去找鐲子回來！」

珂庫也對我喊：「那只鐲子差點殺了妳！」

「妳說什麼？」

「鐲子有鬼！」

「有鬼？」

「妳看過手鐲裡的血流過來流過去像孤魂野鬼在流血嗎？所以妳才會病得那麼重。我丟掉鐲子才能把妳從鬼門關拉回來！妳不感謝我就算了，竟然還對我大吼大叫！」珂庫既興奮又得意，聲音越拉越高幾乎直達天庭了。

我沉默了一會兒才停止掙扎：「好吧，珂庫，多謝妳。現在可以放開我了嗎？」

四隻手像輕風一般退開。

珂庫又說：「我抬起妳的手腕想檢查脈搏的時候才注意到妳的手鐲。鐲子真的很漂亮，我就轉了一下想看看。哇！居然有血繞著手鐲流動！嚇死我了。那一定是從妳手腕流出來的血，我的心一沉，知道這表示妳已經準備上路見閻王，救不回來了！

「可是我不會棄朋友於不顧，所以我用力揉了揉眼睛，想看清楚手腕哪裡在流血，這才發現在流血的不是妳的手，是手鐲！

「我想叫人來幫忙，可是大家都走了，米托年紀又太小，不能留他下來陪妳。而且如果妳真的要死了，我總得送妳最後一程、最後跟妳說聲再見吧。我又檢查了一次妳的脈搏，感覺變得更微弱了，我要想辦法把妳拉回來，而且要快，不然就來不及了！

「我又細看了一次手鐲，突然想到一定是鐲子前主人的鬼魂還附在上面不肯走，它一定是嫉妒妳這個新主人，想害死妳，所以才藉機附身。想到是鬼在作怪以後，我全身都起雞皮疙瘩，頭髮就像針一樣豎起來，連米托的頭髮也一樣！」

珂庫興奮地說個不停。「我知道該怎麼對付它，我用盡吃奶的力氣想拔走妳手上的鐲子，可是鐲子套得緊緊的不肯離開妳。住在鐲子裡的惡鬼想要妳的命！

「我衝進廚房拿煮菜用的油又衝回來抹在妳手上，接著嘴裡大喊：『一、二、三』然後使勁一拔！手鐲飛出來掉在地上，砰的好大一聲！裡面的血看起來好像煮沸了一樣，裡面的鬼一定很生氣，因為害死妳的好機會被我破壞了。我一分鐘都不敢耽擱，就牽著米托走了三英里的路到沒人住的荒地，在那裡挖了一個很深很深的洞，深到那個鬼跑不出來。把鐲子丟進去以後，我用沙子把洞填滿，然後教米托和我一起祈禱，希望可以平息鬼魂的怒氣。」

說完之後，珂庫慈愛地摸摸我的額頭。

「林小姐，妳看，現在妳沒有發燒，身體也不痛了，妳的病都好了。」她轉頭對米托說話，孩子開心地拍拍手，然後湊過來親得我滿臉口水。

我沒想到他們會表現得這麼親暱，感動得說不出話來。心情平復後，我對母子倆說：「真的很謝謝妳，珂庫，也謝謝你，米托。」然後輕輕捏了一下米托粉嫩的臉頰。

我思索半晌，然後告訴珂庫我是在哪裡又是怎麼買到那只手鐲的。

說完之後我問：「珂庫，那手鐲為什麼不會傷害那個小販呢？」

「因為他沒有把鐲子戴在手上。只有和活人身體直接接觸，惡鬼才會作怪。」

「珂庫，妳覺得那個小販是壞人嗎？」

這次輪到她思考半天。「他跟妳說那是墳裡挖到的，所以他可能知道裡面有不乾淨的東西，但我想他為了籌錢讓兒子動手術，可能沒別的路可走了。搞不好他覺得可以把兒子的病過到妳身上。」

「真的嗎？哦，我的老天！」

「也可能只是騙妳的，根本沒有什麼兒子。」

她的話讓我覺得自己愚蠢至極。

珂庫笑著說：「林小姐，別擔心，妳現在好起來了。不過，」她加強語氣，「下次妳要去買東西的時候，記得帶我去！」

「是的，太太！」我也笑了，然後說：「珂庫，告訴我妳把鐲子埋在哪裡。」

她拚命搖頭，我真怕她會不小心把脖子給搖斷。

「拜託。」

「妳要找到那個鬼然後把它帶回村子裡嗎？想都別想！」

20 盲眼算命師

次日我已完全康復，便立即開始籌備拜訪算命先生翔鶴大師的行程。這名算命師自幼失明，因此培養出極為敏銳的聽覺和觸覺，據說他擅長看風水，但他紫微斗數的功力才真的無人可出其右。翔鶴大師住在天山上一座道觀裡，幸運的是，那裡距離浮雲的廟一點都不近。

接連換乘驢車、火車和巴士後，我終於抵達天山南麓距離庫車市大約六十五英里的地方。抬頭瞭望可見道觀就在紅褐色的岩石之間，不過上山的路相當陡峭，為了省點力氣，我僱了兩個轎夫抬我上去。

下了轎付完錢後，我仔細打量整座道觀。大門上方懸掛的木匾漆成深褐色，上面以亮綠色的字寫著「翔鶴觀」。我步入天井，迎面只見從青銅矮腳香爐飄出的繚繞香煙，天井周圍的幾個出入口都掛著指示牌：禪堂、福安堂、老君殿……最後我的視線落在此行的目的地：翔鶴洞。

廳堂不大，只有約莫四、五平方英尺，堂中神壇上奉祀的神像有男有女，神祇周圍的淨瓶中垂著的紙花似乎正輕輕點頭向我致意。其他幾面牆上掛了更多不同的神像，靠近入口的角落靜靜地立著一張木製書桌。

「哈囉，有人嗎？」我問，但是沒有回應。

我走近神壇細看最大尊的神像，是一個蓄著鬍鬚、手持拂塵的老者，祂身旁的小牌子寫著四個字：太上老君，這四個字下面還有一段文字描述：

太上老君即老子。老子的母親在七十二歲時，看見流星雨自空中墜下，其中一顆星飛入其口中使其受孕，不久後便自左腋產子，由於孩子出生時滿頭白髮，因此被命名為「老子」。

老子是道教的開山始祖，道教在中國影響力極為深遠。相傳老子因厭倦世間的權謀機詐，乘青牛出關西去，守關的關令懇求老子將其智慧傳予後人，老子應允留下五千真言，即為舉世聞名的《道德經》。

「哇！竟然有這麼一段故事！原來這就是有名的老子。」我一邊喃喃自語一邊繼續欣賞。

這時突然響起一副爽脆的男音：「小姐，要不要買香向神明拜拜祈福？」

我轉過頭，看到書桌旁站著一個六十幾歲的窄肩男人正好奇地打量我。

「不用了，謝謝你。」我微笑。「我是基督徒。」

「基督徒？不好不好，妳是華人，要嘛信佛教，要嘛信道教。基督教只拜一尊神，沒用。」

要不是覺得這個人很親切，講話又風趣，我可能會因為這句話動怒。「為什麼沒用？」

他指著牆上的眾多神像一一介紹：「這裡有王母娘娘、玄天上帝、閻羅大帝、玉皇大帝、雷部天君、福神、祿神、壽神、喜神……」

「哇。」中國人拜的神還真不少。現在我很感謝母親讓我受洗成為基督徒，這樣我只要信奉唯一的神就好，不用聽那麼多神的話。我一向愛好自由，對於權威能避則避，最喜歡像流過岩縫的河水那樣在規則邊緣遊走。

那個人笑了。「小姐，看吧，遇到麻煩的時候這些神君娘娘全都會照顧妳。妳的神凡事都只能自己來沒有幫手，妳覺得祂忙得過來嗎？」

我笑出聲來。「也許你說對了，我倒沒想過這點。」然後我說：「我是來找翔鶴大師的，他在嗎？」

他睜大眼睛掃視我，然後眨了眨眼。「小姐，妳想求什麼？事業成功、步步高昇、天降橫財……」他抬頭望向我。「又或許是千里姻緣？」

我想說：「不干你的事。」但又克制住自己，因為這個人其實滿幽默友善的。就當他是小丑吧，不過這個小丑平日可能過得既無聊又孤單。

「那就表示大師在這裡囉？」

「對。」他指向廳堂後面，那裡有一個我先前沒注意到的出口。「不過師父現在很少幫人算命了，因為他不需要錢，他自己就很有錢了。」

有錢？卻住在這種破爛地方？不過我的問題卻是：「他有別的生意嗎？」

他笑了起來。「不是，是善男信女捐獻的，都很大筆。」

「什麼意思？」

「年輕小姐，我告訴妳吧。」

「我姓林，請說。」

「好吧，林小姐。翔鶴師父人稱『神算』，也就是說他的預言奇準無比，我敢說百分之九十九都是準的。」

「為什麼不是百分之百？」

他的眼中閃現幾簇神祕的火花。「因為剩下的百分之一是天機，不是我們凡夫俗子可以參透的。」

我點頭，很欣賞這個說法。

他繼續說。「師父這麼厲害，所以每天來請師父算命的人從早到晚川流不息。這麼說吧，師父如果不知道怎麼在錢海裡游泳，搞不好早就被淹沒了。」

「那大師為什麼不請個助手？」

他大笑起來，露出大大的黃板牙。「哈，林小姐，妳好天真，妳以為算命像這樣一下就能學會嗎？」

他打了個響指。

「不是嗎？」我故意裝得很無知。

「當然不是！妳必須具有特定的命格才能獲得這種天賦異能。師父的功力太高強了，上門算命的人擠到幾乎踏破門檻，吵得他連睡覺都不得安寧，師父實在受不了，所以乾脆不再收潤金了。不過現在他們改成捐東西：珠寶、古董，還有人送了一棟房子跟一塊地。」

「哦，天啊，那大師為什麼不退休呢？」

「為了助人啊，還能為什麼？師父一開始在這裡擺攤的時候，這裡的道士完全沒跟他收錢。現在師父為了報答他們的恩惠，要用收到的獻金翻修這座道觀，這個月就會開始動工了。所以這裡現在看不到什麼遊客，因為這陣子暫時關閉。」

「道觀翻修好之後，大師還會幫人算命嗎？」

「一切都看他的命數，師父說凡事都很難說，有時候一輩子可能就這麼一次碰上一個本命星特別亮的人，往後的人生就此改變，他不想錯過這種一生一次的機緣。小姐，所謂『無敵最是寂寞』，這句話妳聽過嗎？」

我正要好好品味其中道理時，他再度開口：「或者『棋逢對手乃是棋家一大樂事』？」

中國人也說：「人不可貌相。」這個其貌不揚的小老頭兒倒是不可小覷，不知道他的翔鶴師父會是何種模樣。

這時一個老人在小廳中現身，他的身形同樣清瘦，骨架纖細、五官清秀，深藍色的絲質長袍雖已磨損但更顯得仙風道骨。他戴著深色眼鏡，不過我感覺得出來他已「看」透世情。即使雙眼被遮蔽，老人散發出來的氣還是十分強烈，陰暗的大廳現在似乎被無形的光芒照得一亮。

「阿洪，你講話不小聲一點，我要怎麼打坐？」

聽到他聲若洪鐘，我一點都不驚訝。

「幫這位年輕女客倒茶。不要忘了觀裡的規矩，第一要有禮貌，第二要泡好茶。」

他應該看不到我，怎麼知道我是「年輕女客」？

阿洪馬上從椅子起身走到老人面前。「師父，林小姐想見您。我在陪她閒聊解悶。」

「你是在道人長短。」

「不，我是在交換情報。」

「小心你的油嘴滑舌，阿洪。」

「是，師父。我今晚一定會用肥皂認真洗嘴巴，再用刀子刮舌頭。」

「如果能改用酒精洗你的嘴巴，再用剃刀刮舌頭就更好了。」

「遵命，師父，再次感謝您老人家的寶貴建議。」

我看著師徒倆一個故意譴責、一個佯裝恐慌忍不住笑出聲來，看得出來他們的感情很真摯。

兩人靜默了一會兒，我適時插嘴：「翔鶴大師，阿洪剛剛只是在說您有多麼高明，您的預言有多麼準確。」

大師轉向我，兩只鏡片像深不見底的暗井。

「林小姐，請跟我來。我已經等妳很久了。」

他怎麼可能知道我要來？在這個近乎空寂的偏僻道觀裡，我開始覺得有些不安。

我跟在翔鶴身後，阿洪向我豎起大姆指還眨了眨眼，好像在告訴我見到師父是多麼幸運的事。

我微微一笑。

大師微微側過頭。「阿洪，不要擠眉弄眼的。有些客人會覺得不安。」

這個老人是真的失明還是只是裝瞎？我很快打消這不敬的念頭，要是他會讀心術怎麼辦？

雖然師徒兩人都很幽默，我跟在大師身後時還是多少覺得自己好像即將被校長懲罰的調皮學生。我跟著他的步伐，聽著他的布鞋踩在寺內地板上發出的威嚴聲響，覺得達達的腳步聲似乎和我的心跳，還有球鞋踩地的細微嘎吱作響同聲共鳴。

最後我們走到一個出入口，木門在大師輕推下吱呀一聲開了，門後是一個小房間。

翔鶴直接走到一張很大的木頭書桌後方坐下。「林小姐，請坐。」

我坐到他對面。書桌上的東西琳琅滿目——擠在筆筒裡的毛筆、墨條、小瓷碟、成捲的宣紙、紙鎮。四壁掛滿字畫，小香爐散發的香氣飄入鼻中。

我還沒開口，阿洪就端著擺了茶壺和兩個茶杯的漆盤走進房間，他小心翼翼地將杯壺都擺在書桌上，然後幫我們斟茶，之後就轉身離開，這次他一個字都沒說，也沒對我淘氣地眨眼。

翔鶴師父一手舉起茶杯，一手向我示意。「請用茶。」他說，然後咕嚕咕嚕喝了一大口。

我拿起茶杯，冒出的熱氣可以幫乾渴的臉熱敷一下。

師父用宏亮的聲音說：「阿洪從小就調皮又對什麼都好奇，還愛講閒話，不過不礙事。」

我一邊享受茶香蒸臉浴，一邊端詳眼前那張謎樣的面孔。阿洪看起來已經很老了，也許六十幾快七十歲，那他的師父翔鶴應該幾歲？八十？九十？還是一百歲，比這座道觀更老嗎？這樣應該算是活古董或人瑞了吧！

師父再次開口。「阿洪是孤兒，是我在這座道觀裡一手帶大的。」

我不知道該怎麼接話，就說：「真是遺憾。師父知道他的父母是誰嗎？」

「這不重要，不是嗎？」他又喝了幾口茶之後說：「我一輩子沒結婚，就把他當成自己的孩子養育，他是老天賜給我的禮物，我們的感情很深厚。」

「師父是怎麼收養阿洪的？」我相信在中國境內這麼窮鄉僻壤的地區不會有什麼收養機構。

算命師側頭笑了起來，他的深色鏡片上反映出牆上的某位娘娘，然後又映出另一尊相貌威猛的神像。可惜他是盲人，如果沒有這副眼鏡，我也許可以多少看出他的心思。

「是阿洪來找我的。」

「在還是嬰兒的時候？怎麼可能？」難道是四肢並用爬來的？我幾乎笑出聲來。

「他在一個很冷的晚上被人放在觀門口，當時我剛送走那天最後一個客人，正要去廚房張羅晚餐，卻聽到他的哭聲。那聲音既宏亮又急迫，說是驚天動地、翻江倒海也不為過，我馬上就明白這是上天的召喚。我拋下手裡的東西衝出去，發現觀門外的地上放著一個溼透、還不停扭動的包袱。

「從那一刻開始，我就知道我們的命運彼此相繫。我和觀裡的道士什麼都教他，認字、寫字、成語、諺語，也講人生道理給他聽。阿洪沒上過學。」

「是因為沒學校肯收他嗎？」

師父側頭大笑，笑聲響亮如鐘。「哦，不是，是因為小阿洪不肯離開我，也不願意離開道觀。我曾經送他去附近村子裡的學校唸書，但是他實在太會搗蛋，最後校方跟我都放棄了。他只想待在這裡陪我，或是跟道士玩，從小開始我走到哪他就跟到哪，不管我在修行，算紫微斗數，還是出門到有錢人家裡幫他們算命。觀裡的東西，什麼蒲團、神像、淨瓶、鐘磬、毛筆、墨條，全都是他的玩具。阿洪雖然調皮，不過他從來沒有弄壞過什麼，也不會打擾道士們。」

翔鶴停頓了一下，然後接著說：「很感謝那些道士讓我在這裡工作，還養大這個孩子。」

「但是師父也幫他們賺了不少獻金。」

他透過他的深色鏡片「看」著我。「林小姐，不要去想妳幫了別人什麼，只要想別人幫了妳什麼。有沒有善報，何時會報，上天自有定數。」

我啜了口茶，細細咀嚼從師父滿是皺紋的雙唇間吐出的每個字。「那師父，您在這裡多久了？」

「我跟阿洪一樣是被丟在道觀門口的孤兒。是師父撿到我的，他是道士，算命也是他教我的。」

「拋棄親生骨肉，竟然真有這麼狠心的父母。」

師父望著我好一會兒。「這和父母沒關係，全看孩子命宮裡的星宿。也許孩子對父母而言是無用的累贅，但對這座道觀而言卻是天賜的禮物。」

「師父，您和道觀裡的人都很慈悲。」

「有了慈悲和慷慨這兩種美德，這個世界才不至於分崩離析。」師父沉默良久後突然話鋒一轉。

「林小姐，是不是有人要妳來找我？」

我盯著師父鏡片上映出的蒼白面孔，感到一陣顫慄。我沒有回答師父的問題，只問：「翔鶴師父，我沒預約，您怎麼知道會有女客來訪？」

他笑了。「林小姐，我已經等妳等十年了。」

「怎麼……？」

「我就長話短說，十年前我排紫微斗數就算出今天會有女客來訪，離今天剛好整整十年。」

「噢……請恕我愚昧，師父。但是這怎麼可能呢？紫微斗數究竟是什麼？」

「在中國流傳千年的一種星相學，」他說，「所以，是不是有人要妳來找我？」

「嗯……既是，也不是，師父。」

他掐指計算著什麼，同時口中喃喃低語，渾身散發神祕的魅力。「十年前有一個很特別的女人來找我算命，我想她和妳頗有淵源。」

哇！他怎麼知道？

我脫口而出：「對，她是我阿姨。」

我咬住嘴唇。該死！梅迪森不是要我除了謊話以外什麼都不能說嗎？

師父又說：「我對這個女人的印象很深，因為她的氣一直在變，半小時內就從豐沛強健變得虛弱無力。因為她的氣場變化太過極端，看得出來她的人生極不尋常而且險象環生。」

「師父，我想……她已經死了。」這次我記得要撒謊了。

老人偏頭在空氣中嗅了嗅。「死了？還沒有，不過在兩界之間了。」

「您的意思是？」

「她的命現在懸在生與死之間的一根細線上。」

「為什麼會這樣？因為她是壞人嗎？」

「她既不好，也不壞。」

「這是什麼意思？她走的是中間路線？」

師父搖頭。「好壞取決於評判她的人。」

聽了之後我沉吟數秒鐘，然後又撒了個謊。「我想她現在經濟上遇到困難。」我的阿姨既然能給我三百萬美金，她當然不會是窮人，不是嗎？

這次師父鄭重地搖了搖頭。「不，她很有錢，不過只是一時的。」

為什麼這個算命師的話永遠都和我說的相反？

他拿起茶杯啜飲許久。「林小姐，告訴我妳的生辰八字，我會讓妳看妳的命盤。」

21 再窺天機

這是我第一次碰到不用看面相、手相或測字就能預測未來的算命師。

多年前在我還小的時候，母親帶我去給香港一個算命師看相。我記得他的臉很小，臉上的眼鏡片卻和砧板一樣厚，看起來很是滑稽。他用他的大手握住我的小手，然後對母親說：「啊，這孩子真是特別，妳看她掌上的『生命線』錯綜複雜。太太，妳女兒以後會變成有錢人，而且人生多采多姿，這些全都像地圖一樣刻在她的掌上了！」

盲眼的翔鶴大師會和香港那個半盲的師父算出同樣的結果嗎？

我告訴翔鶴我的生辰八字，他先是冥想、掐指推算、喃喃自語，接著拾起毛筆在宣紙上快速而瀟灑地揮毫。師父的筆跡十分秀雅，我看了暗暗吃驚，全盲的人竟然能將字寫得這麼工整。這樣的過程重複三次之後，師父將紙捲起分別放進三個小絲囊裡，然後擱下筆「凝視」著我。

儘管師父看不到我（也許看得到？），被專注盯著的感覺還是讓我很緊張，我可以感覺到他的瘦小身軀所散發的強大氣場，已蓋過了我漸漸轉弱的氣。

他將絲囊遞給我。

「謝謝師父。裡面是什麼呢？」

「詩。」

「可是我很少讀詩，我比較喜歡小說。」

「那就開始讀詩吧，把它當做裝在囊袋裡的小說好了。還有，不用謝我，謝天吧。我只是幫忙傳遞上蒼的訊息給妳而已。等妳遇到麻煩或是需要鎮定心神的時候就可以打開來看。」

我點點頭，心中迷惑不已。

師父又說：「妳的財星極強，而且財帶驛馬，所以妳會來絲路，是為了追求財富和刺激。」頓了幾秒後師父又加上一句：「還有危險。」

聽到「危險」這個詞我不禁打了個寒顫。

「林小姐，妳將會名利雙收。」

「翔鶴師父，您是好心才這麼說。其實我很窮，也不知道該怎麼賺錢。」我說謊。收了五萬美金來中國一趟，加上之後有可能到手的三百萬，再怎麼說我都不算窮人。

我又說：「師父，我在金錢上一直都很拮据，全是靠以前教我的教授出手幫忙。我要怎麼做才能賺大錢？」

「我只是告訴妳會發生的事，並不關心『要怎麼做』。無論如何，妳會靠自己的努力賺到錢，不是靠別人給妳的。」

可是我會從**別人**那裡繼承三百萬美金。

「總之，妳命盤裡的父母宮不太好，表示妳和父母親的緣分淡薄，應該說非常淡薄。」

我沒答腔，腦中想著令我痛恨的亡父和深愛的亡母，希望前者下了地獄而後者已上天堂。

靜默半晌後師父才再開口，這次換了個話題。「妳所謂的阿姨，她對妳既好也不好。十多年前她來找我時非常絕望無助，很可惜她沒聽我的勸，這就是為什麼她至今仍在受苦。天意不可違啊。」

「她受的是什麼苦？」

「她的身心都苦不堪言。」師父那雙看不見的眼睛從深色鏡片後方直直望進我的雙眼。「林小姐，只有妳可以救她脫離苦海，妳是她的**貴人**。」

貴人，我自然知道這個辭彙的意思。在人生旅途中會遇到一些人，你可能認識或不認識，他們會伸出援手不求回報，有時甚至會救你一命。簡單地說，就像天使。可是像我這樣無權無勢的弱女子，怎麼會成為明蒂・梅迪森的貴人？

師父宏亮有力的聲音再度在斗室中響起。「有一天妳會明白這一切的。在這之前，妳還有很艱辛的一段長路要走，不過別擔心，妳的付出會得到豐厚的回報，不過妳一定要小心，要非常小心。現在請幫我開門吧。」

我依言照做後，師父對著門口大喊：「阿洪，湯好了嗎？」

「師父，離這麼遠，阿洪聽得到嗎？」

他點點頭。「得了關節炎後我就沒辦法老是走過去叫他了，這麼多年來我都是這樣喊他，訓練這麼久他的耳朵也變得很靈了。」

阿洪很快就在門口現身，手中端著一個托盤。他很小心地將兩碗冒著熱氣的湯擺在我們面前。在離開之前，他湊到我耳邊說：「林小姐，這個烏骨雞湯裡加了很珍貴的野生人蔘，很補的。」

知道徒弟還沒離開，師父就沒再特別提高音量。「阿洪，做好你該做的事，別說嘴，尤其別在貴客前面賣弄。還有，不要跟客人咬耳朵，在這潔淨之地沒什麼好躲躲藏藏的。去外頭房間喝你那碗湯吧。」

「遵命，師父。」阿洪說，然後邊對我眨眼睛邊拖著瘦小身軀出了房門。

師父對著他的背影大吼：「阿洪，你要我說幾次？除非客人是小孩子，不然不准對貴客眨眼睛。」

「知道了，師父。」

這個形容枯槁的老人是真的失明嗎？翔鶴師父接下來的舉動彷彿是為了解答我心中的疑問，他取下眼鏡用手帕擦拭乾淨。

「一喝熱湯鏡片就霧濛濛的。」他邊說邊抬起頭，失明的瞳孔正對著我——兩顆發白的眼珠就像在太陽底下晒了數天的死魚眼。

我怔怔地盯著師父，努力嚥下那句「我的天吶！」然後很快移開目光。要是他有第六、第七甚至第八感可以發現我在盯著他怎麼辦？雖然碗裡的湯熱騰騰的，我卻覺得身上直冒寒氣。

「林小姐，請用。」師父說，同時戴回眼鏡。

我們開始享用美味的補湯。師父喝得唏哩呼嚕作響，我記得小時候這樣做都會被母親嚴詞教訓。師父邊喝邊說：「儘管大口喝湯、大口享受。這湯裡放了很多補陽的食材，喝了身體就暖了。」

我抬起頭。「什麼補陽的食材？」

「烏骨雞、老薑、龍眼乾和紅棗，是用在天井裡晒了幾個月的木材生火熬出來的。阿洪可是特地選了這些材料幫妳補陽益氣。」

他看得出來我的體質偏陰？

喝乾碗裡的湯之後我說：「翔鶴師父，雞湯很好喝，您的建議也很有幫助。謝謝師父慷慨地讓我佔用您寶貴的時間，我想我就不再打擾您和阿洪了，我……出去的時候會將潤金交給阿洪。」雖然阿洪說過師父現在不收潤金，我還是覺得應該有所表示。

我站起身正要轉身離開，師父突然招手要我再坐下。「等等，林小姐，請再坐一會兒。」

我坐了下來，突然擔心他會不會獅子大開口要求我負擔不起的天價。

不過師父的問題讓我吃了一驚。「妳脖子上是不是戴了什麼東西？」

我不由自主地伸手去摸羅布留給我的玉墜。「是，可是您怎麼知道？」才問出口我馬上就後悔了，師父可能會以為我對他的盲眼起了疑心。

「因為從妳一進這房間我就在感受妳的氣，我發現最強烈的氣來自妳的脖子周圍，妳戴的是白玉對吧？」

「對，但是您怎麼知道是玉，還知道是白色的？」他該不會從頭到尾都在裝瞎吧！這個騙子！可是那雙發白的死魚眼要怎麼解釋？是某種舞臺妝嗎？

「林小姐，玉可能有幾百甚至幾千年的歷史，只有玉才能發出那種波動，不會是金飾或銀器，更不可能是金匠、銀匠剛打好的首飾。古玉吸收了天地之間各種不同的氣，還吸收了歷任主人的氣息，所以會釋放劇烈而且複雜的波動。」

我摸著羅布的玉墜。「師父，這個玉墜發出來的波動是怎麼樣的？」

「請將墜子取下讓我摸摸看。」

我取下玉墜遞給算命師。

師父將墜子放在厚實的粉色手掌中撫弄、摩搓、輕掂，然後搖了搖頭。「林小姐，這個以後最好不要再戴了。」

我出言抗議。「可是師父，這是一個很親密的朋友送我的，非常珍貴！」我想到被珂庫當垃圾丟掉的那只價值一千元人民幣的象牙手鐲。哦，不行，我絕不會這樣對待亡友如此珍貴的傳家寶。

「那更不該再戴了。這個人還是很眷戀這條項鍊，所以在妳的氣不夠旺，尤其是生病、迷路或受到驚嚇的時候，就會破壞妳本身氣場的平衡。」

「可是這只是條項鍊。」受西方教育的我還是不信邪，認為先前的病是因為在市場裡呼吸了不潔的空氣造成的，不是因為什麼有鬼附在象牙手鐲裡這種荒謬理由。

「石頭，特別是玉石，具有很強大的能量。」翔鶴喃喃說著，然後舔了舔老皺的嘴唇。「林小姐，我就直說吧。這塊玉恐怕鎖住太多淚水了，如果妳戴著它，要流盡那些淚水的人就是妳了。」師父頓了頓又說：「這塊玉的前任主人就用了數年的眼淚來償還，所以這個男人的人生極為悲慘。」

「您怎麼知道是男人？」

「因為墜子的氣很陽剛。」

我點點頭。

師父接著說：「這個男人……對妳有感情，而且很深。」

我嘆了口氣：「這個朋友在湖裡淹死了。」

這時我可以看到師父的死魚眼在鏡片後小小的眼眶中飛快轉動。「不，在眼淚裡。」我還來不及回答，師父又說：「湖只是這起意外在外在世界的呈現罷了，真相是他為了心愛的那個女人，或者說那些女人，淹死在淚水裡了。請告訴我他的事吧。」

我說了。這次沒有說謊，因為羅布的事和明蒂・梅迪森沒有關係。

等我說完之後，翔鶴長嘆一聲：「唉……林小姐，妳知道嗎？根據紫微斗數，我們每個人都有一百二十年的壽命，但是塵世間充滿隨時會襲擊我們的危險和劫難，只有僥倖逃過劫數的人才能活下來。人出生之後的命運由命盤裡的十二個宮位主宰，命宮看的是個性，遷宮看的是外在遭遇。如果可以讓命宮與遷宮平衡，我們全都可以活到一百二十歲。」

不知道師父是不是已經接近一百二十歲的大限了？

他嘆氣：「沒人能躲過這世間的情愛糾葛，不是嗎？」

我突然浮想聯翩，想像在那副深色眼鏡和失明雙眼背後可能曾有一段刻骨銘心的愛情故事。我猶豫了一下，然後拋出不該問的問題。「那師父您呢？」

他的答案令我吃驚。「當然沒有。」

「您是說……」我正想問師父是不是也曾為某個女人或某些女人心碎。

但是師父說：「我雖然沒出家，也沒結過婚，但阿洪和這座道觀就是我今生的糾葛。」

我的嘴角上揚。「阿洪的嘴很甜啊。」

「甜？又甜又酸吧。妳要是有機會和他一起生活就知道了！」

我們同聲大笑。

過了好一會兒，師父再次「看」了玉墜，他的表情變得凝重。「如果妳繼續把這個戴在身上，玉的波動會干擾妳的運勢。」

「可是羅布就算變鬼也不會傷害我的！」

「雖然不是有心，卻會在無意間對妳造成影響。如果這個玉墜對妳真的這麼重要，回家之後找一塊乾淨的布，最好是絲布，把它包起來放在陰涼乾燥的地方。這樣它就能安息，感覺還是像陪在妳身邊。就是不要戴在身上，尤其不要直接接觸皮膚。」

師父將玉墜還給我。「現在妳先戴上吧，否則回去的路途遙遠，路上可能會不小心被偷或弄丟。但是到家之後記得一定要拿下來。」

「謝謝師父的忠告。」我將玉墜掛回頸上，想到玉裡盛滿盈盈淚水，忽然覺得它無比沉重。

「林小姐，妳命犯桃花，也許妳覺得身邊圍著許多男人很有面子也很享受，但最好還是找個人定下來。激情和欲望終究像過眼雲煙，只有真愛才能永恆。」

師父停頓了幾秒，似乎陷入沈思，然後加了一句：「妳的情人大多是遇水則剋，這是他們的命。」我還來不及問是什麼意思，師父就揮手示意我離開。「我已經向妳洩露太多天機，現在妳可以走了，我要午睡。」然後他朝著門口伸長脖子。「阿洪，來為林小姐帶路！」

我打開背包掏出錢包。「翔鶴師父，您還沒有告訴我潤金……」

他硬生生截斷我的話：「林小姐這樣問是讓我為難，妳也尷尬。無論如何，這次問事的費用已經付過了。」

「是誰付的？」

「妳所謂的阿姨。十年前她來問事的時候捐給道觀一大筆錢，所以這座道觀才能繼續開放，我才能在這裡收養孤兒。妳的帳和她的帳都付清了。」他又說：「妳所謂的阿姨不是壞人，只是做了錯誤的決定，導致不幸的人生。因為她捐了錢做功德，所以已經抵消了一些惡業。」

「師父，我能不能問您，為什麼您總是說她是我『所謂的』阿姨？」

「時候一到，天機自露。只要依循正道就行了，一定要等到有利的時機才採取行動，世間事全看時機和耐性。也不要忘記善用女性的陰柔力量，我一直都感受得到妳的迷人魅力。」

我思索著師父的話，對於這個枯瘦老人的智慧感到無比敬畏。在他如貝殼般滿是皺紋的老臉下究竟還隱藏著什麼樣的珠璣靈思呢？

師父突然吟誦起詩一般的句子。「天下莫柔弱於水，而攻堅強者莫之能勝，以其無以易之。弱之勝強，柔之勝剛，天下莫不知，莫能行。」

他望向我的雙眼。「這是老子《道德經》裡的句子。我想，像妳這樣在西方受教育的年輕小姐可能從來沒聽過。」

「真是抱歉，師父。」即使知道師父看不到，我還是不由自主低下頭。也許他的第三眼看得到？

「林小姐，妳可以隨時回來看我們。」

到了道觀門口，阿洪已經安排好轎夫抬我下山。「小姐，有空來看看我跟師父，山上挺寂寞的。」

「我會的，謝謝你，阿洪。」

他遞給我三個錦囊。「林小姐，妳忘了帶走師父給的智慧錦囊。很多人都願意付出鉅款換取師父的天賜神通，更別說這還是優雅的墨寶了！」

「噢，我怎麼會忘了這個？」我邊說邊從阿洪手中接過那三封錦囊詩訣。

我坐上人力轎椅，將小巧的錦囊收進背包，想到裡面不知寫了什麼不禁有些忐忑。

善用妳的女性魅力。

師父宏亮清晰的話語在我耳邊響起。我嘆口氣，這表示之後的旅程中我還要繼續用美人計嗎？

離開道觀後，我直接回烏魯木齊，再次住進新疆飯店。那晚我在床上輾轉反側，一夜未曾入眠。到目前為止，就屬去找翔鶴這次經驗最讓我心驚膽跳，連去浮雲的廟裡都沒這麼可怕，雖然可怕的地方不一樣：浮雲純粹是個騙人的和尚，可是翔鶴師父的神通，還有如仙鶴在星宿間翱翔的巧智靈思高深莫測，卻是我這個作家窮盡才智或想像也無法達到的境界。

還有什麼驚險刺激的旅程是我這輩子註定要經歷的？在我的頭上又有什麼樣的星辰高照閃耀？我祈求它們能指引我走向喜樂、遠離悲傷，帶來歡笑、驅走淚水，賜予圓滿愛情，莫再讓我心碎。我也希望光亮的驛馬星最終可以帶我回家。

隔天一早吃完早餐，我就訂了回紐約的機票。等到手中拿著厚厚的紙張，我心裡先是興奮，然後又緊張起來，雖然只離開幾天，但我不確定自己在任務進行到一半時離開中國是不是正確的決定。然而，我還是覺得自己需要休息一下好好調養身心。

住在沙漠的日子裡因為不習慣當地食物所以吃得不太好。我不喜歡維吾爾人將囊餅撕成小片浸在甜奶茶裡的吃法，更討厭羊羶味，可是羊肉無所不在——烤全羊、烤羊肉串、羊肉餃子、烤麵餅夾羊肉跟洋蔥，還有炒羊肉麵。我真的很想念克里斯煮的好菜和曼哈頓選也選不完的各國料理。

我朝小村前進。一回到村子裡，我先洗了澡，然後在日誌裡寫下和翔鶴、阿洪見面的經過，接著就通知珂庫我要離開了。我們坐在她的小屋裡，米托在我們身邊玩耍。

「為什麼要回去？村子不好嗎？」她問。

「不是的，珂庫，妳知道我很喜歡這裡。我只是需要休息，在沙漠裡生活對我來說太辛苦了，而且我不習慣這邊的食物，所以一直沒有吃得很好。」

「美國的東西很好吃嗎？」

「是啊，美國是世界上最有錢的國家。」

「所以那裡的人一個月可以賺一千塊錢？」她故意提醒我買那只象牙兔手鐲所花的錢，那筆錢可以讓她買三隻羊、十二隻雞、米托要的腳踏車，還有她自己要的新炒菜鍋。

我們兩個都笑了。

「妳喜歡住在那裡？」

我點頭。

「那個年輕人呢？」

「妳看到他了？」

「當然。」她指了指自己的胸口。「心上人嗎？」

「是，也不是。」

「是，也不是？」她責怪般地看了我一眼，然後指著她兒子。「妳看，米托四歲。我十八歲結婚，現在是老女人了。」

我咯咯輕笑。「珂庫，那我都二十九歲了怎麼辦，要當奶奶嗎？」

這時候米托小小的身軀撲到珂庫懷裡，圓圓的頭搓摩母親豐滿的胸脯。珂庫對著兒子微笑，然後打趣似地跟他說了幾句維吾爾語。

米托抬頭看我，天真地張大眼睛大喊一聲：「老奶奶！」

珂庫和我笑得東倒西歪。等緩過氣來之後，我從口袋裡掏出糖果送給小男孩。

珂庫說：「林小姐，要趕快生孩子，不然太老了。麻煩，可是開心。老女人沒有老公，還行，沒有小孩，很傷心。」

這時夕陽好像接收了暗示，落日餘暉將天空染上一層憂傷的橘紅色。暮年光景真的那麼可怕嗎？滿面皺紋、滿手斑點、滿目悽涼無人陪伴？這時亞歷溫柔光滑的臉龐浮現在腦海裡，他看起來悲傷懇切，好像在對我重申他永誌不渝的深情。

「你也這麼覺得嗎？」我撫弄米托的頭髮，他正忙著打開包裝紙將糖果塞進嘴裡。

「是的！」孩子大聲幫他媽媽回答，這次說的是中文，小嘴鼓得圓圓的。

第三部

22 回到紐約

許久未曾待在紐約的公寓，房間看起來熟悉卻帶點悽涼，好像被主人冷落的小狗。我提醒自己要記得買一點花草植物回來增添生機，不過第一件要做的事就是先好好洗個熱騰騰的泡泡浴，已經四個月都沒這麼奢侈地享受了。當芬芳的熱水潑濺在赤裸的肌膚上，我滿心感激，忍不住發出舒服的呻吟聲。我用力搓洗全身，想洗掉從沙漠和二十小時長途航程帶回的塵土，這時我覺得自己的身體又開始渴望男人的撫觸了。

我想要亞歷，可是我撥了克里斯的電話號碼。我不想研究為什麼。

教授聽到我的聲音似乎又驚又喜。「小麗，怎麼不早點打來？我可以去機場接妳啊。」

「抱歉，克里斯，不過我得走兩英里才能找到公共電話，而且幾乎都沒辦法打通。」這是謊話，我知道如果我真的想打電話還是有辦法的。

「好吧，待在那裡等我過去。」

「那你的太太跟小孩怎麼辦？」

「我會處理。」

「克里斯。」我忽然後悔打這通電話。「我想……也許我們不該再見面了，這樣不對……」

「小麗，很抱歉現在的情況是這樣，可是再給我一點時間。今晚讓我看看妳美麗的臉和身體吧，我想妳。」

「你想見我只是為了上床嗎？」

「不，我是想看看妳；但也沒錯，我的確是想跟妳上床。」

「你怎麼知道我今天晚上是不是有別的男人？」

「別的男人？」他的語氣突然變得又氣又難過。「是妳出國前那個晚上在等的人嗎？」

「不是，我說過那天晚上沒有別人。」雖然我好像氣得提高音量，但其實克里斯這麼嫉妒讓我很開心。

「那今天晚上呢？」

「只有我知道，你要來了才曉得。」這樣逗弄一個很想要妳的男人，讓他等到最後才明白自己其實可有可無，實在令人感到無與倫比的愉悅啊。

「我會過去。在一起的時候請不要折磨我好嗎？」

「等等，克里斯，是誰在折磨誰？」

「拜託妳。我已經盡我所能在解決問題了，請妳給我一點時間。」

「那你就慢慢來吧。」我哼了一聲後掛斷電話。

我明白自己回美國不是因為想著克里斯，而是因為思念亞歷，即便他離開前我們才大吵一場，而且我對我們之間還是沒信心。我既然覺得自己很有冒險精神，為什麼會為了年齡差距而煩惱呢？因為我想到自己初嚐禁果時亞歷才九歲，只有小學四年級，而等到我四十歲人老珠黃時，他也才三十二歲，正值意氣風發的年紀。

在我看來，男人不管小的還是老的，帥的還是不帥的，有錢的還是沒錢的，全都患了阿茲海默症，不過得病的不是大頭而是小頭。就算是蛇也會記得該鑽回同一個洞，可是男人胯下那根的宿命，就是鑽東鑽西卻記不得自己究竟該回哪個洞，而且最記不住的就是最熟門熟路的那個。

克里斯帶了食物和一瓶紅酒過來。如我所料，還是在我最愛的中國餐廳點的外賣。我一直都很欣賞他這點，對我來說，願意幫心愛女人送來熱騰騰、香噴噴而且營養可口飯菜的男人就跟天使一樣，所以即使克里斯有很多缺點，光是這個迷人的優點就足以將功補過了。

我看著大作家情人將我朝思暮想的菜肴放在餐桌上——宮保雞丁、牛肉炒芥蘭、蝦餃、酸辣湯、蔥油餅跟炸香蕉——心裡歡欣雀躍。中國人說這種富足的感覺是「有餘」，也就是擁有許多、不虞匱乏，不管是在錢財、食物、好運、福氣、或子孫方面，有餘就是福。

我們在小公寓裡忘情吃喝，享受鹹辣夠味的牛肉和雞丁、油滋滋的蔥油餅和蝦餃，還有闊別許久再度聚首的快樂。克里斯不時幫我夾菜、倒酒或輕啄我的臉頰。不過在愉快的筷子輕敲、嗆吧咀嚼和喝湯呼嚕聲中，我們的對話不再像以前那麼活絡了。我惦念亞歷，想著該怎麼找他。而克里斯，我想他應該是在暗自猜疑：她一個人去中國做什麼？為什麼不告訴我這趟旅行的目的？她在中國交了男朋友嗎？她今晚會不會跟我上床？

克里斯側頭看我，他的金髮在昏黃的燈光下閃動如絲綢。「小麗，妳還好嗎？」

我停止咀嚼。「我很好啊，怎麼了？」

「妳不像平常那麼活潑了。旅行時出了什麼事嗎？」

「沒啊。」

「妳要跟我說嗎？」

「說什麼？」

「說妳為什麼去絲路，還有妳在沙漠裡做什麼？」

「還不是時候，以後再說。」

「不要等以後，我現在就想知道。」

我啪地一聲擱下筷子。「那你可以現在跟你的珍妮離婚然後娶我嗎？」其實我從來沒想過要結婚，至少現在不想，這麼說只是想激怒克里斯。

「小麗，妳也知道我現在的處境很艱難，可是我會認真考慮這件事，我發誓。」

「那好吧，我們何不暫且拋下嚴肅的事情，先好好享受這些油膩的中國菜呢？」

他的表情看起來又驚又怒。之後我們在異常靜默的氣氛中各自悶頭夾菜、大口喝下似乎永遠都喝不完的葡萄酒，杯中佳釀紅得如玫瑰、似鮮血，也像中國人覺得吉利的紅紙。

過了許久我才再度開口，這次換了話題：「新的小說進度怎麼樣？」

「不太好。我卡住了，遇到瓶頸。」

我放下碗、拍拍他的頭：「抱歉。要改寫別本嗎？」

「有想過，可是沒有新點子。總之，別擔心，我一定會想到的。我們先吃飯吧。」克里斯說，他手中的筷子在扒飯時發出刺耳的敲打聲。

他沒說出口的是「吃飽飯後我們就可以盡情的享受魚水之歡了。」

享受完美食，醉醺醺的兩人就開始享受彼此的身體。這讓我想到兩句中國人常說的話：

「食色，性也。」

「飽暖思淫欲。」

性愛就和往常一樣美好。克里斯健壯的手臂環抱著我，厚實的身軀壓在我身上，灼熱的雙唇激動地朝我全身上下每個部位探索，那種感覺真的很美妙。他的男性雄風像在幽谷中玩捉迷藏的頑皮毒蛇，他口裡還喃喃唸著什麼「讓我吃掉妳，鮮嫩多汁的小點心，求妳！」還有「噢，老天，妳真是銷魂得要命，兩顆小櫻桃真是硬挺啊！」雖然我不喜歡聽到粗話，不過還是用欲仙欲死的呻吟聲回報他的讚美……

我還是很欣賞克里斯，雖然我曾經以為對他有真感情，但我知道現在已經沒有了。完事後我第一個想到的人，竟然是亞歷。如果克里斯是一杯滾燙味苦的黑咖啡，那麼亞歷就是一杯冒著熱氣、香氣撲鼻的綠茶。咖啡會燙我的舌頭、讓我保持興奮，可是茶會讓我緊繃的神經放鬆，溫暖我的心靈。克里斯的雙手像大廚那雙會煮高油脂菜色的手，而亞歷的雙手則像是指揮家帶來悅耳樂曲的手。

兩行清淚從我的臉龐滑落。

克里斯將我抱在懷裡。「怎麼了嗎？」

我不可能告訴克里斯我在想亞歷，更不可能說出我已經下定決心要找到亞歷，希望他還愛著我而且可以和我從頭來過。

「沒什麼，只是頭有點痛，大概是喝多了。」

「要我幫妳拿阿斯匹靈嗎？」

「不用了。」我說，心中的哀傷無以復加。

在我回中國之前，克里斯好幾次都想再來看我，但我決定不再讓他來我這裡找樂子，不管是在床上還是床下。離開中國的這十天裡我迫切需要獨處，好好想想人生的方向。而且我感覺得出來，克里斯對我的吸引力和掌控都迅速下降，而我想找回亞歷的渴望卻不曾稍減，同時翔鶴師父的話語也在腦海中盤旋不去：

也許妳覺得身邊圍著許多男人很有面子也很享受，但最好還是找個人定下來。激情和欲望終究像過眼雲煙，只有真愛才能永恆。

接下來的兩天裡我試著撥打亞歷家裡的電話，可是沒人接聽，我只好在答錄機留言。根據先前和男人來往的經驗，緊迫盯人是最壞的一招。

到了第四天，電話響到第八聲時終於有人接起來。可是我一點都不興奮，心裡反而一沉，因為話筒中傳來的是朵娜・艾德勒冰冷沒有人情味的聲音。

「嗨，艾德勒太太，我是亞歷的朋友林麗。我們之前在烏魯木齊的迎賓酒店見過面。」

「我記得妳。」

「請問亞歷在嗎？我能不能和他說話？」

「他不在這裡。我只是過來檢查一下東西。」

「噢……」

「他回中國了。」線路另一端聲音的主人聽起來好像想伸出她那雙花了百元美金做美容的玉手掐死我。

「回中國？」我的心一沉。

「對，為了找妳。他一直沒有妳的消息……妳音訊全無。」

「噢，天啊……對不起……真的很抱歉。」

「不必。我才應該為我兒子感到遺憾。」朵娜的語氣變得越來越有敵意。「中國很危險，有妳在的地方更是危險。可是亞歷不聽勸，他現在去中國找妳，而妳卻在這裡。他才二十一歲，妳在跟他玩什麼把戲？我真的不想看到他這樣。」

「很抱歉。妳也知道在他回美國之前我們吵架了，所以我想他可能不想再見到我……」

「哦，那妳就想錯了，妳這是自作聰明。我阻止過他，但是他不聽！這孩子從不理會我的感受，現在妳倒出現了。」

失去亞歷已經很令人難受，所以我竭盡所能維持起碼的風度——或者尊嚴。「真的很抱歉，艾德勒太太，可是亞歷已經成年了，他想去哪裡或做什麼都是他的自由。」

我還來不及加一句「想要愛誰也是」還有「想要去找誰也是，包括他的生母」，對方就掛斷了。

「賤人。」我忍不住開口咒罵。

這通電話對我的打擊實在太大，我倒在床上任憑久違的眼淚如斷線珍珠紛紛滑落。

噢，老天，我們怎麼會就這樣擦肩而過？

我決定馬上回中國。我打去航空公司改班機，雖然得加錢，幸好我現在付得起了。有錢真是萬能，我已經開始習慣有錢就沒什麼不能變通這件事了。

採買完東西、處理完雜務後，不到五天我再次鼓起勇氣搭上長達二十個小時的跨洋航班。

我告訴克里斯要提早離開，他問我為什麼時我避重就輕，「發生了一點事，可是我現在還不能說，要等以後。」

他知道再追問也沒用，只是懇求讓他再來我的公寓找我一次，可能想快速來一發吧，我騙他說我的「大姨媽」剛來。自始至終亞歷都在我心裡，我如果再讓亞歷以外的男人上我的床，我真的會唾棄自己。一想到五天前和克里斯重聚的時候自己是怎麼任他擺布，我就覺得被罪惡感吞沒，所以我絞盡腦汁想找藉口：我是顧念舊情才和他做的；我在情感和經濟上都虧欠他；這是為了補償他，因為我不告訴他為什麼要去中國就離開他四個月；再怎麼說，他還是我的教授、導師和讀者，不過他讀的是我的肉體；最後的藉口是，我們都喝醉了。

好吧，我是心軟兼沒骨氣，就這麼簡單。**媽的！**

這時我想到亞歷和那首情思綿綿的〈長恨歌〉，他那溫柔又受傷的表情在我心底浮現。我現在不想要其他男人，只要亞歷。我擦乾眼淚、在浴缸放滿熱水，泡在水裡讓自己放鬆，滑進晃動的熱水裡時，我腦海裡想的全是亞歷的愛撫。

我一邊呻吟一邊扭動身軀，手熱切地朝雙腿之間的火熱處探去。

23 沙漠情人的造訪

經過漫長航程抵達北京後，我換搭短程班機前往烏魯木齊，在旅館睡了一宿，隔天立刻坐車出發，換乘驢車顛簸數英里後終於到了沙漠裡的小村。奇怪的是，我竟然有種回家的感覺。我忍不住比較起曼哈頓和中國這一塊連鬼都不想來的窮鄉僻壤，究竟是哪裡的生活比較真實？

我走向租來的小屋，看到米托和一個比他大一點的小女孩在空地玩耍，這個女孩我見過幾次。他們一看到我就跑來跟我打招呼。

小女孩抬頭看我，好像很努力想表達什麼。「姐姐。」她指著自己的鼻子，然後比出拉高的樣子。

「鬼、鬼。」

鼻子高高的洋鬼子。我的心漏跳了一拍。

然後她指著裙子上一塊褐色的地方，又撥了撥頭髮。我懂了，她是要告訴我，這個洋鬼子的頭髮是褐色的。

亞歷。

小女孩從口袋掏出東西給我看，是一包糖果。

她笑嘻嘻地說：「鬼給的。」

這時候米托伸出舌頭讓我看他分到的那份糖果。

我很開心，雖然亞歷是回來找我的，但是他沒有忘記這裡的孩子。

我問小女孩，「他長什麼樣子？」當然問了也是白問。

這時候珂庫現身幫忙提供細節。「高高瘦瘦，眼睛大大的，笑起來很溫柔，栗色的頭髮。很帥。」說完之後她捂著臉笑得花枝亂顫，好像被叔叔呵癢的小女孩。「哇，難怪這麼快回來！」

「妳跟他說過話嗎？他有沒有問起我？」

珂庫紅著臉搖頭。「沒有，我躲在小屋裡看他。不敢跟洋鬼子說話。」她似乎很努力地忍住笑，又加了一句，「而且我也不會說洋鬼子話。可是洋鬼子看起來很擔心。」

「他什麼時候來的？」

「他來過四次了。」

「謝謝妳，珂庫。」我說，同時轉身準備離開。

「等等！」她朝著我的背影大喊。

我轉過頭。「嗯？」

她把手放在胸口然後肯定地說：「他在妳這裡。」

「妳怎麼知道？」

她大笑起來。「哈哈哈。臉上，寫在妳臉上。」

我提著行李擠進小屋，剛好和門上兩張匆促寫成的字條對望。我一把抓起字條、砰的關上門，然後一屁股坐到廢輪胎上細讀。

親愛的小麗，

我來了四次，想見妳一面，可是找不到妳。妳在哪裡？希望妳還住在這裡，或者只是出門進行妳從來不肯邀我同行的神祕旅程。

我不能不擔心妳，妳的意志雖然頑強，但是身體和心靈都很脆弱。妳表現得很堅強，其實柔弱似水，還一個人住在中國的偏遠地區。

如果妳回來看到我的信，請和我聯絡，我住在烏魯木齊的迎賓酒店。不過我很快就會再來。如果妳打電話來但我不在，請留言給我。

想到再也不能見到妳，我就覺得痛苦難當。

我愛妳。很抱歉之前和妳吵得那麼凶，我真的非常後悔。

希望有一天妳能成為我的妻子。不要因為我的年紀歧視我，那不是我能決定的。

在我心裡永遠都會為妳保留一個位置。

亞歷

第二張字條只有兩行：

回來後馬上和我聯絡好嗎？我很擔心妳。如果不幸真的不能再見到妳，我會很快回美國。

亞歷

我將兩張字條放在桌上，然後用枕頭蓋住臉哭得聲嘶力竭。我好傷心，也好害怕我們的愛情只是一場夢，我們的相遇只是鏡花水月。從來沒有人對我這麼有耐心、這麼了解我、愛我愛得這麼徹底。如果我不能百分之百肯定我也可以用同樣的愛回報亞歷，也許現在就結束一切會比較好，免得有一天我會傷得他很深很深、留下永遠難以平復的傷痕，這是我最不想見到的事。

我的真愛就這樣毫無預兆地降臨在人生中，令我既喜且懼。即使我們願意等待彼此，我跟這個在荒漠中相逢的男人會有未來嗎？我可以等到他長大自立，他也可以等到我決定完全接受他，包括我們八歲之多的年齡差距嗎？

隔天清晨我根本等不及搭驢車，索性走兩英里的路去郵局打電話到迎賓酒店。

幾秒鐘內電話就轉接到亞歷的房間。

「亞歷？」

「小麗，妳去哪了？我找妳找了好幾天。」

「我剛從紐約回來。你媽媽說你在中國，所以我回來了。」

「我現在就過去，妳等我。」

電話掛斷了。

原來他這麼急著想見我。

漫長的幾個小時過去，亞歷突然出現在小屋門口，然後衝進來緊緊抱住我，好像緊抓撲著翅膀的鳥兒、深怕牠從手中飛走似的。

我按捺住近乎沸騰的情感，伸手抹去他瘦削雙頰上的淚水。「不要難過，亞歷，沒事了。」

「小麗，我不能失去妳。」

我盯著他憂傷滿溢的晶亮雙眸。「你沒有好好吃飯。」

「沒見到妳我吃不下，現在我會好好吃了。」

我默然無語。

亞歷捧起我的臉，被淚水沾溼的溫暖雙唇顫抖著吻住我。無比纏綿的吻像一個甜美的夢境，讓我的心輕盈飛舞如蜻蜓展翼。

他終於鬆開我，接著他抬起我的下巴深深望進我的雙眼。

「小麗。」

「嗯。」

「嫁給我。」

一片靜默。

「亞歷，你太年輕了。你不再考慮看看嗎？我只是不希望你將來後悔……」

「小麗，拜託不要再說我有多年輕了。」

我低下頭，不知該說什麼。這個男人太年輕了，但他卻千里迢迢來找我，想要我這個年紀比他大的女人當他的妻子。他知道人生、愛情甚至婚姻的意義嗎？不過說到這些，我又知道什麼呢？

他撫摸我的臉龐，動作很輕柔，似乎成了呵護受傷鳥兒的小孩。可是受傷的其實是他，而傷他的是我——是我這隻總是夢想在空中自由飛翔的鳥兒。

「妳是這麼美麗、神祕、善良、又勇敢，我想像妳一樣環遊世界，到哪裡我們都在一起。我們也可以去當外交官，或是什麼文化大使。小麗，我們是天造地設的一對。我發誓會比其他男人更愛妳、疼妳、尊重妳、保護妳。」

「其他男人」指的是克里斯嗎？沒錯，跟亞歷相比，克里斯是個混蛋，利用我當時窘迫的處境引誘我當他的情婦，口口聲聲說有多愛我但卻從來沒真的跟太太談過離婚。他永遠都有藉口——一下說贍養費太高，一下說普雷斯頓還小，一下又說就算不愛珍妮了也不想傷害她……等等等等。

我的手指在亞歷被汗水濡溼的髮間輕撫。「亞歷，請你給我時間。」我想接的是「完成任務拿到那三百萬美金」，不過我及時閉上嘴收回後半句。克里斯就是這樣對我的：令我深惡痛絕的拖延戰術。現在我也對亞歷做了同樣的事，我在心裡嘆息。

「好，不過不要讓我擔心。」

「擔心什麼？」

「想到妳一個人在這裡我就沒辦法放心！小麗，妳還是沒告訴我妳來絲路做什麼。」

我很想一五一十告訴他，但是心裡有個細小的聲音要我小心。我已經失去雙親，為了把握唯一的機會拿到那筆目前迫切需要，而且我也確實很想得到的三百萬美金，我不能再冒一丁點的風險。

我說：「我很快就會告訴你，但是再給我一點時間好嗎？這件事不是針對你，我保證。」

他點頭，然後從口袋取出一個紅色錦囊，將裡面的東西倒出來放在我手裡。

是一個護身銀牌，一面刻著龍鳳，另一面刻著「平安長壽」的字樣。

「希望妳喜歡。」他緊張地說。

「很漂亮。」我感動得不知說什麼才好。

亞歷幫我將銀牌繫在牛仔褲上。「可以保佑妳旅途平安。」

「真的很謝謝你，亞歷。」

「答應我妳每天都會戴著它保平安。」

「當然。」我親了一下他的臉，然後問：「亞歷，你餓不餓？要不要吃點什麼？要不要去床上休息，我幫你煮點東西。」

「可是我要吃的就在這裡。」他說，然後抱起我走到床邊，褪下我的衣服後溫柔地把我放下。他將上衣、牛仔褲、內褲、鞋子全都脫下來丟到地上，動作快得有如一筆揮毫。他的雙眼射出如餓狼般飢渴貪婪的眼神，先在我赤裸的身軀上恣意遊走，在雙峰、腹部、雙腿和神祕幽谷之間徘徊留戀，繼而緩緩迎上我的視線。亞歷伸出雙臂無比憐愛地環抱住我，熱吻如雨點般落在我的額頭、雙眼、臉頰、嘴唇和頸間。

我可以感覺到他年輕堅挺的身軀散發出一波又一波的能量，而體內深谷之中同時有熱氣上湧。鼓脹的雄性渴望緊緊抵著我的下半身，飢渴難耐的我們像八爪章魚和牠的獵物一般緊緊糾纏。

他的舌頭分開我的唇瓣，像沙漠中全身滾燙的蛇一般溜進來大啖牠的獵物。兩條蛇好像終於遇上旗鼓相當的對手，共同切磋琢磨流傳千年的兵家藝術：攻與守、進與退、張與弛。腦海中忽然冒出阿洪說過的幾句話：

無敵最是寂寞。

棋逢對手乃是棋家一大樂事。

「亞歷……」原先的疑慮已經消散，我覺得自己好像在他的懷中融解，在黃金的幻夢中載浮載沉。希望這甜美恩愛的時刻可以化為永恆，宛如大漠中的金色沙粒在亙古蒼穹下歡聲吟唱、幻化萬千。我渴望我的年輕愛人深深進入，將我過去二十九年人生中的悲慘空虛填補得密實飽滿，我願敞開身體和心靈容納他的天真、熱情、活力、體貼和英姿勃發的男性陽剛，我想要他的全部。

勢均力敵的雙方廝殺正酣，他的唇往下移到我的胸脯，像個飢腸轆轆的奶娃從母親胸前拼命吸吮生命之泉。我扭擺、呻吟、忘情尖喊，指甲深深陷入他的肩頭。他的雙手在鼓舞下肆意遊走，彷彿製圖匠探索未經開發的大地。我的嘴唇輕顫、軟語呢喃，生平未曾體驗過的極致快感席捲全身。

我的愛人在意亂情迷之刻喃喃低語：「小麗，哦，小麗，愛我，請妳也愛我。」

「亞歷……」在他的步步進逼之下，墜入迷茫雲雨的我已說不出話來。

他終於長驅直入，每一次的衝撞都帶來夾雜疼痛的歡快，更具有奇異的療效，所有的煩惱、悲悽、寂寥都煙消雲散，只留下與沙漠空谷同樣幽深的愛意。亞歷最後發出一聲驚天動地的長嚎，彷彿猛然爆發的煙火讓整間小屋都為之震動。嚎叫聲中有喜悅、有心傷，當他退出後在我身邊躺下，我已感動得淚流滿面。

亞歷一手擁著我，另一手為我拭淚。「怎麼了？我弄痛妳了？是不是我太粗魯？」

我看著他滿是關切之情的年輕臉龐。「不是，你是很棒的男人，也是很棒的情人。是你的愛讓我太感動了。」

「那嫁給我吧。」

我感動得說不出話，只是將頭埋進他的胸膛。

24 進得去出不來

幾小時後我醒過來，身旁的亞歷還在睡，天真純潔的樣子好像剛剛什麼都沒發生。小屋裡開始變涼，我望著窗外的無垠沙漠，不情不願地計畫起接下來的任務：冒險進入塔克拉瑪干沙漠取回非常重要的東西。

塔克拉瑪干的意思是「進得去出不來」，如果這麼說還是很模糊，那麼也許該提到這片沙漠的另一個名字：「死亡之海」。我本來打算請一個當地的嚮導，不過現在既然和亞歷重聚，我們應該可以一起去。我提出來的時候他很興奮，但是當他問到為什麼要選這裡，我能想到的最佳答覆還是含糊的「我一直都很嚮往沙漠。」我敢說亞歷一定知道另有隱情，不過他已經學聰明知道最好不要追問。

亞歷雖然年輕，做事卻很謹慎仔細。一起籌備的時候他花了很長的時間研讀地圖、瀏覽資料，精心蒐集地形、路線、氣候、風向、有毒的動物和昆蟲等等的資料，連前人的探險經歷也沒漏掉，不過不是所有故事都有快樂的結局。出發的前一天我留在小屋清理打包，他去烏魯木齊租吉普車，順便採買露營設備和其他必需品。

到了出發那天，我們淩晨四點就起床，搶在氣溫高到難以忍受前離開，這個季節的氣溫有時甚至可達攝氏四十九度。我們很快巡視小屋，並再一次檢查車子後就展開這趟千驚萬險之旅。

亞歷倒車時，我眷戀地望了小屋一眼向它道別，很怕自己遭遇不測沒辦法回「家」。不過我安慰自己，有聰明機警的亞歷陪我，而且還有掛在腰帶上的護身銀牌可以保佑我們。吉普車像猛獅一樣衝上沙漠公路沿途嘶吼咆哮，在時速三十英里的風中搖晃，公路兩邊只見一塊塊為了避免路面被沙所埋而栽種的低矮植物。

雖然到現在為止已經看過不知多少次沙漠，我仍然驚嘆於眼前平坦遼闊的大漠和一望無際的地平線，在腦中為遠方空寂的金色沙丘描繪出各式各樣的造型：有的是曲線浮凸有致的佳人，有的是沉眠的巨龍，甚至還有名字早已為人所遺忘的荒城。上方鈷藍色天空中幾朵白雲如全身晶亮的游魚，形態奇異的鳥禽鳴叫一如巫師頌咒。單調乏味的大漠景色中偶爾會冒出令人眼睛一亮的幾點綠——檉柳、白楊、石榴樹、桑樹，還有其他不知名或至少我認不出來的植物。

路上看不到別的車子。幾千年來，曾有無數商隊在此被同一片如巨鯨般張開大口的沙漠吞噬殆盡，商賈、妻小、駱駝、商品盡皆埋葬於此，甚至有整個城鎮連同其中的村落、寺院、城牆、河流、湖泊據說也都曾堙滅於大漠中不留一絲痕跡。數百年來，有無數老手、新手前往沙漠探險，最後遭遇渴死、中暑、餓死、沙暴、盜匪打劫、毒蛇咬噬甚至鬼怪纏身的悽慘下場。傳說唐代的商賈和探險者只要跟著沙漠中的屍骨和其他不幸旅人的遺物就能找到路，不過現在大概只有少數幾個古代罹難者有機會「重見天日」，因為能找到的乾屍都被送進博物館裡，很難再投胎轉世了。

螻蟻尚且貪生，我想到今生還有亞歷，立時轉頭欣賞他充滿活力的臉龐。

「亞歷，你喜歡這裡嗎？」

「當然。」他說，雙眼仍舊緊盯前方路面，不過我懷疑這條筆直得像機場跑道一樣的公路怎麼可能會出車禍。

我問：「你說，你喜歡沙漠哪一點？」

「很神祕……而且我們是一起來的。」

「我也這麼覺得。」

「我們應該趕快來騎一下駱駝。」

「沒錯！」

車子的時速維持在七十到八十英里之間，不過我覺得可以開到一百英里甚至更快。

「亞歷，我們還要趕很長的路，你要不要踩油門加速一下？」

「我自己一個人的話沒問題，跟妳在一起就不行。」

他的體貼讓我很感動，但我還是不放棄：「你看，路那麼平坦，前面好幾英里什麼都沒有，真的可以開到一百英里。」

他搖頭，態度固執依舊。「不行，妳在就不行。而且我不想被警察攔下來，我沒有中國駕照。」

「什麼？」我突然意識到亞歷是美國公民，而這是中國的公路。「那你是怎麼……」

「我塞給他們一大筆錢。」

「噢……」

這時，一個很像大狗的黑影衝過公路。

我尖叫：「小心！」

為了不撞到那隻動物，亞歷只能猛打方向盤閃避，我的頭在方向盤上重重一撞。

「噢，我的天！我們差點撞上去，那是什麼東西？」可憐的我邊問邊揉著頭。

「野豬，書裡說路上到處都是。」他說，看起來一臉擔心。「妳的頭還好嗎？」

我點頭。

這下他的臉一沉。「看吧？不准超速。誰知道會跑出什麼來。」

我之前曾聽說中國出過很多嚴重的交通事故，連全新的遊覽車都會翻車，裡頭的觀光客滾得像賭桌上的骰子，嬰幼兒像子彈一樣從車窗彈出去，大人則像被甩在烤架上滋滋冒油的豬排交疊相撞……不過事實證明亞歷是很優秀的司機，這多少減輕傳言帶給我的焦慮。

我從來沒開過吉普車，所以我們決定由亞歷擔任駕駛，我負責看地圖並注意不尋常的路況。雖然很想當個認真的旅伴，不過我一直打瞌睡還頻頻做怪夢，讓亞歷一個人孤單地開車。

一直等到亞歷拍我肩膀我才醒來，發現車子停在路邊。

「小麗，醒醒。我們休息一下。」

我揉揉眼睛環顧四周：「到哪裡了？」

「還在往那個荒城遺址的路上。」亞歷抓起兩瓶水，遞給我一瓶加上一塊蓋滿洋蔥的囊餅。

我大嚼起來。

亞歷看著我，眼神很是溫柔：「不要吃太多，等找到餐廳我們就來吃頓大餐。」

我一個人漂泊了這麼久，突然有人幫忙安排行程跟打理一切的感覺真好。

我閉上眼想像一路上會出現的好吃食物。「我要一大碗紅燒牛肉麵加青菜，飲料要熱薑茶，飯後要吃蛋糕跟甜瓜。」

亞歷咬了一大口囊餅。「聽起來不錯，我請妳。我要凱薩沙拉，要灑上厚厚一層帕瑪森起司，主菜要頂級沙朗牛排，三分熟，配冰海尼根，甜點要芒果雪酪和提拉米蘇。」

我們笑成一團。

洋蔥囊餅和幻想中的佳餚讓我們精神一振，就地解放之後再次上路。

窗外只見橙黃色的沙丘綿延直到天邊，而烈日根本是直接坐在我們頭頂。我想到一個講天氣炎熱的笑話，說的是這種天氣裡如果在光頭上打個蛋，一下就可以煮熟了。

亞歷聽了之後大笑：「打蛋？太小家子氣了。我要烤一串肉，牛、雞、羊都要，另一串烤海鮮加蔬菜，要扇貝跟鮮蝦配洋蔥和青椒，然後讓我的大小姐先選她想吃的。」

我拍拍他握著方向盤的手臂。「謝謝你，亞歷。我很感激，謝謝你做的一切。」

吉普車在筆直的公路上呼嘯前行，引擎有力的轟隆聲和輪胎輾過沙粒的沙沙聲讓人耳根難以清靜。漫漫長路兩旁的景色單調，只有偶爾出現，從遠處浮現的斷垣殘壁、快速駛過的其他車輛，和成列的紅頂藍牆小房子勉強點綴一下。

「亞歷，你覺得我們是不是瘋了才做這件事？」

「做什麼事？」

「想要穿過這個進得去出不來的鬼地方。」

「小麗，那瘋的人是妳。是妳出的主意，不是我。」

「你害怕嗎？」

「嗯，怕，也不怕。反正有妳跟我在一起就好了。」

「怎麼說？要是不幸發生什麼事，我可沒辦法保護你。」我手裡比畫出自己細瘦的身形。

「不知道，不過我就是這麼覺得。總之別擔心，我會保護妳。」

偶爾會有一輛重型機車像武士刀一樣唰地掃過；有時巨鷹會在我們上方盤旋，隨時準備俯衝襲擊獵物。

亞歷問：「小麗，我們今晚露營然後明天去住旅館好嗎？」

「可以啊，可是如果有旅館為什麼要露營？」

他故作神祕地看我一眼，然後伸手過來親暱地拍拍我的臉。「因為我想跟妳在沙漠星空下親熱。」

我報以微笑，希望自己看來宛如神祕女郎。

亞歷說：「小麗，我最愛看妳微笑，妳的唇會微微下垂，看起來有點冷漠又好像什麼都不怕。」

「多謝誇獎。」我說，然後再次展露笑容。

一小時後我看到路邊有一間餐廳，招牌寫著：麒麟閣。

我大力推了一下愛人的肩膀。「哇，中國餐廳耶！我們停車吧。」

亞歷的眼光落在我手指的方向，他也露出燦爛的笑容。「太好了，小麗，我們在這裡吃飯吧。」

他放慢車速準備停車，還興奮地說：「我要點糖醋排骨、回鍋肉跟燒肉飯。我已經受夠羊肉了，現在我只想吃齁齁叫的豬！」

餐廳旁邊就是附設的小旅館，我提議就住在這裡不要露宿沙漠，亞歷不情不願地答應了。這裡沒有回鍋肉，不過我們興高采烈地點了肉包、燒肉飯、芝麻燒餅跟青菜炒麵，配著茉莉香片將所有菜餚一掃而空。吃完午飯後我們請中國老闆幫我們拍照，然後老闆就幫我們提行李領我們去房間。

我不期待會有多好的設備，不過進了狹小的房間還是覺得沮喪，四壁都是污漬而且地板黏答答的，唯一的裝飾是一只搪瓷唾盂，天花板上一顆燈泡孤懸。不過床前有臺電視機，運氣好的話搞不好在床上運動的時候可以放色情電影當背景，想到這個主意實在很無厘頭我不禁輕笑。

「笑什麼？」亞歷問。

我悄悄告訴他我在想什麼。

等老闆轉身關上房門離開，亞歷就露出一臉壞笑。「女士，如妳所願。」隨即抱起我把我拋在床上，開始脫我的衣服。兩個人拉拉扯扯。

這時一個高個子婦人沒敲門就衝了進來，我們嚇得呆在當場。她放下一個保溫瓶、兩只瓷茶杯和兩條毛巾，不以為然地看了我們一眼，接著什麼話都沒說就走了。

亞歷和我面面相覷，彼此臉上都一副好氣又好笑的表情，然後齊聲大笑。

「歡迎來到中國絲路！」他說，馬上又試圖抓住我。

「亞歷，別鬧了，我們身上好髒。你看你——臉跟衣服上全都是沙！去洗澡，現在就去。」

「拜託啦，做完再洗嘛。」他像想拿到糖果的小孩般苦苦哀求。

「不行，現在就去！」沒想到我的聲音聽起來會像板起臉教訓不聽話小孩的母親。

他喪氣地說了聲「遵命，夫人。」才朝公共浴室走去。

輪到我洗澡時，我發現水龍頭只流出微溫而且呈黃褐色的細流，而浴室的牆壁像旅館的地板一樣骯髒黏滑，一定是有人把鼻涕抹在上面或直接對著牆小便，這是我有生以來洗過最不舒服、最不浪漫的一個澡。不過當我閉上眼睛回想亞歷看到我在貴妃浴池半裸、擺出撩人姿勢的時刻，並想到從此之後我就成了他的真命天女，而他也成了我的真命天子，即使在污穢不堪的浴室裡將自己刷洗乾淨的經驗實在很諷刺，我還是露出會心的微笑。

勉為其難地洗完澡後，我發現接下來我需要上廁所，希望廁所的狀況會好一點。不需要問廁所在哪裡，只要循著比任何路標都有效，也更不會讓人迷路的味道就行了，它就在離旅館大約十碼遠的地方。

來到中國的邊疆地帶後，我已經將標準降得相當低了，但沒想到這間廁所看起來比我想像的還要令人卻步，周圍只用四片薄薄的木板擋住，「牆壁」之間的縫隙大到不用偷看，隨便探頭都可以一覽無遺，裡頭大剌剌地展示所有先前訪客到此一遊的「證據」。我屏住氣壯著膽子走進去，脫下褲子開始努力。正在醞釀的階段，我忽然聽到下方傳來奇怪的聲音。這時我心中的恐慌難以言喻，趕緊拉起褲子大喝：「誰在那裡？變態！我要叫警察了！」

怪聲越來越響亮清晰，我的威脅話語絲毫沒有作用。不會是偷窺狂吧？會嗎？

我小心翼翼地往下看，映入眼簾的是瞪著我的兩顆好奇大眼。

是一隻肥豬，牠全身毛皮都沾滿了……噁！

我正要走出廁所，怪聲再度響起，這次更大聲了。

「豬在廁所下面做什麼？」我自問。

不過想到至少不是什麼偷窺狂我就稍感安心，我發出噓聲趕走那隻豬，然後拉下褲子順利解放。

這時正下方一陣騷動，儼然一場小型嘉年華會。

「哦，我的老天，怎麼回事？」我快速清理乾淨以後穿上褲子然後往下看，竟然來了一整群豬，大中小都到齊了，牠們爭先恐後搶食我尚留餘溫的排泄物，這麼驚人的景象簡直中人欲嘔！

我衝出廁所三步併作兩步跑回旅館，彷彿閻王正揮舞著鏽劍在後頭追殺。

我撞進房間，亞歷吃驚地盯著我。「妳還好嗎？」

我氣喘如牛地問他：「亞歷，你要去廁所嗎？」

「要啊，為什麼不去？」他做了個鬼臉。「廁所有人嗎？」

「沒人。」

「那怎麼了？」

「只有我知道，你自己去發現吧。」我嘻嘻笑著。「下次許願千萬要小心啊……你要的會齁齁叫的來囉……」

亞歷一臉迷惑，但還是抓起衛生紙走了出去。

趁著亞歷去讓最愛的「齁齁叫」幫他在出力時加油打氣，我決定到外面走走伸展筋骨順便冷靜一下。周遭幾乎空無一物，唯有幾根電線桿下方可以看到幾隻小蜥蜴衝來衝去。天色已經變成令人驚嘆的紫，襯著幾朵泛紅的金雲，極遠處有一棵周遭圍著灌木叢的枯樹，遠望好像即將觸及天空，在天與地之間架起的一座橋。我迷失在驚人的美麗景致中，覺得自己彷彿成了開天闢地以來第一個誕生的人類始祖。我衝回旅館抓起相機，然後奔回原地拼命按下快門。

等到鳥叫聲響起我才被拉回原來的時空，發現天已經暗了，我突然想到亞歷回房沒看到我一定很擔心，趕緊轉身跑回旅館。

看到亞歷在床上熟睡，我鬆了一口氣。這個小可憐！開那麼久的車一定累壞了。我還很有精神，於是坐在沙發上打開電視將音量調低，想看看有沒有什麼有趣的節目可以和我作伴。可嘆，只有雪花片片——當然不是外面，是電視螢幕。我擺弄了好幾分鐘天線，終於看清楚播的是功夫片，裡頭的人一臉凶狠、拳腿齊飛，還不停發出李小龍式的嚎叫。又過了幾分鐘，「大雪紛飛」之中我實在分不清誰是英雄、誰是壞蛋，只好關上電視。

最後無聊戰勝一切，我關了燈鑽到床上。雖然亞歷睡得很沉，我還是可以感覺被他身體的熱度所包圍，心想他可能睡到明早都不會醒來，不禁暗自慶幸今晚不用在床上運動了。不過即使已經熟睡，亞歷偶爾還是會伸手摟住我、抓我的手或摸我腿，心滿意足地喃喃低語後又沉入夢鄉。

年輕的愛人靜靜躺著，只有胸膛微微起伏，我眼裡的他好像又變回小孩，天真脆弱的模樣激起我的款款柔情，心裡有一個慈愛的聲音在說，不應該由他來保護我、照顧我，反而應該倒過來。可憐的孩子，他的親生父母不要他，養父母在情感上又忽略他，他一定非常孤寂、受了很多苦。他好像沒說過有什麼同性或異性朋友。他有朋友嗎？

我偎近亞歷，將臉埋入他光裸的胸膛，在黑暗中感覺我倆的心跳。正當白日間的煩憂逐漸消融，我的右腳腳趾忽然傳來劇烈的刺痛感，不禁大喊一聲「哎呀！」

亞歷從床上跳起來將我拉到懷中。「妳受傷了嗎？」他驚懼地顫聲問我，雙臂護著我。

「我的腳！」

「等等。」他說，然後很快打開燈。

我感覺傷口突突跳著、尖銳的刺痛感越來越強烈，忍不住尖叫：「亞歷，是右腳的趾頭！」

「不要動，讓我看看。」他跪在床邊抬起我的腳。「天啊，變得又紅又腫。」

我還來不及回答，亞歷已經湊到趾頭上用力吸吮然後吐出紅褐色的液體。我嚇到甚至沒開口阻止他。**噢，神啊，我還不想死，請讓我活著進這個鬼沙漠也活著出來吧！**

最後亞歷停了下來，從額頭冒出的斗大汗珠沿著他的雙頰流下。

他說話時表情無比嚴肅：「小麗，我們最好現在就去醫院。」雖然語氣很溫柔，但是我知道這不是提議，是命令。

櫃臺的服務員躺在行軍床上睡得正香，不過亞歷以不容商量的口氣叫醒他問他醫院怎麼去。

接下來的一切都變得非常模糊。我知道亞歷開車送我到醫院，但是不知道醫院在哪裡。一個穿著皺巴巴白袍的年輕醫生檢查我的腳趾，清理傷口之後包紮起來，然後幫我打針。他說很可能是被蠍子咬到，雖然很痛不過沒生命危險，我和亞歷聽了如蒙大赦。但醫生還是建議當晚住院觀察，聽到這個「好」消息之後，我就癱倒在不怎麼乾淨的病床上。

隔天一大早，醫生回來確認我的狀況。他檢視傷口、換過繃帶、幫我打了一針，又給我一小袋藥並說明如何服用。我跟亞歷拼命地向他道謝，在櫃臺付費後才離開醫院回到旅館。

老闆看到亞歷抱著我跨過門檻就衝過來：「都還好嗎？」

我們點點頭謝謝他的關心。亞歷要抱我回房的時候，老闆忽然揮手要我們停步。

「等等，等等，」他說，接著就從抽屜拿出一個黑色大塑膠袋遞到我們面前。「你們看一下。」

亞歷將我放下來，我們朝袋子裡一瞄，竟然有一隻長了好多腳、形狀可怖的紅褐色活蠍子回瞪我們！

亞歷馬上抓緊袋口，我嚇得大叫「哎呀！」引得兩個坐在沙發上閒聊的男人轉頭朝我們看來。

老闆笑著說：「不過是隻蟲子，小姐。」

這時候袋子掉到地上，令人毛骨悚然的蟲子爬了出來，牠看起來也一副驚恐的樣子，快速移動多隻可怕的蟲足想逃離現場。

「快打死牠！」我尖叫。

亞歷正要一腳踩扁這隻大蟲，老闆卻把他推開。「別動！」他說，然後指著我們的房間：「你們不在的時候我在房裡抓的。」

亞歷轉向我：「沒錯，一定是這隻蠍子咬了妳的腳趾！」

他再次舉起腳，可是老闆又橫加阻攔。

老闆晒黑的臉上露出大大的笑容：「朋友，好心點，這個晚上可以煮一鍋湯，很補很好吃的。」

一聽到「湯」這個字，兩個男人從沙發上一躍而起圍了上來。

兩人異口同聲問：「蠍子湯？」

其中一個對同伴眨眨眼：「壯陽很有效哦！」

他的同伴也附和：「用來強腎固精再好不過！」

眼看關於那隻咬人腳趾的蠍子煮成湯後可以如何補腎壯陽的討論越來越熱烈，亞歷將我拉到身邊抱我回房。

25 幾乎出不來

乖乖按照醫生的囑咐服藥、在床上休息了兩天後，趾頭幾乎完全消腫，我跟亞歷也達成繼續原先行程的共識。不過在出發之前，為了不讓亞歷再次成功搶走帳單（他已經「利用」我受傷的時候搶先付了醫藥費），我趁他去廁所的時候偷偷溜到櫃臺把帳都結清了。等他回來把行李拎上車之後，我們就準備再次上路。

我們正要倒車離開旅館時，老闆衝到我座位的車窗旁遞給我一袋東西。

「饅頭。怕你們路上餓肚子。」

我微笑。「謝謝你，不過請留給其他客人吧，我們的糧食很充足。」

他將袋子硬塞到我手裡，「拿著吧，小姐。」然後他朝亞歷的方向抬了抬下巴，在我耳邊悄悄說：「因為帳單被妳付掉了，他就給我好大一筆小費，這小子不錯。」然後他眨了眨眼就匆匆跑回旅館。

開上公路幾分鐘後，在一成不變的黃沙、頂上炙熱的驕陽、及狂風的呼嘯中我問：「亞歷，你給了他多少小費？」

「不多不少。怎麼想問這個？」

「只是好奇。」我想了一下。「我也不想多管閒事，只是……你爸媽給你很多錢嗎？」

他點頭。

想到法蘭克・路思的冷漠疏離和朵娜・艾德勒的盛氣凌人，我脫口而出：「可是我還是覺得他們對你不怎麼好。」

「這要看妳怎麼想。無論如何，他們對我從來沒有小氣過。」

我還來不及答話，他又說：「我很感激他們讓我過好日子。」

我想了半晌才說：「我覺得你爸媽在親情上虧欠你，就想用錢賄賂你以減輕心裡的罪惡感。他們該做的是給你關懷、多花一點時間陪你。」我知道自己不該出言批評亞歷甚至任何人的父母，可是有時候我就是忍不住要說。

「可能吧，但是本來就不能對父母期待太多。沒有人是完美的，對吧？」

這時我可以感覺到他的語氣中帶有一絲厭煩，可是我心裡頭的母獸不肯示弱。「你為什麼要袒護他們？」

「因為他們是我的父母。他們收養我，供我吃、供我住還把我養大。我不認為自己可以要求更多，連我的親生父母都不要我了，不是嗎？」

我在心裡暗暗嘆息，想到有些人明明父母還健在也跟孤兒沒兩樣，看我父親如何遺棄我就知道了。或許這就是為什麼我那麼容易被男人吸引，連臭氣薰天的魚販我都喜歡！因為缺乏父愛，所以我太渴望男人的關愛了。或許這也是為什麼我沒辦法給任何人承諾，因為我覺得所有男人都跟我父親一樣，最後都很可能會拋棄我。或許我和亞歷會覺得彼此是靈魂伴侶，是因為我們同樣都有「棄兒」情結。

我伸手輕觸愛人的手，他緊緊抓著方向盤，用力到指節都泛白了，彷彿在害怕一旦放手就會失去一切。這一定是孤兒情結，一出生就被父母遺棄，在那最需要的瞬間失去一切。

一陣令人窘迫的靜默後，亞歷開口：「妳還好嗎？」

我看著他關切的表情，感覺全身都要融化了。也許我真的應該跟這個小伙子結婚，用和沙漠一樣浩瀚、和沙粒一樣暖熱的愛和柔情填滿他心中的空虛，這樣他就永遠都不會覺得匱乏了。

「亞歷，對不起。」

「沒關係，我沒事。」

吉普車呼嘯前行，車裡的兩人各自沉浸在自己的思緒中。我在想不知道亞歷在想些什麼，但又暫時不想開口問他。才二十一歲的大男孩怎麼會看起來這麼神秘莫測？我真的很想知道亞歷心底所有的祕密。除了一出生就被拋棄，他還受過什麼傷害嗎？

我一邊胡思亂想，一邊在熱氣、風聲和沙塵中迷迷糊糊打起瞌睡，然後又忽地一下驚醒。

「這是哪裡？」我問，同時眨著眼睛想看清楚。

亞歷指著遠方：「妳看，是綠洲。」

我們轉頭對看然後握拳互擊，口中同時爆出一聲：「耶！」

在前方五十英尺處有一個周圍長了棕櫚樹的大池，清澈的池面映照出驕陽、藍天、白雲和隨風搖曳的樹影——簡直是迷你版的鏡中世界。我屏住氣息，很怕呼一口氣就會把這個天堂給吹走，然後抓起相機拼命拍照。

亞歷轉向我露出調皮的表情：「我們可以喝點水、洗個澡，怎麼樣？」

「求之不得。」

「走！」他大喊，然後再次發動引擎。

誰知道，整個綠洲好像被人揮動魔棒施了法術，一忽兒就消失在稀薄的空氣中。

「哦，天啊！」我們同聲尖叫。

我問：「怎麼會這樣？」

「是我們的幻覺嗎？」亞歷的聲音既驚愕又迷惑。

過了好一會兒我們再次同聲大喊：「是海市蜃樓！」然後大笑起來。

「哇！真不敢相信我竟然可以親眼看到！」我尖聲大喊。

亞歷熱情地解釋給我聽，好像他是教授而我是學生：「小麗，海市蜃樓是沙漠中的熱氣和光線折射引起的，所以我們剛剛會看到那樣的幻象。妳不覺得很神奇嗎？」

「是很神奇，可是也很讓人失望。」

亞歷在我的腿上輕捏了一下：「對不起啦。」

「不用道歉啊，再怎麼說，看到海市蜃樓就很過癮了，是真的海市蜃樓耶！」不過我在想，海市蜃樓有假的嗎？

「其實很好玩，小麗，謝謝妳邀我一起來。」

「不客氣。」但我吞下後半句話：**不過請不要問我為什麼要來這個「進得去出不來」的鬼地方。**

約莫四點時我們看到幾塊高聳的巨石，這次是真的了。亞歷提議停車休息一下讓引擎涼下來。他停在其中一塊巨石的陰影裡，我們下車後各自解手，然後邊喝水邊啃旅館老闆送的饅頭。亞歷又提議要到處走走伸展一下雙腿。

我們漫步穿過巨石群，沒想到前方二十英尺處竟然出現一汪水。我在心裡暗自祈求，拜託，不要又是另一個海市蜃樓！

我們屏氣凝神向水池走去，等到離岸邊只剩幾碼時，我們同時呼出長長的一口氣。

亞歷大喊：「萬歲！」

不等我問一句「要下去游泳嗎？」他已經手舞足蹈地橫跨沙地衝向水池。

不料接著傳來的叫聲卻令我吃了一驚，聲音傳達的不是愉悅，而是難以言喻的恐懼。

「亞歷，你怎麼了？」

他的聲音驚慌急促：「小麗，留在原地別動！」

我又朝他跨了一步。「啊？」

他聽起來又急又怒：「我說留在原地，站住別動！」

「亞歷！」我的臉頰好像有火在燒，他以前從來不曾這樣跟我說話。

「小麗，這裡有流沙。不要過來！」

「可是……」

「該死，小麗，照我說的做。妳不要再走過來！」

這時候我才注意到潮溼的沙地上正咕嘟咕嘟冒出泡泡。

「亞歷！」我尖叫起來，同時驚覺太陽開始西沉，天色也逐漸暗下來。我渾身顫抖。

「小麗，妳要想辦法幫我！要快！」亞歷大喊。

我揉揉眼睛，希望眼前嚇人的景象只是另一個幻象：亞歷的身形似乎就在我眼前縮小了一寸還是兩寸。

「哦，天啊，亞歷，我該怎麼辦？」

「我不知道。讓我想想！」愛人的聲音在空曠的天地間響起，這裡別說其他人，恐怕連鬼都不會聽到。

亞歷的聲音再次傳來，這次聽起來少了分驚慌、多了分沉著。「妳能不能走回車上把備胎卸下來帶到這裡？」

「我不知道。」我大喊，覺得自己好愚蠢、好軟弱，一點忙都幫不上。

「小麗，妳靜下來集中精神，不然我們只有下輩子才能再見了。現在仔細聽我說。座位後面有工具，拿工具把蓋住輪胎的金屬蓋拆下來，戴手套會比較好拆。如果妳不想看到我在妳眼前消失，現在就去！」

「亞歷，你要撐住！」我邊哭邊跑，一路奔回停車處，拉開車門翻找工具，終於找出工具箱，一分鐘內就開始用卸輪胎的鐵撬拆除金屬蓋板。

「快啊！快啊！」我又是咒罵又是哀求又是祈禱，時間漫長得彷彿永遠都過不完，最後金屬板奇蹟似地開始鬆脫，終於被我拆了下來。

我把輪胎像整袋金塊一樣抱在懷裡，轉身衝去找亞歷，卻發現他又矮了兩三寸。但是沒時間害怕了，我使出吃奶的力氣將輪胎拋向亞歷。輪胎剛好落在亞歷旁，他立刻伸手抓牢，我鬆了一口氣，心中大為振奮。

這時候的沙漠已經毫無浪漫可言，不再像什麼擺出撩人姿勢的古銅色肌膚美女，而是一個散發死亡氣息還不停冒出黃綠色汁液的偌大墳場。「進得去出不來」這句話再也不能令我莞爾，反而像是喇叭和小號合奏送葬輓歌在我耳邊迴盪。

亞歷朝我大喊：「小麗，不要慌。至少我現在可以浮起來了。」

可是他還是沒辦法回到岸邊，我們之間隔著大約十五英尺的距離。

我又抛出另一個蠢問題：「我接下來該怎麼做？」

然後我想到也許可以將所有的輪胎甚至椅墊都一起卸下來搭成平臺。

「亞歷，你撐住，我去拿其他的輪胎！」我大喊，然後跑向車子。

我很快就發現我的力氣不夠，沒辦法用千斤頂將車子頂起來拆輪胎。正當我奮力想扭動千斤頂卻徒勞無功時，聽到遠處傳來輪胎磨輾沙粒的聲音，我轉過頭，發現有一輛綠色廂型車正朝我駛來。此刻心中的喜悅真是筆墨難以形容，我跳起來朝廂型車跑去，邊跑邊瘋狂地揮動雙手。廂型車終於在我前方大概十英尺的地方停下來，兩顆大燈像凶狠野獸的雙眼一樣晶光閃閃。可是司機沒有下車，也許他看到前面出現一個驚慌失措的陌生女人，所以心裡跟我一樣害怕，他可能正在評估情況，懷疑我會不會是假呼救真搶劫的沙漠大盜，或是隨時可能行凶的殺人狂。

車門終於打開，出現一個高大健壯的外國男人，國字臉上蓄著深色落腮鬍，看不出國籍。我的心劇烈跳動，他會不會是神派來拯救亞歷的天使？

我先用英文朝他大喊，然後換成中文，同時拼命打手勢指著被巨石擋住的水池。「我朋友陷在流沙裡，請你幫幫忙！」

他一定聽懂了，就算不懂英文或中文，至少從我焦急的聲音和臉上挫敗的表情也能明白。可是他看起來一點也不像想幫忙的樣子，反而上上下下打量我，一手還摸著鬍子彷彿在琢磨些什麼。

他一定是要我付錢才肯幫忙。

我再次懇求：「能不能幫幫我朋友？我可以付錢。你要多少？」才說完我就開始後悔，如果他知道我身上有錢，有可能會搶劫甚至殺我滅口，那亞歷就真的只能等著被流沙活埋了。

他慢慢朝我走來，我還沒意會過來是怎麼回事，他就抓住我的肩膀，扳開我的嘴將他的骯髒舌頭伸了進來。

我放聲尖叫到肺都快要炸開。

「怎麼了？」亞歷幽遠微弱且焦慮的聲音從巨石群另一側飄了過來。

男人鋼鐵般的手臂箍住我的腰，另一隻手在我胸前遊走。

「混蛋，放開我！」我尖叫，拳打腳踢想掙脫他的禁制。

亞歷微弱縹緲的聲音又像幽魂一樣朝我們飄來：「小麗？」

「好一對暖手的沙丘。」這個混蛋終於開口，他的英文口音很重。他接著轉向亞歷的方向大喊：「老兄，你女朋友真是沙漠中的綠洲！」

亞歷如細絲般的絕望喊聲再次在這片不毛之地迴盪：「混蛋，放開她，不然我殺了你！我保證！」

混蛋的笑聲如雷，口中的臭氣幾乎令我窒息。「哈哈！朋友，你很快就要死了。請問你要怎麼殺我？變成鬼回來嗎？」

在他正要撕破我上衣、扯下牛仔褲的時候，我摸到先前塞進褲子口袋裡的鐵撬，馬上抽出來對準他的頭，像鐵匠幫馬釘蹄鐵一樣用力一擊。

「哎呀！」他鬆開手，一臉驚愕。

「小麗，妳受傷了？」亞歷微弱地呼喚我，似乎只剩下最後一點氣力。

「亞歷，不要擔心我。你要撐住！」我邊喊邊使盡全力撐著一百一十八磅重的身體朝車子飛奔。

我爬上車想發動引擎，才想到車鑰匙還在亞歷的口袋。

於是我跳下車衝向那個混蛋的廂型車。謝天謝地！鑰匙還插在匙孔，我立刻發動引擎。

那混蛋滿臉是血，還在跌跌撞撞地打轉，似乎分不清方向。

我開到他面前想警告他別再靠近，不然我就開車撞他，讓他躺在沙漠裡當野獸的美味晚餐。可是混蛋發狂似地朝我撲了過來！我一踩油門，車子衝了出去，只聽到砰的一聲巨響，廂型車好像震了一下，接著就是一片死寂。

我這才明白自己剛剛做了什麼。「哦，天啊，我該不會殺了他吧！」

我小心翼翼地下車查看，混蛋已經失去意識，一條腿彎折成奇怪的角度，血也不停滲入沙中。

我伸手到他的鼻子前，感覺還有呼吸，他沒死，但是短時間內應該不會醒來了。

我跑回去找亞歷。

亞歷雖然還抓著輪胎漂在沙上，但是看起來很不妙——他的上半身不停顫抖，臉白得像牛奶。

「亞歷！亞歷！」我尖叫到肺都快要爆炸了。「醒醒，保持警覺！」

他慢慢張開眼睛，臉上一亮。

這時我想到救他的唯一方法了：我脫下上衣、內衣和牛仔褲將它們綁在一起，一端再綁上石塊就成了一條臨時救生繩。我朝亞歷拋出繩子。

「亞歷，抓住繩子別動。我現在去開車過來！」

我把混蛋的廂型車開到岸邊停下，然後立刻將布繩的另一端綁在車子的保險桿上。綁好之後我大叫：「亞歷，用力拉繩子到這邊來！」

他雙眼半閉、面無表情。

「亞歷，你聽得到我嗎？用力拉！趕快！越來越冷，再這樣下去你會凍傷，我們現在就要離開這裡！」

亞歷緩緩睜開眼盯著我，掙扎老半天才勉力說出一句：「妳受傷了嗎？」

「亞歷，我們現在沒空討論這個！你如果真的愛我，就給我爬過來，趕快！你從你那邊拉住繩子，我從我這邊拉，我們加油！」

亞歷費了好一番工夫，總算拉著布繩緩慢地移到岸邊。我拉他到懷中瘋狂地親吻他，止不住的淚水紛紛落在他早已溼透的全身。冰冷僵硬的他彷彿一具大理石雕像。

「亞歷，亞歷，快回答，你聽得見嗎？」

他似乎用盡力氣才能勉強點點頭。當下刻不容緩，我扶他上廂型車，脫下他的溼衣服，然後發動引擎將暖氣開到最大。

「亞歷，你在這裡等著。」我衝回我們的車上拿毯子和裝著熱茶的保溫瓶又飛奔回來。

我用毯子裹住亞歷，再把熱茶灌進他口中。他已經擔驚受凍了近一個小時。

我開著廂型車回到我們停車的地方，從亞歷的褲袋取出車鑰匙，發動引擎後打開暖氣，然後再把亞歷扶到吉普車上。襲擊我的混蛋還是毫無動靜，但我很怕他隨時會醒來，也許他已經斷氣了，這時候我完全不希望有其他人開車靠近發現我剛做的「好」事。

我們開車經過躺在地上動也不動的大個子，亞歷一臉驚駭，好像想說什麼但很快又昏睡過去。

我一踩油門，車子如炮彈般向前飛射，迅速遠離冒著泡泡的水池、不祥的巨石群和大鬍子混蛋。在公路上疾駛三十英里後我才敢停車檢查亞歷的狀況。

我摸摸他的額頭，然後輕拍他的臉。「亞歷！亞歷！醒醒！」

他睜開眼望著我，還是一臉呆滯空茫。

「你還好嗎？」

他點頭。

「夠暖嗎？」

他再次點頭。

「亞歷，你說話啊，老天！你不要這樣嚇我！」

他伸出顫抖的手觸摸我的臉。

「寶貝你怎麼了?」我問。

淚珠從他的臉龐滑落,他似乎因為才剛從昏厥中蘇醒,再加上情緒激動而說不出話。

我俯身親吻他。「亞歷,你想說什麼?你有沒有受傷?」

他搖頭。

「那你說句話啊,拜託!」

「我……對不起妳。」

「對不起我什麼?」

他撲進我懷裡泣不成聲:「妳是不是……」

我摸著他的頭,感覺他的粗髮刺得手癢癢的很舒服。「亞歷,別擔心,我們現在安全了。」

安慰無效。

「亞歷,求求你。」

又過了很久很久,他才直起身子,看著我的眼神滿是哀傷:「小麗,對不起,我沒辦法保護妳。」

「亞歷,你在說什麼?這不是你的錯。」

「那個人……妳是不是……」

他沒辦法再問下去,所以我幫他接話:「你一直在想這個,以為我被那個人強暴了?」

他點頭,淚如泉湧。

我感動得說不出話，將他抱在懷中：「亞歷，我沒事。」

他抬起頭：「真的嗎？不要騙我。」

「真的。」我說，抬手抹去他頰上的淚水。

「那妳為什麼沒穿衣服？」

一直到這時我才驚覺自己還處於幾近全裸的狀態，我的上衣、內衣和褲子都被拿去做他的救生繩了。

「我的衣服都拿去救你了。」

「但是妳還沒回答我。妳是不是……」

我笑了。「沒有。他什麼都來不及做就被我用鐵撬敲昏了。」

「妳也開車撞了他嗎？」

我點頭。

「他死了嗎？」

「應該還沒，至少我過去看的時候還有氣。亞歷，你是不是以為我……」我說不出口，很怕他會被我的暴力舉動給嚇壞。

但是他馬上回答：「小麗，妳真的很勇敢。如果有人想傷害妳，我也會這樣做。相信我，如果有人想害妳，我絕對會毫不遲疑殺了他。我愛妳。」

「亞歷，不要說這種話。看到你沒事我就安心了。」然後我打趣地說：「你還想跟我一起在沙漠旅行嗎？」

他點頭。

「很好。不過你得先換衣服，你身上髒死了！」

他露出微笑。「妳也是。妳這樣妨害風化。」

26 荒城寶藏

雖然亞歷堅稱他很好，但不帶他去看一下醫生我還是沒辦法放心，可是他一如往常地固執：「小麗，我不去這裡任何一間醫院。」

於是我們繼續原先的行程，這次換我開車。我不時探頭看他，所幸他的臉色逐漸恢復正常，慢慢地身體也不再發抖。不過我還是很擔心，所以一看到路邊有間破爛的旅館，我就堅持要在這裡住宿，不准在星空下露宿。房間比之前那個好不了多少，不過至少浴室還算乾淨，也有溫熱的水可用。我們一起站在蓮蓬頭下刷洗身上的泥濘污垢，我幫亞歷洗澡，拿著毛巾在他光裸的背上奮力搓得刷刷有聲。

我依然憂心忡忡：「亞歷，我還是覺得應該去看一下醫生確定你真的沒事。」

但他絲毫不為所動。爭執許久後他才總算妥協，答應在旅館多休息一天再出發，之後筋疲力竭的他就倒在床上沉沉睡去。

我煩惱得無法闔眼，只好拿出日誌將這幾天發生的事都寫下來。寫完後我忽然想到翔鶴師父給的錦囊，趕緊打開抽出一張紙條，上面寫著：

不要放棄任何可以打倒敵人的機會。妳必須主宰他的命運。在敵人察覺前乘其不備予以痛擊。

天啊！究竟他是先知還是我是先知？我竟然不用看師父的睿智建議就完全照做了。我確實主宰了這個大鬍子混蛋的命運，現在只希望不會再出現另一個需要打倒的敵人！

幾個小時後亞歷醒來，他肚子餓了。我們下樓到旅館的餐廳裡，餐廳已經打烊了，不過老闆幫我們煮了一盤青菜拌麵，出乎意料地好吃。

經過一整天的吃喝、放鬆、補眠，亞歷的雙頰終於再度恢復紅潤，我也放下了心。要是他有個什麼萬一，我永遠都不會原諒自己，因為是我引誘他來到這個進得去出不來的死亡沙漠。

等我們準備好再次上路，亞歷堅持要開車，聲稱我已經為他吃了很多苦需要休息一下。他還是這麼固執，我只好讓步。

車子行駛了一會兒，他說：「小麗，經歷先前這些事，我想妳欠我一個解釋，我們究竟為什麼要來這裡。」

我伸手摸摸他的頭髮：「亞歷，其實……這有點複雜。」

「妳覺得我太年輕聽不懂？」

「不是，不是這樣，只是……」

他打斷我的話：「小麗，我很在乎妳，所以我想了解妳的生活。妳一個人在外面的時候，我整天都擔心妳會不會被騙或受到什麼傷害，所以我才跟妳來。可是我有權知道我們為什麼要來這裡。」

「好吧，我告訴你。」

於是我不再像平時那樣充滿戒心，一股腦兒將自己的故事說了出來：從父母雙亡到古怪阿姨的出現，以及她古怪更甚的要求，甚至那筆鉅額報酬。不過我沒說出真正的數字，而是把三百萬美金縮水成十萬美金。

亞歷聽完後沉思了幾秒。「哇，真不敢相信，聽起來好像什麼冒險故事的情節！妳很勇敢，小麗，我以妳為榮。」

「這真的沒什麼好光榮的，我是為了錢才這麼做。」我覺得關於這點應該誠實以告，但還是很擔心他會因此看輕我。

「不，不是這樣，妳會這麼做是因為妳想要不平凡的人生。我很高興妳終於願意告訴我，我會幫妳拿到那筆錢。就算拿不到也不用擔心，我對妳的愛不會改變，我發誓。」

我輕笑起來。

「小麗，妳和我見過的其他女人都不一樣。在西安第一眼看到妳的時候我就知道了。」

「真的？」

他點頭。「千真萬確。現在妳願意告訴我其他還沒說的細節嗎？」

我接著把旅程中發生的點點滴滴都告訴亞歷，包括羅布跟那個盲眼算命師，連克里斯的事也說了。一五一十——當然，我略過了浮雲、倒垂蓮還有《金剛經》跟金佛那一段。

亞歷雖然很同情羅布，他的表情卻洩露了些許嫉妒。「所以這個草藥醫生愛上妳了？」

「亞歷！是你說想多知道一點旅程中發生的事。」

他做了個鬼臉。「沒辦法嘛。還有那個克里斯……」他突然舉起一隻手朝空中狠狠揮了一拳。

孩子氣的發洩方式引得我發笑。「亞歷，別這麼暴力！你連他本人都沒見過，幹嘛這麼恨他？」

「因為他說謊，欺騙妳的感情，還利用妳。」

「也許吧。但他也幫過我。」

「我知道。這麼多男人都愛妳，還有那個算命師？」

「亞歷！翔鶴師父都快一百歲了。」

「好嘛，好嘛。我怎麼會知道他幾歲？」

為了轉移他的注意力，我問：「想要我帶你去翔鶴師父那裡請他幫你算命嗎？」

「想啊，我要他幫我算一下我們會生幾個小孩。」

「亞歷！」

「對不起，幻想一下總可以吧？」

最後我們終於抵達梅迪森阿姨標註在地圖上的位置，這裡以前是供疲憊旅人歇腳的絲路驛站，一度熱鬧繁盛，如今卻只剩下黃沙中幾堵被陽光晒到發白的斷垣殘壁。亞歷駛離公路停在荒廢的中庭裡。這裡一棵樹也沒有，我們只好戴上草帽遮陽。梅迪森的文件寫著寶藏就埋在一堵高牆下，可是觸目所及盡是矮牆。

亞歷正在研究一隻爬在牆上的深綠色蜥蜴，我迷惑地問他：「我沒看到什麼高牆，你看到了嗎？」

他振臂一揮。「就在這裡。」

「什麼意思？」

「小麗，這些牆當初蓋起來的時候很高，不過幾年前就崩塌了。」

我仔細環顧四周，發現確實如他所言。

我沿著每面斷牆邊走邊仔細檢視，最後停在一面殘壁前方，壁上有一個留著一頭烏黑長髮女子的畫像。

我向亞歷揮手。「來看這個！」

他朝我趕來。

「你看，牆上的塗鴉一定是某種記號或暗碼。我們應該從這裡往下挖看看。」

亞歷去車上拿了鏟子匆匆回來開始挖掘。不到幾分鐘就露出一個畫像臉部的一部分，拿起相機拍照時我的心噗通噗通地跳。亞歷很快動手撥開沙土拉出一個金屬盒子，盒蓋上是一張女孩的臉部畫像，留著一頭烏黑的長髮。亞歷立刻打開盒子，沒想到裡面唯一的「寶藏」竟是一束沾滿沙土的烏黑長髮，我們大失所望。

亞歷笑著抓起那束頭髮，把盒中的沙土倒掉。「小麗，這就是我們冒生命危險要找的寶藏嗎？」

這是阿姨開的什麼變態玩笑嗎？我從背包取出梅迪森給的信封，撕開後閱讀裡面的指示：

將這束頭髮送至北京靈隱寺；寺內尼姑自會處理。

我無法想像這間寺廟要這束頭髮做什麼用。也許光頭的尼姑想用來做假髮，晚上可以戴著去卡拉OK唱歌？還是去什麼不該去的場所上大夜班？

當下我很認真地考慮是不是該繼續這趟旅程。我知道靈隱寺，每本旅遊書都會介紹，要把盒子跟裡面的東西送去應該很容易。但梅迪森的要求越來越荒誕離譜，目前為止唯一可靠的就是那五萬美金，一部分還在我的銀行戶頭而剩下的在我身上。但我不後悔，因為這趟旅程讓我認識了亞歷。

我在荒城遺址又拍了幾張照片，並要亞歷也幫我拍幾張，然後將錫盒裝進背包。

亞歷興奮的聲音揚起。「小麗，我們晚上在這裡過夜。」

「為什麼？」

「我想和妳在這裡做愛。」

「為什麼要在這裡？」

「因為這些牆可以擋風沙，我們還可以看星星。」

「要是其他情侶也這麼想，然後來這裡露營怎麼辦？」

「那我們就來開個性愛派對。」

「亞歷！」我打了一下他的肩膀。「你老是在想這些下流的事嗎？」

我們打鬧了好一會兒，他才摟著我的肩膀凝望著我，表情無比嚴肅。「小麗，妳到現在還看不出來我對妳是認真的嗎？妳哪時候看到我亂看別的女人？」

我輕笑。「因為沙漠裡根本沒別的女人！等你回到城市裡可就難說了……」

「小麗，別鬧了，我不喜歡妳開這種玩笑。我用情很專一，就這樣。」

「好嘛，好嘛，輕鬆點，亞歷，我相信你啊。」

天色漸漸變暗，亞歷把車停在最高的一堵牆邊，然後從車廂拿出小帳篷，我在一旁興奮地看著他搭帳篷時專注的表情和靈活的動作。我們用小野營爐加熱罐頭裡的豆子和肉片，配著餐廳老闆已經乾掉的愛心饅頭。亞歷曾說他十歲就開始學煮飯，我想任何一個女生嫁給他不僅生活有保障，也完全不用擔心會餓肚子，只會希望不要多長肉！

吃完晚餐，亞歷在地上鋪毯子，然後就開始幫我脫衣服。赤裸裸面對面讓人格外害羞，我只好遮掩閃避，不讓他開門見山一覽無遺。

「小麗，拜託嘛。」

我假裝聽不懂。「拜託什麼？」

「妳知道我在說什麼……拜託讓我看妳。」他懇求著，眼神就像渴求新知的天文學家先往上移，接著往下。

「你不是已經看到我了嗎？我就在你面前啊。」

亞歷不跟我耍嘴皮子，只是抱起我輕輕放在毯子上，一隻手護著我的頭不讓我撞到地上。

他嘆了口氣：「小麗，我想要日日夜夜都享受妳的美麗。」

「那我其他的部分怎麼辦？」

情話綿綿後亞歷全神貫注地盯住我的身體，他那雙溫柔的手像大廚揉麵糰時一樣沉著穩定，我閉上眼享受他的撫觸。我從來不覺得自己是世界上最美的女人，直到他那雙溫柔的手讓我相信……我從來不認為自己的性感無人可比，直到他臉上露出的熾烈渴望讓我明白……我從來不覺得自己極度浪漫，直到望見他雙眼綻出的燦爛星光……我從來不認為自己的熱情無人能及，直到聽見他綿長悠遠的低吼……

纏綿繾綣後，我們相擁入眠。稍晚我冷到顫抖著醒來，我推了推亞歷說還是到車裡打開暖氣再睡。不料等我們放平座椅、車廂也暖和起來，亞歷又變得「性」致高昂。

他的精力和欲望怎麼好像無窮無盡？我想這大概就是和年輕愛人在一起要付出的代價吧。也許這就是為什麼傳統的中國婦女都生了至少八、九個小孩，因為她們十幾歲就結婚了，年少的丈夫們根本一天都離不開愛妻！

我本來只想睡覺，但想到他那天在流沙裡吃了那麼多苦，又為了有人想侵犯我而擔驚受怕，很快又心甘情願地就範。

之後亞歷抱著我，我們一起從車窗往外看星星。月光下，在充滿性愛氣息的空氣中，我快樂得頭昏目眩。

我順了順亞歷的頭髮，享受髮絲的迷人觸感。「亞歷，」我問，「男人跟女人之間除了性就沒有別的了嗎？」

「當然不是啊。我愛我的媽媽和小妹，和她們在一起就不會想到性。」

我轉頭望進他的雙眼。「你有妹妹？怎麼從沒聽你提起過？」

「抱歉，因為她去世了。」

「什麼？」我現在完全清醒了。

「是我的雙胞胎妹妹，我們一起被爸媽收養。妳也知道，就是中國人說的『龍鳳胎』。」

意料之外的剖白讓我聽得入神。

他接著說：「她天生心臟就有缺陷，爸媽花了好多錢讓她接受治療，雖然動了很多次手術，但還是沒辦法把她救回來。」

「真的很遺憾。她去世的時候幾歲？」

「十歲。」

「噢，天啊！」

「她是我最好的朋友，以前我什麼都跟她說，還煮飯給她吃。她也想煮飯給我吃但是沒辦法，因為她有病，所以只能扮家家酒假裝幫我煮飯，做過早餐、午餐，有一次還準備了豪華的晚餐。」

我不知道該說什麼，看到亞歷愁苦時似乎更為英俊，忍不住有種罪惡感。我低頭溫柔地親吻他的雙唇：「亞歷，別難過。你以後可以煮飯給我吃，如果你不介意我有待磨練的廚藝，我也可以煮給你吃。」

他的表情看起來更加愁苦了。

27 重返黑龍潭

隔天我在車裡醒來時亞歷還在熟睡，他的淺色胸毛在沙漠的微風輕拂下微微抖動，我伸手去揉他的臉，但他就像從手中溜出的魚一樣很快轉向另一側。

我一直提醒自己不該在年輕愛人身上花太多心思，畢竟我來中國是為了完成任務拿到三百萬酬勞。想到將來可能獲得這麼大一筆錢，我突然了解自己有多迫切地想要脫離錙銖必較的困苦生活。

但是我現在或許有另一個選擇——答應亞歷的求婚，可是這樣我在經濟上就得依賴他，還有他的父母。我可以忍受朵娜高高在上的態度並接受他爸媽大發慈悲施捨的金錢嗎？當然不可能。目前我要做的就是完成任務，然後好好享受有亞歷陪伴的時光。

亞歷醒來後我們討論了接下來的計畫，我們都覺得在沙漠已經待夠久了，決定回到烏魯木齊，途中先到郵局將裝著那束頭髮的盒子寄到文件中指定的北京寺廟。

雖然遭遇到一些困難，但現下我們已經準備好要離開這個惡名昭彰、「進得去出不來」的沙漠了。亞歷還和我在一起，至少目前是如此，而以後不管命運將我們牽引到何方，我們都不可能再到這裡來了。我想到先前發生的點點滴滴，想到我即將放下的人和事——珂庫和她的小兒子米托、浮雲和純智、翔鶴和阿洪，還有最重要的羅布。每次回憶起他對我的好、他悲慘的遭遇以及最後的結局，我都忍不住悲從中來，忽然覺得自己應該去黑龍潭最後一趟向摯友道別。我雖然希望亞歷陪我去，但我不確定他是否會樂意同行。所幸，他很乾脆地答應了。

「我覺得很好。妳說他人很好，對妳也很好，我想多了解他一點。」他懷疑地看了我一眼。「只要妳跟我保證對他只有友情，沒有愛情。」

我點頭，亞歷抱住我親一下。「小麗，妳真好。我愛妳。」

「亞歷，我也愛你。」這時我突然意識到自己剛說出了那句最重要的話。

「真的嗎？」

我點點頭。「可是……」

「噓……」他伸出手指抵住嘴唇。「我會給妳時間，我保證。」

「謝謝你。」

我輕輕坐直身體，從背包取出羅布的墜鍊遞給亞歷。「這是羅布留給我的。」我說，覺得眼睛一熱。

亞歷仔細看著玉墜，沉默了好一會兒後轉向我：「羅布不在了，但是我還在妳身邊，而且永遠都會在。」

次日一早我們就抵達黑龍潭。我們沒說什麼話，只是沉浸在自己的思緒裡。我請一個遊客幫我和亞歷照相，然後牽著亞歷的手沿著碧綠的水潭緩步而行。

湛藍色天空中朵朵白雲飄動，湖光山色如此迷人，摯友卻在此喪命，而他一生不幸卻不是因為做錯了什麼，我不禁思及老子所言：「天地不仁，以萬物為芻狗。」我問亞歷知不知道這句話。

他很興奮地說：「當然知道。古時候的中國人會用草紮出動物的樣子拿來獻祭，他們把芻狗這種東西燒掉象徵萬物最終的結局。其實中國人並不認為天地殘酷，只是相信凡事都該順應自然。」

「哇，亞歷，你對中國文化真的很熟悉。」

他的臉上終於綻出笑容：「我是哥倫比亞大學東亞研究所的學生，記得嗎？」

「也許這就是為什麼中國人常常在哀嘆禮失諸野，現在得從蠻夷之邦再學回來。」

他一手環住我的肩頭。「正是如此，所以我這個野人就來找妳了。」

廣闊幽靜的潭邊只有零星幾名遊客隨意漫步，有人在閒聊，有人頻按快門。一個年輕女孩應男友的要求擺了幾個狂野大膽的姿勢，三名少年互相推搡打鬧、作勢要把其中一個推進水裡，還有一個四十幾歲、五官鮮明的男人擺了腳架在拍照，他穿著黑色T恤和卡其褲、戴著棒球帽，用的相機好大一臺、看起來十分專業，或許是某家知名旅遊雜誌派來的攝影記者。

我一向對敬業的人很有好感，像亞歷和我一起準備穿越沙漠時就很認真，不知道那是來自他那對古板父母的教導，還是他從別的地方學來的。無論如何，我理想中的男人要兼具謹慎務實與多情浪漫。克里斯也很浪漫——在他想跟我上床的時候。

我回頭看亞歷，他似乎陷入沉思。是在想羅布悲慘的人生嗎？

我摟住他的腰。「亞歷，你在想什麼？」

「妳的朋友和他所有的親人真的都在水底嗎？」

「除非羅布捏造他家人的死和他自殺的事。為什麼這麼問？」

靜默許久。

「亞歷，你很難過嗎？」

他嘆氣。「還有別人知道嗎？」

「應該沒有，這裡沒報紙，而且羅布似乎沒有其他朋友，不過我真的沒辦法確定。」

我們默默望向碧綠的水面。

「亞歷，我們來幫羅布和他的家人禱告好不好？」

「好啊。」

我本來想唸主禱文，但忽然想到羅布不是基督徒，維吾爾人信的是回教。可是我不知道有什麼回教經文可以唸，只能默唸佛教徒最常唸的「南無阿彌陀佛」，這句佛號應該不管對什麼人在什麼情況都適用吧。

「亞歷，我會先唸主禱文，再為羅布和他家人唸佛三十次。你可以跟我一起唸或是聽就好。」

我說，然後取出羅布的墜鍊握在掌中雙手合十。

亞歷若有所思地看看玉墜再看看我之後說：「很美的玉，妳一定很喜歡。」

「嗯，我很喜歡。本來是羅布送給他太太的新婚禮物，他走之前把它留給我。」

他猶豫了一會兒，然後靜靜開口：「告訴我，妳是不是愛上他了，也許只是一點點？妳是不是一直在哀悼他的死，所以始終不肯答應我的求婚？我想聽實話，小麗。」

我感到深沉的哀傷席捲心底，淚水盈滿眼眶，但我強忍著不讓淚水滑落。我不只一次想過自己是不是愛上羅布，但是我也試著否定這個想法。十六歲時我甚至覺得粗魯的魚販也有值得讓我愛的地方，我是不是一直想找一個男人來填補我從未得到父愛的缺憾？

「亞歷，男人有時候讓我很困惑。」

他縮了一下。

「可是我愛的是你，不是羅布。這點我很確定。」

「好吧。」他抓緊我的肩頭。「那我們現在開始禱告吧。」

這時有人從我背後重重一撞，我痛得一縮：「啊！」

不久前看到的少年之一撞到我之後就跟著兩個同伴跑遠了，他們依舊嬉笑打鬧，渾然不知撞到人造成的慘重後果——羅布的墜鍊就這樣從我手裡落入潭中。

亞歷一個箭步跳進水裡。

我在恐懼之下放聲尖叫：「亞歷，你做什麼？」

「把項鍊找回來！」他高喊。

我淚流滿面：「亞歷，求你回來！不值得你這麼做！」

「不，我一定要找到！」

「亞歷，快回來，求求你！」

可是他的身影已經消失在水面。

一小群人聚在潭邊張望，那三名少年也在其中。

過了好一會兒，亞歷還是沒浮出水面，我向圍觀人群求救：「誰能救救他？拜託去叫救護車！」

可是沒有人伸出援手，大家只是七嘴八舌地議論。

一個五十幾歲的男人對他的兒子說：「哎，洋鬼子要淹死在中國了。」

另一個年輕人喊著：「蠻子的同胞們在奧運贏了那麼多面金牌，他怎麼連游泳都不會呢？」

「拜託你們幫幫忙！」我再次大喊。

圍觀的群眾卻只顧低著頭，看著自己的腳尖。

我的泳技一直都不好，已經好多年沒下過水，可是我不能眼睜睜看著亞歷在我眼前滅頂。我開始脫外套，這時先前注意到的那個攝影師衝到我身邊。

他用口音很重的英語對我說：「妳不知道怎麼救人，留在這裡。」

才一眨眼他已經脫下帽子、摘下眼鏡，轉身躍入潭中往深處游去。

三個少年鼓起掌來。

我死盯著水面，心中焦急得像熱鍋上冒油的煎魚，時間漫長得好像永無止盡，最後攝影師的頭終於冒出水面——旁邊的亞歷跟著水波上下漂動。

一臉堅毅的攝影師輕輕將亞歷的頭扶在水面上，很快就帶他游回岸邊。圍觀的人群大聲喝采，我則是喜極而泣。

攝影師在一陣騷動混亂中好不容易將亞歷拖上岸，我立刻跪倒在亞歷身邊將他那頭終於服貼的厚髮撥到額際輕撫他的臉。「亞歷，你還好嗎？你說句話。」

但是他什麼都沒說。攝影師過來檢查他的喉嚨和心跳，然後用力按壓亞歷的胸膛讓他吐出積水。在我幾乎絕望的時候，亞歷終於開始咳嗽還掙扎著想坐起來。

過了許久他才開口說話，但卻痛苦得齜牙裂嘴。「我的頭……」

攝影師仔細地檢查他的頭，然後用毛巾按住傷處止血。他轉向我：「我想妳朋友潛到水裡時頭撞到岩石了，要立刻送他到醫院檢查有沒有腦震盪，傷口也需要縫幾針。」

「噢，天啊……」

好像這樣還不夠嚴重似的，他補充了一句：「也可能有失溫的危險。」

「什麼意思？」

「水裡太冷，他的體溫可能會降到過低。」

「你怎麼知道？」

「我是醫生。」

我壓低音量不讓亞歷聽見。「他會有生命危險嗎？」

他悄聲回答：「應該不至於，不過只有照X光檢查過才能確定。小姐，妳留在這裡照顧他，繼續用毛巾按住傷口。我去找人幫忙，馬上就回來。」

我還來不及說完「真的很謝謝你」，他已經起身離開。

我轉向亞歷。「亞歷，拜託你跟我說話。你現在覺得怎麼樣？」

他閉著眼睛毫無反應。

我的心跳得像落在地上拼命想吸到空氣的魚。「亞歷？」

看著鮮血逐漸滲透整條白毛巾染紅我的手，我的心就像水潭裡的羅布和他家人一樣緩緩下沉。

我抬頭望著天空默默禱告：「求祢保佑亞歷平安無事，讓救護車趕快到這裡來吧。」

我一邊祈禱一邊按住亞歷頭上的傷口，直到救護車及警笛的鳴叫聲貫穿我的雙耳。一輛警車和一輛救護車疾駛到我們附近幾英尺處停下，車上跳下兩名警員和兩個穿制服的人，攝影師跟在他們身後。一個警察開始問我問題，兩名救護人員蹲跪在亞歷身邊，他們很快用繃帶包紮好他的頭，然後費力地將他抬上單薄的擔架。

我還來不及出聲慰問，亞歷便緩緩張開雙眼，低聲說：「小麗，對不起……」

我如蒙大赦，柔聲回答：「什麼對不起？」

「項鍊。對不起，我的頭跟腿……」

我伸手輕輕按住他的唇。「噓……對我來說沒有什麼比你活著更重要了……」

「真的嗎？」

看到他受傷疼痛還這麼開心的模樣，我的心都融化了。

我還未及回答，亞歷就被抬上救護車，我跟攝影師也被推進車裡。救護車顛了一下就往前疾駛，司機一路狂按喇叭。

救護車最後在一棟灰色建築前停下來，救護人員將亞歷抬上擔架後匆匆搬入醫院，兩名護士將他送進應該是急診室的地方，地上到處都是血跡斑斑的碎布。我和攝影師都不是他的家屬，只能在外面等候，我們只好一起坐在大廳的長椅上。

他看了我一下，示意「馬上回來」後就匆忙離去。

我拼命唸起主禱文和南無阿彌陀佛，先是流沙，還不到一個星期又發生這樣的事，都是我的錯！我極力想振作起來，激勵自己在緊要關頭最需要的就是打起精神，而不是沉浸於懊悔自責。

這時翔鶴師父的話突然在腦中浮現：

妳的情人大多是遇水則剋，這是他們的命。

我應該謹記師父的警告，不應該要亞歷陪我去黑龍潭的！

我持續禱告並誦唸佛號，終於慢慢鎮靜下來，也才注意到大廳裡原來還有其他人在等候——一個母親安撫著哭到小臉脹紅像番茄的嬰孩；一個年輕男子坐在長椅上打瞌睡，頭像釣竿不時輕點；一個六十幾歲的老者小心翼翼地走著，一手拎著懸在腰間的尿袋。整個空間瀰漫著藥劑、汗臭和死亡的氣味，混濁的空氣中不時傳來病人的哀鳴、護士的吆喝和孩童的哭喊。

我正看著四周，攝影師的聲音在我耳邊響起：「給妳的。」

他遞給我一杯熱茶。

「謝謝你。」

我邊看著眼前陌生的臉，邊謹慎地喝了一小口。他看起來四十歲上下，寬臉粗頸、身材壯實，態度自信沉穩。我為了亞歷的事向他道謝。

「不用客氣，總得有人幫忙。」

「我還沒機會請教您的大名。」

「叢町旭。」

「您是日本人？」

他點頭。

「我叫林麗，是中國人……您覺得呢？亞歷會沒事嗎？」

這時有人輕拍我肩頭，我嚇了一跳。

是醫生，他身上的白袍都皺了。「小姐，妳是那個外國人的朋友嗎？」

「是，他還好嗎？」我的心好像坐上雲霄飛車慢慢向上爬升。

他的表情很嚴肅：「目前狀況很嚴重，不過沒有生命危險。」

雲霄飛車急速俯衝至平地，我深吸一口氣。那個日籍攝影師拍了拍我的肩安慰我。

醫生推了一下塌鼻子上厚厚的鏡片，不知為了什麼原因露出責難的表情看著我：「妳朋友的腦袋上縫了十五針，不過只是皮肉傷不算嚴重，幸好顱骨沒有骨折。不過他在低溫的水裡太久，可能感染肺炎。他目前咳嗽不止，今晚要住院觀察。」

「我現在可以進去看他嗎？」

「可以，不過他睡著了，所以請不要出聲。」

「我知道了，醫生，很謝謝您。」

「妳要儘快通知他的父母或其他家屬。」

「好的，醫生，我會的，多謝您。」

醫生離開後，我問日本人：「您也是醫生，願意一起進來看看他嗎？」

「當然。」

28 和氣小姐與圓胖臉

病房裡有四張床，三張空床上還鋪著髒污、尚未清理的床單。我和日本醫生走到亞歷的床邊靜靜在一旁坐下。看著他熟睡的臉龐，我輕輕地將手放在他的肩上，覺得他突然變得好瘦小、好脆弱，我不禁黯然神傷。我努力眨眼忍住淚水，讓日本醫生幫他檢查。

等日本醫生檢查完後，我問：「他沒事了嗎？」

「應該沒事了。」

「您沒辦法確定嗎？」

「這裡設備不足，只能直接檢查他的身體狀況。醫生剛剛說顱骨沒有骨折，表示他們一定幫他照過X光了，我去看一下照出來的結果。」他停下來又看了亞歷一會兒，然後說：「我去借X光片來看，先不打擾你們兩個了。我會儘快回來。」

「謝謝您。」

亞歷還沒醒，在吻了一下他的額頭後，我默默離開病房，在走廊上焦慮不安地踱步，等那個日本醫生回來。他終於再度出現，面帶笑容從大廳朝我走來。

「別擔心，林小姐。」他拍了拍我的手。「從X光片上看起來他的顱骨沒有受傷。我想妳的朋友不會有事。」

「請您叫我小麗就好，謝謝您……」我試著回想他的名字卻記不起來。

他露出微笑：「叢町旭。」

「真的謝謝您。如果沒有您，我真的不知道該怎麼辦才好，叢町醫師。」

「請叫我阿旭就好了。」

我試著找個合適的話題：「那阿旭，您是攝影師嗎？」

「是的。」

「您是從哪裡來的呢？」

「我目前在東京執業，不過之前曾在波士頓受訓。」

「難怪英文說得這麼好。」

「那個年輕人是妳的……」

「亞歷是我的男朋友。」

他看了一下手錶：「好吧，我該走了。我要搭計程車回飯店，要不要順道送妳一程？」

「不用了，但還是謝謝您。我想在這裡陪亞歷，他也許晚一點會醒來。」

「也好，不過妳晚上要睡哪裡呢？」

「我想我大概睡不著，沒關係的。」

「那好吧。」他說，然後拿出一張名片，在上面寫字後遞給我。「如果需要幫忙，上面有飯店的電話和我的房號，可以隨時打來找我，我很樂意提供協助。希望妳的朋友很快康復。」

「我記住了。阿旭，真的非常感謝。」

「別客氣，我明天早上再回來幫他檢查一下。」

「您真是太好心了，其實不用麻煩……」

「明天見。」他露出微笑，然後提起相機袋朝出口走去。

我看著名片，上面寫著：叢町旭醫師，東京大學醫學院神經外科。

我在心裡偷偷加上：穿白袍的日本天使。

這時心裡覺得比較篤定了，我又走回病房看亞歷，看到他仍熟睡，就離開病房走到護理站。那裡有兩名護士邊說話邊忙著整理手中表格，一個看起來比較和氣，另一個身材比較圓胖的卻擺著一副晚娘臉孔。

我走向比較和氣的那位：「護士小姐，請問哪裡可以打電話？」

她指向入口處一個年久失修的電話亭。

「要打到國外。」

「國外？」兩個女人像看外星人一樣盯著我。

「對，打到美國。」

「美國？」這時兩人驚訝地對看一眼。

和氣小姐問我：「妳為什麼要打到這麼遠的地方？」

圓胖臉好奇地盯著我。

我指向亞歷的病房：「我要打去找他的父母，讓他們知道他的狀況。」

圓胖臉靠過來：「可是他的醫藥費已經付清了。」

「不對，不可能啊，我根本不知道要先付醫藥費。」

和氣小姐微笑：「不是妳付的，是妳男朋友付的。」

「不可能是他付的啊？他受傷後一直都沒醒！」

這對護士困惑地互望。

圓胖臉看著我露出不敢置信的表情：「妳是說那個受傷的美國人是妳男朋友？我們還以為他是妳的學生，在跟妳學中文呢。哈哈！」

我脫口而出：「我有個年輕男朋友不行嗎？」

她咯咯輕笑：「小姐，這裡是中國。」

這句該死的話是什麼意思？但我只是問：「那是誰付的錢？」

「剛剛走掉那個人。他付了好多錢，三百塊人民幣耶！」

是叢町旭付的？太奇怪了。

「他什麼時候付的？」

「妳在病房陪妳男朋友的時候，」和氣小姐插話：「小姐，我們只是覺得妳跟中國人在一起比較登對。」

我糾正她：「那個人是日本人。」

圓胖臉說：「他為什麼不是妳男朋友？」

這什麼問題啊。

「我和他連朋友都不是，他只是路過幫忙。」

「日本人幫根本不認識的美國人和中國人付了三百塊錢？」圓胖臉瞪大眼睛、手掩著嘴故作驚訝狀：「搞不好不是真的日本人。」

這時候輪到和氣小姐給予批評指教：「妳也知道日本人最喜歡害中國人了。我曾祖父就是在南京大屠殺的時候被日本兵殺死的。」

圓胖臉橫了同事一眼，輕笑著：「喂，日本人也有好的啊，尤其是那些對祖先做的事感到慚愧的日本人。就像這個，幫一個陌生美國人付了三百塊人民幣，哇塞！」

我心中的敬佩之情油然而生，叢町醫師不但救了亞歷的命，還幫忙付了醫藥費。雖然換算起來不過四十美元，但金錢多少不是重點，令我動容的是他的體貼和關懷。

我對兩個護士擠出微笑：「護士小姐，拜託妳們，我真的很需要打到國外，這通電話很重要。」

圓胖臉打斷我的話：「小姐，我叔叔結婚的時候，他還得跟兄弟提早半個月騎著驢子和小摩托車到處送喜帖咧。」

「真是辛苦令叔了，不過妳們哪一位願意借我電話卡？當然我會付錢給妳們……兩倍怎麼樣？」

我向她們請求。

和氣小姐脫口就說：「抱歉，我們沒有卡。我們這邊沒有人在打長途電話。」

圓胖臉眨了眨眼、輕推了一下同事的肩，然後擠眉弄眼地朝我笑：「其實我這裡有一張。」

「妳有？」和氣小姐驚訝地看著同事。

「我去拿，馬上回來。」

和氣小姐說：「欸，妳不能就這樣離開……」

圓胖臉向她懇求：「好姐姐，給我十五分鐘。如果王醫師問起，就說我那個來不舒服，馬上就回來了。」之後她就像輕煙一般迅速消失。

我走回長椅坐下。

過了整整十五分鐘，圓胖臉氣喘吁吁地出現在大廳，多肉的手裡揮舞著一張電話卡向我衝來。

「給妳。一百塊人民幣。」

「為什麼這麼貴？」

「妳剛剛說兩倍。」

「好，成交。」我從口袋裡掏出鈔票，數好一百元放在她攤開的手上。

「小姐，謝謝妳。」她說，然後匆匆走進護理站。

我走向電話亭時聽見和氣小姐興奮的聲音：「哇！妳只花十五分鐘就發財了！今天晚上請客怎麼樣？」

我想，要聯絡上亞歷在美國的雙親應該很難，心中忐忑不已，只好一直告訴自己要有耐心。但出乎意料的是這次電話只響五聲就接通了，我馬上就聽出是朵娜——她的聲音就像古老香爐底部被世人遺忘的清冷餘燼。

「朵娜嗎？我是林麗，我從烏魯木齊打來。」

「亞歷也在那裡嗎？」

「是。」

沒有人情味的聲音再次響起：「他為什麼不自己打來？我能和他說話嗎？」

「恐怕不行。亞歷……受傷了。」

「噢，我的天哪，出了什麼事？嚴重嗎？他還好嗎？」她的聲音突然充滿恐懼和關切。

很好。這堆冷透的死灰終於噴出一點燙熱的火花了。

「別擔心，他現在很好，已經睡著了。他掉進湖裡受了寒。」我沒提頭上縫了幾針的事免得她胡思亂想，這是假設她有想像力。

她的聲音高了八度，聽起來既憤怒又專橫：「怎麼會發生這種事？」

「幾個小孩子在玩的時候不小心撞到亞歷。」我撒了謊。

對方沉默半晌。

我說：「朵娜，妳能轉告法蘭克這件事嗎？」

她沒回答我的問題，只說：「亞歷真不該跑到中國什麼偏遠地區，他就是不聽勸。都是因為妳他才會……」

我可以想到很多話頂回她，像是「妳兒子已經長大成人了，如果妳真以為自己還能影響他的心智或行為，那妳要不是個蠢蛋就是個白痴！」或是「很可惜他愛的是我，不是妳這個滿臉皺紋、惺惺作態、牙尖嘴利、鐵石心腸、又醜又冷漠、狗娘養的老女人！」可是我當然把這一長串可媲美爆竹的話全吞進肚子裡。現在不是針鋒相對的時候，再怎麼說，亞歷現在需要他的父母。

我竭盡所能讓自己聽起來和善沉著：「朵娜，別擔心。醫生說他沒事了。」

可是朵娜尖厲的聲音再次從八千英里外向我的耳膜進攻：「中國的醫生沒一個可靠，他們根本不知道自己在幹嘛！」

我說：「我對中國的醫院不熟，不過有一個在波士頓畢業的日本醫生幫亞歷檢查過也說他沒事。亞歷的命其實是他救的。」

沉默無話。

最後她開口了，聲音聽起來很洩氣：「好吧。我會轉告法蘭克，我們會儘快訂機票飛去看亞歷。告訴我兒子我們馬上就去看他。」

「謝謝妳，朵娜。」我說，然後告訴她醫院的地址和電話號碼。

這通電話不過短短幾分鐘，卻讓我筋疲力竭。我走回去謝謝圓胖臉的護士賣給我電話卡，然後告訴她我今晚想在病房陪亞歷。

「抱歉，小姐，探病時間已經過了。明天再來吧。」

我看著手錶，已經晚上九點四十五分了。

可是我不放心亞歷一個人在這裡，而且租的車子還停在潭邊，我總不能再搭計程車去找旅館。於是我假裝要找洗手間，離開護理站穿過幾條走廊，最後看到一張長椅。我心想晚一點可以偷溜進病房看亞歷，就在長椅上躺下，很快就進入夢鄉。

朦朧中感覺有人拍了一下我的肩膀，我睜眼一看，一個穿著白色制服的年輕女人俯身笑容滿面地對我說：「嗨，小姐，早安。」

是圓胖臉。

「妳沒去看妳男朋友？」

「還沒去。」我瞄了一下手錶發現已經早上六點了，我竟然累得整晚都沒有醒來。

她對我眨眨眼。「妳在這裡睡了整夜？」

我不知該如何回答，她又說：「別擔心，我不會跟別人說，也不會讓我同事知道。」

我突然想到昨天她因為我的關係發了一筆小財，看來她大概不想逼死這隻會下金蛋的母雞。我的推論很正確。

「妳還需要什麼嗎？儘管跟我說。」

「謝謝妳，不過目前還不用，也許之後吧。」

這次她露出一臉促狹的微笑：「妳的小男朋友好帥，不過年紀好小，姐弟戀哦。」

「謝謝。」我不知道最後那句話是讚美、感想、批評、侮辱、惋惜，或者以上皆是。「我現在可以去看他了嗎？」

「當然！別擔心，他很好，我剛剛才餵他吃過青菜雞肉粥。他看起來很傷心，可是好帥。」

我心裡的嫉妒如急流狂湧。餵亞歷吃粥的人應該是我，不是這個貪婪的肥婆！

她對我眨眨眼：「待會見，好好照顧妳的小帥哥！」

一等她搖晃著寬得像麻將桌一樣的屁股走出我的視線，我就火速起身趕到病房去看亞歷。

坐在病床上的亞歷一臉失落。看到我後他露出憂傷的笑，招手要我坐到他身邊。

「亞歷，你覺得怎麼樣？」我俯身吻了一下他的臉。

他指著自己的唇：「那這裡呢？它們也很想小麗。」

我立刻吻上他的唇，唇舌交纏許久才分開。這下子我又開始擔心了，他的吻變了，不像從前那樣元氣充沛。

「亞歷，老實告訴我，你覺得怎麼樣？」

「會冷，還有頭痛，其他都還好。」

「別擔心，醫生說你會沒事的。」

「希望沒事，因為我還想娶妳回家。」

我笑了，輕揉他的手：「早餐好吃嗎？」

他轉了轉眼珠：「好可怕。那護士簡直把我當成她的嬰兒。」

「怎麼說？」

「她在餵我之前一直用溼答答的厚嘴唇把稀飯吹涼，我敢發誓我看到她的口水飛進稀飯裡。」

「你怎麼不自己吃就好？」

「因為她不讓我自己吃！」

我忍不住笑出聲來：「亞歷，她不是把你當成嬰兒，是把你當成她的男朋友。她喜歡你，大概也很興奮吧，我敢說你是這間醫院有史以來第一個洋鬼子病人。」我打趣著。「你不喜歡她哪一點？她年輕、活潑，長得也不錯。」

亞歷做了個鬼臉。「小麗，妳在開玩笑嗎？妳是不是瘋了？」他頓了一下又說：「我才不在乎她是年輕活潑、又老又醜還是漂亮火辣，我只想要妳，小麗。沒想到妳到現在還不明白。」

「對不起，亞歷，我跟你鬧著玩的。」

他捧著我的臉凝視我的雙眼：「謝謝妳救了我，這是第二次。我這輩子要怎麼報答妳？」

「亞歷，這次救你的不是我，是那個日本醫生。」

「什麼日本醫生？」

「記不記得那個用大相機拍照的人？他在帶你游回岸邊時一直扶著你的頭不讓你沉下去。」

「啊！是他，我記得。」

短暫的靜默後，亞歷再度開口：「對不起，我沒幫妳找回羅布的項鍊，我知道那對妳很重要。」

「亞歷，是我害你差點溺死，我已經很愧疚了，請不要再向我道歉，以後都別再提了。」我看到他眼中泛著淚光。「你怎麼了？」

「小麗，我答應妳會好好照顧妳、保護妳，可是我沒做到。結果兩次都是妳保護我，我真的很對不起妳……」

「亞歷，拜託不要這樣，這是意外……」我頓了一下又說，「也許玉墜不見是好事。」

「為什麼？」

「因為它終究回到羅布身邊，去了該去的地方。我想這是一個徵兆，告訴我不要再為他的不幸牽掛了。」

亞歷點點頭。

我正要俯身吻他，耳邊突然傳來的聲音讓我一頓：「嗨，早啊。」

我回頭發現是叢町旭。

我介紹雙方認識，然後告訴亞歷這就是救他一命的人。

「醫生，謝謝你救了我，我欠你一次。」

日本人晒得黝黑的臉上露出溫暖的微笑。我注意到他的牙齒潔白整齊，也注意到我年輕愛人的臉上似乎有一絲醋意悄悄蔓延。

「請叫我阿旭就好。還有，亞歷，你要謝謝你女朋友，她很勇敢。要不是我及時阻攔，她差點跳下水救你。」

亞歷將我的手舉到唇邊。「我知道，我真的很幸運。」

阿旭又說：「我只是過來看看你的狀況，因為對中國偏遠的醫院不太放心。可以讓我看看嗎？」

「麻煩你了。」亞歷和我異口同聲回答。

他靠近檢查亞歷的頭。「他們已經換過繃帶而傷口也保持乾淨。看起來沒什麼問題。」

又寒暄幾句後，阿旭別有意味地看了我一眼：「我想我不應該再打擾你們兩位了。小麗，妳知道我飯店的電話，需要幫忙的話跟我說一聲就好。」

我握住他的手報以感激的微笑：「謝謝你，阿旭，你人真好。」

這時亞歷大聲插話：「醫生，多謝你救我一命。」

我目送阿旭離開病房，然後回頭對亞歷說：「亞歷，這個人是你的救命恩人，不過你跟他說話的時候好像不怎麼熱情。」

「抱歉，小麗，我還是不太舒服，都不像平常的自己了。別生我的氣。妳覺得醫師現在不喜歡我了嗎？」

我握住他的手笑問：「亞歷，你是不是在吃醋？」

他的聲音忽然變得中氣十足：「妳覺得呢？我當然要小心。先是克里斯，再來是羅布，現在又冒出一個會攝影的叢町旭醫師！」

亞歷現在的語氣好像小男孩看到最喜歡的玩具一個接一個被搶走。我不禁大笑起來。

他氣惱地瞥了我一眼：「有什麼好笑的？不要取笑我，我是認真的。男人都被妳迷得團團轉！」

「放輕鬆，亞歷。你真的好可愛。」

「搞不好那個蟲町旭醫師也覺得妳好可愛。」

聽到他故意叫錯叢町旭醫師的名字，我再次捧腹大笑。

29 雙親復返

之後兩晚我都在小醫院同一個角落的長椅上過夜。到了第三天下午，我在病房裡看著熟睡的亞歷，忽然聽到外面傳來一陣騷動。還在想發生了什麼事，一回頭就看見法蘭克和朵娜跟著圓胖臉一起走進來，我馬上站起來和他們打招呼。我握了握朵娜的手，彷彿又感受到黑龍潭的冰冷，沒想到法蘭克倒是將我拉近抱了抱，然後他們一起走到病床邊看亞歷。

外面聚集了一群好奇的醫院員工和病人，他們張口結舌地看著突然出現的外國人。圓胖臉威嚴地揮手趕開他們：「該工作的回去工作，其他人回自己的病房去，不要打擾貴客！」等到這一小群人終於散去，我問圓胖臉：「妳怎麼知道要帶他們來這間病房？妳會說英文？」

她得意地咯咯笑了起來：「小姐，我不會英文，不過他們還可能來看誰？這裡除了妳男朋友可沒其他半個洋鬼子。」她舉起雙手。「我不會說英文，可是我會比手畫腳！」

我笑了：「也對，謝謝妳。」

她眨眨眼：「妳命真好！男朋友這麼帥，他爸媽又這麼有錢！」然後就走出病房關上門。

朵娜對著兒子端詳半天，突然輕啟那雙注射過膠原蛋白的豐唇輕喊一聲：「噢，天啊，他的頭受傷了！」

這時亞歷醒了，大概是被剛剛的喧鬧聲吵到，又感受到母親煩躁不安的氣場。

父親和母親輪流親吻兒子，然後父親問：「孩子，你覺得怎麼樣？」

亞歷坐起，凹陷的雙頰上綻放疲憊但滿足的笑靨：「嗨，媽！爸，我很好，謝謝你們來看我。」

「你是我們的兒子，亞歷。」雙親熱切地說。

這時他們的寶貝兒子抓起我的手放在他胸前：「一直都是小麗在照顧我，如果沒有她，我……」他頓住了，一時之間哽咽難言。

我看到朵娜的臉色鐵青，而法蘭克伸出厚實的手掌拍了拍兒子的肩頭。

我走出病房讓他們三人享受難得的團聚時光。幾分鐘後當我再回到病房，法蘭克正在說明他的打算——馬上將亞歷帶回紐約，送進哥倫比亞大學醫學中心的私人病房，那裡有專業的護理人員和一流的醫學專家可以照顧他，不必待在這種偏僻地區、寒傖醫院的骯髒病床上。

亞歷聽了之後一臉擔心：「那小麗怎麼辦？」

法蘭克轉向我：「妳願意的話可以和我們同行，我們會幫妳出機票錢。」

我在想「幫妳出機票錢」這句話是不是話中有話，在暗示窮酸如我根本配不上他們的兒子。

我露出微笑：「謝謝，不過我必須留在這裡完成一些事。」

朵娜對著我皺眉，我敢說她恨不得馬上開口逼問我究竟一個人在中國做什麼。我假裝沒注意到她疑惑的眼神，希望她可以按捺住提問的衝動，別再使出唇槍舌劍。我沒答應法蘭克和他們一起回美國的邀請，我想她應該鬆了一口氣。

雖然亞歷明白表示不願意留下我一個人，但是以他現在的狀況，似乎也沒辦法提出異議。

那天晚上，我跟著亞歷的父母住進迎賓酒店。雖然不太願意接受他們檯面上的慷慨，不過我覺得自己已經沒辦法在醫院的長椅上再睡一晚了。我很想陪著亞歷，可是當下我急需洗個熱水澡、吃些可口的食物再躺在舒服的床上好好補足流失的元氣。

隔天清晨，法蘭克告訴我他前一晚已經訂好機票，下午就要出發。吃完早餐後我們一起搭車到醫院接亞歷。

一小時後我們抵達烏魯木齊機場，看到這對父母竟然幫兒子安排了輪椅時我覺得好生鬱悶，但也許這樣做是對的，因為亞歷看起來確實很虛弱無力，可是見到自己心愛的人病懨懨的樣子實在令我黯然神傷。更糟的是，在機場大廳裡朵娜堅持由她全程推著輪椅，很明顯是想用她的護犢深情來和我的浪漫柔情一較高下。

其他候機的旅客都在閒話家常、看報、抽煙或拌嘴，只有我們四個人焦慮不安地等待。

我正想和亞歷說話，朵娜卻以手勢示意我借一步說話。我們走到一個安靜的角落，在機場日光燈如幻似魅的光線籠罩下，她那張經過手術和濃妝美化的臉看起來瘦削而嚴厲。

我不等她開口就搶先發問：「朵娜，我想亞歷的情況還好，為什麼要坐輪椅？」

她冷冷地盯著我：「亞歷一點都不好。他可能有腦震盪，還可能有其他併發症。我是他媽媽，我擔心他。」

「朵娜，我也擔心他。」

這句話似乎大大惹惱了她：「小麗，恕我直言。我想妳最好放過亞歷，妳已經讓他受太多傷了。」

我的兩頰滾燙，立刻反問：「妳說放過亞歷是什麼意思？」然後就看到她死魚眼一般的藍眼珠裡射出鄙夷的眼光。

「妳知道我是什麼意思。」

「抱歉，但是我不會這麼做。意外發生的時候和之後陪著亞歷的人是我，不是妳或妳的前夫。如果我聽妳的話放過亞歷，妳可能沒那麼幸運今天還能看到兒子。還有，是亞歷不放過我，不是我不放過他。妳自己去問他吧。」

「但是他會出這麼嚴重的意外都是因為妳。」

「我有用槍指著他的頭要他來中國嗎？」

「我不知道妳做了什麼，不過我兒子現在一定是鬼迷心竅。我敢說他不過是一時迷戀年紀大一點的女人罷了。」

她的眼睛好像一對探照燈朝著我從頭打量到腳，再從腳打量到頭。我只穿著T恤和牛仔褲，頭髮鬆鬆地盤在頭上，而且脂粉未施，看起來就算不醜，肯定也是徹頭徹尾的一副窮酸平庸相。我不由自主地伸手理了理頭髮。

朵娜的語調放軟了些：「小麗，妳已經搶走他很久了，請妳把我的兒子還給我。」

我的聲音逐漸拔高：「朵娜，我想這要讓亞歷自己決定，不是妳或法蘭克。」

「他還小，根本不知道什麼對他才是最好的！」

一對年輕的中國夫妻轉頭望著我們開始交頭接耳，我狠狠瞪了他們一眼，這對夫婦匆忙走遠。我的凶狠表情其實是擺給朵娜看的，我是藉由趕走那對夫妻的機會告訴她：我也許沒錢，但絕不會任人欺淩。

「朵娜，妳錯了。亞歷很確定自己想要什麼。」我不屈不撓地維持尖銳的音調以免屈居下風。

「他才二十一歲。難道妳不知道二十一歲年輕人的心思就跟天氣一樣多變嗎？」她停下來再次上上下下打量我。「他很快就會找到新對象了。所以等他跟我們回美國以後，請妳不要再試著和他聯絡，放過他吧。」

我脫口而出：「朵娜，妳真的愛亞歷嗎？還是妳只是在作秀？」

她一臉震驚——不知是真心還是假意。「這是什麼問題？我當然愛他。老天，他是我的兒子！」

「好吧，但是妳愛人的方式可真奇怪。」我嘆了口氣，然後朝亞歷和法蘭克的方向走去，我的心跳加速，身後朵娜的高跟鞋踏在地上叩叩作響。

我彎身親吻亞歷：「身體還可以嗎？輪椅好坐嗎？」

「我不知道，我覺得好累、好不舒服。」亞歷抓住我的手將臉埋在我的掌中。「趕快回到我身邊，不要讓我等。」

我微笑，而朵娜嫌惡地對我露出「你們怎麼可能是一對」的表情。法蘭克在一旁靜靜地抽煙，他透過玻璃門望著外面的跑道，好像對一切視而不見、聽而不聞。

這時機場的廣播系統傳來宏亮的男音：

「中國南方航空二〇八號航班現在開始登機，請搭乘本航班的旅客前往八號登機門。」

三雙腳和四個輪子在緊張的氣氛中緩緩移向登機門，父母親和兒子各自拿出護照和登機證。已經將煙捻熄的法蘭克向我伸出手：「小麗，很感謝妳對亞歷的照顧。希望之後可以再見到妳。」說完他將我拉近給了我一個熊抱。

朵娜很不情願地伸出一隻修剪得一絲不苟、細瘦骨感如巫婆的手：「再見，小麗，謝謝妳。」然後輕描淡寫地抱了抱我。

「再見，保重。」我對兩人說，然後彎腰再次親吻亞歷，而且是不顧一旁他母親如烈焰般燒灼的目光，唇舌交纏，吻得難捨難分。

好幾個旅客轉過頭看我們，兩個少女掩著嘴咯咯發笑。

亞歷抬頭看我：「儘快回來好嗎？我會想妳。」

「我會的。」可是我真的不知道還要在中國待多久才能離開。

然後他們就走了。

好不容易回到自己的小屋，我馬上跳到床上聲嘶力竭地哭。我好像才剛剛找到真正在乎的人，但現在他卻像一尾魚掙脫破網一樣從我手中溜走了。

接下來幾天我都精神渙散，大部分時間是在哭泣，或陷入對亞歷的思念中無法自拔。有一天我走了兩英里的路去郵局想打電話到美國，可是這次不管接線生怎麼試，就是沒辦法接通太平洋彼端的紐約。我想亞歷一定在醫院裡，身邊環繞著價值百萬美元的儀器和披著白袍的名醫，還有整排如花似玉的俏護士殷勤提供無微不至到讓人窒息的完善照護。我真的好想訂一張回紐約的機票，衝到醫院砸爛儀器、趕走醫師、推開護士，然後將亞歷拉到自己懷裡！

當然這只是幻想，現在最要緊的還是飛回北京找羅律師跟梅迪森女士，將所有事處理妥當後把錢領到手。老子說：「民之從事，常於幾成而敗之。」到了這個節骨眼不能再出現任何失誤，更何況是為了感情的事分心。我也提醒自己最近真的心力交瘁需要吃好一點，可能要宰一隻肥雞或是一尾鮮魚煮一頓營養美味的大餐補一補。

休息兩天後，我覺得自己已經準備好面對旅程的大結局，同時也試著放下對亞歷的牽掛。我內心深處其實很怕朵娜可能說對了——她兒子對於年紀大女人的愛情不過是一時迷戀罷了。

第四部

30 明蒂・梅迪森

我花了整整三天才打包妥當準備離開小屋，這次一走就不會再回來了。搬離的前兩天，我到珂庫家告訴她我要走了。

「哎呀。」她瞪大眼睛。「這麼快？」

「珂庫，我到這裡也快六個月了，該是回家的時候了。」

「什麼時候回來？很快嗎？」

「嗯……我儘量。」其實我不覺得自己會再回來，可是面對她殷切期盼的眼神我實在說不出口。

這時米托進來拉拉我的衣服後伸長雙手，手掌就像兩只等著被裝滿的小盆子。我低頭對這個彷彿從童話故事裡走出來的孩子微笑，在一只「盆」裡放了一包糖果，另一只「盆」裡放了玩具車。米托開心得尖叫，一手拿了顆糖果就往嘴裡塞，另一手緊緊抓住他的戰利品。

珂庫憐愛地看著兒子，然後轉向我：「常回來陪米托玩吧，他很喜歡妳。」

「我也很喜歡米托。」我說，然後彎腰摸摸孩子天使般的小臉。「米托，你會想我嗎？」

沒想到這孩子竟然搖頭。

珂庫立刻出聲解圍：「林小姐，別忘了他聽不懂中文。」然後她翻譯給兒子聽，之後米托點頭如搗蒜。

我笑了起來。

不一會兒珂庫就責備似地看了我一眼：「哎呀，林小姐，妳現在把他給寵壞了，妳走了以後我該怎麼辦？」

我微笑：「多寵他一點吧。」

「我拿什麼寵他？」

我嘆氣：「抱歉，珂庫，但是我不可能永遠待在這裡。」

「我知道，我知道。哎呀，妳走了以後好孤單。」

「珂庫，妳還有很多好姐妹啊。」

她傾身靠近我：「林小姐，妳把我也寵壞了。妳好聰明，現在我只喜歡跟妳講話。她們好笨，沒意思。」她眨眨眼。「別跟她們說啊！」

我們齊聲大笑。

離開那天，珂庫和她丈夫阿布幫我把家當都搬上等在門口的計程車，米托「負責」在一旁拉著媽媽的裙角露出彷彿小活佛的可愛模樣。其他村民都圍過來看熱鬧，我向珂庫夫婦和珂庫的女性朋友們道謝，抱抱米托再親親他，最後向大家揮手過後便鑽進車裡。

司機將車鑰匙插進去發動引擎，車子開始移動。我回頭看著小小的村子和揮手的人群，覺得心裡盈滿難以言喻的複雜情緒。我在這裡度過一生中最刺激難忘的幾個月；在這裡愛上一個小我八歲的男人，和他一起在吟唱的金色沙丘上激情纏綿，讓靜默的天地為我們見證；在這裡親手打造自己的小窩；在這裡認識總是遇上壞事的好人羅布；在這裡結識珂庫和米托，他們現在就像是我的親姐姐和小外甥……

村人的身影越變越小，我突然看到一個小孩推開其他人，追在車子後面邊跑邊放聲大哭。

我將頭伸出車窗，邊揮手邊大喊：「米托！米托！」

可是車子像豹一樣往前飛奔，看到拼命揮手的米托被他爸爸抱起，而其他人就像海市蜃樓一樣消失在視線中，我的淚水不住流淌……

我抹去眼淚輕輕嘆氣，幾年後這一切都會化為一個遙遠的夢。即使有機會再回到這裡，這些人還會在嗎？長大成人的米托還會記得小時候曾有一個漢人阿姨像他的媽媽一樣寵他、哄他嗎？我轉頭望向前方，堅定自己的意志準備迎戰接下來的旅程。

到了這時候我已經習慣凡事靠自己，不僅手腳變得麻利，頭腦也更靈活了。只花了六個小時我就順利完成以下行程——搭火車到烏魯木齊、坐飛機到北京、搭計程車到市內、住進王府井附近一間一天要價一百人民幣、位居市中心的旅館，到最後安坐在房中。

我坐在床上抽出錢包裡的鈔票數了一下，還有一萬五千零五十五美元再加上一些零錢。想到還剩下不少錢我就安心許多，覺得自己現在有權在和羅律師會面前好好放鬆一下：看看電視、大啖旅館餐廳裡所有我愛吃的菜，然後在床上賴個一兩天。

我到浴室沖澡，在熱水吻上光裸的肌膚時愉快地哼起歌來。之後就裹著厚浴巾坐到沙發上打開電視——自從我到中國後就不曾這麼奢侈地享受過了，螢幕會飄雪那次可不算數。雖然電視上的肥皂劇劇情甜膩催淚，我還是無視良心的建議，任憑雙眼緊盯著螢幕一直看到演完為止。

之後我開始痛恨自己竟然這樣浪費時間。

焦慮不安又孤單的時候，腦海中再度浮現亞歷的身影。我會很快再見到他，還是會很久都沒辦法再和他相聚呢？我毫無頭緒，一切都取決於我和律師、阿姨的會面結果，以及事情的複雜程度。

我換上洋裝，下樓請櫃臺的接待人員幫我撥越洋電話到紐約亞歷住的公寓。

她試了很多次之後告訴我沒人接電話。

我想到亞歷給過我另一個電話號碼，於是請她再試這個號碼，可是我不知道打過去會是朵娜還是法蘭克和他們現任配偶的家。

十分鐘後電話終於接通了，她將話筒遞給我。

「哈囉？」

是女人的聲音，謝天謝地不是朵娜。我報上姓名表示想和亞歷說話，對方用口音濃重的英文回答：「林小姐，亞歷的父母說如果妳打來，要我告訴妳不用擔心亞歷，他會沒事的。」
「妳說會沒事是什麼意思？他的病還沒好嗎？」
「我不知道。」
「好吧，謝謝。方便請教您的名字嗎？」
「我叫瑪莉亞，是管家。」
我知道再問也沒有用，但我還是問了：「瑪莉亞，請問這邊是？」
「是朵娜・艾德勒太太的公寓。」
「謝謝。請問她在家嗎？能不能請她接電話？」
「抱歉，她出門了。」
我想朵娜一定叫她不要告訴我任何和亞歷有關的事。「好吧，謝謝妳，瑪莉亞。如果妳見到亞歷，麻煩告訴他我打過電話，之後會再和他聯絡。也麻煩妳告訴他不用擔心我，我很好。」
「我會的。」
掛斷電話後我覺得很不安。亞歷還好嗎？瑪莉亞閃爍其詞，我根本就無從得知亞歷現在的狀況。回房後我寫了一封信給亞歷，然後又回到一樓大廳將信投進郵筒。我很擔心，可是想不出還有什麼方法可以聯絡他，只能試著將注意力集中在要完成的任務，和眼看即將到手的三百萬美金上。
隔天早上醒來只覺得虛脫乏力，我下樓到餐廳享用了豐盛的早餐，邊喝熱茶邊吃肉包和稀粥配醬瓜、鹹蛋和花生。之後我回房拿出日誌振筆疾書了一會兒，又將途中拍的照片稍加整理。我輕撫光亮相紙上亞歷的臉龐和頭髮，心中一陣傷感。接著我就攤倒在床上，昏昏沉沉地忽夢忽醒。

再次清醒的時候已經是晚上六點半，我肚子又餓了，於是向旅館餐廳點了醉雞、清蒸魚和青島啤酒請他們送到房間。我其實吃不了這麼多，只是現在沒有亞歷在身邊寵我，我只好點很多菜來嘗嘗富足受寵的感覺。

吃完晚餐，我開始想像和羅律師及明蒂・梅迪森見面時各種可能的場景。雖然已經到了旅程的最後階段，但是每次想到還是覺得整件事古怪至極。也許從頭到尾只是一場騙局——也許我的「阿姨」根本就不存在，而我也永遠不可能獲得那三百萬美金。

兩天後的下午我來到事務所，在梅迪森女士的律師羅先生對面坐下。六個月前初到北京時我們曾見過面，羅先生還是像上次一樣用公事公辦的冷淡律師口吻跟我說些無關痛癢的場面話。我交出記載路線、詳述任務過程並附上照片的旅行日誌，羅先生看到後立刻進入正題。

「林小姐，我需要一點時間先讀過妳這趟旅行的紀錄，之後才會交給梅迪森女士。在通過必要的審核後，我們會進行下一步並安排妳們兩位見面。請妳待在旅館等我和妳聯絡，之後我也會到旅館接妳去和梅迪森女士會面。」

「老實說，我以為我今天就會見到她。」

「等到適合見面的時候我就會和妳聯絡。」他的面色陰沉，語氣中完全沒有商量的餘地。

除了說好我還能說什麼？

兩天後羅先生致電告知他已經安排好當日下午讓我和明蒂・梅迪森會面，我問他要去哪裡卻只得到惱人的答覆：「馬上就會知道了。」

出乎意料的是車子竟然載著我們駛向北京市外一個我不認識的地方，我暗自猜想阿姨難道是住在郊區別墅的有錢人？我出言試探，但是羅先生一逕閃避我的問題，車行途中他埋首閱讀我的日誌和其他文件，不管我是客氣請教還是語帶威脅都完全不予理會。

將近兩小時後，車子終於在一棟破敗的巨大灰色建築前停下，這裡一點都不像是什麼豪華別墅。下車後我跟在羅先生後面走了五分鐘才抵達建築物，看到入口處站了幾名如狼似虎的警衛，我吃了一驚。兩名身穿制服、手拿衝鋒槍的警衛一左一右跟著我們走到燈光昏暗的大廳，大廳的警衛要求我們出示證件。我注意到羅先生遞出身分證時還附了一個信封，警衛收下證件時迅速拿走信封。

這時我才明白這是什麼地方。

監獄。

我轉向羅先生，話語因充滿恐懼而顯得尖銳：「你為什麼帶我來這裡？我要出去！」

他按住我的手肘用力捏了一下：「冷靜點，林小姐，我只是帶妳來妳該來的地方。」

「我來監獄做什麼?」

「因為梅迪森女士住在這裡。」

「什麼?」

撲克臉的高個子警衛威嚇性地瞪了我一眼:「小聲點!」

警衛領我們到一張辦公桌前,坐在那裡的另一名警衛要我們登記姓名、受訪者姓名和到訪時間。羅先生和警衛打交道的時候從容不迫,看來他肯定是這裡的常客,來的時候必定大方送上百元鈔票和煙酒。接下來第三名警衛領我們沿著似乎沒有盡頭的陰暗走廊一直往前走,沿途經過無數個昏暗的囚室,裡面的囚犯人不像人、鬼不像鬼,有幾個還走到鐵柵邊朝我們瞪著死魚眼。我跟在羅先生身後步履蹣跚地走過這條獄間路,想著裡頭這些人不知道犯了些什麼罪。

最後羅先生和警衛在一間囚室前停步,警衛朝裡面喊:「喂,妳有訪客!」然後他拿出用大金屬環串起、整串鏗鏘作響的沉重鑰匙,挑出一支打開牢門讓我們進去,之後就砰地一聲快速關上門逕自離去。

囚室高處的牆上開了個小窗,天堂彷彿可以從那裡對著地獄眨眼。一個女人坐在髒污馬桶旁的小床上,瘦削的臉上什麼表情都沒有。羅先生示意要我坐在她對面的凳子上,然後自己也坐下來。

他和女人互相點點頭。我和她就像兩頭飢餓的野獸彼此對峙打量,既想將對方撕成碎片又無法確定這是不是個好主意。

最後是羅先生打破沉默：「梅迪森女士，時間不多，請和林麗小姐說說話吧。」

她沒答話，駭人臉上那雙空洞圓眼投向我的眼神忽然變了——變得宛如望著初生嬰孩的母親。

令人困窘的冗長靜默籠罩狹小的囚室。

這是我第一次發現原來說話如此令人膽怯。

靜默亦然。

律師轉向我：「林小姐，不如妳先說吧。」

我打量著這位應該是我阿姨的明蒂·梅迪森，她乾癟得幾乎像是生前患了厭食症的木乃伊，全身上下唯一有點活人生氣的地方就是那雙勾魂攝魄的大眼，彷彿兩扇迫不及待要向人傾吐恐怖故事的窗口。掉了的不只是她的體重，還有頭髮，我看到她的頭皮上有好幾大塊已經禿了，而在寬鬆灰色囚衣下的軀體似乎已經遺忘了存在的權利。她的手指黝黑細瘦好像烏雞的爪子，正緊張地扭絞著一條髒兮兮的破布。

我只能說唯有駭人聽聞的神祕經歷、揮之不去的恐怖夢魘和難以言喻的苦痛折磨才會造就這張幾乎失去人樣的臉孔。

我傾身靠近羅先生低聲問他：「這就是我的阿姨？」

她的樣子遠遠超乎一般人所能想像，我甚至看不出她是不是中國人，再加上她的外國姓氏，在我看來她也有可能是英國、美國、義大利、維吾爾甚至蒙古人。

在囚室室人難聞的空氣裡我緊張地彈了彈舌頭：「我連她和我有沒有血緣關係都不知道，怎麼知道她是不是我的親阿姨？」

羅先生的面色一沉：「林小姐，請妳放尊重一點。」

我氣憤地低聲回答：「尊重誰？我根本不認識她！」

「尊重妳的母親。」

這次我像個失敗的喜劇演員一樣結巴得說不出話。「你是說……我的阿姨？」我探問，心中無比迷惑而且**極度**恐懼。該死的這到底是怎麼一回事？

「梅迪森女士**是**妳的母親。」

「不，她不是。我媽媽兩年前就過世了。」我竭力集中意志。

「妳媽媽現在就在妳眼前。」

「你是什麼意思？這究竟是在搞什麼鬼？」現在我竭力保持理智。

室中靜默無聲。

死氣沉沉面具上的雙唇忽然動了：「我**是**妳媽媽。」

我的心幾乎跳出胸腔。過了好幾秒鐘，我終於集中精神回答她：「拜託妳，女士，這太荒謬了。我不知道妳是誰，甚至不確定妳是不是我的親阿姨。我母親生前從來沒說過她有姐妹！」

她對我粗魯激烈的言詞聽若罔聞，反而伸出手來摸我的手。

我的手像大狗被小貓抓到一樣猛地一縮。「妳敢！」

「妳小時候很喜歡這樣的。」

「去妳的！」我大吼，然後轉向律師：「解釋一下這究竟是怎麼回事，不然我現在就走！」

幽魂般的女人拭去一滴淚。

她的律師搖了搖手：「那麼聽我說吧。」

「我在聽，請說。」

「明蒂・梅迪森，也就是蔡明娣，和妳的母親蔡梅丰是姐妹……」

「不是，她們才不是！我媽媽沒有姐妹！」這時我覺得自己真的要失去理智了。我到底是進了監獄還是瘋人院？

羅律師嚴峻地看了我一眼：「冷靜一點聽我說好嗎？」

我指著復活的木乃伊：「如果她真的是我阿姨，或者像你說的是我媽媽，那你為什麼不讓她自己說說她的事？」

他擔心地看了看梅迪森：「妳媽媽她今天不太舒服，我來幫她說吧。」

「那為什麼今天不到此為止就好？」

「因為就快來不及了。」

「好吧，那你繼續說，看你還有什麼要騙我的。」

「我是律師，我說的都是事實。」

即使氣氛這麼嚴肅，我還是得用力咬住嘴唇才不至於像個瘋女人一樣踢著腳放聲大笑。誰不知道律師的專長就是扭曲和隱瞞事實，而不是說出真相。

羅先生無視我的譏諷表情：「我今天就長話短說。等到梅迪森女士身體比較好之後我會再安排一次會面，讓她親自告訴妳所有的細節。這樣妳就知道發生了什麼事，還有妳在這趟旅程、以及妳母親的人生中所扮演的角色。那麼，林小姐」——他深吸一口氣——「妳準備好了嗎？」

「準備好什麼？難道我還有其他選擇嗎？」

他清了清喉嚨：「妳的母親明蒂・梅迪森在兩個月內就會被處決。」

我的心臟幾乎砰地一聲砸在地上。我張口大喊：「什麼！她做了什麼，殺了人？」

羅先生搖頭：「她偷渡文物出境。」

「這樣就要判處死刑？」

「是的，尤其是因為涉及的是國寶級文物，不過這個我就讓給梅迪森女士在下次和妳見面時再解釋。無論如何，判她死刑的不只是政府當局，還有末期卵巢癌。」

我甚至沒有勇氣朝梅迪森的方向看去。無論她犯了什麼罪，我實在不忍心想像像她這麼虛弱的女人，或任何一個女人，竟然要接受世間最為嚴酷的判決，更何況同時還得忍受癌細胞在她體內肆虐。會用什麼方式處決呢？槍斃、電椅、毒針、絞刑……我閉上眼睛不願再想像這些可怕的場景。

律師再度開口：「林小姐，只有妳能救妳媽媽。」

「別說了，我沒有當死刑犯的媽媽。我媽媽已經死了，就這樣！」

律師的眼神銳利到幾近駭人的程度：「林小姐，讓我再說一遍，明蒂・梅迪森，也就是蔡明娣，是妳的親生母親，而妳已逝的母親蔡梅手女士是妳的阿姨。」

我搖頭。

「這是事實。」

「我要證據。」

「之後我會提出來的。」他的語氣放軟：「真相隱藏了這麼多年，妳有權知道自己的身世。」

我輪流指著律師和那張死人面具厲聲控訴：「如果真相就是她是我媽媽，那我寧可一輩子都被蒙在鼓裡。」

「但是妳別無選擇。」

「怎麼說？」

「因為只有女兒的孝心可以救回母親的性命。」

大顆淚珠從梅迪森的雙眼滾落，她用髒兮兮的布巾一一抹去。

想到母親在世時受的苦，我的心軟了，可是說出口的話還是不自覺帶著嘲諷：「我既不是政府官員也不是醫生，請告訴我要怎麼做才能救她。」

「這個案子還在上訴中，我們需要爭取更多時間讓梅迪森小姐恢復體力打這場官司，這就是為什麼文件中指示妳要去找天山雪蓮，這種藥草是妳母親最後的一線生機。即使天山雪蓮沒辦法治好她的絕症，至少可以振作她的精神，這樣她才有更多時間可以陪她女兒，也就是妳。」

我覺得頭疼欲裂，已經沒有餘力拒絕，只是挫敗地說：「好吧，還有什麼是我能做的？」

「對妳媽媽好一點。」

這時警衛走回來打開牢門示意我們離開。

我和羅先生出了囚室一步步走遠，耳中唯一聽得到的就只有梅迪森的啜泣聲。

上車後我問：「羅先生，你有證據可以證明梅迪森確實是我的生母嗎？」

「當然有。」他自信的態度讓我的心彷彿沉入黑龍潭底。

31 生母・亡母

隔天我回到羅先生的辦公室，他依照先前的承諾拿出我的出生證明：在「母」那一欄寫著「蔡明娣」。「明娣」和「明蒂」只差一個字，而蔡是母親娘家的姓，但母親叫梅丰。為什麼這個女人要將中文名字蔡明娣改成明蒂・梅迪森呢？

羅先生說：「蔡明娣曾有過一段短暫的婚姻，她嫁給一個在國外幫她接頭、後來也對她展開追求的英國人，這是為了能在政府開始查緝文物走私集團時順利離開中國。她本來希望藉由換個外國名字來避開警方追緝，不過這一招顯然沒有效。」

「那她的外國先生呢？」

「梅迪森女士只是利用結婚的機會改名換姓，這樣走私文物到歐洲比較方便。所以英國人回倫敦後，梅迪森就和他離婚了。」

牢裡那個虛弱將死、像幽魂一樣的女人看起來真的不像是曾經化身蛇蠍美人。我忽然明白為什麼母親從沒給我看過我的出生證明，我只有自己的香港身分證。

我記得青春期的時候，每次叛逆起來和母親大吵，我都會大喊：「真希望妳不是我媽！」或是

「真希望妳去死！」現在那句提醒人們「許願千萬要小心」的古怪警語終於應驗，我遭到報應了。

我嘆氣：「羅先生，我現在該怎麼辦？」

「妳母親的心願是在死前和妳團聚，並為她的所作所為贖罪，也許她不該說謊騙妳回來，但她也沒別的辦法。」

「你剛剛說她說謊？所以她究竟是不是我媽媽？」

「嗯……」他的表情看起來就像是一隻在懸崖和拿著來福槍的獵人之間進退兩難的動物。

「請回答我！」

「明蒂‧梅迪森，或妳要叫蔡明娣也行，確實是妳的母親。我的意思是，她沒留給妳什麼錢。」

我覺得自己就快腦充血了：「我一直在等你告訴我什麼時候可以拿到錢。你現在說沒錢留給我是什麼意思？」

「就是這句話的意思。」

我的聲音高到要撞上天花板而我的心卻直直朝地板墜落：「你是說我不會拿到錢！我冒了生命危險卻什麼都得不到！可是那明明寫在法律文件裡！」

「不管是不是法律文件，都沒錢給妳。」

「你是認真的嗎？」

他點頭：「冷靜點，林小姐。確實曾有過這麼一筆錢，但現在已全被充公了。」

我真不該相信任何一個中國人，也許我該先跟克里斯討論才對，他在金錢方面比我精明多了。

「那她為什麼會有五萬美金可以給我？」

「那五萬美金幾乎是她僅剩的存款了，其他錢早都已經送給獄方以換取較好的待遇——只要妳的錢包滿得像大胃王的胃，很多事都可以安排。」

我冷笑：「三百萬美金。噢，天哪……原來我做了這麼多，到頭來卻只是一場空？」

「不，不是一場空。妳拿到五萬美金，和妳的母親團聚，甚至還有可能救她一命。」

我已經沮喪到說不出話來了。

「下次妳們見面時想問她什麼就儘管問，想待多久都可以。我的建議是，忘了那筆錢吧。現在最迫切的是要幫妳母親洗刷罪名，這樣她就不會被判死刑了。」

「可是我要怎麼做？」

「我已經委託專家去查驗妳放回吐魯番博物館的《金剛經》和金佛，等他們證實那兩項寶物都是真品，當局就會撤銷竊盜案的控訴。」

「但是他們難道不知道贗品已經擺在博物館很久了嗎？」

「他們只在乎真品能不能送回來，當然不想讓全世界知道國寶就在他們眼皮子底下被偷走以免丟臉。妳帶了調換出來的贗品嗎？」

我點頭，然後從背包撈出那兩件贗品交給羅先生。

他端詳了好一會兒：「我會將它們銷毀，這樣就沒人能證明國寶曾被調換過了。」

「銷毀？不要吧？我不能留著它們嗎？」無論真假，它們都是極為精美的藝術品，而且是我費了好一番心力才到手的，我想到之前為了它們去爬沒有階梯的山徑、擺了「倒垂蓮式」，為了騙過浮雲還得運用機智裝瘋賣傻。

羅先生笑了：「想都別想。把妳從兵俑身上刮下來的陶土和藥草也交給我吧。」

我將東西遞出。他審視那塊陶土的時候我問：「這麼一小塊泥土有什麼用？」

羅先生略帶責備地看了我一下：「這就足以證明這個兵俑本身是贗品，而梅迪森女士不僅沒偷走它，也不會有偷走它的動機。等到證明兵俑是假的而博物館裡那兩件寶物是真的，政府就不會再拘留她，自然也不會判她死刑了。」

接下來看到羅先生不僅仔細檢查雪蓮，還放在鼻子前無比珍惜地嗅聞，我不禁暗暗吃驚。「妳不知道這些對妳母親有多重要，雪蓮是中藥裡可以治療癌症、延年益壽的頭號良藥。如果她可以順利獲釋並康復，一切就會有個圓滿的結局了。」

圓滿的結局？那肯定與我無關，我可是損失了三百萬美金。

他嚴肅地望著我：「所以我建議妳，好好孝順妳的母親。這就是為什麼旅程剛開始的時候會要求妳到碑林讀《孝經》，那是為了提醒妳百善孝為先。」

噢……原來是為了這個。可是我確實很孝順母親——在香港將我養育成人的母親。聽到這麼多驚人的真相我只覺得天旋地轉，困惑得不想再反駁。

次日羅律師安排了一輛車送我們去監獄，這次他仍舊領我走進這個人間煉獄般的機構，並依序辦妥必要的手續，但之後他打算先行離開。

「你不跟我一起進去嗎？」

「不了，今天是要讓妳和梅迪森女士獨處的時間，我在車上等妳。」他將一直拿在手裡的保溫瓶遞給我。「這是要給妳母親的雪蓮湯，記得讓她全部喝完。」

梅迪森今天看起來還是很虛弱，不過精神似乎稍微好了些。我在想她眼中的我是什麼樣子——肯定是猜忌多疑、冷漠固執而且沒心沒肺的模樣。但是這能怪我嗎？我要面對的不只是一個突然闖入我生命，聲稱是我親生母親的陌生人，同時還是個癌症病人、走私犯兼死囚，而且我還要幫這個人收拾爛攤子。

梅迪森的臉色死白，空洞深幽的眼睛如饑荒中的孩童般死盯著我。我的心往下沉，我從沒看過任何人的臉色這麼蒼白。很明顯她的血氣和魂魄都在急速耗損，彷彿她就要揮別此生、前往來世。

我將保溫瓶遞給她：「羅先生說要妳喝完這個。」

她接過之後將藥湯倒在一個髒兮兮的塑膠杯裡，然後順從地咕嘟咕嘟大聲啜飲起來。

喝完後她伸手握住我的手，這次我沒反抗。我能為一個即將走到生命盡頭的人做的也只有這樣了，我願意讓她從我的手汲取她快速流失的活力和體溫。

「我知道妳很難接受我是妳母親這件事。」她的聲音稀薄如輕煙。

我避開她如餓鬼般的渴切目光，同時感覺到她的手冰冷得好像醫學實驗室裡人骨標本的手骨。

「可是妳不是我的母親。」

「我了解妳的感受。也許在情感上我不是，但妳終究是我的親生骨肉。」

「如果親生骨肉對妳這麼重要，那妳為什麼要拋棄我？」我邊問邊抽回手。

「我沒有拋棄妳。我只是讓我信任、我愛的人照顧妳，可是我的姐姐梅丰辜負了我的信任。我真的、真的很抱歉，女兒。」

「女兒？妳何時盡過母親的義務？還有為什麼要見面？除了抱歉和很抱歉外妳還想說什麼？」

「拜託妳，小麗，我求妳，不要把我當仇人，我只是想在死前彌補一生中犯下最不可原諒的過錯。我麻木地數著剩下的日子，而時間就這樣從我的指縫間溜走，我活不久了，所以……妳能不能原諒我？」

過了許久我才不情願地點點頭，只想趕快結束這一切：「好吧，那妳要不要解釋一下，妳為什麼讓妳的姐姐撫養我。」雖然眼前人臉上的傷痛更甚，可是我還是忍不住表現得很刻薄。

她再次開口：「如妳所知，梅丰比我年長，她在一九六四年就想辦法到了香港，一年後她存夠錢，就買通蛇頭把我也帶過去。我去了之後，才知道她和一個年紀大她很多的男人在一起，這個男人出錢養姐姐，給蛇頭的錢也是他借給姐姐的。

「那個老男人不常來，因為他還另外有太太和孩子。但是我才到香港沒多久，他就表明要讓姐姐當二房、我當三房。我覺得這個提議簡直荒唐到了極點，但更令我震驚的是姐姐竟然同意，而且要我也答應。

「從那天開始我們的關係就變僵了。梅丰警告我，如果我不答應老頭子的要求，她可能會失寵，那我們就沒錢了。我很傷心，幾乎每天晚上都哭，我從來沒告訴過姐姐，我希望在北京的男朋友王靖能到香港來和我團聚。

「兩個月後，我在假髮工廠找到新工作，正在努力適應，而王靖也到了香港，做起走私文物的生意，他想找可以聯絡香港買家的接頭人。我跟老闆請病假，整個星期都和王靖一起待在汽車旅館裡。梅丰不喜歡王靖，所以我騙她說要加班，那個星期都要在工廠裡過夜。

「那是我人生中最快樂的時光，可惜非常短暫。王靖離開一星期後的某天晚上，我在家等姐姐回來吃飯，老頭子突然來了。他看只有我一個人在公寓裡，就強迫我和他發生了關係。」

「真的很遺憾……妳姐姐有什麼反應？」

「我沒跟她說過。」

「沒說？為什麼？」

「唉……妳好天真，孩子。妳以為我可以直接了當地跟她說，她的甜心老爺強暴了我嗎？」

「但那是事實啊！」

她嘆了口氣：「有時候事實不知道反而好。無論如何，梅丰也可能壓根就不相信我的話，甚至會認為是我去引誘老頭子。所以我只能啞巴吃黃連悶聲不吭。」

我試著慢慢聽進梅迪森的話。其中有多少是真、多少是假呢？人性如此醜惡，人與人之間的關係是這麼複雜難解，為什麼不能擺脫這些機關算計，過單純快樂的日子就好呢？

如煙般虛渺的聲音再度飄盪在氣味難聞的囚室裡：「總之，兩個月後我發現自己懷孕了……」

「那誰是……？」

「當時我也不知道。一直等到懷孕六個月，就算穿寬鬆的衣服也遮不住的時候，我才告訴梅丰我和王靖私會的事。古人說得好：『福無雙至、禍不單行。』兩星期後我又接到個晴天霹靂的消息：王靖因為感染肝炎而住院。

「我想回去照顧他，回去生下孩子，但梅丰卻堅持要我在香港待產，說這樣她可以照顧我。當我還在左右為難的時候，妳卻提早三週來到這個世界。梅丰這下子反而勸我把孩子留給她，讓我回去照顧王靖，於是我回到中國，怎麼也想不到竟然再也見不到妳、也再沒回到香港。」

「發生了什麼事？」

「我不知道梅丰因為老頭子的關係感染了花柳病無法生育，她說服我回中國，其實是為了把妳搶走，好當成她自己的女兒撫養。」

究竟我眼前的陌生人是真正無恥的騙徒？還是真正無辜的生母？而我另一個在香港的母親，她又真有這麼可惡嗎？

梅迪森的粗啞嗓音刮過囚室中凝滯的空氣，也打斷了我的思緒。

「到了中國，我才知道事情遠比我想的更複雜。王靖求我留下來幫他照顧走私文物的生意，我不能在他生病的時候拋下他，就答應了。

「就這樣過了幾年，我們賺了好多錢。我本來可以回香港，但是姐姐說妳得肺炎夭折了。我當時哀痛不已，卻不知道未來還有一連串的不幸等著我……」

聽到香港的母親竟然狠心欺瞞親妹妹，我感到震驚不已，但我還沒機會提問，梅迪森很快又繼續說下去：「王靖有一天在赴約的途中被車給撞了，肇事司機一直沒抓到，也沒有目擊車禍的路人願意提供線索給警方，這場車禍最後被當成意外結案。但是我知道出了什麼事——他是被生意上的一個對手給謀殺的。

「王靖過世後我不想再繼續走私，可是絲路文物變得越來越搶手、越來越值錢，我決定在文物被其他人搶空前再跑最後一趟。在我回到北京後的某一天，四個警察衝進公寓將我逮捕。開庭二十分鐘後罪名就定了，我被控盜賣國寶，也算是叛國，然後我就到了這裡。」

我在想，從王靖橫死到梅迪森入獄的種種不幸，是不是都是他們盜賣國寶的惡報？

梅迪森好像看穿了我的心思，她說：「王靖跟我說，他一開始知道外國人大肆劫掠中國國寶時非常憤怒，但等他知道文物在中國不但沒受到重視，甚至還可能遭人毀損卻無人聞問，就覺得文物運到國外會比較安全。當然他從沒想到有一天會因為想保護中國文物而被謀殺。」

是啊，坐牢的人沒一個覺得自己有罪——只是運氣不好。不過我沒說出口。

她嘆氣：「現在如果我不想死在牢裡，唯一的希望就是得證明我沒偷《金剛經》、金佛或是兵俑。」

「兵俑明明在陵墓裡，怎麼會是假的？」

「真的兵俑被一個博物館員用贗品調包了，我認識他，他是我的接頭人之一。」

「那《金剛經》和金佛怎麼會跑到浮雲的廟裡？」

「王靖對那兩樣寶物很著迷，一直想去博物館把它們偷出來，可是始終想不到完善的計畫。後來他被害死，所以我決定完成他的心願。」

「就算管理很鬆懈，還是有一定的難度，妳怎麼辦到的？」

她輕笑起來，深深的魚尾紋好像一張準備擒住我的天羅地網。

「首先，浮雲不是真的和尚，他的本名是程東，在吐魯番博物館裡當警衛，博物館僱用他就是看上他功夫了得。我到博物館看該如何偷取文物時遇到他，從他看我的樣子就知道他對我有意思，所以我每次去都會找機會和他攀談，最後我們就上床了。我提議合作偷出《金剛經》和金佛，賣得的錢兩人對分，他馬上就答應了。

「行動當天他在博物館閉館後留在裡面，我守在前門等他，按計畫他要用贗品把真的寶物調包。

我在前門等了很久，但他卻遲遲沒有現身。他當時一定是從後門溜走，而且立刻就離開了吐魯番。

「我不甘心放棄，所以回到北京後我就向認識的同行和古董商打聽，做文物買賣的圈子很小，我的人脈又廣，所以很快就打聽到他躲在一間偏僻的廟裡。我知道程東小時候家裡因為太窮養不起孩子，就把他送到天山上的一座廟裡當小和尚，他長大後離開了那座廟，後來就在博物館找到工作。當時沒人知道他躲在哪間廟裡，不過我猜到了，終於追查出他的行蹤。

「我打算色誘然後灌醉他，再把《金剛經》和金佛拿回來。雖然理論上他是出家人，但是要再次引誘他並不難，我想他已經很久沒碰女人了。我打著如意算盤，卻沒想到低估了他的能耐，他不但沒醉倒，反而在我的杯子裡加了迷藥。等我醒來才發現自己已經不在廟裡，而是頭昏腦脹地躺在下山處的一個小坡上。」

「之後發生了什麼事？」

「我回家後沒多久就被捕了。有人寄黑函向政府舉發國寶被調包，還指明是我偷的，我敢說一定是程東出賣我。剩下的事妳都知道了。」

「真是遺憾。」我說，心裡試著默默消化這段離奇的解釋。我盯著她幽深莫測的雙眸：「妳為什麼要我重複一遍妳做過的事？我難道不能不引誘那個和尚就直接偷走寶物嗎？」

「因為除非妳在重要時刻聽到他唸那句真言，不然不可能確定他就是浮雲。」

真是變態。我說的不只是梅迪森，也包括我自己，因為我竟然為了三百萬美金屈服於她的指示。

「但在廟裡的除了浮雲還會有誰？另一個還只是個孩子。」

「我追查到他的下落時，那間廟裡有好幾個和尚。」她說，然後拿起塑膠杯喝完剩下的雪蓮茶，一直刻意避開我的目光。

沉默半晌後我再問：「那個盲眼算命師呢，為什麼只能跟他說謊？」

「因為他如果真能知道真相，就會駁斥妳說的謊話，這樣妳就會知道我真正的處境。」

多曲折啊——真相和謊言像乒乓球一樣來回反彈。「那妳一開始為什麼去找他？」

「當人生不再有意義的時候，唯一能做的就是去求神問卜。當時王靖出車禍過世，再加上我以為妳也死了，我絕望到想一了百了。可是我去找翔鶴師父尋求指引時，他的建議是每個人都應該造善業、做自己的菩薩。」梅迪森用筷子般的乾瘦手指理了理稀疏的灰髮。「這就是為什麼我要妳拿回那束頭髮。」

「哈！」我大喊：「我冒著生命危險穿越塔克拉瑪干沙漠只是為了一束頭髮？」

「因為那些尼姑應該會用收到的那束頭髮來編織佛像。」

這齣善惡到頭終有報的戲越演越詭異了。「什麼意思？」

「是為了積功德，為了我的下輩子。就好像用自己的血抄經，尼姑會把我的頭髮織在佛像裡，這樣就可以抵消很多我這輩子的惡業。」

我盯著她半禿的頭：「那束閃閃發亮的長髮是妳的？」

她露出迷濛的微笑：「是，王靖以前愛極了我的頭髮，他說像烏黑的瀑布，可惜被癌細胞毀了。」

「對不起……可是為什麼妳要把頭髮埋在塔克拉瑪干？」

「那是我對王靖的承諾，他一直想和我一起去絲路和那個神祕的沙漠，可是還沒找到機會他就死了。他臨終前求我一定要去，這樣他就可以陪我看看那個地方。」

「可是他都死了！」

「我帶著他的骨灰。」

「噢……」

「他這麼嚮往塔克拉瑪干沙漠，我決定把一部分骨灰和我的頭髮埋在那裡，這樣就算我死後不能埋在他旁邊，至少我們也能在一起。而剩下的骨灰我帶回北京了。」

我默然不語，試著拼湊出絲路之旅的全貌。所以我跟亞歷打開盒子之後看到，後來被亞歷倒掉的「沙土」，其實是王靖的骨灰！這件事我當然不會告訴梅迪森。

她拍了拍我的手背。「小麗，就把這趟旅程當做人生中難得的經驗，等妳老了以後，就可以回味這段苦中帶甜的記憶，這是用錢也買不到的。」

我笑了：「當然，因為我根本拿不到錢。」我想了一下，然後問：「妳還要我幫妳做什麼嗎？」

「常來看我，我們可以補償失去的時光。」

「是**妳**可以補償失去的時光。我在紐約過得快樂極了。」

「很抱歉把妳牽扯進來，但是小麗，相信我，妳不會後悔的。等我走了以後妳會懂的。」

「也許妳會長命百歲，跟其他狡猾的人一樣，他們連死神都能騙……」

她打斷我的話自顧自地說了下去，似乎想把這些年梗在喉嚨裡的話全傾吐出來。「女兒，趁現在還來得及，我必須告訴妳一件事。」

「這次又是什麼？還需要其他免費服務嗎？」

她對我的譏諷聽而不聞，語氣變得急切。「之前我提不起勇氣告訴妳。妳的親生父親是王靖，不是老頭子。」

聽到這句話我幾欲昏厥。我真不敢相信，一趟絲路之旅不但讓我損失三百萬美金，甚至讓我失去父母。沒錯，我獲得另外一對，可是我並不想換掉我本來的父母親啊。

我正想抗議，梅迪森卻轉身打開抽屜，拿出兩個大信封給我。「回到旅館後再看裡面的東西，不過下次要帶回來還我。」她停下來深呼吸幾次。「現在我累了，不然可以多說一些妳生父的事。也許下次吧。」

雖然我痛恨父親，但是突然出現一個新父親實在令我難以負荷，有時人真的沒辦法承擔過多的真相。她既然太累沒辦法再說下去，我也鬆了口氣。「好，也許下次吧。妳現在要不要先休息？」

她深深地望著我。「我要妳向我保證，妳會去妳父親王靖的墳上祭拜，告訴他妳是他的女兒。」

我沒有回答。

「他看到妳一定非常開心。」

聽到這句話，我感覺一股寒意沁入骨髓。

那天晚上回到旅館，我做的第一件事就是拆開信封。裡面是一疊王靖寫給梅迪森的信，字裡行間全是濃濃的愛意和欽慕之情。

至愛的明娣，

我沒有一天不惦記著妳。

我很自責，有時甚至怪罪國家為什麼不能給妳光明的前途，所以我希望妳在香港能有更好的未來。知道妳唸到大學畢業卻只能在工廠裡編假髮，領取微薄的工資，我真的好難過。

所以後來聽說妳姐姐在跟一個有錢人交往，而且一直很照顧妳，我才覺得放心不少。

最近睡得不好。想完成的事太多，對妳的愛又太深，我覺得自己的心似乎隨時瀕臨爆炸。

請多寫信給我，妳的信是我生活中唯一的仙丹妙藥。

愛妳

靖

王靖一定深深為梅迪森的勇氣所傾倒，一個弱女子年紀輕輕卻無懼珠江的怒濤，乘著小舟來到香港，然後在工廠討生活。梅迪森真的很勇敢，也許我也遺傳了她大無畏的精神。

我又打開另一個信封，發現裡面有一疊照片。

第一張是年輕貌美的明蒂．梅迪森和一個杏眼高鼻、文質彬彬男人的合照。

我盯著這個男人，在他回望我的眼神中有幾分熟悉感。當然我從沒見過他，但是我霎時間懂了！我和他幾乎是一個模子裡刻出來的，相似的程度甚至比仿造的金佛和真品還高。

他對著鏡頭微笑，嘴角沒上揚而是微微往下垂。我覺得頭暈目眩，內心深處明白王靖真的是我生父，因為我跟他有著同樣的笑容。

一滴淚落在照片中王靖的臉頰上，讓他變得滿面哀傷，好像思念著梅迪森或是在他毫不知情下誕生的女兒。雖然我可以確定梅迪森也愛王靖，但是看到照片中男人的專注眼神，我知道王靖對她的愛更深更濃。

我決定要去王靖的墳前，去看我的父親。

32 上墳

次日羅律師安排一輛車載我們到離北京市有段距離的墓園，園裡只有零星的幾座墳。

抵達墓園後，羅先生轉向我：「林小姐，我會留在車裡，不打擾妳和妳父親獨處。」他指向園中不遠處：「從右邊數過來第七座墳，碑上可以看到他的名字。」然後他伸手到前座，沒想到拿出來的是插在瓶中的一束黃菊：「給妳，將這束花獻給妳父親吧。」

我的雙頰發燙。祭祖對於中國人而言是大事，我很慚愧自己竟然沒想到要準備東西來祭拜。根據香港的習俗，孝子賢孫在祭祖時要準備各式各樣的祭品：紙錢、金銀元寶、黃金勞力士、豪宅、名車（賓士、寶馬、保時捷之類）、路易威登和愛馬仕的皮包……不過中國人很節儉務實，所以這些祭品全都是用紙紮的，焚化後祭品的精華就會飄上天供亡者享用。

子孫孝敬的供品中不是用紙紮的只有食物，一定要有烤豬，其他還包括死者生前最喜歡的麵食、甜點、零嘴、酒、茶和香煙。不過這些親屬在叩頭跪拜、行禮如儀，展現至誠孝心之後，就可以將這些供品帶回家大快朵頤，至於飢腸轆轆的鬼魂究竟有沒有分到歸他們享用的那一份就不得而知。所以說祭祖其實也可以當作享用另一頓美味佳餚的藉口。

我帶著羅先生準備的那瓶菊花下車，拖著腳步遲疑地走向命中註定要探訪的那座墳，映入眼簾的是大門上不怎麼令人愉快的對聯：

今夕吾軀歸故土，他朝君體也相同。

我數著一、二、三、四、五、六、七……「喏，我來了，父親。」我對墳中那個賜我血肉卻緣慳一面的男人說。墓碑上的黑框照片裡是一個戴著眼鏡的青年，他的眼神專注、嘴角微垂露出嚴肅的笑容。我想像這個平面的黑白人像從照片中伸出手來觸摸我——這個他從來不曾知曉的女兒。我的目光往下移到碑文：

王靖，一九四〇年生，一九八〇年卒。

熱血丹心，壯年殞命

我將花擺在墳前，半閉上眼集中精神，十分鐘後出乎意料地有一股強烈的情感湧上心頭，我情不自禁地對著墳中的陌生人喃喃低語：

「父親，女兒林麗來看您了，雖然未曾謀面，但我相信您我精神相通。不管發生什麼事，不管身在何方，我們的心永遠相連。現在女兒終於見到您，請您在天之靈為女兒指引。

「很遺憾在父親生前無緣相見，無奈天意如此。現在女兒必須往前走，在到天上與您相聚之前，女兒還要了結此生應盡的紅塵事。無論您現在歸於何處、化做何身，女兒都要謝謝您。」

我心中暗暗吃驚，沒想到自己竟然會對一個未曾謀面的人這麼親密地說話。我又抖索著手拿出手帕拭去碑上的灰塵，然後將周圍的雜草拔去，這時臉上已爬滿淚水。我要轉身離開的時候突然下起雨來，斗大如豆的雨滴傾盆而下打得我好痛，雨幕之中墳墓和菊花都變得迷濛，雨水從王靖的照片上淌下，似乎連相片中人也要和我同聲一哭。這時好像有一股莫名的力量將花瓶推倒，只見花瓶摔在地上碎成片片。

我又看了一眼相片，想像那張臉極力掙扎著想和我說話，卻連一個字都說不出口。我渾身溼透，顫抖著雙腿朝停在墓園外的車子奔去。

上車後我正用紙巾擦臉，羅先生忽然問：「妳父親好嗎？」

「為什麼你講到王靖的口氣好像他還在人世？」

「因為妳母親提到他都喜歡用這樣的方式。」

「他真的死了嗎？還是他只是假死，其實人躲在什麼地方？」

「不，相信我，他跟中國的末代皇帝一樣死透了。妳母親一直期待能夠全家團圓，她已經等得太久、太絕望，才會假裝王靖還活著。」

「他們真的那麼愛對方嗎？」

「妳的母親是很熱情的女人，她的愛、恨就和巨人的氣息一樣強烈。」

「羅先生，你為什麼這麼了解她？」

羅律師沒回答，只是盯著車窗外啜泣不止的天空。

應羅先生的請求，我幾乎每天都去和明蒂・梅迪森見面，她迫不及待地想聽到判決失效和病情控制得宜的消息。而羅先生在兩方面都很努力，他忙於準備上呈法院的文件，還不忘照著羅布的藥方，用我從天山帶回來的雪蓮為她煎藥。

每次見面的時候梅迪森都會多說一些以前的人和事，關於她的人生、對王靖的愛還有她和我「阿姨」梅丰的關係，雖然我還是很難接受香港的媽媽突然變成阿姨這件事。

有一天梅迪森給我看一張她們姐妹的相片，相片中依舊年輕的媽媽懷裡抱著一個嬰兒。

「妳看。」她指著嬰兒肥嫩的臉。「那是妳，妳小時候好乖，很少哭，總是笑咪咪的，晚上也是乖乖睡覺不吵不鬧。」

然後她重重嘆了口氣。「唉，小麗，等妳哪一天有了自己的孩子，就能體會做母親的心，體會沒辦法看到、抱到親生骨肉的痛苦。」

她是對的。我試過了，但是對於還沒出生或根本不會出生的小孩，我什麼都感受不到。

梅迪森探詢的目光盯住我的雙眼。「女兒，妳有男朋友嗎？」

「嗯……不算沒有，也不算有。」

「什麼意思？」

「嗯，我有，或者該說曾有兩個認真交往的男朋友，一個跟我走不下去，另一個又走得太快。」

「怎麼說？」

「因為一個已經結婚有小孩，另一個又小我很多歲。克里斯老是說他會和他老婆離婚來娶我，但是到目前為止都只是說說而已。亞歷想娶我，但是他小我八歲，還是個學生，而且他那對難纏的父母也不贊成我們交往。」

我還說了自己和克里斯分分合合的關係、和亞歷一起去絲路的經歷，也提到了之前的幾任男友。我說完之後，梅迪森說：「亞歷是妳的真愛。去找他吧。」

「可是他太年輕了。也許他之後會厭倦我，然後愛上跟他年紀相仿的女人。」

「女兒啊，妳勇敢地走完這麼艱辛的旅程，卻只因為他比妳小就沒勇氣嫁給他嗎？」

她說的當然沒錯，但我沒回她。

她又問：「也許妳更愛這個克里斯？」

「不，但父母去世後我就背了債，克里斯請我吃飯，還幫我買了些東西，我很感激他。這就是為何我毫不猶豫就接受這個三百萬美金的挑戰，我以為在三十歲前人生可以有什麼重大突破。」

「很可惜。」

「我也這麼覺得。」

冗長的沉默令人困窘，於是我改變話題。「多跟我說一些媽媽和妳之間的事吧。」

「妳是說妳阿姨和我。」

我迴避她的目光，轉而盯著她那雙滿布皺紋的手，那看起來就像一對放了一週之久的香櫞。

「我從中國寫了很多信給梅丰問妳好不好，但她都只回一兩行字說妳很好、長得很快。

「有一天我忽然接到她的信，信中寫著一個晴天霹靂的消息——說妳染上肺炎病死了。她還警告我不要回香港奔喪，因為香港政府正在積極追緝非法移民。之後她就再也沒寄信給我。」

我一語不發，對於摯愛的母親在這些不可思議的背叛故事中所扮演的冷血形象，吃驚之餘又覺得有種病態的魅力，因為這些就像梅迪森一樣是我以前從來不知道的。

「那妳為什麼突然發現我還活著想要找我？」

「去年我無意間在報紙上看到一則訃聞，死者是妳的冒牌父親，我是說老頭子。看到長長的子孫名單裡有妳的名字我大吃一驚，而且名字沒加上黑框表示妳終究還是沒死。我馬上拜託羅先生找出妳的下落。」

我默默回想，消化這齣在真實人生中上演的戲碼和其中深不可測的人心。「羅先生似乎什麼事都幫妳做，妳一定付了他不少錢。」

「只有在一開始的時候，現在他不收錢。」

「律師不收錢？」

她沒回答，只是拿起一個牛皮紙信封，從裡面抽出幾張照片遞給我。「妳看這個。」全是年輕貌美的明蒂・梅迪森和不同男人在絲路上不同地點擺出迷人姿勢的合照。

第一張照片裡的她跨騎在駱駝上，戴著帽子、穿著靴子的她一臉狂傲不羈，兩根麻花辮在風中飄動。第二張的背景就是我和亞歷找到她頭髮的荒城，她在荒城的水池裡洗一頭烏黑柔亮的長髮，晒成小麥色的臉上露出開心笑靨，陽光照得一口貝齒閃閃發亮。她看起來如此健美成熟，我想任何男人看到她都會想上前咬一口——肩頭、手臂、細頸、臉頰，哪裡都好。看到第三張照片我吃了一驚，竟然是她在吐魯番博物館前和浮雲的合照，本名程東的浮雲一頭黑髮，看起來實在不太像和尚。

我抬頭望向梅迪森。「妳有過幾個情人？」

「妳是問有過還是有？」

「有？妳是說……」

她的臉上漾起一抹笑意。「嗯……算了。」

「妳是說妳**現在**還有男朋友？」

「我現在不能告訴妳。總之，遲早妳會知道的。」

她的笑意更濃，日晒過度、滿是皺紋的臉彷彿古老的蝕刻畫。「我漂亮狂野又熱愛冒險，男人追著我就像蝴蝶被鮮花吸引。女兒，妳也遺傳了這樣的特質，所以男人看到妳就像蜜蜂看到蜜一樣蜂擁而上。妳也知道，梅丰的個性完全相反，她連離開那間屋子的勇氣都沒有，更別說是去絲路或塔克拉瑪干了。」

沒錯，母親的一生大概可以用一張大圖片總結，圖中她小小的身軀就在自家和別人家的窗戶、房間、廚房、浴廁之間洗洗擦擦忙個不停。我跟她提了好幾次要她來紐約看我，但她總是拒絕，一下是去玩太貴，一下是工作太忙太累，一下這樣、一下那樣……我從來就不能理解她究竟在擔心害怕什麼，難道地板和馬桶幾天沒清理會出什麼事嗎？難道馬桶會因為這樣就滿出來嗎？

唉，我現在真的開始相信明蒂．梅迪森或蔡明娣真是我母親，我也開始明白養我的母親為什麼要這麼努力工作，好像她真的很享受這種苦日子。知道這些後，我在想她是不是覺得只有讓自己受苦，才能稍微彌補從妹妹那裡搶走孩子的罪過？

牢中母親的聲音打斷了我的思緒。「我這輩子唯一後悔過的事，就是沒機會陪在妳身邊，其他的都不重要了。」

「妳不後悔偷了那些國寶嗎？」

「國寶都被送回它們該去的地方了。但是即使我死了，妳仍然是我的女兒，我只希望能夠多陪妳一點，不，是陪妳很久很久。」

這些話深深撼動我的心，我不禁淚流滿面。

這個自稱或者真是我母親的古怪女人緊握住我的手。「小麗，我知道妳過得不好，但是我相信妳的善行一定會有善報的。」

「什麼善行？我這麼做只是為了錢，為了我根本拿不到的錢。」

「不，妳這麼做不只是為了錢，也是因為妳熱愛冒險。妳想要出人頭地，有一天妳會的。」

「怎麼出人頭地？妳現在可以未卜先知了嗎？」

「我不能，但是盲眼的算命師可以。他難道沒說妳有一天會成名嗎？」

「有，他確實說了。」

「妳看吧。」

「可是，媽……」我楞住了，忽然意識到自己剛朝著這個古怪女人喊了聲「媽」！

「妳說吧，孩子。喊自己的親媽有什麼好難為情的。這是再自然不過的事。」

我怎麼了？這個我認識不到一個星期的女人似乎能把我弄得暈頭轉向，她是不是施了什麼妖法？可是我再次脫口而出：「媽，我……」我停下來深吸一口氣才繼續說，這時我已經完全無所適從了，「我……很遺憾……以前沒能和您……」

「不要追悔過去，好好計畫將來，而且現在就要付諸實行。妳很了不起，我相信有一天妳一定會成功，就跟算命師從妳的命盤裡看到的一樣。他說每個人都有自己的天命，意思是我們的命運早在出生那一刻就已經決定好了。世界上很少有人能像翔鶴師父那樣讀懂無形的命盤，所以聽他的話，依循上天的指示順勢而為吧。」

「要怎麼做？」

「河水流經岩石的時候，會繞過岩石繼續它的旅程。水從來不抗爭，卻因柔軟而有力，所以可以流得更遠更久。」

她說做人要柔軟，但是我眼中的她卻不是這個樣子。「意思是說妳也曾經溫婉柔順嗎？」

「當然，那是在我還年輕貌美的時候，但在兩者都失去後我必須強迫自己變得剛強不屈。不過，金錢也可以讓獄卒、警衛和官員的心變軟。」

「可是妳說妳沒錢了！」

「其實不是我的錢，是某個人的，全部的費用都是這個人出的。」

「誰？」

「某個……」她沒說下去。

我繼續追問，可是她沉默不語。

我想著剛才的對話，同時傾身靠近這個幽魂般的女人，想要看懂她的辯才、自信、遠見、苦痛、堅毅、古怪和狡詐……我不知道還能說什麼，便拍拍她滿是皺紋的手。「媽，也許我們今天聊到這裡就好，妳現在一定很累需要休息。」

「妳關心我我很欣慰，不過別擔心，我很快就會在命運的引領下永遠安息了，所以現在休不休息真的不重要。」

我突然醒悟坐在對面的這個古怪女人就快死了，而她是我的母親，這個打擊讓我心裡猛地一抽。

我驚慌地想要做些什麼讓她能夠脫出囹圄，什麼事都行，即使成功的可能性微乎其微。也許我可以色誘警衛好讓她脫身？或是色誘法官讓他撤銷判決？

母親好像讀懂我的心思，她開口說話，聲音痛苦卻很有力。「小麗，我很高興我們母女終於團聚，偷走的寶物也都送還國家。我的心已經獲得解脫，讓我可以毫無牽掛地離去。所以不要擔心我，不管我們是不是願意，總有一天都會面臨同樣的結局，所有人的宿命在最終都是公平的。」

受病痛折磨的雖然是母親，但沒想到淚流滿面的卻是我。如果我沒看錯，眼前這個幽魂般的女人看起來甚至很自在——就像一個看透一切、悉知一切、明瞭一切、原諒一切的聖人。多麼奇怪，那個悉知一切、原諒一切的人不是應該是我嗎？

我想起埋著王靖的那個墓園入口的對聯：

今夕吾軀歸故土，他朝君體也相同。

我重重嘆了口氣，將剩下的雪蓮茶倒進母親的杯子裡。「這個一定可以治好妳的病。」她像好寶寶一樣聽話地喝得一滴不剩，而望著她的我就像看著病兒的慈母。我不知道她心裡在想什麼，但肯定不是單純的念頭——這個複雜、世故，而且大限將至的女人，她是我的母親。

她摸了摸我的臉。「別太擔心，我的孩子。我們的命盤不過是預排，總可以重新排過。」

33 茶樓

和母親談話後我覺得筋疲力竭，決定好好休息一下。因為有幾個晚上曾被接線生誤接到我這邊的電話吵醒，拿起話筒只聽到對方講著奇怪的方言，所以那天晚上我乾脆在睡前拔掉電話線。

隔天早上起床後終於覺得有稍微睡得好點了，我下樓到餐廳吃自助式早餐。看到各式各樣的食物一字排開——油條、肉包、醬瓜、蔥油餅、皮蛋、豆腐乳、炒飯、加了蔥、牛肉、魚片、豬肚和海鮮的什錦鹹粥，還有各種果汁和茶——空空的胃馬上像煮沸的稀粥一樣咕嚕作響。

半小時內我就把裝得滿滿的餐盤清得一乾二淨，不是一盤而是連續三盤，連我自己都嚇一跳。肚子裝滿後終於不再咕嚕，我也心滿意足，決定接下來要讓腦袋放空，於是直接回房小睡片刻，希望這次不會再怪夢連連。

下午三點左右我才醒來，很快洗把臉後走到旅館外散步。我漫無目標地閒逛，無意間看到一個黑底金字的招牌，上面寫著四個大字：大碗茶館。

看到「大碗」兩個字我的心弦就被勾動了。很酷，我一向喜歡大的東西，也喜歡像亞歷那樣心胸寬大的人，當然還有我剛離開的那片廣大浩瀚的沙漠……

我盯著「大碗茶館」這四個字，雖然不久前才吃過一頓豐盛的早餐，不過我就像被蛇蠍美人所魅惑一樣，無可救藥地又被吸引了過去。

一踏進茶館，就聞到一股令人心曠神怡的茶香撲面而來。茶館裡明亮寬敞，裝潢以喜氣洋洋的紅色和金色為主。女服務生全部穿著合身的紅色旗袍，領子很高不過側邊的衩開得更高，走動時袍中的一雙美腿若隱若現就像在和裙襬玩捉迷藏。喝茶閒聊的顧客頭上高懸著圓形紅燈籠、帶紅色流蘇的方形黑邊宮燈，和雕工精巧的金色鳥籠，顧客身前的小桌上都鋪了紅布，上面用金線繡著福、祿、壽的字樣。大部分的牆面都掛了字畫，我注意到其中一幅寫著：

以茶會友
以茶賞藝
以茶修道
以茶悟禪

還有一面牆上掛著巨幅的梅花國畫，畫前是一個鋪著紅毯的小平臺，兩側則是一副對聯：

戲作小詩君勿笑，從來佳茗似佳人。

哇！看到這麼特別的比喻，我忽然覺得自己也成了如花佳人，迫不及待想要來一壺上好佳茗。

年紀極輕的女服務生領我到一張小桌旁。

「小姐，第一次來嗎？」她微笑，露出幾顆貝齒。

「對。」

「是來玩的吧？」

「是，妳看得出來？」

「妳們看起來不一樣唄。」

「哪裡不一樣？」

「怎麼說呢，比較洋化吧，我想。」她說，然後將菜單遞給我。

我看著琳瑯滿目的詩意茶名：鐵觀音、凍頂烏龍、陳年普洱、黃山毛峰、大紅袍、白牡丹、雨前、龍井、雲霧、碧螺春、紅蓮、仙楂……你想得到的這裡都有。我為了掩飾自己的困惑和無知，決定看價格來選茶，可是我發現有些茶，像是大紅袍和一種特別的鐵觀音，竟然一壺就要價兩百元人民幣，哎呀，我突然又不想出手那麼闊綽了。

女服務生可能看出我拿不定主意，便用如綠茶般令人舒緩的音調說：「小姐，就挑一種吧，我們的茶都是上好的。不過如果您需要建議，我推薦陳年普洱。」

我故意開玩笑。「是因為跟我的老臉很配嗎？」

她驚得一跳。「噢，不是，當然不是！」

看到她真的滿面驚慌，我覺得有點過意不去。

「小姐您誤會了，我不是這個意思，您看起來很年輕漂亮呢。」

「謝謝妳，妳也是。」

她臉紅了。「您不是當地人可能不知道，普洱茶一天比一天貴，拍賣會上收藏家買幾磅的價格都可以買黃金了。」

「真的嗎？」

她點頭。「這一批是我們老闆剛從拍賣會上標回來的，所以我特別推薦給您。」她頓了頓又說：「您如果去別家喝，還可能喝到假普洱呢。」

我瞪大眼睛不敢置信。「茶葉怎麼會有假的？」

她笑了幾聲。「當然有啊，染上顏色、灑了香料做出來的。」

「噢，天啊！」這次我笑了。「這裡的普洱是幾年的呢？」

「三年。」

「那算老嗎？」

「對茶而言算老的。還有更老的，但是只保留給身分特別的貴賓。」

「怎麼個特別法？」

「小姐，您要知道我們這間茶館是一九四〇年代開張的知名老店，您今天來得早，運氣好還有座位。有些名人跟大明星為了來這裡看表演，還得預先訂位點茶呢，我們這裡節目可多了，有茶藝表演、京劇、流行歌、說書還有魔術表演等等。」

經過又一輪愉快的閒聊後，我最終還是點了一壺八十元人民幣的陳年普洱。女服務生五分鐘內就端著寬大的漆盤送上茶，還附上熱毛巾和兩小盤點心，盤裡有甘草橄欖、金橘、醃梅子、蜂蜜枇杷糖、瓜子等各式蜜餞糖果。服務生離開後，我輕啜一口琥珀色的熱燙茶湯，然後呼出長長的一口氣。雖然最近經歷了種種教人天旋地轉的事件，奇怪的是我竟然覺得很放鬆，甚至安詳滿足。儘管我先前完全不知道自己的身世，但終於真相大白確實令人欣慰。

我一邊啜飲有年份的佳茗，一邊嗑著染成紅色的瓜子，還不時將酸中帶甜的醃梅子和苦中帶甘的金橘丟進嘴裡，腦中則回想著我和已離世的母親，以及最近相認但也即將離世的生母之間的關係。當然，不管逝去的母親對仍健在的母親做了什麼，她對我有養育之恩，所以就算是真相也不能改變我對她的愛。

然而，現在勇敢而神祕的生母也讓我想親近。我能有機會一窺她心中的奧祕，或是在她那些不為人知的念頭永遠消失前偷偷一聽嗎？

我的思緒如天馬行空，但雙眼可也沒閒著，我注意到上門的客人越來越多：幾群男客口沫橫飛、比手畫腳，可能是在談生意或聊政治；雍容華貴的女客則穿著剪裁合宜的套裝或連衣裙，正悠閒地小口啜著茶，還一邊以蓄著長指甲的手指靈巧地剝瓜子，一邊熱切地嘰喳閒聊。

雖然茶館裡越來越熱鬧，但琥珀色茶湯樸實的宜人香味讓我放鬆下來，而周圍溫暖的紅色和金色光澤裹著我，就像結成一個回憶和懷舊的繭。

又過了一個小時，我喝下更多的茶，看著人們來來去去，也想了更多，終於能夠接受明蒂‧梅迪森是我母親的事實，也能感覺到我和她的氣場確實隱約有著某種牽繫。我不希望她離開人世，可是還有什麼活命的希望呢？

服務生幫我回沖第三次之後，由擴音機傳出的世故老練男音鑽入我耳中。我抬頭張望，看見一個矮小的男人拿著麥克風站在大舞臺上。

「各位女士、各位先生請注意！現在將由茶藝師高家兄妹為我們帶來不可思議的茶道表演，保證讓您看得目瞪口呆。現在讓我們以熱烈的掌聲歡迎他們！」

茶館中響起如雷掌聲，出人意料的是上場的竟是十幾歲的孩子。兄妹倆身上滾金邊的大紅功夫裝包裹著纖細的身軀，他們的臉龐光潤、笑容甜美，可愛得讓人恨不得他們是自己的兒女。

我忍不住輕笑。這兩根還在發育中的瘦竹竿怎麼可能是茶藝大師？據我所知，茶藝儀式大多由至少五十幾歲的中年茶藝師進行，要在安詳靜謐的場合以沉靜的面容、莊重的姿態和合於儀式要求的高雅動作完成。這兩個青少年怎麼會來表演這種只適合「更年期」大人的茶藝儀式？更不妙的是在兄妹二人組背後功夫片的配樂開始大聲響起。

隔壁桌一個五十幾歲、很有福態的婦人朝我湊近。「小姐，別小看這些孩子，我們都是為了他們來的。」

和她同桌的隔壁女客也插話：「我還是付錢請人幫我帶孫子才能來看呢。」

「真的這麼好看嗎？」

「看就知道了。」

「可是他們只是小孩子啊！」

「相信我，小姐，小孩子很神奇的。」

「相信我們，小姐，準備好大吃一驚吧。」她朋友也說。

這時兩兄妹向觀眾深深一鞠躬，然後做了一些暖身的基本動作，像是飛踢、出拳、劈腿成一字形，同時口中不斷發出李小龍式的經典「嘩—啊」嚎叫聲。

我靠近鄰桌的女客壓低聲音問：「妳們確定要表演的是茶藝儀式，不是功夫嗎？」

福態婦人在喧鬧聲中悄聲回答：「噢，妳一定沒聽說過。這是最新潮的茶藝表演，和那種白鬍子老頭抖著手、擰著臉的茶藝儀式一點關係都沒有。噓……注意看。」

兩名女助手將一臺推車推到舞臺中央然後迅速退下，推車上有一個壺嘴長達三英尺的金屬茶壺、幾個小茶杯和一大壺沸水，水壺下面還放了加熱用的電爐。

哥哥一把提起水壺將水注入長壺嘴的茶壺裡，接著妹妹將五、六個杯子全放到頭上，之後兄妹就輕巧地開始移動，同時靈巧地伸展四肢擺出各種體操動作，從頭到尾妹妹都保持著頭上茶杯的平衡。約莫過了五分鐘，哥哥忽然提起利劍般的壺嘴朝妹妹戳刺，女孩赤手空拳加以抵擋，而她頭上的茶杯還是紋風不動，接著妹妹抓住長壺嘴，兩人一起快速轉圈。看得渾然忘我的觀眾爆出響亮掌聲和「好！好！」的喝采聲。

好戲還在後頭。正當兩兄妹施展渾身解數表演難以想像的功夫和體操特技時，男孩忽然躍起，在女孩以單腿支地快速轉圈的時候將茶注入她頭上的杯子裡。

這時觀眾的情緒已經激昂得可與天山比高，他們又是尖叫又是鼓掌，還將裝了錢的紅包丟到舞臺上，有人甚至拋出珠寶首飾。

我也跟著高喊「好！好！」雙手拍得紅腫發痛。

隔壁兩個女客得意洋洋地看我。「妳現在愛看了吧？」

「太神奇了！」

「看吧，我們早跟妳說了。下星期再來，同一時間。我們也會在這兒。」

「我一定會想辦法再來。」

經過稍早茶香中的沉思，又看了以高潮作結的超現實茶藝表演，我覺得心神稍稍平復，於是招手請服務生送來帳單。

出了茶館後我隨意漫步，想的全都是那對年輕兄妹表演的高難度特技，走著走著我看到一間電影院的看板貼著成龍的功夫喜劇電影海報。太好了，這正是我想看的，比較不用大腦可是精采流暢的功夫招式。我這樣想如果被成龍知道肯定會得罪他，因為他一定花了不少心力設計電影裡的每個動作，可是對我而言，在片中呈現的效果就是不用大腦。

我買了票走進電影院，幾乎每個動作都讓我哈哈大笑。當然不是因為電影真的這麼好笑，我只是想藉由影像放鬆一下緊繃的情緒。

片子結束後我還留在座位上，因為笑得太用力而渾身疲軟，我看著片尾的致謝字幕慢慢跑過。武術顧問的名單出現時，一個名字像雞蛋落入炒鍋般砸在我臉上——程東。又號浮雲！

先前的大好心情馬上煙消雲散，匆匆走向出口時我的心砰砰直跳，我覺得我好像在昏暗的電影院裡看到浮雲對我微笑。是他真的混在觀眾群裡？還是那只是我因恐懼而產生的幻覺？

回到旅館後我倒在床上大哭，這個和尚是不是一路跟到北京來找我了？我突然想到電影院裡那個人的一頭黑髮，浮雲是否又變回程東了？

34 海葬

隔天醒來時已近中午，我正在想今天是去探望母親或是再休息一天時，突然傳來急促的敲門聲。難道是浮雲追來了？等我打開門，看到只是旅館經理才鬆了一口氣，可是對方卻滿面怒容。

「出了什麼事嗎？」

「一位羅先生在櫃臺要見妳，他堅持要我們上來敲妳的房門。妳不應該把電話線拔掉！」

「嗯……抱歉。請轉告他我十分鐘後就到大廳。」

我很快沖了個澡、換好衣服，然後抓起錢包趕到大廳。羅先生會直接來旅館找我一定是有什麼重要的事，可是會是什麼事呢？也許他發現其實真的有三百萬美金可以讓我認領？一念及此，我覺得自己的嘴角像劇院簾幕一樣慢慢上揚，可是緊接著我又想到急事幾乎很少是好事。

看到羅先生無比哀戚的表情，我嘴邊殘存的笑意立即消失無蹤。「羅先生，出事了嗎？」

他點頭。

「什麼事？」

「妳要有心理準備，是很壞的消息。」他停下來清了清喉嚨。「妳的母親明蒂・梅迪森，也就是蔡明娣，已經在昨天下午過世了。」

「不可能啊！我前天才和她說過話，那時她人還好好的。」我大嚷著。大廳裡的幾個客人轉過來盯著我們。

沒想到律師的眼眶一紅，聲音也變得哽咽。「妳離開後不到二十四小時她就過世了。」

「你為什麼不通知我？」

「我打了好幾通電話到妳房間，但都沒人接。」

當然沒有，因為我為了擋掉接錯的電話把電話線拔掉了！

羅先生又說：「我想過來通知妳，可是又必須到牢裡處理後事。我不想只是請人留言給妳。」

「那我們現在怎麼辦？」

「我都安排好了，遺體已經送到殯儀館，兩天後就會舉行葬禮，我會來這裡接妳，或請我的員工帶妳過去。她的心願是將遺體火化，然後將骨灰和王靖的一起灑在渤海。」

「可是父親明明是土葬，你才帶我去過的！」

「妳母親將他的骨灰分開放在三個地方：那座墳、沙漠荒城的牆下，還有她住的那間囚室。」

我一個字都聽不進去，這個消息太過震撼，讓我在恍惚中只顧著回憶先前和母親相見的短暫時光，點滴片段如今都變得無比珍貴。

「林小姐，」──羅律師關心地望著我──「妳還好嗎？妳現在能跟我回辦公室看看後事如何安排嗎？不行的話，妳最好還是先休息一下，我們晚一點再處理。」

「也許晚一點吧，抱歉，我現在什麼都沒辦法想。」

「我了解。我明天會和妳聯絡，今天先休息吧。」

我一回房間就撲到床上哭得肝腸寸斷。如果真的有神，祂為什麼將母親帶回我身邊，卻又馬上帶走她讓我再當一次孤兒呢？

香港的母親凡事都要求神的指引，可是神似乎沒辦法給我答案，我的問題像壁球一樣朝我彈回來，除了發出噪音外沒傳回任何訊息。也許盲眼的算命師父翔鶴可以給我更好的建議，至少他會聽、會回應。現在我在想母親蔡梅丰會信仰基督，是不是因為她背叛自己的妹妹，從此背負著無法向人啟齒的罪愆，我問神，可是即使祂有什麼想法也不曾向我洩露一絲半點。

接下來幾天都在恍惚混沌中度過——我和羅律師見面、讀了母親的遺囑、去了殯儀館。到了喪禮那一天，管事的人遞給我一件粗麻孝服要我穿上，可是我拒絕了。習俗上逝者的子孫在守喪時會穿這種不縫邊的粗麻衣服，這是為了表示哀痛逾恆、毫無心思注意自己的穿著打扮。

羅先生對於我身上的淺綠色絲質洋裝表達了強烈的不滿。

「妳應該穿白色表示對往生者的尊重！」

「你想要我更加憂鬱，好追隨母親到墳裡去嗎？」

女兒不能在喪禮中缺席，最後羅先生只好讓步。

看到公祭時只有兩個人到母親靈前致意，我只覺得更加抑鬱。

我還來不及開口，羅先生就說：「梅迪森女士剛開始坐牢時有很多訪客，可是一年一年過去，他們發現政府不可能放她出獄，就不再來了。」

我大喊：「太過分了！」

「妳一定聽過『久病床前無孝子』這句話吧？」他聳了聳肩。「人性如此。」

我點頭。我還能說什麼？「那麼那兩個人是誰？她最好的朋友嗎？」或是她的情人？我指著遠處角落裡兩個交頭接耳的男人揣測著。

「哦，不是，他們只是這裡的員工。」

靈堂裡只有我和羅先生，沒人來握手致意、鞠躬或拜倒在逝者靈前，也沒人喃喃說著空洞的慰問話語，所有儀式在半個小時內就結束了。我盡了孝女的義務，為母親燒金紙、在她靈前跪下磕三個頭，我將頭重重撞在地上，希望她在天之靈可以聽到。最後我按下火化的按鈕，強忍淚水伴著既是母親也是阿姨，既是明蒂・梅迪森也是蔡明娣的女人走完回歸塵土的最後一程。

兩天後羅先生安排車子載我們到北京東南方的天津，之後我們轉搭一艘小船出港到渤海。我試著在搖晃不已的小船上穩住身體，懷中緊抱的罈子裡，是才相認不久的父母親。

周圍的一切飄渺如夢，我像母親緊抱幼時的我那樣緊抱著我的父母。可憐的王靖，他到嚥下最後一口氣的時候都不知道自己在這世上還有一個女兒。

和緩的輕風和耀眼的蔚藍海水，與我沉鬱的心情呈現強烈的對比。骨灰罈上的遺照是父母親年輕時拍的，母親將一頭長髮編成兩條粗辮，臉微微側抬，視線落在鏡頭以外的某處，好像渴盼著驚險刺激又充滿希望的未來，她光滑的臉龐上綻開的那一抹笑容看起來好像春天將臨。

理著平頭的父親眼神專注，透過金屬圓框眼鏡，眼睛看起來似乎更大了，尖下巴和銳利的眼神讓他有種詩人或革命志士的氣質，他似乎滿懷理想和壯志想要推動國家改革，甚至願意為此犧牲性命。兩個既是伙伴也是靈魂伴侶的年輕人，精力充沛的他們滿心期待能擁有更好的未來。他們是否曾想過共組家庭生兒育女，一起攜手到老，享受兒孫繞膝，或是爬到腿上亂抓他們白髮的人生？

我只覺得空茫絕望。誰能想像一輩子竟然要二度為雙親送葬？

我渾然不覺時間的流逝，後來才發現小船已經放慢速度，現在正隨著波浪上下起伏。瘦得像竹竿的船長看起來約莫五十來歲，他朝羅先生大喊：「夠遠了嗎？」

「夠了，請在這邊停幾分鐘。」

「我們離岸邊很遠了嗎？」我問。

羅先生說：「妳現在可以完成身為孝女最後的義務了。」

已經麻木的我沒有回答。

「妳想的話可以先默默禱告，我帶了《心經》，妳也可以誦經求佛祖保祐他們回歸西天。」

眼前這個一臉嚴肅的男人做起事來確實鉅細靡遺。

「我會先唸《心經》為他們祈福，然後再向神禱告。」

「好的。」他遞上《心經》。

我抬頭望著藍天默想了幾秒鐘，想到先聖老子說的「天地不仁，以萬物為芻狗」，確實，在天地或神明的眼中，我們渺小得就像一粒沙。就像我的雙親，他們現在由血肉之軀化為塵土，即將散入無盡的虛無之中。

我低頭誦唸佛家經文：

觀自在菩薩，行深般若波羅蜜多時，照見五蘊皆空，度一切苦厄。……

長久在西方受教育的我已經無法理解如此艱深的古經文，然而我很喜歡「度一切苦厄」這句話。誰不想要獲得救度呢？唸完《心經》後，我也向神唸了短短的一段禱詞：「主啊，我來此處將父母的骨灰灑入海中。感謝羅律師和船長帶我來，讓我完成母親的遺願為他們海葬。無論父親和母親生前犯下何種過錯，祈求主讓他們很快回歸主的懷抱並聆聽天使歡唱。我也希望有朝一日能和父母親在主的懷抱中團聚，感謝主，阿們。」

禱告後我疲憊得無力思考，便轉向羅先生請他指點。

他說：「現在妳要向他們最後一次道別，然後將骨灰灑入海中。」

我先舉起母親的骨灰罈，在照片裡她的雙頰上各吻了一下。「媽，一路好走。」我想這是最適合向她告別的話，她生前是如此勇敢無畏、熱愛冒險，先是沙漠，現在是海，接下來是天堂或是西天，她走的路必然都是最具挑戰性的那一條。

我對王靖並不熟悉，所以只吻了他的額頭。照片中陌生父親盯著我的眼神充滿企盼，好像在說：「女兒，很抱歉我從來沒機會在妳年幼時把妳抱在懷裡，也沒機會在我年老時倚靠著妳尋求寬慰。命運註定我們要錯過彼此，俗話說茫茫人海中擦肩而過就是這樣吧。

「我們不能照顧妳，親愛的女兒，往後妳要照顧妳自己。找個好男人結婚，生很多小朋友，想像我從天上看著外孫甜甜的笑容、聽著他們開心的笑聲。望妳此生健康、平安、幸福到老。祝妳好運，再見了。」

直到羅先生碰了碰我的肩我才渾身一震，他將手帕遞給我。這時我才發現自己已經淚如雨下。羅先生指著母親的罈：「該讓梅迪森女士在海中安息了。」

我注意到他紅著眼眶、聲音顫抖。他是不是也在流淚，就像他在旅館裡告訴我母親死訊那時候一樣？律師會為客戶流淚嗎？或是男人在為女人流淚？

「羅先生，你還好嗎？」

他的聲音微弱得幾不可聞：「我還好，是海水濺到眼睛裡了。」

我盯著他好一會兒才轉身向海，打開蓋子將罈中物盡皆灑入水中。海面如此平靜澄亮，對於人世間的苦痛如此無知無覺。母親的骨灰在空氣中先是像飛舞的星塵一樣轉了幾個圈，最後墜落吻上波浪。

接著我打開王靖的罈照先前的方式灑下。奇怪的是他的骨灰沒在半空中盤旋就直接落在海面，也許是因為他已經等不及要跟上他最愛的女人，捨不得讓她在這條不歸路上形單影隻。

兩罈都灑完後，羅先生遞給我兩個花圈讓我依次拋向海面。鮮花好似也有思想和情感，它們迫不及待地乘著浪頭飄遠，好像想要趕上我的父母，以彩虹般的光環為他們引路。

「現在把這個也丟下去。」我耳邊傳來羅先生滿懷傷悼的聲音，他將第三個花圈放在我手上。

「還要放一個？」

「這是用來引走魚的。」

我雖然不懂背後的邏輯，但還是依言照做，對他的體貼和關懷很是感激。

我凝視海面上的骨灰、花瓣和波浪，直到我化為塵土的雙親完全消失在視線之內。從今往後，無論是幸或不幸，我們在這紅塵中再無相逢之日。

回到北京後，羅先生表示如果我還不累，他想邀我到外頭一敘。

我們進了一家小咖啡館，我坐在這位對待客戶極度熱心的律師對面，對於這個謎樣的男人第一次有了清晰的印象。他大概五十幾歲，身材偏瘦、外表乾淨俐落，看起來也很像教授或顧問，個性嚴謹、說話切中要點。

我點了黑咖啡配合當下的心情，羅先生則點了礦泉水，我想是要配合他的木然無感吧。飲料送來後，我們各懷心事地啜飲，然後他說：「林小姐，現在將妳父母親的身後事辦妥，我總算放心了。」

「謝謝你，羅先生。還好有你幫忙，不然我一個人真的沒辦法。」

他頓了頓、喝了口水，然後說：「但妳母親的官司還沒完結。現在文物都已經還給國家，兵俑身上那一小片陶土也檢測過了，我們還要繼續努力為妳母親洗刷罪名。」

「謝謝你幫我母親做了這麼多，希望你獲得了應得的報酬」——我嚥下了最後半句話，聲音中摻雜一絲苦澀——「因為我沒有。」

「她破產了。我已經很久沒向她收費了。」

我一直在想他為何這麼好心，律師不都是貪得無厭、依照客戶存款數字決定服務品質的嗎？律師似乎猜出我的心思，他說：「林小姐，妳可能會很驚訝，如果我告訴妳……」他驀地住口，泫然欲泣。

過了幾秒鐘我才小心翼翼地探問：「請說？」

他看起來像掙扎著想說出什麼極痛苦的事，最後他說：「多年來我一直都愛著梅迪森女士。」

「什麼？」母親的另一個情人？

對我驚愕的反應他毫不在意，只是一邊用餐巾紙抹著眼角一邊繼續說：「她是個很迷人的女人，堅毅果決而且很有勇氣。很不幸妳見到她的時候，她的美麗已經被癌症、牢獄和冗長的官司消磨殆盡。她年輕時活力四射，可以讓周圍的人都充滿信心和希望，我只是她眾多愛慕者之一。」

這個看起來木石心腸的人原來一直在默默哀悼著。

「你結婚了嗎？」

「我結過婚，前妻發現我一直愛著明娣後我們就離婚了。後來也一直沒再婚。」

心碎的男人。

「這就是為什麼你一直盡力在幫我？」

他點點頭。

「你還是很愛她，對吧？」

「遇見她後，我對其他女人都失去了興趣。雖然明娣從沒真正愛過我，但我們確實有一段情。」

所以他就是母親提到的那個男朋友！

「你是說……直到她死前？」

他點頭。

我腦中閃過無數個變態的問題：怎麼會有男人看到被癌症折磨得三分像人、七分像鬼的女人還覺得她有魅力？他們曾發生關係嗎？在哪裡，難道是在牢裡？用什麼姿勢，不會是倒垂蓮吧？

靜默許久後，他拿出一本邊角都已磨損的筆記本遞給我：「這是妳母親在絲路旅行時寫的日記，妳可能會有興趣。」

「是借我看還是要讓我留著？」

「妳留著吧，這樣妳就能多了解妳母親一點。」

我匆匆翻看筆記本，沒有細讀，只是想從母親清秀的字跡和私密的文字中感受她殘存的精神。又沉默了許久後，羅先生問：「林小姐，妳接下來要做什麼？」

「現在我已經不需要待在這裡了，我想我會回紐約把小說寫完，之後會試著聯絡經紀人和出版社。不過這真的是一條很漫長的路，離夢想實現的一天還很遙遠。」

他深深地望著我：「別氣餒，只要持之以恆一定會成功的。妳遺傳了妳媽媽永不服輸的精神。」他頓了頓才又接下去，「還有她的美麗。」

沒想到他竟然臉紅了。

回到旅館後我為了讀母親的日記幾乎徹夜未眠，看完我終於明白為什麼那麼多男人都會被她吸引。也許有些母親會讓女兒去實現自己未竟的夢想，但我卻剛好相反。我這趟漫長而艱辛的絲路之旅，其實是為了重新經歷母親一部分的人生，她以很不尋常的方式激勵女兒成長。

日記中有許多段落都讓我回味再三，像是下面這一段：

八月三日

我也許是第一個獨自穿越「進得去出不來」的塔克拉瑪干沙漠的女人。如果我生在歐美，報章雜誌上一定會有一大堆我拖著木橇，上面載滿裝備的照片，可是在中國，沒人知道我的存在或是我的創舉，而我也必須低調行事。

在嚴酷的沙漠裡，我一直想到死亡。如果我真的再也「出不來」，那我就會加入那數十億顆的沙粒，在颯颯長風中翻滾幻化，也不會有孤魂野鬼與我為伴。然而在這個空寂的地方，我不時會想起我的寶貝小麗，我離開香港回到中國時，她才兩個月大。

三天後，羅先生告訴我，由於明蒂．梅迪森過世，政府當局決定撤銷所有對她的控告，不過如他所料，政府不會歸還已扣押的三百萬美金。我問他為什麼，他的答覆是：追問政府為什麼絕不是明智之舉。無論如何，我對中國的法律一無所知，在這裡也沒有人脈，所以最好還是不要再追究那筆錢，回美國繼續過我的日子。

35 回到紐約

我過去一直以為曼哈頓是世界上最高雅時髦的地區，不過一旦拿來和我在絲路之旅中到過的城市相比，它似乎遜色得多。確實，在我回家後，一切都變得平凡無奇，回想起絲路的經歷恍如隔世。但是既然和那三百萬美金已經無緣，我也不得不回到我那間聯合廣場附近的小公寓。

到家後我立刻撥電話給亞歷，希望他和悅的嗓音和溫柔的話語能讓我的生活更容易回到常軌，但電話還是像先前一樣無人接聽，我甚至打去哥倫比亞大學的註冊組詢問亞歷的電話和住址，可是除了證實他的確是那裡的研究生之外，他們以保護隱私為由，完全不肯透露任何進一步的消息。

亞歷去哪裡了？他回中國找我了嗎？可能性不大。我最恐懼的場景在腦海中浮現：也許這次亞歷真的瘋狂愛上和他同年紀的女孩了！

我越想心越沉，於是打給克里斯。

他聽起來興高采烈，因為亞歷失聯而失望的我又有被愛的感覺了。

「親愛的小麗，聽到妳的聲音我好開心！妳離開這麼久真是折磨我，我想妳一定有很多話要跟我說。我今晚可以去妳那裡嗎？」

我想了一下。「克里斯，為什麼你一直都有空？珍妮和普雷斯頓呢？」

「妳也知道，小麗，妳離開了很久。妳不在的時候妳以為我都在做什麼？我都在陪家人，我帶兒子去吃麥當勞、逛動物園、看電影、玩棒球，還帶他去逛街。」

「珍妮也一起嗎？」

「當然，珍妮是孩子的媽。」

「這表示你其實不需要我。」

「噢，小麗，妳不要故意刁難，我當然需要妳。」

「我不在的時候你還有別的女人嗎？我是說除了珍妮之外。」其實這麼問讓我很不自在，因為我也不是對克里斯很忠實，撇開倒垂蓮不說，在中國的時候我還跟亞歷在一起。

他嘆了口氣：「拜託，小麗，沒有別的女人，只有我的家人。」

「所以你跟珍妮做了？」

他沉默了一會兒才開口，聲音就像癟了的皮球正放出最後一點空氣：「妳想我怎麼回答？妳離開這麼久，難道妳希望我變成修士嗎？拜託，我今晚可以過去嗎？」

「你還沒回答我的問題。你要怎麼告訴珍妮要出門的事？」

「我不用什麼事都向她報告，而且我在家當了六個月的好男人，有權休息一下。」

「我今天晚上不能和你見面。」我說，我仍惦記著亞歷，想要等他回來。

「妳是認真的嗎？」他提高音量。「那妳打來做什麼？來嘲笑我嗎？」

「算是打來跟老朋友問候一下吧。」我說，掛斷電話後順手拔掉電話線。

到了晚上六點鐘，還在小睡的我被重重的敲門聲吵醒。我衝到門邊，透過門上的貓眼看到曾教過我的亞丹仕教授。

我拉開門。「克里斯！」

他一如往常帶來兩袋食物。「妳不肯接電話，我就幫妳送來了妳最愛吃的中國菜外燴。」

我杵在門口想不出有什麼辦法可以讓他離開。

「妳不請我進去嗎？」

「嗯……」

「老天，小麗，妳讓我進去！」

我照做了，然後關上門跟在他身後走到餐桌旁。他拿出餐盒擺在桌上，然後將我拉進懷中想要吻我，我將他推開。

「怎麼了，小麗，看到我不開心嗎？」

「我累了。」

他盯著我好一會兒。「可憐的小東西，妳肚子一定餓了，我們先吃吧，晚點再聊。」

於是我們坐下來，整頓飯安靜無話。

十五分鐘後食物一掃而空，克里斯問：「好幾個月不見，妳連一點思念之情都不表達一下嗎？」

我湊近親了一下他的臉。

「我們現在要不要到床上去？」

「可以啊，不過只有我。」

「妳是什麼意思？我們都一起上床的！」

「從現在開始我不想再這樣了。」

「妳在開玩笑嗎？」

我沒有回答。

他張開雙臂擁抱我，這次我沒有抗拒。「妳一定很累了。」許久之後他退開，突然拋出那個我一直害怕聽到的問題。「小麗，我想我至少有權知道妳為什麼要一個人去沙漠。」

我想既然沒有三百萬，不用怕他起貪念，那告訴他實情也無妨。「你準備好聽全部故事了嗎？」

「放馬過來吧。」

我給他看了幾張照片和一部分的日誌，然後將旅程中的事幾乎全告訴他了，其中當然略過了亞歷以及跟浮雲試了「倒垂蓮」的部分。

聽完後，克里斯一臉難以置信的樣子。「小麗，妳真的應該算我一份的！還有那三百萬美金呢？

真的沒了？」

「信不信由你，其實感覺沒那麼糟，畢竟這麼好的事本來就不像是真的。」

他脫口而出：「妳為什麼不把這些經歷寫下來呢？」

「我已經寫在日誌裡了。」

「我的意思是說寫成一本書。」

「嗯……這我倒沒想過，從頭到尾都太不可思議了。」

「那妳更應該將一切都寫下來，這樣妳就會永遠記得了。」

「可是我想先完成我的小說，已經擱在桌上好久了。」

他沒接話，似乎在深思什麼，一會兒之後才開口：「小麗，我很想知道妳在那裡的經歷，妳的日誌可以借我幾天嗎？」

可是我絕不能讓他看到有亞歷和浮雲的部分，於是我說：「我現在想先自己留著看，也許之後可以借你。」

克里斯卻很堅持。「拜託妳，裡面也許可以找到一些不錯的創作靈感，我可以幫妳看看。我影印一份然後馬上還妳，怎麼樣？」

當然要由我自己影印，不能交給他，這樣影本裡就不會出現亞歷或浮雲了。

「好吧，我一有空就會去印一份。我現在好累，剛回來還有時差，什麼都不想做，所以我要上床了——不過只有我一個人。」

克里斯別無選擇，只好像被主人喝斥的狗一樣夾著尾巴離開。

三天後我終於從長途飛行而產生的疲憊恢復過來，也把一些瑣事都處理完畢，於是拿出進行中的小說試著重新提筆。但是老天，我一個字也寫不出來。在多次續寫失敗後，我終於放棄了。這時我想起克里斯說過以絲路經驗為題材的建議，於是著手整理筆記、照片、亞歷的信件還有母親和羅布的日記。接著，我就像發狂似地在電腦前拼命打字。也許因為是我的親身經歷，我的指尖彷彿成了水龍頭，而文字就像自來水一樣源源不絕地傾注，沒想到比寫那本家族史詩型的成長小說還要容易許多，真是令我驚喜交集。

我寫到廢寢忘食幾乎與世隔絕，一直到兩、三個星期後我才想到，克里斯自從那天順道來跟我拿日記和照片的複本後，就再也沒造訪這間公寓了。

連一通電話都沒打過。

我拿起話筒撥了他的號碼。出乎意料地，他的聲音聽起來即使說不上冷漠，也顯得極為疏離。

「克里斯，你去哪裡了？」

「照顧珍妮，她最近身體不太好，所以我必須在家照顧她。」

「真是令人遺憾。那你為什麼不打通電話跟我說呢？」

「我……只是不想讓妳擔心。」

「普雷斯頓還好嗎？」

「他很好。不過他媽媽病了，所以我也需要多花點時間陪他。」

「珍妮怎麼了？希望不是很嚴重。」

「噢，別擔心，只是重感冒又太累了。」

聽起來像是避重就輕，不過他的家人和我沒關係，所以我決定不再追問。

「克里斯，你沒辦法打來也沒關係的。」

「抱歉，小麗，最近有太多事要忙了。」

「我了解，不用道歉。珍妮病好以後跟我說一聲吧。」

「我會的。」他頓了頓，又問：「妳開始寫了嗎？」

「開始了，而且克里斯，我真不敢相信，這比寫之前那本小說容易多了。我現在不但不會寫到一半卡住，還會被自己嚇到，寫作怎麼忽然變得又快又順利？」

話筒另一端安靜了好一會兒才又傳來聲音。「妳是說妳在寫去絲路的事？」

「對，謝謝你的建議。」

「也許妳應該先停下來。」

「為什麼？」

「因為寫得太快不會是很好的作品。」

「噢，別擔心，我沒有在想出版或其他的事，沒那麼快。」

「很好。我想妳最好先專心完成妳原本的小說。」

「怎麼說？」

「因為到目前為止妳已經在那上面花了兩年的時間，所以真的應該先把它完成，妳也不想失去動力吧。」

「別擔心，之後我也會把那本小說寫完的，我保證。」

五個月過去，克里斯沒再和我聯絡，但我完成了絲路之旅的回憶錄。要和出版社接洽就必須要先找到經紀人，我本來想說可以請克里斯推薦他的經紀人給我，但是馬上又打消念頭。確實，他和我在一起的時候很大方，吃飯都是他出錢，他怕在外面遇到同事或學生，所以我們很少外出用餐，通常都是吃中國餐館的外燴；他也會買點小禮物給我，但都不是值錢的東西，像在韓國人開的雜貨店買的一束康乃馨、玫瑰或是搭配衣服的便宜首飾。

克里斯雖然願意對我施以小惠，但是我心知肚明，要他推薦一個像我這樣渴望飛上枝頭的無名小卒，簡直就和讓處女懷孕一樣困難。而且他還是沒打電話來，所以要不是珍妮真的病得很重，就是他對我已經完全失去興趣了。我猜是後者，因為他前兩次來找我的時候我都拒絕他的求歡。

無論如何，我只對亞歷有興趣，他是真的愛我，至少我們上一次見面的時候是這樣。可是他家的電話始終沒人接，我一直在想究竟發生了什麼事。我拿出他送我的護身銀牌，輕撫上面刻的龍鳳，祈禱在這萬丈紅塵中我們不會擦肩而過，而是能很快就相聚相擁。

我決定多問幾個經紀人試試運氣，就像中國人說漁翁撒網，希望我撒的這張大網至少可以撈到一條魚。

在收到二十三封婉謝函後，終於有一位蒙羅經紀公司的愛倫・蒙羅打電話來，表示願意代理我的作品，不過她用公式化的口氣再三強調不保證一定能找到出版社。

之後我陸續收到好幾封愛倫轉寄，來自大大小小不同出版社的婉謝函，直到某天她忽然打電話來：

「小麗，恭喜妳！中央出版社的編輯覺得妳的回憶錄很棒，想要幫妳出書。」

這大概是這麼久以來我聽過最甜蜜的話了。

我對著話筒尖叫：「噢，天啊，我是不是在做夢？」

「是，不過是個已經成真的美夢。」她故意頓了一下吊我胃口，然後脫口而出：「他們想預付六位數的版稅給妳，也就是十萬美金。」

這次我像中了頭彩一樣大叫：「噢，天啊，妳確定妳沒弄錯金額？」

「妳的意思是在說我辦事不力嗎？」她故意開玩笑。

「當然不是！只是……這聽起來實在太不真實了。」

「小麗，恭喜妳寫出這麼棒的作品！」

有了十萬美金的預付版稅，先前擔心要去找端盤子或當保姆之類低階工作的恐懼之情也如晨霧般消散。

回憶錄正式上市前的九個月過得格外緩慢，我埋首於潤稿工作，同時還要兼顧挑照片和審核封面等諸多事務。編輯特別喜歡我和亞歷之間的愛情故事，這尤其令我傷感。我和一生的摯愛在往後的人生路途中還會相遇嗎？或者會像我和母親一樣，就在紅塵裡芸芸眾生中擦肩而過？

雖然起初我很想在書裡提到和克里斯的婚外情，覺得這樣會更煽情、更有賣點，可是很快又打消了這個念頭，因為我不想為了私利傷害他和他的家人。而且要是亞歷讀了我的書，看到和克里斯的這一段該怎麼辦？

無論如何，雖然原因不同，但此刻這兩個男人似乎都得從我的生命中消失。

不過既然已經有出版社確定要幫我出書，我決定打給克里斯和他分享這個好消息，再怎麼說過去很長一段時間他都是我的導師。

沒想到系上的祕書告訴我他請了年休去寫書，要再過一個月才會回學校教書，祕書問我要不要留言，我留了。克里斯竟然請了年休卻不讓我知道，一定有什麼問題。以前他會利用休假的時間到我這裡多陪陪我，說得精準一點應該是到我的床上多陪陪我，這次這麼反常一定有什麼大問題。可是是什麼問題呢？

克里斯始終沒打電話來。

接著，就在我的新書預定上市的一個月前，我在《紐約時報》上讀到一篇專訪，是關於克里斯還有他的新書——《浪漫絲路行》。

事情已經很清楚了，他不只偷了我的故事，甚至連出書的時間都搶先我一步，所以他還能像俗話說的喝到「頭啖湯」。難怪他一直在躲我，原來是躲起來寫那個本屬於我的故事。

我匆忙下樓到街上，衝進最近的邦諾書店就抓起一本《浪漫絲路行》。封底上的克里斯炯炯有神的雙眼回望我，好像在嘲笑我的愚蠢和粗心。

「混蛋！」我咒罵。

離開書店時我又看了一眼櫥窗，他的照片擺在最前方，我又罵了一句：「無恥！」

我花了三天看完四百五十頁的《浪漫絲路行》，心中雖然更加憤恨卻也不得不承認克里斯的寫作功力確實高明。他能讓讀者一頭栽進故事裡，彷彿身歷其境般跟著主角冒險犯難、吃苦受痛、體驗沙漠的神祕風情，毫無疑問這些全都是他從我的日誌裡抄來的。但是因為複印本裡沒有我和亞歷的愛情故事，所以小說中愛情故事的男主角是一名英文系教授，以他自己為藍本，而女主角是他的學生，也就是我。非常聰明。到了故事結尾「我」拒絕回到文明社會，在嫁給一個維吾爾人後定居沙漠，而「他」，也就是那位教授，帶著破碎的心回到學校繼續教書並寫下回憶錄。所以根據小說情節，他是受害者而「我」無情無義地離開他，只為了嫁給一個異族男子留在陌生的土地。剩下的情節則全都原封不動地複製我的冒險經歷。

「可惡！可惡！克里斯，你怎麼能這樣對我？」我一邊尖叫一邊拿起話筒拼命打電話想找他，可是只聽到答錄機中克里斯機械化的聲音。我留下一通極憤怒而且極私密的留言作為回應，他聽到的時候至少會知道留言是從哪兒冒出來的。

十分鐘後我正想再打過去，電話響了。我抓起話筒尖聲大喊：「你怎麼能這樣對我？」

「小麗？」

是我的經紀人。

「愛倫，很抱歉。我以為是別人。」

「妳看到《紐約時報》上關於《浪漫絲路行》的報導了嗎？」

「看到了。」

「所以妳知道了。」

「嗯。」

「怎麼會發生這種事？」

我別無選擇，只能向愛倫和盤托出。

在冗長的靜默中，話筒兩邊只有幾次深呼吸的聲音。

「我們現在該怎麼辦？」我膽怯地問。

「我剛剛打給妳的編輯和她討論過了。她說中央出版社很可能會告克里斯・亞丹仕剽竊，或召開記者招待會讓妳說明真相。大家會相信妳，因為妳有第一手的資料而他沒有。記者會上妳可以公開妳在旅行途中的筆記、妳母親或是妳醫生朋友的日記，還有所有的照片等等。到時候他會很難看，所以我們甚至不用採取法律行動。妳準備好要面對了嗎？」

「我想沒問題。」

「小麗，我能不能問妳一個私人問題？」

「說吧。」

「妳和克里斯・亞丹仕之前是不是交往過？」

「是。」我羞愧得連聲音都虛弱無力。

她的回應令我很驚訝。「太好了，這可以讓媒體大書特書。名小說家兼大學教授利用學生經濟困難的時候引誘她，還剽竊她勇敢探險後寫出的作品。小麗，妳馬上就會成為各大媒體爭相報導的明星了。我和出版社的公關部門正在洽談相關事宜，妳只要確定每次採訪都會到就行了。」

我還來不及回答，她就掛斷了。

我思前想後，忽然憶起翔鶴師父給我的錦囊，於是從第二個錦囊裡拿出紙條，上面寫著：

萬事入眼，自身隱匿。

該死！我應該早點打開來看的，這不就是我犯的錯嗎？沒有隱匿日誌的存在還給了克里斯複本。

三週後我的回憶錄《天山》上市，接著我就展開馬不停蹄的忙亂行程，最後出版社甚至不需要對克里斯提告，因為我只是說出我的故事就達到效果了。我的書衝上《紐約時報》暢銷書排行榜前十名，這是任何新人作家夢寐以求的最佳銷售紀錄。我在想克里斯不知道還記不記得他曾經告訴我：「任何作家都願意輾過自己的親爹、親娘、祖父、祖母或任何親屬來換取登上《紐約時報》暢銷書排行榜的機會，就算只有一次也好。」

哈！我甚至不需要這麼做，因為我的父母，應該說我的兩對父母都已經不在人世不能讓我「輾過」了。

克里斯的《浪漫絲路行》因作者的名聲受損而銷量不佳，我甚至聽到小道消息說他被出版社列入黑名單，以後不會再有稿約了。

「恭喜妳，小麗。」在我的回憶錄登上排行榜的兩個月後，某一天愛倫打給我。「妳很快就會收到一張支票，很補的哦。」

「怎麼個補法？希望不是像飽和脂肪或反式脂肪那麼補。」

她開心地笑了。「哈，很好笑，不過我說了之後妳會笑得更大聲。」

「五萬美金？」

「噢，有志氣一點，拜託。」

「十萬？」我的心像戰鼓急擂。

「小麗！妳聽到我說的了，做人要有志氣！」

「二十萬？」

她的高頻笑聲像最宏亮的教堂鐘聲一樣響起。「五十萬。」

「什麼？妳是在開玩笑吧？」

「不是。而且我剛賣出《天山》的電影版權。」

接下來我完全記不得自己說了什麼。

36 巡迴簽書會

我搭頭等艙到西岸參加多家書店舉行的巡迴簽書會，出版社幫我在舊金山的馬克・霍普金斯酒店(Mark Hopkins Hotel)訂了一晚五百美金的套房，安排好一輛有電視和小冰箱的豪華轎車送我去各大書店。我和亞歷的沙漠之旅如今已恍若隔世，而這又是另一個海市蜃樓嗎？

我要去邦諾書店(Barnes and Noble)、邊界書屋(Borders)、獨立書店「書徑」(Book Passage)、「圖書公司」(Book Inc.)、凱普勒書店(Kepler's)以及其他好幾家書店朗讀我的作品並幫讀者簽名。

西岸行程的第一站是舊金山的邊界書屋，進去時看到已經擠了黑壓壓一大群人，走廊還有人不停擠進來，我嚇了一跳。三十幾歲、很有活力的經理引我登上講臺，場內響起熱烈的掌聲。

我侃侃而談在沙漠中冒險求生和浪漫激情的體驗，接著朗讀書中段落，四十分鐘後則是讀者提問時間。

「妳是為了賺錢才寫這本書的嗎？」提問的年輕人露出沾沾自喜的表情。

「當然啦！」

笑聲像灑水器噴出的水滴灑落全場。

我又說：「我們可能為了各種不同的理由寫作，或者畫畫、唱歌、演戲、演奏音樂，為的不只是金錢，也因為好奇、想挑戰自己或是想證明什麼……可是誰不希望辛苦的付出能獲得報酬呢？不然我們的帳單誰來付？」

「沒錯！」一群年輕人大喊。

人群中的騷動漸漸平息後，前排的一個濃妝老婦人問：「亞歷呢？妳想他嗎？會試著找他嗎？」出其不意的問題讓我的眼淚幾乎奪眶而出，可是我用力眨眼忍住。我點頭。「會的。如果這裡有任何人剛好知道他的下落，請告訴我。」

笑聲再次響起，幾個女孩邊拍手邊咯咯笑了起來。

一名四十幾歲、身穿黑色套裝，看起來像專業人士的女士舉手。「妳失去母親、找到另一個卻又再次失去她，妳有什麼感覺？」

「換作是妳會有什麼感覺？」

響亮的笑聲再次傳遍全場。

讀者的提問太過踴躍，最後經理不得不宣布問答時間結束、接下來開放簽書。不到一分鐘場中就出現長長的人龍，蜿蜒的隊伍甚至一路延伸到附設的咖啡店那一端。一名員工將紙條發放給讀者讓他們寫上題贈對象的姓名，可以節省時間也避免簽書時拼錯字。

簽到後來我開始覺得一直重複寫自己的名字有點煩時，一個帶點口音但語調輕軟的女聲鑽入耳中：「林小姐，我是李凌芝，很高興能見到妳本人。」

我抬頭看到一個四十幾歲的亞裔女子，面目似曾相識。「我們見過嗎？」

她搖頭。「我想沒有。」

「可是我敢說我一定在哪裡見過妳。」

她指向站在她後面正朝我們走來的青年。「也許妳見過的是我兒子？」

目光落在青年臉上的時候我幾乎當場昏厥。

「小麗。」

「亞歷！」

這次我的眼淚不受控制地落下，可是看到他的喜悅立刻轉為焦慮——他看起來乾瘦虛弱。發生什麼事了？

我輕聲問：「亞歷，你變好瘦。你還好嗎？」

他點頭。「我待會再解釋。不過別擔心，我很好。」

「你確定？」

排在亞歷後面的圓臉少女第一個意識到現場的狀況，她興奮地朝著朋友還有書店裡所有人尖叫：「那是亞歷·路思耶，就是林麗的沙漠情人！」

這時所有人都緊盯著我們。亞歷的華裔母親抽出幾張面紙遞給我。「妳大概從來沒想過會在大庭廣眾下和他重逢吧?」

亞歷說:「我跟媽媽剛從臺灣回來。」

我伸手握住李凌芝的手。「李小姐,很高興認識妳。」

她和藹的臉上綻出迷人的微笑。「請叫我凌芝就好。」

亞歷開口了。「小麗,妳先簽完名吧,我們晚點再聊。我等妳。」

「可是拜託你別走太遠,讓我可以看到你。」

亞歷突然湊近吻我,纏綿深情許久不停。我嚇得不知如何反應,不過讀者的反應可快了,瘋狂的鼓掌聲和歡呼聲不絕於耳。

有人大喊:「亞歷・路思在那裡!」

好多人回頭打量我的沙漠愛人,然後視線就在我倆身上輪流打轉。

一個中年婦女朝我大喊:「哇,好年輕好帥哦,他有沒有兄弟?」

我喊回去:「去一趟沙漠就知道了!」

亞歷退到一旁,但在我頭昏腦脹、強抑淚水繼續幫書迷簽名之際,仍然可以感受到他灼熱的視線和圍觀群眾好奇的目光,幾乎刺得我發疼。

簽書會終於在晚間十點鐘結束,經理向我道謝:「讀者愛死妳和妳的書了。」他轉頭朝站在角落的亞歷眨了眨眼,亞歷和他的母親很有耐心地在那裡等我。

然後經理又轉頭朝我眨眼：「我想妳的回憶錄要再出個續集才行。」

我點頭。

「打鐵趁熱啊。」他又眨了一下眼，露出微笑才離開。

我在想自己該打的是哪一塊鐵呢？趁著回憶錄還熱賣的時候寫續集，還是趁著亞歷對我還很熱情的時候嫁給他？抑或兩者都是？

只希望經理剛剛頻頻眨眼不是因為臉部肌肉痙攣。

我、亞歷和李凌芝三個人坐進在外等候的豪華轎車，行駛不久後就到了馬克・霍普金斯酒店，下車後我直接請他們跟我到酒店大堂的餐廳。

凌芝似乎對酒店裡的華麗裝潢、菜單上的驚人價格和周圍這麼多穿著貴氣的客人很是驚奇。

我很高興亞歷完全不被裝潢或菜單吸引，他只注意我。他的目光緊跟著我，即使有整排氣質高雅的女性經過他也不為所動。

就連女服務生露出不耐煩的樣子，亞歷也還是無視攤在他眼前的菜單。

我在桌下踢了他一腳。

「哎呀！」他大叫。

凌芝馬上關切地問：「你還好嗎？要不要擦點中藥油？」

「哦，不用了，媽，拜託不要再拿那個臭死人的藥油來薰我了！」

我又踢了他一下。

「怎麼了？」

「亞歷，你要多吃點。看看菜單上有什麼你想吃的。」

「小麗，」——他的目光好像要將我穿透——「我知道我想吃什麼。」

我對他齜牙裂嘴：「亞歷，我們趕快點菜，不要讓人家等。」

最後為了打發女服務生，我點了可樂，亞歷點了啤酒，他媽媽點了茶。飲料送來後，我們各自低頭啜飲，想掩飾因許久未曾相見而不知所措的感覺。剛剛忙著在書上簽名，暫時將擔心亞歷病情的事擱到腦後，現在看到他深陷的臉頰和身上鬆垮的衣服，我又忍不住憂心忡忡。

趁著凌芝去洗手間，我問他：「亞歷，跟我說實話，你好不好？」

「小麗，我病了。」

我的心一揪。「是什麼病？」我真的很害怕聽到他的答案，暗自祈禱亞歷得的不是癌症之類的可怕病症。

「回紐約後醫生發現我得了肺炎，由於還有其他併發症，我在醫院又待了一個多月，其中有三個星期都吊著點滴。每天都有不同的醫生來看我。等到終於可以出院，爸媽又把我送到漢普頓的度假小屋養病。」

難怪亞歷從來不接我的電話，不是因為他愛上跟他同年紀的漂亮女孩，而是因為他差點一命嗚呼！更糟的是，這段時間我不但沒有陪在他身邊，反而忙著寫自己的回憶錄，是他的父母，是我打從第一次見面就不喜歡的法蘭克和朵娜救回了我的愛人。我錯了，原來他們對亞歷並不冷漠也不刻薄，就算他們之前真的如此，他們還是在他病重的時候展現了父愛和母愛，儘可能給他最好的照顧。

亞歷拿餐巾紙過來要幫我擦眼淚。「別難過，小麗，我現在沒事了。只是需要一點時間讓肉長回來……」

這時凌芝回來了。亞歷伸手到桌下抓住我的手，我緊緊握住，這輩子都不想再放開。

我對母子倆說：「亞歷、凌芝，可以跟我說你們是怎麼相認的嗎？」

亞歷的母親嘆了口氣，然後用中文說：「唉，真是漫長又痛苦的二十二年啊。」

我很擔心為人母者一旦說起孩子就停不下來，不管孩子是嬰兒還是成人都一樣，不過女服務生這時又走回來，我們趕緊打開菜單開始點菜。

凌芝似乎看出我的心思，她說：「我知道你們兩個等不及要獨處了，我就長話短說。二十三年前我到哥倫比亞大學學戲劇，那段日子很悲慘，也很丟臉，到後來我終於承認自己不是演戲的料，就放棄了學業。我在失意之下借酒澆愁，有一天晚上碰到一個男的……後來就有了亞歷和他妹妹。之後我就再也沒看過孩子的爸爸，直到身上的錢花光了，沒其他選擇只好將孩子送養。接著我就回到臺灣，根本不知道我的小女兒……」

這時她已哽咽難言，拿出手帕拭淚。亞歷默默地伸手環住母親的肩頭。

她又說：「小麗，以後如果妳有小孩，千萬不要把他送給別人。」

「妳沒有試著去找亞歷嗎？」

她搖頭：「我真的不知從何找起。妳不知道亞歷來找我的時候我有多開心。」

我轉向她兒子：「亞歷，你是怎麼找到你母親的？」

「爸媽當初是私下收養我的，所以本來就知道我媽媽的身分。他們之前不願意告訴我，但是在我住院的時候，他們擔心我可能撐不過去，就說出來了。」

凌芝插話：「在機場和亞歷相認前，我只有一張他的照片。」

「亞歷，你真的很會找人。你又怎麼知道我在舊金山？」

「我跟媽兩天前去中國城途中經過這裡，就瞄到海報上寫著今晚有妳的朗讀會。」

接下來我們邊吃邊分享過去這一年發生的事。在服務生過來問我們要不要甜點時，凌芝便表示差不多該走了。

到了酒店大廳，她說：「你們兩個談談吧，我搭計程車回飯店。明天見囉。」

我正在想該怎麼回答，亞歷在我耳邊悄聲說：「拜託，小麗，讓我陪妳。」

我忍不住笑出聲：「可是……」

「沒有可是……」

我轉身想向亞歷的母親道別才發現她已經走遠了。

我們才進房間，亞歷就緊抱住我，但是我把他推開，想要好好看看他的臉。再怎麼說，我們已經好幾個月沒見面了。

可是亞歷馬上就把我拉進懷裡，他的唇固執地纏住我的，手也在我身上游移。

「亞歷，」我在長吻的間隙中低喃，「就不能讓我好好看你一眼嗎？」

「就不能讓我好好嚐妳一口嗎？」

看來是沒希望了。於是我放任他像餓了很久的嬰兒一樣尋索母親鼓脹的胸脯。

可是分別了這麼久，我們面對彼此時都有點手足無措，所以最後還是說起話來。亞歷想知道他離開後我在中國的經歷。

我一五一十地告訴他後，他說：「妳跟我一樣有兩對父母，所以我們是同病相憐的孤兒，是彼此命中註定的另一半。」

他拉起我的手輕輕舔過我的掌心。

我想說些什麼，他卻伸出手指抵住我的唇說：「噓……」同時開始解開我的洋裝鈕扣。

頃刻間我們就在酒店柔軟的大床上翻滾交纏，被子和床單成了幻化無常、熱燙無比的金色沙丘，亞歷細長的手指如同沙漠中的小蜥蜴從四面八方向我突襲。在他挺進的時候，我的指甲深深陷入他的背，牙齒像噬血的沙漠動物輕輕啃上他的脖子。他在幽谷中留連忘返，我們的舌尖在彼此的唇邊徘徊打轉，此刻感覺我和他好像成了一個巨大的陰陽光球。亞歷雖然外表枯瘦，可是他的精元之氣卻依舊如此飽滿充裕。

我望著他，感覺好像回到沙漠中的小屋，心裡所有的憂慮在暖烘烘的朝陽下盡皆消融。

繾綣後我們互相依偎，回味適才的巫山之行。

我輕撫他消瘦的臉頰。「亞歷，你能不能不要叫得這麼大聲？要是隔壁的人聽到怎麼辦？我們早上走出去的時候可能會碰到他們，那樣我好丟臉。」

他善解風情的手指在我的胸前畫圈。「妳以為大家來飯店做什麼的？看電視嗎？」

隔天早上我們再度纏綿，之後我點了餐請酒店送到房間。

亞歷說：「小麗，我覺得自己好像這輩子都在找妳。為了找妳，我去了西安、走了絲路，進了塔克拉瑪干沙漠，又到了紐約。」

「亞歷，現在不用再找了，我就在這裡，跟你一起。」

他定定地望著我，表情變得嚴肅。「小麗，妳願意嫁給我嗎？」

我笑著說：「我想現在好像沒有藉口可以再拒絕你了？」

「恐怕沒有了。」

「當然願意。」

尾聲

我和亞歷選在曼哈頓下城的一間教堂舉行婚禮，場面並不盛大卻很溫馨，到場的除了亞歷的生母李淩芝、養父法蘭克．路思和養母朵娜．艾德勒，我們只邀請了一些朋友和同學，其中當然包括我的經紀人和編輯。亞歷的養父母似乎已不再對我懷抱敵意，尤其是朵娜，他們在儀式結束後上前恭喜我們。

朵娜輕吻我的臉頰，濃妝豔抹的臉上露出微笑。「小麗，幫我們好好照顧亞歷，他還是個孩子。」

我點頭。

法蘭克給我一個熊抱再加上一句：「我兒子真是好命！」

我再次點頭，淚水已經在眼眶中打轉。

婚禮結束後三天，淩芝就回臺灣了。雖然我們不停懇求，她還是維持初衷不打算留下。

「這裡的生活不適合我，而且我年紀也大了，可不想在異鄉當孤魂野鬼。你們兩個好好過日子，不准吵架、不准酗酒，要忠於彼此，聽到了嗎？還有，要早點讓我抱孫子！」

我們笑了。

「等有了小朋友要帶回臺灣讓我看看。」

婚禮後我終於可以靜下心來再度提筆，這次要寫的第二本其實應該是第一本，也就是我那本關於成長和家族史詩的小說。亞歷繼續他在哥倫比亞大學東亞研究所的學業，為了紀念我倆的相遇，他決定以絲路旅遊史作為論文主題。

「可是在妳的回憶錄大賣之後，我懷疑還會不會有人想看我的論文。」他微笑。

然後他認真地看著我：「小麗，妳真的有陰陽眼嗎？」

我點頭：「有時候有，可是要很費力地冥想然後集中精神才能看到東西。絲路的歷史有千年之久，所以聚集了很多靈體，但在這裡就沒那麼多了。不管怎麼說，我現在只對活人有興趣，不是死人，所以，以後我再也不想感應到什麼了。不過我倒是想寄點錢給珂庫。」

「好主意！」亞歷熱切地回應。

某個陰雨天我和編輯在市中心開完會，出來後冒著傾盆大雨等計程車。我撐著幾乎被風吹歪的雨傘，同時對著街上駛過的所有黃色汽車拼命招手，最後終於有一輛計程車停在我前面。我正要打開車門的時候，一個渾身溼透、狼狽不堪的男人衝出來想要搶搭上車。

「混蛋！」我大罵。

他轉過頭，我真不敢相信自己的眼睛。

如假包換的克里斯！

「克里斯，你下雨天不帶傘在這裡做什麼？」

他看起來十分困窘，臉脹得跟番茄一樣紅。「噢，小麗，很抱歉，我不是故意要……」

「可是你做了。」

「普雷斯頓的保姆剛剛打給我說珍妮病了，所以我……」

「不用解釋了。她還好嗎？」

「我不知道，所以我想趕回家。」

「所以你跟她還……」

「對，我們還是夫妻，如果妳要問的是這個。」

「我也已經為人妻了。」

「我知道，我有看到報導。」

「好，你上車吧，回到你太太和孩子的身邊。不過既然我已經從你的生命中消失，我想珍妮應該不會再生病了。」

我朝著這張曾經令我難以抗拒，如今看到卻只覺得可悲的臉孔揮手。「再見。」

「小麗，妳保重。」

「我會的。」

到家的時候亞歷正在廚房裡忙著張羅飯菜，我不打算拿路上偶遇克里斯的事去煩他，而是取出翔鶴師父的最後一個錦囊，裡面的紙條寫著：

陰陽平衡則萬物生生不息。

之後我的丈夫走出來坐到我身邊。他將頭枕在我的腿上，手輕輕覆上我的腹部，感覺肚裡的小人兒在踢腳。

我在想，我們的兒子或女兒以後在尋覓真愛的旅途中也會像亞歷跟我一樣經歷種種考驗嗎？

無論如何，再等個漫長卻也短暫的二、三十年就知道了。

讀書會討論題目

絲路之歌

葉明媚

【說　明】以下的問題與討論題目提供各讀書會參考，旨在增進共讀會成員對故事的理解。

1. 為什麼林麗最後決定前往絲路，並接下她那位素未謀面的阿姨提出的幾乎不可能完成的任務？如果獲得這樣的機會，你會做出同樣的決定嗎？
2. 你覺得和林麗發生師生戀的克里斯・亞丹仕教授是什麼樣的人？你覺得他是真的在乎林麗或只是在利用她？
3. 林麗很容易愛上男人，這會影響你對她的觀感嗎？
4. 亞歷・路思愛上比他年長八歲的林麗，為了追求她曾前往中國幾個最危險的地區。你覺得姐弟戀會有幸福快樂的結局嗎？
5. 亞歷的父母和林麗初次見面就對彼此不抱好感。亞歷的父母為什麼不贊成兒子和林麗來往？
6. 林麗不確定自己對於草藥醫生羅布的情感。你覺得她是真的愛上他還是被他充滿悲劇性的人生所吸引？
7. 林麗必須色誘僧人浮雲，但是後來她發現自己受他吸引；她為了從廟裡偷走寶物而耍詐騙他。你覺得她為了幫助阿姨這麼做是對的嗎？你對林麗和浮雲之間的關係有什麼看法？

8. 林麗見到盲眼算命師翔鶴的時候只能對他說謊。為什麼？

9. 根據小說中關於紫微斗數的描述，人一輩子的命運在出生那一刻就已經註定好了。你認為故事中各個角色的人生也是命定的嗎？主要人物如何試圖掌控自己的命運？

10. 白玉墜和象牙手鐲有什麼意義？你覺得這樣的物品會對佩戴者有影響嗎？

11. 你喜歡林麗的維吾爾鄰居珂庫和她的兒子米托嗎？為什麼？

12. 故事一開始出現的神祕阿姨明蒂・梅迪森的身分最後真相大白。你對於故事最後明蒂的剖白有什麼看法？如何從這段剖白看出她的個性？

13. 文物走私案件在當代中國屢見不鮮，文物販子辯稱他們是為了保護文物免於毀損。你覺得用這個理由將文物盜賣出境合理嗎？

14. 故事最後克里斯・亞丹仕做出了可能會對林麗造成極大傷害的事。你對他最後的下場有何看法？

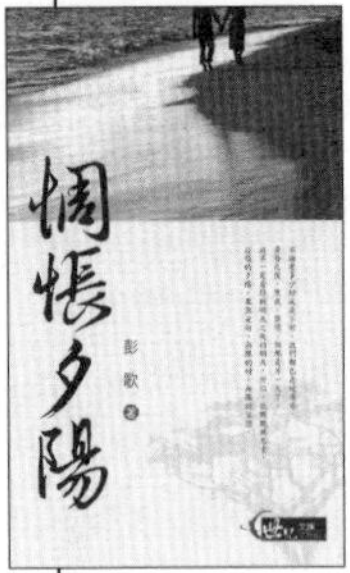

【文學 024】

《惆悵夕陽》 彭歌 著

本書收錄了資深作家彭歌三篇中篇小說，三個發生在不同時代的故事，一貫的是作者心繫兩岸，向前瞻望，對海峽兩岸人民生存情境的悲憫與關懷。

【文學 027】

《遊與藝—東西南北總天涯》 童元方 著

本書收錄知名作家童元方女士二〇〇五年至二〇一〇年間的散文創作，集結作者在世界各地的旅遊、生活見聞，以及對文學、繪畫、音樂和戲劇等藝術的獨到見解。遊與藝之外，特別收錄兩篇為陳之藩先生所寫的文章，文筆細膩深刻，字裡行間流露出真摯的情感。

【文學 028】

《團扇》 韓秀 著

二十世紀六〇年代，兩岸仍處於詭譎雲湧、一觸即發的緊綳狀態，兩艘臺灣軍艦欲趁風狂雨猛，偷渡特務到對岸進行情報工作。因為內奸的出賣，全體官兵幾乎死傷殆盡。部隊長胡嵩詮將軍在臺灣成為殉難的英雄，實則是在大陸經受百般刑求逼供、下放勞改。將軍的妻子秦淑娉始終相信自己丈夫仍然健在；將軍的妻弟也不放棄，親身涉險，足跡踏遍大江南北。一場歷時數十年、營救胡嵩詮將軍的任務於焉展開……

三民叢刊

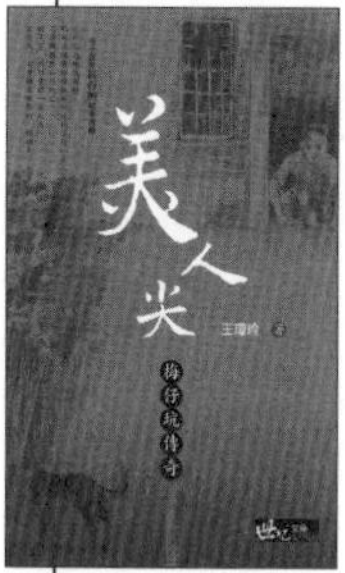

【文學 022】

《美人尖》 王瓊玲 著

生命是一襲爬滿蚤子的華袍。在被爬蟲逗弄得全身發癢之際，你是奮起抵抗還是消極放棄？透過本書的幾則故事，看阿嫌的苦和惡，看老張們薄於雲天的義氣和酸楚，看含笑的無奈和善良，看「被過去鞭打、現在蹂躪」的良山……一段過分沉重的歷史，讓我們看見一群最勇於迎戰的鬥士！

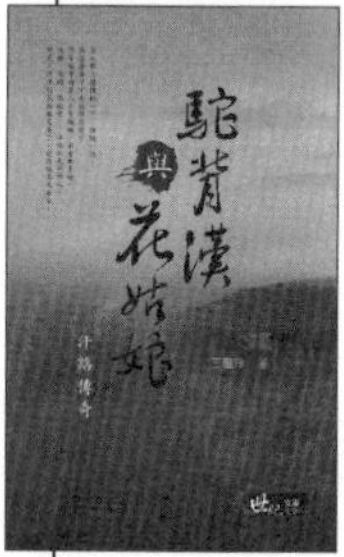

【文學 026】

《駝背漢與花姑娘》 王瓊玲 著

當流浪的花姑娘心心念念地等待情郎時，紅線彼端所繫的卻是忠厚樸實的駝背漢。她從沒想過，那一天的交談，讓她自此走向一個意想不到的人生。然而命運的殘忍利刃，卻一刀刀割斷他們的想望。趙家阿叔的自私強求、幼兒的嗷嗷待哺，榨乾了花姑娘一點一滴的生命。死去、活來……

國家圖書館出版品預行編目資料

絲路之歌／葉明媚著,王翎譯.－－初版一刷.－－臺北市:三民,2013
面; 公分.－－(世紀文庫:文學031)

ISBN 978-957-14-5756-7 (平裝)

874.57 101027129

© 絲路之歌

著作人	葉明媚
譯者	王翎
責任編輯	黃河清
美術編輯	郭雅萍
發行人	劉振強
著作財產權人	三民書局股份有限公司
發行所	三民書局股份有限公司 地址 臺北市復興北路386號 電話 (02)25006600 郵撥帳號 0009998-5
門市部	(復北店)臺北市復興北路386號 (重南店)臺北市重慶南路一段61號
出版日期	初版一刷 2013年1月
編號	S 811580

行政院新聞局登記證局版臺業字第〇二〇〇號

ISBN 978-957-14-5756-7 (平裝)

http://www.sanmin.com.tw 三民網路書店

※本書如有缺頁、破損或裝訂錯誤,請寄回本公司更換。

SONG OF THE SILK ROAD by MINGMEI YIP